上京春事（上册）

著 白鹭成双

江苏凤凰文艺出版社
JIANGSU PHOENIX LITERATURE AND ART PUBLISHING

目录 上卷

第一章・三月春时 — 001

第二章・什么新相好，旧的他也没有 — 016

第三章・吵架最尴尬的是什么 — 031

第四章・不一定神，但是助攻 — 047

第五章・一个外室的自觉 — 062

第六章・定情信物要不要 — 077

第七章・喜悦都与你分享 — 092

第八章・听听这鬼话 — 107

第九章・哪里惹着她了 — 122

第十章・这就是有归宿的感觉吗 — 137

第十一章·去开屏的	151
第十二章·求他真的去死	164
第十三章·要么在身边，要么在黄泉	178
第十四章·一些真相	193
第十五章·夏也有花，冬也有花	208
第十六章·你已经做得很好了	223
第十七章·侯爷在看谁家姑娘啊	238
第十八章·是时候登场了	254
第十九章·不要心存慈悲	270
第二十章·最好看的小郎君	286

目录 —— 下卷

第二十一章 · 宁大人发脾气了	301
第二十二章 · 没头脑和不高兴	316
第二十三章 · 打工人不容易	331
第二十四章 · 月亮也喝醉了	346
第二十五章 · 她是胆小，不是蠢	358
第二十六章 · 牧冈	370
第二十七章 · 我倒也没盼着你死	386
第二十八章 · 臣等求见陛下	400
第二十九章 · 侯爷无耻	415
第三十章 · 护短的叶大人	430
第三十一章 · 小孩子才会争风吃醋	445

第三十二章・往这里下刀最疼 460

第三十三章・你有手有脚有脑子，还有我 475

第三十四章・你我之间的来往章程 490

第三十五章・侯爷的演技天下无双 506

第三十六章・程大人的一百个省钱小技巧 521

第三十七章・宁大人也会相思吗 536

第三十八章・烽火连三月 550

第三十九章・柳暗花明又一村 565

第四十章・明媒正娶 577

番外・公主的致青春 587

番外・三个人的童年 590

番外・宁朝阳永远不会知道 593

第一章

三月春时

三月春时,上京的桃花开得极好,繁繁灼灼,夭夭蓁蓁。

宁朝阳双手托腮望着车外,笑眯眯地夸道:"真好看。"

小奴立马叫停车:"我去给您摘两枝。"

她伸手指了指:"要那边的。"

"这一树?"

"不对,往左。"

"这一树?"

"再往左。"

小奴纳闷儿地朝她指的方向再迈一步,就撞着了个人。

背着药箱的小大夫,清清瘦瘦,被撞得侧过身,雪白的衣袍跟着泛起涟漪。

"就是这一枝。"宁朝阳眼里泛光。

她跟着下车,大步朝那边走过去,身形利落,裙摆飞扬,地上飘落的花瓣被带起些许,随着她的动作,纷纷洒洒地落在那片雪白的袍角上。

花瓣落地时,她正好站在了他的面前。

"确实好看。"她笑着道。

面前这人像是被她吓着了，僵着身子没有动。清眸如石上流泉，干干净净地映出她的影子。

天光乍破，盈盈灿灿。

宁朝阳含笑看了一会儿，在他要开口斥人之前伸手。

手拂过他的耳畔，径直摘下了他后头的那枝桃花。

"这么好看，不带回去多可惜。"

显然没料到她说的是花，他一时怔忪。

宁朝阳满眼愉悦，手捏上花枝，却是"哎呀"一声。

"您没事吧？"小奴连忙来看。

她哼哼唧唧地捂着手："好疼，得找大夫。"

小奴左看右看，恍然朝面前的人道："大夫，您快给看看。"

江亦川皱眉看着这姑娘，好半晌才想起来放下药箱，接过她伸来的手指，然后就看见上面只有头发丝那么细的一条小口子。

有给他看的工夫，自己就愈合了。

他黑着脸拂开她，背起药箱就走。

宁朝阳看着他的背影，无辜地眨眼："都说医者仁心，他怎么这样啊？"

小奴看出了她的心思，忍不住提醒："只是个大夫罢了。"

"大夫怎么了？"

小奴嗫嚅了两下，没敢说话。

宁朝阳垂眼把玩着手里的花，突然道："你先回去吧。"

"姑娘？"小奴慌张起来，"老爷的意思是让奴婢随您到前头的小榭，与云家公子约好今日——"

"我自己能过去，"她将小奴塞上马车，扭头吩咐车夫，"送回府上，晚些时候再来接我。"

"是。"

小奴扒着帘子还想说话，马车一动，就带得她跌回了车厢里。

宁朝阳友善地朝车尾挥手作别。

山间起风了，拂着灿灿桃花落满衣襟。她深吸一口气，转头就朝那白衣大夫离开的方向追了过去。

宁朝阳自幼饱读诗书，十七岁被皇长女钦点入凤翎阁，短短两年就受封了四品六命的掌事。

这样的成就，换谁家都会觉得门楣光耀，可她家不。她爹坚持认为只有男儿才能传宗接代，而她，得趁着有官身，快快安排一门亲事，为家里换些好处回来。

宁朝阳皮笑肉不笑，加快了步伐。

前头是上京北边最大的花明村，江亦川就坐在村门口的古树下，给排队的村民看诊。

对着老弱孩童，他一扫先前的冷漠，温柔地低声询问："近三日都吃了些什么？吃完可有胸闷？"

"家里亲人可有过这样的症状？"

"最近可有喝过生水？"

声若流泉，潺潺涓涓，听得人胸口的郁结散开不少。

宁朝阳拂袖，排在了队伍最后。于是江亦川送走所有病人，再抬头的时候，就对上了一双流光婉转的眼眸。

眼眸的主人望着他，长睫一眨，绽出一抹促狭的笑意。

身为医者，江亦川是不好拒绝医治的，但前提是她是病人。于是他按捺住情绪，努力温和地问她："你有病？"

宁朝阳脑子里缓缓打出一个问号。

不是，瞧着挺斯文的小郎君，怎么张口就骂人呢？

见她神色古怪，江亦川多解释了一句："大夫是看病的。"

不是给她调戏的。

宁朝阳"哦"了一声，接着就一本正经地对他说道："我癸水两个月没来了。"

他耳根慢慢爬上绯红，忍了忍，还是问："起居如何？"

"每日子时歇，寅时起。"

"可有婚配？"

宁朝阳一顿，接着就笑开了："在下年岁十九，尚未婚配，体健貌端，名下有宅，无任何不良嗜好。"

药笺上笔墨一滞，江亦川微恼："不用说那么多。"

她闭上嘴，眼神无辜地看着他。

这人飞快地写着药方，手指骨节分明，雪白的袖袍堆叠在桌沿边，微微泛起珠光。

片刻之后，字迹飞扬的药笺放在了她面前。

宁朝阳托着下巴眨眼问道："这就好了？"

"照方抓药。"他道，"另外每日需多睡一个时辰，莫要负担太多事，心宽则病除。"

心宽？

宁朝阳听完，重重地叹了口气。

江亦川一顿，不解地抬眼："怎么？"

她捂着胸口，欲言又止，眉眼蒙上了浓浓的苦恼，仿佛有千般愁绪万般无奈，到唇边却只化成了一声苦笑："这位大夫怎么称呼？"

"鄙姓江。"

"江大夫，"她耷拉着细眉，闷闷不乐道，"若是心里有事放不下，我这病是不是就好不了了？"

江亦川没好直说，只轻劝一句："身体康健要紧。"

她不赞同地摇头，声音都带了哭腔："您可有心上人？"

原来是个为情所困的姑娘。

江亦川神色软和下来，想了一会儿措辞，才试探着安慰道："我虽是没有，但——"

"哦，没有，"脸上的愁苦瞬间消失得干干净净，宁朝阳爽利地打了个响指，"那就成。"

他意识到自己又被耍了，黑了脸，起身收拢药箱就要走。

"哎，"宁朝阳勾住他的药箱带子，微微挑眉，"你这药要是吃坏了我，该如何是好？"

江亦川手上扯了扯，没能敌过她的力道，无可奈何道："在下每日都会来此看诊。"

"哦……"宁朝阳松开带子，拿起药笺，"好呀。"

他立马抽身就走，步伐极快，眨眼就走得老远。

宁朝阳含笑看着，忍不住轻轻拍手。

长得好看，心思单纯，尚未婚配，真是不错。

那么现在问题就只有一个——

这对她略有抵触的美貌大夫，要如何才能愿意成为她的"外室"呢？

…………

大盛朝繁荣昌盛，风气开放，女子不但可以通过花试考取功名，更可以像男子一样拥有多名眷属。

宁朝阳只需要一个外室，一个符合她心意的、能替她挡婚的外室，所以她立马让人去打听了这位江大夫的情况。

他出身于普普通通的城北人户，家中有一个病重的老母和一个哥哥，不经商，不务农，一家人都靠他一个人养活。

"真是辛苦。"她唏嘘。

于是这日，江亦川看完病人之后，又看见了宁朝阳。

她换了一身桃花云雾烟罗裙，明媚地在他的桌前坐下，托腮就笑："江大夫好呀。"

江亦川下意识地将身子后撤。

朝阳眉眼一垮，很是受伤："我丑得让人退避三舍？"

"……没有。"

"那你躲什么？"

他没回答，只问："可是那日开的药吃得不对了？"

"自然不是，"她又笑起来，"那日被您一看，回去癸水就汹涌而至，可算让我松了口气，所以今日特地给您送谢礼来了。"

说着，就将一锭二两的黄金放在了他的药笺上。

江亦川怔了怔。

这东西，能让母亲吃上一两年的好药材。

然而，他抬头看向对面，眼眸里清清楚楚地映出了"这人别有所图"的表情。

一个大夫是不值这么多谢礼的，她看他的眼神，更像是长鹰捉兔，猎犬咬鹿，想将他掰开了揉碎了吃干抹净。

江亦川不适地皱眉，沉着脸起身："不必了。"

"哎，"她意外地挑眉，"你不是缺钱吗，这都不收？"

是缺钱不假，但他只赚自己该赚的钱。江亦川背起药箱，一言不发地走了。

宁朝阳托着下巴看着他的背影。

宽肩窄腰，行止如风。哪怕只一身白衣，这人也仍是上京里少见的俏色。她忍不住轻轻啧了一声。

直接给钱是行不通了，宁朝阳决定换别的法子。

她买来江亦川最需要的几样珍贵药材，在上面系上彩带，从花明村门口的小摊一路摆到她的马车车辕上，并在车厢里放了一支百年山参。

这样的陷阱简单、无耻，但好用。

江亦川果然抱着满怀的药材坐在了她的面前。

"这位姑娘。"他温和地开口。

她眼眸亮起来，已经准备好了说"不用谢""要谢不如以身相许"云云。

结果这人却道："你东西掉了。"

这怎么就成掉的了？

她试图暗示："上头还扎着彩带呢。"

江亦川低头看了一眼，眉心微皱："扎着彩带还能掉，姑娘不妨多吃些枸杞、荸荠，有明目之效。"

骂谁瞎呢？

深吸一口气，她倏地抬袖掩面，带着哭腔道："江大夫，实不相瞒，这些药材原本是买给我爹的，谁料他……他再也用不上了。"

语罢，哽咽声起。

江亦川都想下车了，被她这话硬生生地止住了动作。

身为大夫，最常见的就是生老病死，他本不该动容。但想起自己家里病重的母亲，他还是坐了回去。

"世事无常，"他道，"你要好好保重。"

这话一出，面前这人顿时哭得更大声了，上气不接下气的，很快就头昏眼花，身子猛地往前一栽。

江亦川被迫将她接住。

原是想将人扶回去坐好，但这人似是没有力气，就这么偎在他怀里。

"天不怜我，"她痛苦地呜咽，"何以降我厄难至此，往后我该如何是好……"

她越说越伤心，伤心得他不好意思再将人推开，只能任由她抱着，时不时还安慰她两句。

等怀里的人稍稍平静了些，他才低声询问："令尊得的是什么病？"

宁朝阳抽噎地答："龋齿。"

哦，龋齿。他沉痛地想。

等等！

龋齿？

他黑着脸，起身一把将她推开，恼怒地问："龋齿什么时候能要人命了？"

宁朝阳正享受着温香软玉呢，冷不防被推回软垫上，袖子一落，就露出了那双压根儿没有泪痕的明眸。

"呀！"她道，"我什么时候说他没命了？"

"你方才明明——"

"我说他用不上这些药材了，因为他好了呀。"宁朝阳无辜地眨眼，"他好了，我就倒霉了，往后当真不知该如何是好。"

不但不诚，还不孝。他气得头疼，掀帘就下车。

宁朝阳倚在车窗边，笑眯眯地道："江大夫这般貌美心慈，一定会有好报的。"

见鬼的好报！能不再遇见她就是最大的好报了。

山间春色渐浓，眷鸟偎枝上，双鱼戏水中。

江亦川再次坐到村口的时候，旁边没有了华丽的马车，也没有再看见那袭贵气繁复的罗裙。

他松了口气，以为自己真的有了好报。结果看完所有病人的时候，一抹干净的素裙在面前落座，接着就有雪白的手腕伸了过来。

江亦川抬眼，微微一怔。

来人乌发如云，肌肤赛雪，不施脂粉便显明眸皓齿，略带羞怯更是清丽无双，和着风中飞来的桃花瓣，真真似画中仙女一般。

然而下一瞬，仙女就开口道："江大夫好呀。"

他冷漠地收回手："是你。"

宁朝阳得意地抚了抚鬓发："听说你喜欢清水里头出来的芙蓉，我这样的如何？"

明媚的眼尾飞翘起来，带着两分期盼。江亦川神色复杂地看着她，终于问了一句："姑娘意欲何为？"

她惊讶了，起身转了一圈："我这样你还看不出来？"

看出来了，所以才觉得不可思议。

江亦川抿唇："在下一介布衣，无权无势，日子过得清贫。"

言下之意，他不是个值得托付终身的良人。

"巧了，"她撑着桌沿俯下身看他，意味深长地道，"我正好有权有势，还富甲一方。"

只要跟了她，保管他吃香的喝辣的。

但面前这人不为所动，只给她写了一张药笺。

宁朝阳接过来一看：酸枣仁、人参、山楂、莲子芯、冰糖，专治胡思乱想。

她好气又好笑地拂开："财你不要，色你也不要，人活得那么刀枪不入有什么意思？"

江亦川低头收拾药箱，好一会儿才道："也不是什么都不要。"

"哦？"

他抬眼看她，认真道："这世间总是假意多见，真心难得。"

春色穿透繁茂的枝叶，在地上落下明明媚媚的光斑。宁朝阳低头的角度，正好能看见对面那人被光照得微透的肌肤。

白皙干净，如同神明。

然而"神明"在质疑她不是真心，清泉似的眼眸里盛满戒备。

她不由得低笑："都没试过，你怎知我不是真心？"

江亦川微微愣怔。

桃花灼灼，吹满一怀春色，翻飞十里艳浪。她就在这片艳浪里痴痴地看着他，仿佛真是深情的模样。

江亦川觉得自己是个普通人，每日普通地去花明村看诊，普通地回家，吃上一顿普通的饭菜，再睡一个普通的觉。

日日如此，无甚特别。然而在这一晚的普通梦境里，他看见了不普通的宁朝阳。醒来的时候，他的手心被汗浸得濡湿，脑袋也有些昏沉。打水来照面，还能瞧见自己眼里那未褪尽的慌张。

他有些烦躁地给自己写了一张药笺。

梦境只是梦境，回到花明村口，他还是冷淡地推开了她送来的紫檀木狼毫笔。

"宁姑娘，"他道，"这不是我该用的东西。"

宁朝阳丝毫不在意，只道："你若不喜欢，明日我便换玉骨的来。"

不是玉骨和紫檀木的问题。

他冷脸看着她道："这些我都不需要。"

她扬眉："写药笺还能不需要笔？"

"是我这样的普通人，并不需要你。"

昨夜的雨水从树枝上滴下来，落得她眼睫一颤。

他垂眸不看，只硬声道："你走吧。"

宁朝阳站在那儿想了一会儿，什么也没说，当真扭头走了。

这个人，来得莫名其妙，走得也毫不留情。

他沉默地盯着药笺上的字，好半晌才吐出一口气。

果然不是真心。

麻烦解决了。

挺好。

风从空荡的旁边吹来，在他普通的笔尖上打了个旋，落寞地拂向远处。他垂眼，沉默地继续给病人看病。

…………

回城的时候，江亦川遇见了随父来搜刮民脂的赵申。

锦衣玉食的少爷，看见瘸腿的老人并不觉得可怜，反而是嬉笑着上前，将人家的拐杖踢飞。看老人狼狈地趴地哀哭，他痛快得哈哈大笑。

　　江亦川也不知哪儿来的气性，扔下药箱就冲了上去。混乱之后，老人拿回了拐杖，他也被几个官差围了起来。

　　带头的官员赵齐抹着脸骂骂咧咧道："我堂堂正五品的尚食奉御，就是天子面前也说得上话的，你算个什么东西，敢跟我叫板——"

　　恍惚间，旁边好像有人笑了一声。

　　"谁呀！"赵齐恼怒地回头。

　　高大精致的马车驶在了旁边，车中之人用二指挑开侧帘，侧眸看了外头一眼。

　　赵齐对上她的目光，一愣，接着就肉眼可见地谄媚起来："宁大人？哎哟，您怎么在这儿啊？小的挡着您了是不？您这边请。"

　　宁朝阳没动，目光看向他身后。

　　赵齐见瞒不住，索性就告状："大人您可要给小的做主，小的是奉命来采收春果的，没想到路遇刁民，重伤犬子不说，还要拒捕。"

　　"伤哪儿了？"她问。

　　赵齐立马让人将他儿子抬过来。五大三粗的一个人，躺在竹架上捂着胸口哎哟喊疼。

　　宁朝阳不耐烦地拧眉："我不是问你。"

　　她伸手指了指："我问他。"

　　山风四起，江亦川自人群最深处抬眸。

　　风卷着桃花瓣打着旋飞散，自他的肩头飘飘扬扬地落进了她的马车。

　　宁朝阳托腮看着，就见江亦川一步一步地朝自己走了过来。

　　干净的白袍上染了脏污，嘴角也带了青紫。他抬袖擦了一下，抿唇垂眼，站在了她面前。

　　"哪儿也没伤着。"他低声答。

　　她挑眉，伸手就要去碰他的嘴角。

　　这人侧头避开了她的动作，僵硬地抿唇："没事。"

　　她忍不住喷了一声。

　　"宁大人，"旁边的赵齐看得有些傻眼，"这是？"

　　宁朝阳转过脸来，正色道："我倒是想问赵大人一句，后宫五品的御厨，什么时候有权动用官兵抓人了？"

　　赵齐额上渗出冷汗，拱手道："宁大人明鉴，小的原不是来抓人的，只因此人先下重手伤了我儿——"

"他下重手?"宁朝阳嗤声打断,"江大夫一贯柔弱,风吹都能晃两步的人,对你那又胖又壮的儿子下重手?"

正在竹架上哀号的人一听,当即跳了起来:"他还柔弱?方才打我的时候——"

"申儿!"赵齐呵斥他一声。

赵申气愤地闭上了嘴。

宁朝阳睨他一眼,又回头拉起江亦川的手看了看。

骨节上有些红肿,还擦破了皮。

她分外不悦。

"宁大人,"赵齐惶恐道,"再怎么说,也是这位大夫先伤的犬子,犬子可是伤在胸口。"

"我伤的也是胸口。"她沉声道。

车外众人都是一愣,心想,您方才都不在这儿,谁能伤着您啊?

可再仔细一想,江亦川的耳根渐渐就红了起来。

"你……"他抽回手,又恼又无奈,"你别胡说。"

"没胡说,"她道,"今日就算你将人打死在这里,我问的也是他的罪。"

江亦川怔然抬眸。

这人依旧穿着那身素裙,发髻间也没有金钗银钿,懒懒散散地倚在窗沿上,气势却陡然变了,似深冬山上风刮出来的冰凌,倨傲又锋利。

赵齐抖着腿就跪了下去:"宁大人说得是,此事是犬子的过失。小的愿意赔偿江大夫的伤药,再备薄礼送去府上,万请宁大人宽宥,切莫与小的计较。"

方才还那么嚣张跋扈的人,转眼间就怕成了这样?

他不由得又看了她一眼。

宁朝阳对这样的场面见怪不怪,表情没有一丝松动:"此处可不是审案之地,赵大人先请吧。"

赵齐脸色惨白,想再说点什么,抬头看一眼她的脸色,就又咽了回去,欲哭无泪地起身,带着人匆匆走了。

山风一吹,紧张的气氛烟消云散。

她歪过头来看他,眼尾又染上笑意:"江大夫真是好身手。"

先前还信誓旦旦地说不需要她,一转眼竟被她救下了。江亦川不知道该说什么好。

他沉默半晌,艰难地问:"会不会给你惹麻烦?"

宁朝阳失笑:"他回去只会祈祷我别找他的麻烦。"

"你是很厉害的官?"

"谈不上厉害,但保全你绰绰有余。"她将手腕搁在窗沿上,意味深长地道,"若待你不是真心,上门将你强掳了去也可以。"

江亦川身子微微一僵。

山里起雾了,没一会儿就飘起了细雨。

明媚的姑娘倚在华车上,指尖葱白,神色慵懒。清瘦的大夫站在雨雾里,墨发松散,背脊孤直,一滴雨水顺着他的发梢落了下去。

宁朝阳睨着他的表情,笑道:"怕什么,这不是没掳嘛。不但没掳,看见你有事,还巴巴地过来帮忙。"

她顿了顿,又道:"雨下大了,先上车吧。"

江亦川想拒绝,但人家救了他,他还没道谢。

他沉默片刻,踩上了车辕。身上狼狈,墨发也濡湿,他尽量坐得离她远些。

然而这人却毫不在意,还朝他勾手指:"过来。"

竹帘隔开了外头的天地,此间唯有他和她。他有些顾忌,面前这人却是径直伸手,钩住他的后颈往里一带,他失衡下跌,当即扑在了她身上。

白色的袍子倾覆下去,像三月间落了一场纷纷扬扬的雪。温热的气息融合到一处时,他嗅见了她身上的松兰香气,脑海里却不受控制地浮现出自己的梦境。

乌发雪肤的少女仰头望他,肌肤湿漉,唇瓣嫣红,皓腕朝他搭上来,温热的鼻息轻轻拂在他滚动的喉结上。

江亦川登时就想将她推开。

"别动!"宁朝阳取了干巾拢上他脑袋,顺势按住他的后颈,"好歹是个当大夫的人,不知道湿发要擦干?"

整个脸被长巾盖住,他闷声道:"我自己可以。"

"江大夫真厉害。"她戏谑地夸道,手上的动作却没停,"只是这么厉害,怎么跟人打架还会伤着?"

"他们人多。"

"我也只是一个人。"

那是你官大。

他张了张嘴,又咽了回去。

她轻哼一声,慢条斯理地擦着他的头发:"我原是气得走了的。"

他微怔,袖袍里的手无意识地捏了捏。

"本来嘛，天下之大，要什么样的男人没有，何必上赶着过来看你脸色？"她五指微拢，狠狠揉了揉他的脑袋，旋即又放轻了力道，"但冷静下来想了想，我觉得你的话好像不对劲。江大夫，你只说你不需要我，却没说你不喜欢我。"

他背脊微微一僵，想后退。

她好气又好笑，不耐烦地按住他的肩："再躲我可真用掳的了。别人看见我，都是巴不得凑上来，你倒好，生怕我凑上来。我到底是哪儿叫你不满了？"

面前的人一如既往地沉默。

宁朝阳气得想收回手。

濡湿的发丝之中，凉得泛白的嘴唇突然动了动，他低声开口："没有。"

宁朝阳一愣，接着挑眉："没有什么？"

没有回避，还是没有喜欢？

"没有不满。"

干巾往后滑落，她一怔，就见他自额前湿漉的碎发间看向她。肌肤白皙，嘴角青紫，一双眼似美玉出水，如琉璃挂珠。

宁朝阳见过很多美人，或是在巍峨宫墙之下，或是在花楼楚馆之中，佩玉簪金，彩衣飘飘，什么模样的都有，但她还是被江亦川晃得心神一动。

这个人很奇怪，看着孤傲倔强、清冷如月，低眸的一瞬却又比谁都脆弱，眸光似薄薄的琉璃，一眼看去摇摇欲坠，狼狈不堪。

他哑声说着："你救我、予我，我岂能还有不满？"

他这话似认命，却有不甘，收拢的手不知扯痛了哪里，睫毛一颤，单薄的身子跟着微微前弓。光从身后落进来，照透他雪白的衣衫，人也透似朝露，顷刻就要化去一般。

朝阳下意识地按住了他的手臂。

江亦川闷哼一声。

"还伤着哪儿了？"她松开手，低头问。

"没。"他收拢衣袖，疏离地退去旁边。

宁朝阳不悦极了："你这还叫没有不满？"

江亦川孤身坐直，垂眸轻道："人贵自知，一个籍籍无名的大夫，如何高攀得起有权有势的女官？"

他竟是这么想的？

她觉得好笑："自知这东西，我看你是没有。"

这等的容貌，这等的风姿，只要他想，上京里什么高门攀不上？偏偏妄自菲薄。

面前这人疑惑地抬眼看她,似是不明白她这话的意思。

宁朝阳张口想解释,话到嘴边却又顿住了。

江大夫一双眼眸澈如清潭,想来也是在极为单纯的环境里长出来的,没见过机关算尽,也没见过你死我活,不知美色可以易物,也不知野心可以遮天。

他只拿着最简单普通的自尊,企图在两人之间划下迢迢银汉。

轻轻啧了一声,宁朝阳有点不忍心。

太干净了,像一截白生生的玉枝,折下来会不会养不活?

马车碾到了石块,车厢骤然一个颠簸,江亦川的身体不受控制地撞在了车壁上,闷哼一声之后扶稳,脸色更白。

宁朝阳回神皱眉,打开矮几下头的小屉,挑出一盒药膏:"过来。"

江亦川没动,张嘴似乎又想拒绝她。

宁朝阳不耐烦了,倾身而起,越过矮几就抓住了他的衣襟,单手旋开瓷盒,指尖一挑就蘸了药膏出来:"你自己脱还是我帮你脱?"

素色的宽袖摆扬起,又从他身侧覆盖下来。他怔然看着面前这人,只觉得胸口震动。

别人都是羞羞怯怯轻撩心弦,这位倒好,拿起撞城门的巨木就往人胸口上冲,一边冲,一边喊:管你是谁,马上开门!若不开门,玉石俱焚!

有这样的道理?

他抓住自己的衣襟挣扎,这人却也不肯松手。拉扯之间,江亦川闻见了她手上药膏的味道,微苦发涩,些许刺鼻。

"这是哪里来的东西?"他突然问。

宁朝阳一边单手按住他的两只手腕,一边不甚在意地答:"宫里新赐的伤药,御医说不管内伤外伤,敷上皆有奇效。"

他费劲地挣开她:"不对,你先别动。"

她停下动作,这人当即拿过了那盒药膏,凑近细看。

"你用过了?"他问。

宁朝阳摇头:"原是该用的,只是最近每日赶着来花明村,倒是忘了。"

江亦川盖上瓷盖,抬眸道:"这里头有见血封喉。"

朝阳一时没反应过来:"什么猴?"

"见血封喉,比砒霜还毒的东西,一旦沾着伤口,顷刻便会让人麻痹、窒息而亡。"

她松开他，拿出手帕将指尖上的药膏抹了，仔细看了看。

没有伤口。

她轻舒一口气，就着茶水洗了手，转头在小屉里挑了另一盒打开。

"这个呢？"

新的药膏递了过来，他下意识地查验了一番："这个无碍，是普通化瘀之药。"

"那就用这个。"她点头，又抬眼看向他的衣襟。

江亦川愕然。

都被人下毒到伤药里了，这人怎么不害怕也不着急？轻飘飘地就过去了，甚至都没多看那毒药两眼。

这是正常人该有的反应？

他想不明白。

宁朝阳瞥见他的表情，又有些想笑了。

好生鲜活可爱，有什么心思都挂在了脸上。

她忍不住托着下巴逗他："怎么办呀？有人要害我。"

这人立马严肃地道："回城去报官。"

"可是……"她眨了眨眼，"我就是官呀。"

正四品的上京尹卿，主掌京内典狱刑事、巡防调度，品级不高，实权极大。敢暗杀她的人一定是上京衙门都拿不住的人。

江亦川不知所措了起来，左右思忖半晌，干脆打开药箱，拿出了最下面藏着的一瓶东西。

"这是保魂丹，"他递给她，"虽然不能解百毒，但不管遇见什么毒，总能拖延半个时辰。你以后若再遇见这种事，就先吃了它。"

小小的一个瓷瓶，被他用绢布包裹了三层，看得出来十分珍贵。

宁朝阳伸手捻起瓶身，意味深长地看着他："这样的宝贝，就这么给我了？"

"你今日救了我，"他垂眸，"就当恩怨两清。"

宁朝阳听完，想也不想就要把瓶子放回他的药箱。

江亦川连忙拦住她："人家一次不得手，就必然还有第二次，这么危险的处境，你不想保命？"

"想。"她颔首。

"那你还……"

"但我不想与江大夫你恩怨两清，"桃花眼抬起来，她微笑补充，"宁死也不想。"

江亦川愣怔，被拦着的手纤指松开，瓷瓶落回药箱里，咚的一声响。

他一震，只觉得胸口也跟着咚的一声，温热涌开，荡起涟漪。

"咦？"宁朝阳收回手，轻轻点了点他的脖颈，"这儿怎么也红了，里头伤得厉害？"

江亦川骤然回神，匆匆拢住衣襟："没有。"

"是没有，还是不想让我看？"

他张了张嘴答不出来，冰凉的耳根也跟着染上了绯色，恼恨地转过身去。

外头的雨渐渐停了，可枝叶间积攒的雨水还在往下滴落，一下又一下，无法平息。

宁朝阳见他真急眼了，便收敛了些，斯文地退回座位上，与他轻声道："接下来几日，我怕是会有些忙，若没在花明村看见我，你也别太着急。"

谁会着急？

他轻哼。

又不是什么情窦初开的小姑娘，还能在村口盼情郎不成？

第二章

什么新相好，旧的他也没有

接下来的日子里，江亦川都如往常一样去花明村看诊，每天给病人熟练地号脉，熟练地写药方。日升而出，日落而归，好像也没什么不对。

直到一个病人问他："江大夫，那位常来的姑娘呢？"

他笔尖一顿，在药笺上点出一个墨团。

已经过去了七日，宁朝阳一点消息也没有。他一开始还不愿去想，但时间长了，难免就会多想——都被人下毒了，会不会遇见更凶险的事？

威风凛凛的女官，看着厉害，到底只是个十九岁的姑娘家，真被人屡下杀手，她能躲得过几次？

多想的后果就是他一连几晚都梦见了宁朝阳。他梦见她嘴角溢出黑血，梦见她无助地向他求救。

江亦川以为自己会很冷静，但当真看见她那模样，他竟是想也没想就冲了上去，手飞快地往前伸，却始终没能抓住她的衣袖。醒来之后，他胸口堵得厉害，半晌也缓不过神。

江亦川想了想自己胸口堵的原因。

萍水相逢的两个人，生死相许是不可能的，唯一的可能就是自己医者仁心，已经到了视救人为己任的地步，救不了人他就难受。

　　一定是这样。

　　最后一张药笺用尽，江亦川回到城里，去东街附近采买，路过一家笔墨铺时，他看见了一支眼熟的狼毫笔。

　　紫檀木的笔身，线条优雅如竹，被供奉在最高的架子上，精致又华贵。

　　他的脚步当即一顿。

　　掌柜的见状，笑着就迎出来道："客官好眼光，这支笔可是上等的佳品，颇受文人墨客青睐，就连那凤翎阁里威风的女官，前些日子也来买了一支……"

　　"凤翎阁里的女官？"他打断掌柜的介绍。

　　掌柜的以为他不信，连忙道："是的，左右邻铺都瞧见了，很是威风的一位女官，乘着马车来的，说要买去送给心上人。"

　　想起宁朝阳将笔递给自己时的神情，江亦川抿了抿唇："她最近不曾来了？"

　　"哪儿啊，昨日才来过我这儿。"隔壁首饰铺的掌柜探出头来说，"听说是要成亲，买了好些贵重头面。"

　　成亲？

　　兜头一闷棍，江亦川刚抬起的嘴角慢慢归于平线。

　　居然是在忙着成亲？

　　风吹动乌云盖了春日，四周突然刮起了凉风。

　　江亦川颔首朝几个掌柜的致谢，转身平静地想，能成亲就是性命无忧，挺好。

　　他总算不用再做噩梦了。

　　不过……她不愧是位高权重的女官啊，这头戏弄着人，那头还能成婚。分别时还让他别着急，着急什么呢，着急给她把个喜脉？

　　七日，整整七日都无暇让人去花明村传个信，真是好盛大的婚事呢！

　　江亦川觉得自己没有生气。

　　有什么好气的呢？人家原本就只是逢场作戏随便玩玩，谁当真谁才蠢。

　　他扬了扬嘴角，大步走出街口，一辆马车横行而来，差点儿与他撞上。

　　骏马长嘶，车夫恼怒地道："你这人——"

　　话刚出口就愣住了，车夫看清前头这人的面容，连忙朝帘子后头喊："大人，大人，是江大夫！"

　　宁朝阳倏地睁眼，掀开车帘。她的目光一落在他那俊美的脸上就变得温软，勾唇与他招手。

"你怎么在这里呀？"她笑着道，"今日不用看诊了？"

江亦川走到车边，抬眸回视她，目光冰凉。

宁朝阳一愣，不解地问："谁惹你了？"

"没有谁，"他心平气和地道，"是我自己蠢。"

瞧着这人情绪不太对，她道："你上车来说。"

"不必了，"他后退半步，冷声道，"要成亲的人，还是避忌着些吧。"

已经连续忙碌了七日，她整个人疲惫又恍惚，一听这话，脑子都转不过来了，满脸茫然。

谁要成亲了？他？

他要成亲了，那生气的人不该是她吗？他怎么还把自己气得脸色发白？

她想不明白。

"江大夫，您还是上去看看吧，"车夫忍不住开口，"大人应该是病了。"

江亦川抬眼，这才发现面前这人神情不对，声音也有些沙哑。他不耐烦地掀帘进去，问她："又怎么了？"

宁朝阳撑着下巴道："只是头晕。"

江亦川伸手探了一下她的额头，有些不可思议地问："你管这叫'只是头晕'？"

她无辜地眨眼。

他没好气地按住她的脉搏，照例询问："近几日饮食如何？"

"不记得了。"

"吃的什么都能不记得？"

"不是，"她道，"我是不记得自己有没有吃过。"

脉象沉细无力，气血两亏。她恐怕不但没吃什么东西，还没睡几个好觉。

他十分不解："你都做什么去了？"

这不是大夫问诊的范畴，但她还是缓慢地答："抓人审人，死牢里阴暗潮湿，我衣裳单薄，估计是受凉了。"

江亦川的表情从沉怒变为了错愕："死牢？"

宁朝阳点头："毒害朝廷命官是重罪，自然要关押在死牢。"

江亦川愣怔地看着她，后知后觉地发现不对。

"你不是在准备成亲？"

她纳闷儿地睨他："方才我就想问了，谁在准备成亲？"

他张了张嘴，还没来得及说话，外头就是一声娇笑："宁大人。"

宁朝阳一愣，下意识地将他挡住，而后才掀开车帘："秦大人？"

两辆马车并行，对面那位女官伸手就递了红彤彤的帖子来。

"难得这么巧遇见了你。"女官笑道，"这是请帖，下个月你可要来我府上喝盏喜酒啊。"

"好。"宁朝阳双手接过，与她颔首回礼。

帘子落下，她将喜帖放在旁边的矮桌上，郁闷地嘟囔道："她倒是潇洒，一支狼毫笔就求来了婚事。我也买了，怎就求不来？"

她嘟囔完，重新看向面前这人："刚刚说到哪儿了？"

方才还怒气冲冲的人，眼下突然就安静了。

"那位也是凤翎阁的女官？"他问。

"是啊，怎么？"

江亦川沉默地转头看向窗外。

"你还没回答我，短短几日不见，怎么就要成亲了？"她敲了敲桌沿。

"你生病了，先回去休息要紧。"

宁朝阳不悦地挑眉："遮掩什么，怕我宰了你的新相好？"

"我没有新相好。"

"哦。"她缓和了神色。

江亦川半晌才回过味来：什么新相好，旧的他也没有！

乌云远去，灿烂的春光重新洒在了宽阔的街道上。

江亦川看着窗外倒退的桃花枝，觉得自己心里的波澜实在是没来由，也没必要。

人家成不成亲的，与他有什么关系？

他只是……可能只是不想被骗？对，没错，得问清楚这人想做什么，他不想被骗。

江亦川恍然定神，扭头就想开口。结果目光一转，就见宁朝阳手撑着额角，已经闭上了眼。

这人说话时眉飞色舞，沉默下来才露出些疲惫不堪的神态，困困顿顿的，须臾就睡着了。

他唇角抿起，将话咽了回去，只掀帘去问车夫："还有多久能到？"

车夫回头看了一眼："就快到了，大人可不能睡过去。"

"人都困成这样了，又是在回家的路上，如何就不能睡？"

"您有所不知，"车夫道，"宁府里的人没一个是好相与的，若不打起精神将他们镇住，大人今日恐怕连二门都进不去。"

知道的是回家，不知道的还以为她要去闯虎穴。

江亦川觉得不可思议："何至于此？"

车夫不愿多说，见他不叫醒宁朝阳，便自己回头喊："大人，大人。"

车厢里的人缓慢动了动指尖，疲惫得没能睁开眼。

车夫还欲再叫，江亦川就侧身挡住了他。

"先找间医馆吧，"他沉声道，"她病了，得吃药。"

"可大人不清醒时一向不愿意待在陌生的地方。"

想起她先前才被人下过毒，江亦川沉默了。看着挺厉害的人，一生病怎么就像无根的浮萍，有家归不得，别处也不敢去。

他犹豫了一会儿，艰难地道："寒舍倒是也有药材，只是——"

"那就有劳江大夫了。"

不等他说完，车夫立刻就掉转了马头，动作之麻利，甩得他一个趔趄。

江亦川扶住车壁，好笑地接上话："只是寒舍对大人而言，不也是陌生的地方？"

"不会，"车夫摆手，"大人信任江大夫，只要您在，去哪儿都行。"

听这笃定的语气，显然是不止被嘱咐过一次。

江亦川微微愣怔，接着就不甚自在起来。

马车穿过繁华的街道，驶向城北朴素的民居。宁朝阳在颠簸之中并没有睡好，梦里有无数张狰狞的脸飞逝而过，干枯发白的手从黑暗的间隙骤然伸出，拖着她要往下坠。

她飞快拂袖踩上台阶，那台阶却在下一瞬松散如沙，她整个人都陷进去，不断下沉。

"救我！"她惊惶地伸手。

四周空空荡荡，没有任何声音。沙粒汹涌地淹过头顶，窒息之感无以复加。

无边的绝望之中，有人突然托起了她的后颈。

…………

宁朝阳霍然睁眼。

阴森的黑暗退去，变成了泛黄的屋角，月色从简陋的窗户透进来，照在矮桌斑驳的桐漆上。

她惊骇，脑袋一转，猝不及防地就蹭上了什么。

江亦川正扶起她准备喂药，突然脸侧就是一软。

脂粉香气磨散，滑嫩如绸。他低头，就见她的唇瓣与自己的唇近在咫尺。

他瞳孔微缩，抽手回来反将人按住："你做什么？"

枕头上的人苍白又茫然，看了他好一会儿，才认出他是谁："这是你家？"

江亦川点头。

她神情放松些许，伸手揉了揉自己发闷的额角，压根儿不知道自己刚刚做了什么。

江亦川抹了脸侧，没好气地将碗放在矮凳上："起来喝药。"

宁朝阳看向那黑漆漆的药汤，眼神微微一滞，接着就佯装痛苦地转过身去。

江亦川觉得离谱。

这人身上还穿着官服，繁复的花纹威风地绕在衣襟上，她却跟个小孩儿似的耍起浑来，霜白的手腕一缩，整个人就躲进了被子里。

他道："不喝就让车夫送你回府。"

被子的形状一僵，接着她将被子拉下去些，露出一双无辜的桃花眼。

"我睡一觉就好了。"

江亦川冷笑："生病要是睡一觉就能好，要大夫来做什么？"

她硬着头皮撑起身子，伸出手去拿药匙，一勺药舀起来，手指就开始抖啊抖，半口药眨眼就抖得没了影子。

就这样，她还企图把勺子往嘴里放。

他气乐了，挥手抢过药匙搁去一旁，端起碗就送到她唇边："喝快点！"

宁朝阳咳嗽两声，叹息道："从前见你，你不是这么凶的，是不是也看我生病的时候好欺负？"

他不由得皱眉："还有谁觉得你生病的时候好欺负？"

她没吭声，只盯着那黑乎乎的汤药出神。想了一会儿，似是想到什么可气之事，腮帮子一咬，便凑上来将药饮尽，他险些没拿住药碗。

江亦川抠着沿将碗拿下来，有些好笑。

旁人生病，大多会虚弱少言，偏这人竟比往常还活泼些，被药苦得眉毛眼睛皱成一团，连连嘟囔："难喝死了。"

"良药苦口。"

"这话是你们这些大夫编来诓小孩儿的。"她一本正经地道，"活命是人的本能，所以饭是香的，水是甜的，怎么偏药就一定是苦的呢？"

乍一听还挺有道理。

江亦川忍不住低头想，或许这世上真有香甜的药，只是还没被找到。

"有饴糖吗？"她问。

他摇头:"糖败药性。"

"那茶水呢,我漱漱口。"

"茶也解药性。"

宁朝阳恼了:"这药苦就算了,还小气,再也不喝了!"

江亦川垂眼:"我熬了一个多时辰。"

居然要这么久。

她拢眉问:"还要喝几碗?"

"睡醒如果退了热,就只需再喝两碗。"

两碗!

她长吸一口气,瞥了瞥他的手,又将气咽了下去。

"行吧。"

江亦川有些意外:"这就接受了?"

"我不可能接受苦药,一辈子都不可能。"她将头埋回被子里,闷声道,"但我喜欢熬药的人,一眼看见就喜欢。"

收拾药碗的手一顿,江亦川骤然抬眼。

面前这人已经裹成了一团,看不见表情,只能听见她郁闷的声音,连带着外头皎洁的月光一起干干净净地吹拂过来。

理智告诉他不要听进去,可话落进耳朵里,心还是不受控制地晃了晃。

江亦川过了半晌才开口:"你喜欢我什么?"

被子里这人倒也坦荡:"一开始是见色起意。"

他微微眯眼,又问:"后来呢?"

"后来就觉得你好。"她道,"外头多的是要杀我的人,只有你从未想过害我。"

屋子里安静了一瞬,可宁朝阳当即就后悔了。

她提这个做什么,人都是趋利避害的,小大夫看在她位高权重的分儿上可能还愿意亲近,真知道她有多危险,怕是该像其他人一样躲远了。

她懊恼轻啧,拿下被子看向他。

江亦川正盯着她出神,骤然目光相对,他立马别开了头,脖颈侧过去,神色不甚自然。

宁朝阳眨了眨眼,发现这反应不对。

"你居然不害怕?"

他正觉得羞恼,冷不防听这么一句,不解地转回来:"害怕什么?"

"害怕我是个坏人啊。"

"医者之志，只在救人，是非贵贱，众生平等。"他好笑地摇头，"大夫的眼里没有好人和坏人，只有生病的人和没病的人。"

宁朝阳听得一怔。

今日在死牢审讯之时，她其实遇见过一位御医，妙手回春的圣前红人，只一眼就能看见她脸上的苍白，但他只是侧身避开，与她拱手行礼。

宁朝阳不觉得有什么不对，明哲保身是人的本能，谁会傻到主动来医她这个声名狼藉的恶官呢？

然而面前这个小大夫刚刚却说，医者之志，只在救人。

无论她是好是坏，无论她地位高低，在他面前，她都是一个需要被照顾的虚弱病人，他不会置之不理，也不会袖手旁观。

宁朝阳胸口微软，眨眼看他。

面前这人神色稀松平常，完全不觉得自己说了多了不得的话，只给她掖了掖被子："高热还没退，你早点休息。"

她问："我睡这儿，你睡哪儿？"

"正好还有两本药经没抄，"他道，"外头月光明亮，支一方小桌便成了。"

一整晚就这么熬过去？

宁朝阳想笑他傻，嘴角扬了扬，却没能说出来，她突然想起他说的那句话。

这世间总是假意多见，真心难得。

当时听来，她心里其实是不屑的，心就是心，还分什么真假。

可眼下，明月皎皎，屋院寂寂。她坐在他干净清澈的目光里，好像突然就明白了他的意思。

"江大夫，"她开口，"这床其实够大。"

江亦川茫然地看着她，过了片刻，脸侧突然绯红。

"你！"他恼怒地起身，"你老实养病！"

她撇嘴："可我认床，一个人睡不着。"

他作势就要把床搬走。

"哎、哎，"宁朝阳笑开，"你这人怎么这般不解风情？"

这叫风情？

江亦川气笑了。

大盛虽无前朝那般严苛的男女之防，却也讲三书六礼。她这无名无分地与他共枕，哪里是风情，分明是奸情。

他张嘴想教训，却又撞见她那戏谑的眼神。

明明亮亮，意味深长。

江亦川后知后觉地反应了过来。这人就是故意的，她哪里是真想与他共枕，不过就是爱看他生气着恼、羞愤难当。他越是无地自容，她就越是兴致勃勃。

他才不要让她如愿！

他深吸一口气，陡然收敛了恼意。

"大人染了病，共枕会过给在下，"他微微颔首道，"待你好了再说吧。"

宁朝阳脸上笑意一顿。

好了再说？

面前这方才还羞恼不已的人，眼下突然就从容起来，手往身后一负，微微扬眉："还是说大人想让在下陪着一起生病？"

宁朝阳瞥一眼他那被交叠的衣襟压得泛红的喉结，食指动了动。她认真地摇头："我怎么舍得让你和我一起生病呢？"

江亦川颔首，心里微微愉悦。被她戏弄这么多回，自己总算扳回一局了。

正想着，面前这人突然坐起了身。

"嗯？"他吓了一跳，"你做什么？"

宁朝阳深深地望着他，勾唇："不是怕生病吗？我去给你盛一碗药，喝了再与我共枕，就不会生病了。"

她还真铁了心要共枕？

假装出来的镇定裂开一丝缝隙，接着就整个溃散开去。江亦川咬牙拦住她，绯红的耳根在月光之下无处可藏。

"不是喝药的问题！"他恨恨道，"你来真的？"

宁朝阳忍着笑故作不解："与你说的话，还能是假的？"

"可你是个姑娘家，"他急了，"姑娘家哪能——"

"江大夫，"她扬眉，"这可是大盛，姑娘家怎么了？"

江亦川一愣，手指收拢，清澈的眼眸无措地四处躲避，喉结在交叠的衣襟间一滚，慌慌张张地又滑回原处。

宁朝阳终于忍不住笑了出来。

说来奇怪，平日里没少见口是心非、装腔作势之人，面对他们，朝阳只觉得不耐烦。可江大夫如是这般，她却觉得万分有趣。

脸红得有趣，懊恼得有趣，就连生气时蹙起的眉心，也比旁人有趣得多。

她忍不住多看了两眼。

有趣的小大夫被她看得受不住，扭头就跑出了屋子，雪白的袍角一扬，飞快地闪在了木门后头，身上的药香落在空气里，拂过她的鼻息。

宁朝阳靠回枕上，手指轻拢。

普普通通的药香，自他身上而来却带了一抹清冽雪意，初闻微苦，进而回甘。很好闻。

放在平时，她是不可能在陌生的地方睡着的，但今日许是病得太重，又许是这味道太安神，宁朝阳在枕头上靠着靠着，竟真睡了过去。

这次的梦里不再有恐怖的枯手和坍塌的台阶，宁朝阳只看见灿烂的桃花随风飞来，像蝴蝶般缠绵起舞。安静而明亮的远处，有人朝她伸出了手，袖袍一拂，缠绵的桃花便纷纷扬扬地朝那片白色的衣袖飞去。

一夜好眠，以至于宁朝阳第二日醒来，恍然不知道自己在哪儿。

远处有聒噪的鸡在鸣叫，隔壁的大婶在与卖菜的贩子碎嘴争执，独轮的板车骨碌碌地从门口的石板上碾过去，洗过衣裳的水被泼在地上，哗啦啦流出去老远。

灿烂的春光穿透这片嘈杂落进来，正好拂在她的手心。这般细碎又吵闹的动静，宁朝阳已经许久不曾听过了。

她靠在床头想了好一会儿，才起身洗漱，坐去桌前。不大的方桌上摆着尚温的清粥，粥碗前还放了一碟野菜，色泽鲜亮，香气扑鼻。

这绝不是她会吃的东西。

但……来都来了。

她愉悦地勾起唇角，拢衣坐下，拿起筷子反过来在桌上抵平，便对这野菜跃跃欲试。

"大人！"车夫急匆匆地跑到门外，与她拱手，"宫门外闹起来了，程大人传话来，让您赶紧过去看看。"

宁朝阳的筷子在离野菜半寸远的地方顿住，不满地抬眼："待我用完膳再说。"

宁朝阳还要再夹菜，车夫却急得直摇头："不成了，今日秦大人和华大人都不在，您再不过去，程大人危矣！"

近在咫尺的东西，却始终吃不到，宁朝阳的嘴角慢慢平直，放下了筷子起身。

宫门外不远的永定坊前已经围了两圈人，锦衣官带，争执不休。

"什么人证物证俱在，张永安跟在御前多少年了，说获罪就获罪，我看你们分明就是挟私报复！"

高大的赵郎将横眉怒目，手里的鞭子一指，险些打到对面的程又雪。

程又雪侧头避开，皱眉道："案子已经审结，卷宗上也已经盖了天子玺印，我凤翎阁问心无愧。"

"既问心无愧,你又为何要拦我进宫?"

废话!淮乐公主每月只有一日能进宫用膳,这些人就偏挑着这天来捣乱,她哪能不拦?

程又雪张口欲言,赵郎将却不耐烦了,长鞭往地上一打,溅起三寸灰尘:"让开!"

又重又响的声音,听着都骇人。程又雪忍不住缩了缩肩膀。

对面一看她这反应,当即更为嚣张:"哟,吓着了?"

他走近两步,哼声道:"就这点胆量,当什么官啊,不如与我回去做娇客,我定好生待你。"

四周响起哄笑声,赵郎将也跟着笑起来,抬手就要揽她。

一只手自后方而来,在他之前放上了程又雪的肩头。

下一瞬,程又雪被揽得后退半步,有人错位而上,猛地一脚踹在赵郎将的胸口。

嘭!力大透骨,赵郎将毫无防备,身体不受控制地后缩,手脚跟着前伸,整个人腾空而起,脸上的调笑骤然变为错愕。

慢滞的场景倏地加快,他像一团棉絮一样摔出去。巨响之后,半丈之外灰尘漫天。

"大人!"四周的人连忙围过去。

程又雪惊讶抬眼,就见一人拂袖站在了她身前。

"哟,"来人学着赵郎将的语气笑道,"飞出去了?"

赵郎将咳嗽几声拂开护卫,恼恨不已:"宁朝阳!"

又是她!

天色大明,宁朝阳逆光站着,眉目如霜,眼含讥诮。她往前慢迈两步,幽暗的影子跟着一点一点爬上这人的脸。

"怎么了?"她和善地发问。

赵郎将下意识地想往后缩,侧头发现自己身后还跟着二十多个护卫呢,当即就捂着胸口站了起来:"你我同为四品,你竟当街动手打人,未免欺人太甚!"

说得也是。

宁朝阳点头:"那要不你打回来?"

挑衅到这个分儿上,他再忍得下去就是王八!赵郎将气涌天灵,大喝一声就冲了上去。

宁朝阳站在原地没动,待人近身,才侧头躲开了他带风的长鞭。而后返身,腿下横扫，将人重新放倒在地。

"就这点功夫，"她又学他的语气，"当什么中郎将啊。"

赵郎将脸色涨红，抬手还想打，宁朝阳劈手擒住他双腕，就着长鞭紧捆几圈，一扯就缚去他背后。

"还愣着干什么！"他又气又痛，立马咆哮，"给我上！"

身后发愣的二十多个护卫这才回神，纷纷拔刀出鞘。

宁朝阳踩着绳结缓缓直起身，露出后方一片黑沉沉的铠甲。五十余城防精卫列阵而来，其疾如风，动如雷霆，眨眼就到了永定坊前。

"大人。"为首的在她身侧拱手。

宁朝阳点头。

再看对面的护卫，出鞘的刀登时都收了回去。

"你！"赵郎将犹不服气，"你有本事就杀了我，我不信这皇城门前、天子脚下，竟没有半点公道可言！"

"公道？"

"好，现在我们来讲公道，"宁朝阳敛袍半蹲下来，似笑非笑地点头，"张永安在禁内侍奉多年，不思忠君之事，却拉帮结派，妄图遮蔽圣人耳目，该当何罪？他擅自往御赐之物中下毒，谋害朝臣，又该当何罪？"

赵郎将皱眉："少跟我说这些，他是皇亲，岂能被你关在死牢里用刑？"

"天子犯法都与庶民同罪，他算什么东西？"

赵郎将气愤不平，怒道："他肯赔命来杀你这恶臣，在我看来，是忠孝仁义俱全。倒是你，领仁君之俸，却甘做他人鹰爪，助纣为虐、为虎作伥，你才该被关进死牢！"

宁朝阳失去耐心，冷脸起身，朝后头的城防精卫微微颔首。

精卫会意，黑沉沉的铠甲顿时越过她拥了上去。

"放开我，我是圣上亲封的中郎将，你们岂敢拖拽！"

"放开——"

挣扎和叫嚣声由近渐远，慢慢地就都听不见了。永定坊前恢复了平静。

宁朝阳拂袖，正打算走，却突然听得一个声音道："宁大人这般行事，未免太过霸道。"

她眉心微皱，停下了脚步。

沈晏明穿着常服站在人群之中，温文儒雅，满眼叹息。他道："昔扁鹊见蔡桓公，四劝不得纳也全身而退，如今中郎将不过才开一次口，大人就将人拖拽了去。

此事真告去御前,大人恐怕也不占理。"

御街上起了风,拂起她朱红的官袍。袍角翻飞,和着街边店前的旗招一起猎猎作响。

风拂过一缕青丝,轻轻飞过她的眼梢。宁朝阳没回头,只拢袖负手问:"沈御医打算去告我?"

"没有,"他慢慢走过来,在她身后不远处停住,"在下不过是觉得既有理可讲,就不必恃强凌弱。"

宁朝阳冷笑了一声,她捏着拳头道:"他欺负人的时候你不出来,我欺负回去时,你倒是有话说。"

今日这场面,谁弱一分,谁就是被拖走的那个,她只不过是学着赵郎将的作风行事。他不去责问世风为何如此,倒只责问她为何如此。

真是荒谬。沈晏明一怔,回头又看了看地上挣扎的痕迹。他来的时候只看见宁朝阳对赵郎将等人动手的场面,对前头发生的事并不知晓。

他张口想解释,面前这人却拂袖上了车,车帘一落,就什么也看不见了。

马车骨碌碌地往回走,程又雪缩在车厢里,瑟瑟发抖。

"宁大人,"她哭丧着脸道,"是我不中用,你别生气。"

宁朝阳觉得好笑:"你哪只眼睛看见我在生气?"

两只眼睛都看见了啊!

程又雪咽了口唾沫,努力解释:"今日各位大人都出去忙了,只剩了我守在这里,我身上没令牌,没法儿调遣城防……"

"程大人,"宁朝阳打断她,"问罪是殿下的事,你不必在这里跟我解释。"

程又雪哽住。

她是凤翎阁里胆子最小的一个,在赵郎将面前还能撑一撑,可面对宁大人这张脸,她实在顶不住,嘴角一撇,就哭了出来:"宁大人,对不起。"

宁朝阳原本就不好的心情,在这一串眼泪里变得更糟。她怏怏地问:"在你眼里,我是个恶鬼不成?"

不是。但也没好到哪里去。

程又雪觉得自己很喜欢宁大人,喜欢她无惧无畏,不管什么都能做到最好,也喜欢她武功高强,每回都护在自己跟前。

可是,可是……看着她那森冷可怖的眼神,程又雪一边哭,一边发抖。

真的很吓人啊。

马车骤然在路口停住。

"下车。"宁朝阳道。

程又雪如获大赦,连连与她行礼,然后拢起官袍扭头就跑。

朝夕相处的女官尚且怕她至此。

宁朝阳倚在车上冷冷地想,那可能当真是她行事有问题吧。沈晏明那个人说要挑衅她,那自是不会的,可要说他是真心劝诫,她也觉得不应该,可能就是想膈应她一番。

她脾气差,做事霸道不讲理,恃强凌弱以权压人,她知道。

可,那又怎么样呢?

宁朝阳黑着脸放下帘子,揉着额角闭目。

马车晃晃悠悠的,不知在往哪里走。她没问,只兀自生着气。

走了不知道多久,车轮突然又停下了。宁朝阳不悦地睁眼,正想张口说什么,就见车帘倏地被人一掀,一袭白衣拥了进来,扶着窗沿稳住身形。江小大夫伸出手,满脸严肃地探上她的额头。

"都没痊愈,你乱跑什么?"他有些生气,"不是给你留了粥菜在家里了?"

慢慢看清他的眉眼,宁朝阳一顿,接着僵直的嘴角就渐渐柔和下来。

"你怎么在这里?"她轻声道,"我醒来的时候院子是空的。"

"我一早就来了花明村。"江亦川上下打量她,觉得不太对,"有人欺负你了?"

简单的六个字,听得宁朝阳胸口闷气尽散。她软下眉梢,愉悦地点头。

"嗯,就是有人欺负我了。"

单纯的小大夫登时就信了,立刻给她把脉,又将那瓶宝贝的保魂丹拿出来塞进她手里:"不知道是什么毒,你先吃下保一保命。"

她捏着小瓷瓶,状似担忧:"恩怨两清?"

"这回不用,你只管吃了便是。"

宁朝阳实在忍不住,轻笑出声。

"笑什么?"江亦川后知后觉地退后两寸,"你又骗我?"

"不是,"她道,"我只是觉得高兴。"

这世上就是有香甜可口的药存在,并且让她找到了,运气真好。

轻晃瓶身,她深深地看向对面这人。

江大夫被她看得略微无措,捏着衣袖恼道:"你再胡说骗我,我下回可不会信你了。"

"嗯……"她尾音上扬,还想再逗两句,余光却瞥见了他的衣袖。

"这是怎么弄的?"她伸手,点了点他袖口上的污泥。

提起这茬儿，江亦川神色黯淡。

"上京药材价格飞涨，贫苦些的人户连一服药也买不起，"他道，"我想去山间碰碰运气。"

宁朝阳听得稀奇："你看诊不是只需写药方即可？"

"是，但只有药方，没有药材，也救不了人。"他垂眼，"穷人患病本就是厄难，若无药可渡，未免就太过悲惨。"

她好笑地摇头。

这人分明自己过得也不怎么样，竟还看不得人间疾苦。只有他一人上山，能采多少药、救几个人？

她想劝他老实坐诊收钱，可话到嘴边，又咽了回去。

天下攘攘，皆为利往，好不容易有个固守本心的，做什么非要他改？

"你先回去吧，"江亦川开口道，"我晌午也回去。"

神思微动，她颔首应下："好。"

慈悲为怀的小大夫下了马车，匆匆又往山上去了。

宁朝阳倚在窗边看着那抹雪白的背影，想了一会儿，与车夫吩咐道："遣人去安永坊采买几车常用的药材，都送到花明村村口。"

"是。"

这可算不得讨好谁。

宁朝阳勾唇想，为官济民嘛，虽难济芸芸苍生，但一个村子需要的药还是不在话下的。

她乘车回城，心情甚好地在巷子口等。晌午时分会有人欣喜地回来，白袍一扬就站在她车前，羞怯又故作镇定地与她说"多谢大人"。那模样一定比枝上新绽的桃花还好看，她要看个够，然后与他一起回小屋去，尝尝那盘野菜到底是什么味道。

想着想着，宁朝阳不由得为自己的精妙安排而鼓掌。

然而，日头渐高，说好要回来的小大夫却始终没有出现。

眼看着午时就要过了，宁朝阳盯着巷子口来往的人群，突然觉得有些不安。

第三章

吵架最尴尬的是什么

江亦川在巳时就采完了药,但山路崎岖,他也不熟,从花明村附近上去,却是在一处陌生的地方下来。

正打算找人问路,远处就来了一队人马,为首的是个穿着月红长裙的姑娘,一到他旁侧,就勒住了缰绳。

他连忙拱手:"敢问姑娘,此处是何地界?"

要是别人这么问,沈浮玉定然不会搭理,但她俯身看了看这白衣大夫的容颜,倏地就来了兴趣:"此处啊,此处是女儿国。"

看这人眼神不太和善,他扭头就想走。他虽是刚搬来上京,却也不至于信这种荒唐话。

"哎,"沈浮玉骑着马在他周围绕了一圈,仰着下巴笑道,"这女儿国附近都是我的地盘,地盘上的人自然也都是我的人。我没让你走,你打算往哪儿去?"

他的手指捏紧药箱带子,闷声道:"在下赶着回花明村看诊,还请行个方便。"

看诊?

沈浮玉瞥了一眼他那没关严的药箱,里头零零散散装着些新鲜草药。

她嗤笑道:"就这点哪里够,你随我回去,我那儿有的是人参鹿茸。"

江亦川抿唇没答,余光只瞥着周围,想找机会直接跑走。

大抵是猜到了他的想法,马背上的姑娘突然吹了声口哨。一时间,后头的七八个骑兵都围了上来,马蹄在他四周乱踏,迫使他站着不动。而后那姑娘策马而来,九节鞭一甩,就将他整个人卷去了马背上。

他僵硬着身子,脑海里不知怎么就响起了宁朝阳说过的一句话——若待你不是真心,上门将你强掳了去也可以。

他拳头捏紧,有些恼了:"姑娘光天化日之下都敢抢人,不怕王法吗?"

"王法?"沈浮玉哼笑,"在我的地盘,我就是王法。"

他好像遇见山贼了。

马背颠簸,江亦川下意识地往后看。陌生的山路蜿蜒隐蔽,除了这一行人,别的什么也没有。

沈浮玉十分兴奋地将人带回了自己的庄子上,松绑落座,围着他就仔细打量。

好皮囊,真是好皮囊!这般清俊的男色,就是上京最有名的馆子里也罕见,若能收在身边,还不得让那群女人给羡慕死?

思忖片刻,她单脚踩在他坐的椅子沿上,俯身问他:"小郎君许了人家没有?"

直来直去的问题,听着就让人不想回答。

江亦川莫名就想起了在花明村口时,有人装腔作势地抹泪。

"您可有心上人?"

"我虽是没有,但——"

"哦,没有,那就成。"

明眸皓齿,满是狡黠。虽然气人,倒也可爱。

"哎,"沈浮玉敲了敲椅子扶手,"我问你话呢。"

江亦川脑中的画面碎开,皱眉闭眼:"姑娘意欲何为?"

"这还看不出来吗?"沈浮玉道,"我想纳了你。自此之后,你不用再去看劳什子的诊,只管在我这儿哄我高兴,便有高床软枕、锦衣玉食。"

他脸色稍冷:"倘若我不愿呢?"

这回答倒是新鲜,沈浮玉有点生气:"凭什么不愿?我这样的高门大户,你一辈子也不见得能遇见。"

已经遇见过了。

他气闷地想,比起面前这山贼,宁朝阳真算得上是个好人。

沈浮玉完全不在乎他的不满,扭头就吩咐人:"去准备些吃的喝的,我要好生招待这位郎君。"

"是。"

这是要将他一直留在这里？江亦川胸口沉了沉。

目之所及，合院深深。沈浮玉身怀武艺不知深浅，院外七八个护卫来回巡逻，毫无生路。

他有些焦躁，却不知该如何是好。

美味佳肴眨眼就摆了满桌，沈浮玉挽袖与他夹菜："来尝尝这炙鹿肉，我刚打回来的，新鲜着呢。"

"多谢，在下还不饿。"

"那尝尝这西域的葡萄酒？很是香甜。"

他没有再答，只将头扭到一侧。

沈浮玉不高兴了。她将筷子一放，捏着江亦川的下颔将他转过来，微微眯眼道："我看上的人，要么活着留在我身边，要么死了葬在我后院，你选一个？"

面前这人似乎被她吓着了，漆黑的睫毛颤了颤，衬在雪白的肌肤上，似清清冷冷月，如朦朦胧胧光。

沈浮玉语气顿时软了："我又不是什么坏人，你老实听话，与我吃喝玩乐，我便不为难你。"

只是吃喝玩乐？

江亦川垂眼，良久之后，拿起筷子夹了一片素藕。

"这就对了。"沈浮玉笑开，接着给他布菜。

虽是平民模样，可这小大夫吃起好东西来却不狼吞虎咽，进食优雅，咀嚼也缓慢安静。她看着看着，不由得看出了神。

这等绝色美人，只她一人得见多可惜啊，就该带去大宴上，叫旁人都羡煞一番。

念头起，她立马叫来随从询问："今日城中可有什么大事？"

随从知她心思，笑着答："秦大人成婚在即，特在仙人顶办了一场长乐宴，今晨还派人来请过大人。"

这倒是个好机会。

沈浮玉当即起身："差人去传话，我随后就到，贺礼是没有的，就带个美人去给各位开开眼。"

江亦川不适地拧了一下眉，但转念一想，只要能离开这个偏远的庄子，那他就有逃走的机会。

于是沈浮玉拉他出门上车，他也没抵抗。

沈浮玉瞧着他的白衣上沾了许多泥污，一回上京就去成衣铺给他换了身银线绣松的圆领袍，并一根金簪束发。

"倒是气派。"她连连点头。

江亦川面沉如水，没有抬眼看铜镜中的自己，只用余光瞥着四处，想寻一个人来求救。

然而这铺子的掌柜竟似瞎了一般，看不见他的眼神，只连连夸赞："沈大人真是好眼光，这衣裳可是小店的镇店之宝，这位公子穿上，那真是玉树临风……"

他身子微僵，沉默地收回目光。

沈浮玉看了他一眼，突然凑近，替他拂了拂衣襟："小郎君，别想了。"

"我敢带你出来，便有本事将你带回去。无论你跟谁求救，他们都只会向我行礼，让我慢走。"

她这话刚落音，成衣铺的掌柜便恭送他们出去，殷勤地说了一声："沈大人慢走。"

江亦川眉心直跳。

他重新打量沈浮玉，后知后觉地发现她穿的是敕赐才有的瑞锦。这哪里是山贼，分明是女官。

并且，是个权势极大的女官。

华贵的马车不避行人，就在官道上横冲直撞。沈浮玉坐在车上看着无辜路人被惊得东倒西歪，车夫不但不致歉，反而击掌大笑。

江亦川笑不出来。

他沉默地坐在旁边，指节都捏得发白。

前头就是仙人顶，长宁坊里最大的酒楼。三丈见高的石刻佛头压在六层的阁楼之上，佛目盛满慈悲，目下却是轻纱曼舞，一片觥筹交错。

沈浮玉一踏上四楼，便朗声道："倒是我来得最迟。"

楼间宴会正酣，主位的秦长舒迎过来与她拱手："不迟不迟，还有人在你后头呢。"

说着，她的目光往旁边一瞥："咦？"

竟是带了人来的？

她这一惊讶，席上众人便都看了过来。沈浮玉心情大好，拂袖便将江亦川往前一推。

唇红齿白的小郎君，似一阵清风般吹散了这满堂的酒气。不少女官放下了酒盏，倾身细看，就连一向与沈浮玉不对付的华年也不由得多看了两眼。

"怎么样？"沈浮玉扬起下巴问华年，"你屋子里那个号称独占上京五分春光，我这个又占几分？"

华年避开她的目光没答，沈浮玉更觉神清气爽，上前就想拉江亦川一起入座。

结果手捏在他腕上，却没能把人拽动。

笑意一顿，她抬眼看他："想一直站在这儿？"

江亦川没答，也不肯挪步。

华年见状，端酒揶揄："沈大人的这个美人，该不是抢来的吧？"

沈浮玉脸色微沉，手上也更用力，想强将他拽去，但不知怎的，这看起来柔柔弱弱的大夫，下盘却是极稳，她虎口都红了，也没能撼动他分毫。

心头火起，沈浮玉压低声音道："你不要命无妨，你家人的命你也不想要了？"

权势滔天的女官，碾他比碾蚂蚁还容易。

江亦川垂眼，心里一千个一万个不甘愿，但念及家人，也只能松了身上的力道，颓唐地任她拉拽。

袖口扬起，在空中扬成凌乱的一团。即将没去旁边时，另一侧突然伸出了一只玉手，倏地握住他的手腕。

江亦川几近麻木的瞳孔突然一缩。

天光大明，有人抬步踩上厚实的织锦地毯，绛色的官服衣摆微微一晃，清冽的松兰香气就跟着漫卷过来。

她含笑道："我既已到，人就不劳沈大人照顾了。"

这熟悉的声音……

沈浮玉气得牙直痒痒，跺脚就喊："宁朝阳，你又想同我抢！"

江亦川蓦然回眸。

宁朝阳长身玉立，漂亮的桃花眼越过他，直直看向后头的人，似笑非笑道："我同你抢？"

她手上一用劲，将江亦川拽回身侧，眼神骤冷："他本就是我的人。"

臂膀擦过她的肩，略带了些温热。江亦川喉结一动，悬着的心也跟着落回了原处。

他可耻地发现，自己竟然有些高兴。

在这众目睽睽之下、几十名同僚面前，她居然可以毫不犹豫地说出这句话，没有遮掩，也没有顾忌，仿佛已经这么想了很久。

她的手捏在他手腕上不松开，甚至有些发烫。

江亦川眼睫颤了颤,站在她身后,温顺地没有再动。

原本嚣张不已的沈浮玉,对上宁朝阳,竟是被逼得后退了半步,她气愤又不甘地跺脚:"我带来的人,你一句话就归你了?"

"你带来的人,那你可知他姓甚名谁?"

沈浮玉微微一噎,懊恼地捏拳。

还真忘记问了。

华年看得失笑,趁机就起哄:"沈大人上啊,喜欢就抢,管他是谁的人呢。大不了被宁大人捆去死牢里挨鞭子,为美人赴死,也算死得其所啊。"

"你闭嘴!"沈浮玉扭头低喝,脸色涨红。

她倒不是怕宁朝阳,她只是觉得这人正得宠,此事又是自己不占理,真闹大也没必要。

不过这事也不能全怪她,都这么久了,这个小大夫也没吭声,早说跟宁朝阳有关系,她肯定不来沾边,多晦气啊!

瞧着场面差不多了,做东的秦长舒终于吐掉瓜子皮,上来打圆场:"方才沈大人说她来得迟,我就说后头还有人,这不,宁大人终于大驾光临了。那咱们都坐下吧,站这儿也不好看呐。"

有了台阶,沈浮玉扭头就去席间坐下了。

宁朝阳转眸轻声问身边的人:"想留还是想走?"

江亦川低头,这才发现她身上的官服还是先前那件,袍角沾了灰,眼底也有淡淡的倦色。

微微抿唇,他道:"留下歇会儿吧。"

"好。"她颔首引他入座。

好不容易冷静下来的沈浮玉差点儿一口茶水喷出来。

"宁朝阳,"她恼道,"你做什么?"

宁朝阳很是无辜地抬眼:"坐下吃东西啊。"

"没人拦着你吃东西。"拳头握了握,沈浮玉还是忍不住拍案而起,"但旁边这么多位置你不选,偏选我对面,还两人挨着坐!怎么不干脆抱怀里?"

"有道理。"宁朝阳作恍然大悟状,然后就朝江亦川拍了拍自己的腿。

江亦川无奈地看着她:"都累成这样了,还想折腾?"

宁朝阳挑眉:"你怎么知道我累了?"

"我是大夫。"

"哦,"她失望地托腮,"我还以为是你格外在意才发现的。"

就凭她这伪装的本事，不格外在意的话还真发现不了。

他想这么说，话到嘴边才发现有些难以启齿，白皙的脖颈都跟着微微泛红。

这对碍眼的狗男女！

沈浮玉气道："这席我不吃了！"

宁朝阳听着，眼皮都没抬，只夹了一筷子菜放在江亦川碗里。

沈浮玉瞪眼："我说我不吃了，要走了，你也没话说？"

懒洋洋地侧眸，宁朝阳哄小孩儿似的朝旁边努嘴："沈大人要走了，我们该说什么？"

江亦川正吃着碗里的菜，闻言一顿，似是想起了什么。

他抬头看向沈浮玉，意味深长地颔首行礼。

"沈大人慢走。"

沈浮玉这叫一个气啊！

她先前对江亦川放那大话，本也是没说错的。在座的各位女官她都不怕，谁也无法从她手里把人抢走。

除了宁朝阳。

可偏偏就是宁朝阳，不但出手跟她抢人，架势还是不死不休。

被美貌郎君这话噎了个半死，沈浮玉咬牙恨恨地道："给我等着，咱们走着瞧！"

江亦川手里的筷子一顿。

宁朝阳是不在意这句威胁的，但她转过头，却见身边的小大夫陡然紧张了起来，侧脸紧绷，下颌也僵硬。

她不由得轻笑："这唬三岁小孩儿的话，你也能吓着？"

江亦川抿唇，很是认真地点了点头。

权势压人，沈浮玉有一百种法子来报复他这个草民，他不得不为自己和家人担忧。

这种担忧很正常，但身边这人显然不太理解，轻飘飘地道："有我在，无妨。"

怎么就无妨了？

他放下筷子看她："大人是打算以后都住在寒舍？"

宁朝阳一愣："自是不会。"

"那是打算派二十个人滴水不漏地将寒舍护起来？"

"倒也不至于。"

江亦川轻笑："那大人怎么就这般自信，能随时护得江某与家人的周全？"

宁朝阳眼瞧着他越说脸色越沉，哭笑不得地说："作恶的是她，你缘何恼的是我？"

"作恶的确实是她，蛮横霸道，目无法纪。"他垂眼抿唇，"但大人方才那话，也没有真的为江某想过。同样是高高在上、一意孤行，大人也不过比她优雅两分罢了。"

宁朝阳听得眯了眯眼。

她放下筷子，身子微微往后靠："在你眼里，我跟沈浮玉是一个德行？"

江亦川没有否认。

她气得乐了："你说今日晌午回去，我便一直在巷子口等你，过了晌午没看见你，便急得骑马找遍了半座花明山。官袍没换，仪容也不整，换来的就是你这么句话？你真当我今日是来赴宴的？要不是在这里看见了你，秦长舒就被我从宴上绑走贴告示寻人去了。这般的心意，落你嘴里，竟跟个孽障无二。"

江亦川皱眉想反驳，他指的只是她那句话，不是她这些……

然而不等他开口，面前这人就拂袖站了起来。

"我还有事，你若忙就先去外间，车夫会带你下楼。"

高兴就护着他，不高兴就让他走，这不还是跟沈浮玉没两样吗？

原本没太生气，眼下倒是当真恼了。江亦川跟着起身，头也不回地就离开了宴上。

坐进车厢的时候，车夫关切地问了他一句："怎的不高兴？"

能高兴吗？江亦川冷着脸想，前朝盛行的门当户对之风也是有道理的，门第差距太大的两个人，很难完全理解对方的行为。

他只是个普通人，过的也是普通的日子，压根儿就配不上高高在上的女官。即使她一直在示好，但真的有在意过他的想法吗？

他心里思绪万千，回答车夫时却只说："天气不太好。"

车夫笑着策马："是不太好，咱们得快些走，再晚怕是要下雨。"

他不再吭声，任由马车颠簸，料想会将他送回城北。然而许久之后，当车轮停下，他掀帘一看，却发现外头是花明村。

日头渐西，村口那棵树下却还等着许多的病人。

江亦川心里一惊，连忙下车，想过去给他们道声歉。结果不等他走过去，那些病人先迎了上来。

"江大夫来了！"

"多谢江大夫了，您真是菩萨转世！"

"有了这些药材，咱们再也不用担心有方无药了。"

他们东一言西一语，听得江亦川满怀不解。

"怎么回事？"

"送药材来的人都告诉咱们了，"病人朝他拱手，"说您为了咱们能吃药治病，不惜散尽家财换来这三车的东西。江大夫大恩大德，咱们必定铭记于心！"

"无以为报，替我阿娘给江大夫磕头了！"

"替我婆婆也给您磕一个！"

说着，前头的人哗啦啦跪下去一片。

江亦川手忙脚乱地去扶，这边拉起一个，那边又跪下去一个。

他无奈地摇头："我没……"

"江大夫。"押送药材的小厮朝他拱手。

他皱眉，拉着这小厮走去旁边："你们是不是弄错了？"

"大夫莫急，没弄错，"小厮笑道，"这些都是宁大人吩咐我们送过来的。她说山高路滑，几百斤药材而已，远不如您这个人贵重。"

江亦川胸口一跳，他问："几时送到的？"

小厮答："巳时左右。"

也就是说，她刚在山上遇见他，就扭头吩咐了人送药材来。满满三车，比他采的那几棵零散的药材有用得多。

方才的怒气还没散尽，又被另一种浓厚情绪倾轧了上来。

江亦川盯着装药材的麻布袋子，心情复杂极了，他闷声道："既是她送来的，做什么要说是我散尽了家财？"

"大人说了，做好事开头容易收场难，若不把这话说在前头，江大夫以后恐怕会被为难。"

竟连这些都想到了。

江亦川的手指无意识地捻了捻，轻咳一声，想道谢，又觉得几个字于那么多药材来说太轻。可要说别的，他又有些开不了口。

小厮了然一笑，与他道："咱们大人还说了，您见着这些东西，什么也不用说，只管去看诊开方，早些还家就好。"

这人是把他从头到尾都掐算干净了？

百般滋味汹涌翻转，到嘴边只溢出一声叹息。

他坐回了树下的小桌后头，努力装作若无其事地看诊。结果有病人上来就道："江大夫这样的好心肠，不知什么样的姑娘才配得上？"

什么样的姑娘？

他一怔，脑海里不受控制地浮现出了宁朝阳的模样。

"我不可能能接受苦药，一辈子都不可能。"她将头埋回被子里，闷声道，"但我喜欢熬药的人，一眼看见就喜欢。"

风拂桃树，花瓣落了他满身。

"江大夫？"病人唤他。

慌忙回神，他拂开药笺上的桃花，一本正经道："先拿这方子去抓药，你这积劳成疾——"

"江大夫，"病人忍不住打断他，"我是腿断了，不是积劳成疾。"

纸上字迹连带着胸腔里的东西，终于是一起乱了。

两个人吵架，最尴尬的情况是什么呢？

是吵到一半才发现自己不占理。

认错吧，低不下去那个头。不认错吧，又有些站不住脚。

江亦川看着前头那些小厮照着他的药方给村民抓药，心里大抵就是这么个情绪。

宁朝阳没有不为他着想。不但没有，反而为他改变了一贯的作风，没有直接砸金子不说，还细致得连抓药的小厮都安排好了。

她不觉得他的济民之心可笑，更不会觉得他担心家人的心思多余，是他着急之下太敏感，不分青红皂白就把她和沈浮玉划为了一派。

他心绪纷乱，手里的毛笔一个没捏稳，摔下去就断成了两截。

他捡起来看了看，眉头皱得更紧。

宁朝阳的车夫就在这时将锦盒递了过来。

"您用这支吧，"他慈祥地笑，"咱们大人是个执拗的，东西若送不到想送的人手上，就会一直搁置。这么好的狼毫，搁坏了多可惜。"

江亦川怔了怔。

锦盒打开，熟悉的狼毫笔陈列其中，看着就让人想起她在马车上那郁闷的神情——

"她倒是潇洒，一支狼毫笔就求来了婚事。我也买了，怎就求不来？"

彼时的她嘟嘟囔囔的，像个眼馋的小孩儿。

眉目缓和下来，江亦川望着那支狼毫笔，犹豫片刻，终于还是将它拿了起来。

门第之见固有其因，但他和她是活生生的两个人，不是冰冷的门第，只要心里当真有彼此，又有什么是不能理解的呢？

念头起，江亦川都忍不住暗唾自己，一会儿一个心思，变得也忒快了些。可唾过之后，心里倒是释然了。

他执正笔锋，将那张积劳成疾的药方重新写完，然后折起，仔细地放进了袖袋里。

宁朝阳今日心情极差，下楼的时候人虽是笑着的，可身侧一丈之内，除了华年，无人敢靠近。

"把这些后生吓成什么样了，"华年嗔怪她，"里头有好几个都是长舒打算笼络的人才，要真吓得人不敢来凤翎阁了，长舒可要找你拼命。"

宁朝阳皮笑肉不笑地说："拼命这事儿好啊，又刺激又有趣。"

华年哭笑不得："不是把人抢回来了吗，怎么还气成这样？"

抢回来了有什么用，人家也没把她当好人。

宁朝阳冷着脸想，说什么跟沈浮玉一样，她还不如沈浮玉呢！沈浮玉喜欢就去掳，倒比她这兜兜转转的要省事得多。

"你的马车到了。"她提醒华年。

华年颔首："可要捎带你一程？"

朝阳刚想答应，侧头却发现自己的马车也停在了不远处。

已经过去了这么久，江亦川应该到家了。

她抿了抿唇，道："我自己回去就是。"

"那便祝你温香软梦，一夜好眠。"

在宁府那破地方，能有什么一夜好眠。宁朝阳敷衍点头，目送华年离开才转身。

她提裙踩上自家车辕，没好气地道："明日不去花明村了。"

车夫一愣："那，后日去？"

"后日也不去，大后日也不去，再也不去了！"

她是什么身份，犯得着热脸贴人冷屁股吗？这个不行就换下一个，就算换的没这个好看，也总能比这个听话。

宁朝阳气恼地一掀车帘，僵住了动作。

江亦川坐在车厢里，已经换回了雪白的长袍，闻言抬眼看她，漆黑的眼眸里粼粼有光。

她略显尴尬地摸了摸耳垂，没好气地道："你怎么在这里？"

他没答，倒是皱了皱鼻尖："你喝了多少？"

她哼笑一声迈进车里坐下，倚在软垫上懒洋洋地道："与你有什么干系。"

"你病还没好,不宜饮酒。"

"又是大夫这套,"她道,"我也没雇你做府医。"

"是没雇,"他点头,"宁大人第一次来看诊,甚至忘了给诊金。"

第二次也没给,是他顺手给她开的治胡思乱想的药方。

第三次就更别说了,把人带回家照看,也没提什么钱。

"所以,你不是我的病人。"他下了结论。

宁朝阳怔了一瞬,眉梢微挑。

小大夫这意思是不是……他关心她,跟身份没有关系?

她有些惊讶地咋舌,心想,这外头什么风这么厉害,能把这人的脑子都吹得开窍了?

"那三车药材,多谢你。"江亦川双手放在膝盖上,认真地与她道,"我现在可能还不了你那么多银钱,但我会慢慢还,直到还清为止。"

这话就没有方才那话讨喜了。宁朝阳不悦,刚想开口,却又听他接着道:"待我还清之后,大人能不能继续去花明村?"

明日不去可以,后日不去也可以,甚至大后日不去也没关系,但不要再也不去。

他抬眼,清眸如石上流泉,干干净净地映出她的影子,一如初见时那般,天光乍破,盈盈灿灿。

宁朝阳眼眸微微睁大。

她都气一下午了,这人怎么说低头就低头?态度这么软,弄得她都有些不知所措。

"你不是觉得我高高在上又一意孤行?"她挑眉。

"不是,"他歉疚地道,"大人待我并非如此。"

"那我还和沈浮玉一个德行吗?"

"云泥之别。"

头顶的阴霾一点点散开,宁朝阳想勾唇,又觉得自个儿这般也忒好说话了些,便清了清嗓子,故作高冷地将头别到旁边。

江亦川轻叹一声,跟着她的动作换到对面去坐下:"谢过宁大人今日相救之恩。"

还找了他那么久,着实不容易。

宁朝阳冷哼,又将头换了一侧别着。

他好笑地又换回去坐着:"也谢宁大人维护之情。"

与同僚对峙不是那么轻巧的事，她都是为了他。

她的嘴角勾起又抹平，板着脸道："你知道就好。"

原本平稳行驶的马车突然往前冲了一下，江亦川没坐稳，倏地往里一跌。

宁朝阳被逼无奈、勉为其难地又将他抱了个满怀。

"唉，"她说，"诚意都给到这个分儿上了，我也没有不接的道理。"

这是哪门子的诚意！

江亦川扶正坐稳，赶紧解释："我不是要这么谢你，我……"

"大人，"车夫突然严肃地喊了一声，"江大夫的家里好像有异动。"

江亦川一听这话，赶紧掀开了车帘。

原本僻静的巷道，此时竟站着十余个高大的壮汉，这些人穿的虽是布衣，身上却有股不同寻常的气势，吓得左邻右舍门户紧闭。

江家大哥正堵在自家门前，双手撑着门框，恼怒地喊："不许欺负我娘！"

江亦川跳下车便冲了上去。

为首的赵旗刚要动作，面前就多了一道白色的影子，他定了定神，挥手就想喊抓人。

结果话还没喊出来，肩膀先被人按住了。

"赵大人这是做什么？"宁朝阳问。

"宁大人？"赵旗退后两步，连忙行礼，"卑职奉沈大人之命查胡海一案，此户人家嫌疑甚大，卑职正打算带人回衙门。"

"真是巧了，"宁朝阳挑眉，"这小郎君下午刚得罪你们沈大人，傍晚你们就查到他家有嫌疑。"

伺机报复得也忒明显了些。

"这……"赵旗拱手，"大人明鉴，这户人家的举止的确不合常理。"

江亦川神色紧绷，抬手牢牢护着家人："我母亲重病在床不得起身，日夜以泪洗面。我兄长虽已弱冠，却痴若四五岁的小儿。这般境况，大人想要我们如何合乎常理？"

宁朝阳看着他那气得发颤的手臂，微微抿唇。

她不悦地转向赵旗："区区一个胡海，你们沈大人查了足足半个月也没有任何进展。与其在这里找由头为难无辜百姓，不如回去禀了你们大人，将案子转交给我。"

赵旗一凛，慌忙低头："是卑职们办事不力。"

"知道不力还堵在这里？"

"可是——"赵旗抬手欲指江亦川,迎头被宁朝阳一盯,气势瞬间弱了下去。

"卑职告退。"他拱手。

巷子里的一群人眨眼就散了个干净。

江亦川松了口气,回头打量自家大哥:"伤着哪儿没有?"

江大摇头,又指了指屋内。

那些人虽然没有闯进来,但着实闹了不小的动静。江母原本就易惊易怕,此番更是吓得咳嗽不止。

江亦川抬步就想进去安抚,袖口却突然被人捏住。

"沈浮玉既然有了动作,就不会善罢甘休。"宁朝阳看着他道,"你这地方住不得了,与其让令慈继续身处险境,不如径直将她带上车,随我走。"

江亦川怔了怔,有那么一瞬间的犹豫,但宁朝阳已经扭头吩咐车夫收拾车厢里的杂物,要腾地方供江母躺着了。

他顿时觉得,自己先前在仙人顶上质问她的话也真是不知好歹。

"东西多不多?"宁朝阳问他。

江亦川回神,微微抿唇道:"容我先去告知母亲。"

"好。"

江大听不懂他们在说什么,急得抓耳挠腮的,正想哭闹,却突然闻到了一股香甜。

"大哥,"宁朝阳微笑,"要不要尝尝这仙人顶的春花糕?"

油纸包打开,五颜六色的糕点甚是喜人。江大哪见过这种东西,眼睛都瞪圆了,立马接过来抱在怀里看。

这厢一消停,江亦川也就轻松了,顺利扶江母上车之后,便返身收拾行李。

宁朝阳看了他两眼,跟着挽起了衣袖。

华贵的官袍在这简陋的瓦屋里显得格格不入,她的动作却很麻利,将他堆积的医书捆上细绳,又把几个常用的药罐子都递给车夫。

江亦川在一个转身间嗅到了她身上还未散去的酒香。

他不由得有些恍惚。

这人是当真想带他走,还是只是喝醉了冲动行事?

宁朝阳没有看他,兀自收着东西,却在下一次与他擦肩而过时淡声道:"没喝醉,不是一时冲动。"

他下意识地遮住自己的胸口,惊慌地看着她。

宁朝阳看得轻笑出声。

她越过他，将支着窗户的木棍取下，合上窗户的同时抬眼道："江大夫该遮的是脸。"

干干净净的一张脸，有什么心思都写在了上头，叫人一览无余。

绯红漫溢上侧脸，江亦川狼狈地移开视线，匆匆去抱桌上的药经。宁朝阳暗笑，拿起旁边的砚台，放进箱笼里一起抬上车去。

马车虽大，但里头放这么多东西，躺了一个病人，还坐了一个大男人，委实有些挤。

宁朝阳松开袖口吩咐车夫："你先过去，我跟江大夫散散步也好。"

"是。"

马车缓缓远去，江亦川看着那车顶上的铜铸梅花，后知后觉地有些不安："我们要去哪里？"

"放心，"宁朝阳拂袖与他并行，"不是宁府那个吃人的地方，我在平宣坊有另外的私宅。"

私宅？

江亦川一听这词，脑海里顿时浮现出两扇缓缓开启的大门，大门之后，无数衣袂飘飘的美人奔涌而出，一边跑，一边挥着手绢喊：宁大人……

打了个寒战，他眉头紧皱。

宁朝阳快被他丰富的表情给笑出内伤了。

什么乱七八糟的，看着挺美丽的一个人，怎么这般不聪明？

不过，也就是这般的不聪明，她反而更是喜欢。

朝堂上钩心斗角、烦不胜烦。宁朝阳就想要这么个像白纸一样的人，身份低微、相貌端正，还柔弱不堪惹人怜惜。

轻轻拊掌，她笑得眼尾弯起。

平宣坊离这边有些距离，但两人走了许久，竟也不觉得累。

江亦川不累是因为每日去花明村看诊走得更远，他习惯了。宁朝阳不累则是因为旁边这人脸上的大戏实在太好看，她一路看过去，还有些意犹未尽。

"到了。"

高大的宅院，比他想象中的还要华丽些。

江亦川一看门开了，就下意识地往后让位置，生怕谁家小郎君冲出来撞到他。

然而，门扇大开，里头只吹来一阵清风，带着春日的花草香，沁人心脾。

"这宅子一直空置。"宁朝阳抬袖掩唇，闷笑不止，"你躲什么？"

江亦川意识到自己想太多了，轻咳一声，掩饰似的道："这等好宅，大人竟也舍得空置?"

"我尚未成婚,又没有别的男人。按大盛律法,不能避开父母独居。"

这话听来是在正经解释的。

可是,可是……

江亦川捏紧了拳头,缓了一会儿才恼羞成怒。

"这里只有你我,什么话非得贴着耳畔说?"

第四章
不一定神，但是助攻

清风吹拂，一身绛袍的女官踮脚贴上来，温热的气息尽数落在他右耳里，一阵酥麻之后，耳廓也跟着发烫。

江亦川连退了三大步。

作恶之人一脸无辜地看着他，纳闷儿地道："这里既然只有你我，那为什么不能贴着耳畔说？"

乍一听，还挺有理。

他羞恼又无奈，薄唇抿得泛白。

"好了、好了，知道于礼不合了。"宁朝阳安抚似的摆手，"我毕竟是个醉鬼，江大夫包容包容？"

方才还说自己没喝醉，这会儿就是醉鬼了？

他气闷地摇头，顿了好一会儿，才与她并行进门。

天色已经暗了，四周什么也看不清。宁朝阳径直将他们安顿在了一处院落里，四间厢房，每一间都比他们先前住的两间屋子加起来还大三倍。

"这里被褥枕头都齐全，你们先好生休息，"她道，"待明日再去添置些物件。"

"多谢。"江亦川闷声与她道。

欲走的步伐一顿,宁朝阳转回身来,好笑地扬眉:"道谢都带着气性?我又没亲着你,只挨近了些罢了,你就这般不喜欢?"

"不是。"他摇头。

"不是什么?"

"不是因为不喜欢。"

清澈的眼眸抬起来,他看向她,欲言又止,无地自容。白皙的肌肤蒙了一层绯色,脖颈上的青筋也微微凸起,和着那滚动不止的喉结,只一眼,就叫她明白了意思。

宁朝阳的脸莫名就跟着他红了一下。

她轻咳一声,难得地有些结巴:"你、你歇着吧。我就住在隔壁院子,有事就找外头那几个粗使的奴仆便是。"

"好。"

大步离开东院,宁朝阳一边走,一边唾弃自己。

官场上打滚儿这么久,还有什么场面没见过,竟也能因为别人一个神情就脸红?人家风华正茂、血气方刚,她不该高兴才是吗?

只要再找个机会得到小大夫的首肯,她就可以光明正大地另府别居、逍遥自在了,真是妙极了。

哈哈笑了两声,宁朝阳坐回自己的房里,拿手捂了捂发烫的脸颊。

春意深深,鸟兽虫鱼逃不过,花草树木也逃不过,人自然是更逃不过。

太糟糕了,一点也不优雅。

"大人,"许管家立在门外,拱手道,"里外里都交代清楚了,一定会照顾好东院那几位。"

"嗯,"宁朝阳瞥了外头一眼,突然想到了什么,"许叔,劳烦您进来说话。"

许管家恭顺地站到她身侧:"大人有何吩咐?"

"我有一个朋友,想与人求偶,但又没想好该怎么跟人开口,"她抬头,"您可有什么含蓄又优雅的法子?"

许管家差点儿没站稳。

他神色复杂地看了看自家大人,又看了看灯火尚未熄灭的东院,觉得大人这就挺含蓄的了,还提什么朋友,跟他没长眼睛似的。

"此等要事,自然要先让对方感受到诚意。"许管家配合地道。

宁朝阳拢眉:"诚意已经给得很足了。"

又是救人，又是给药，又是百般维护，华年给的点子她已经都用上了。

许管家想了想，慈祥地点头："那就轮到老奴出马了。"

这种戏份儿里，怎么能没有一个从小看着大人长大的老管家呢？

于是第二日，江亦川一打开房门，就看见这位许管家乐呵呵地站在外头道："江大夫早。"

他不认识这人，只下意识地回礼。

"这是您的早膳，令慈与令兄的早膳也已经送过去了，您不必再操心。"

江亦川神色缓和，与他拱手："多谢。"

"是老奴要谢谢您才是，"许管家低头看了一眼自己的掌心，接着感情浓厚地念，"大人已经许久没这么笑过了，这全都是因为您啊！"

江亦川莫名打了个哆嗦，他困惑地道："我看你们大人每天都笑得挺开心的。"

"非也、非也，"许管家摇头，自信背诵，"老奴从小看着她长大，真笑还是假笑一眼便知。对外头那些人，大人是敷衍应付，但对着江大夫您，大人可是发自肺腑地高兴。"

这位管家昨日有见过自己吗？

江亦川欲言又止。

许管家拍了拍他的肩，欣慰地道："老奴一直盼着大人身边能有个知冷热的人，能让她不再形单影只，今日看见江大夫，老奴终于可以放心了，待死后下了九泉，也能对老爷有个交代。"

他一怔："宁大人的父亲已经？"

"哦，不是，"许管家摆手，"我说的老爷是大人的三姨父。"

江亦川捏了捏眉心，问："您来是为了？"

终于说到重点了！

许管家站直了身子，低头想继续看自己手里的词儿，结果手再打开，里头的纸条却已经不见了踪影。

他纳闷儿地低头四处寻找，找着找着，就听得江大夫开始念："老奴命不久矣，死前唯愿大人能觅得良人，不知江大夫可愿与大人托付终身，举案齐眉……"

许管家倏地跳起来抢回纸条，咳嗽不止。

江亦川哭笑不得："还要提前写下来？"

"年纪大了记性不好，那话本子有这么厚，我好不容易抄得几句有用的，"许管家嘟囔着，陡然一凛，正经了神色道，"不知江大夫可明白老奴的意思？"

有些明白，又有些不明白。

江亦川神色复杂地道:"在下不过一介布衣,管家难道觉得堪与宁大人相配?"

"哎,我们大人说了,大盛有的是登云梯,只要有本事,谁都能做人上人,故而前朝那些高门联姻的把戏在她看来只是庸者抱团,无甚作用。她想要的人,合她心意就好。"

看了一眼他手里的纸条,确定不是照着念的,江亦川抿了抿唇。

两人才相识不久,要说这么快坠入爱、河死心塌地,那是不可能的。可要说他完全无动于衷,那更是不合常理。

宁朝阳那种坦荡而炙热的心意,没有人不为之动容,再清心寡欲也不可能。

他袖口一动,碰着了里头折好的药笺,纸张摩擦,窸窣作响。

江亦川垂眼看着那方子,想了好一会儿,终于还是开口问:"她人呢?"

宁朝阳一早就被召去了凤翎阁。

主殿里气氛严肃,皇长女高坐凤位,凤眸含怒:"本宫半个月前就让你彻查胡海,你查到哪里去了?"

沈浮玉跪在下头,一扫先前的嚣张,身子直颤:"微臣一直在查,那胡海诡计多端,不但将证据藏得死死的,还唆使左右邻居哄骗暗探,这才让微臣与手下走了岔路,耽误了工夫。"

"人就在牢里,你都问不出真话来?"

"殿下明鉴,胡海的骨头真是比牢里的铁栏杆还硬。"

闭了闭眼,皇长女寒声道:"青云台的人可不会管你有多少借口,他们已经知晓了此事,还扬言若本宫敢轻易结案,他们就去御前告本宫一个隐匿人证、诬陷手足之罪。"

此话落地,在场的官员皆是一惊。

"怎会如此?"华年不解,"胡海去告状的那个衙门,里外全是咱们的人,消息绝不可能走漏。"

秦长舒也道:"暗探一直在花明村附近守着,胡海的居处没有任何人去过,也不见有谁去打听什么。"

一直都瞒得好好的,怎么可能突然就被青云台的人知道了?

皇长女心里烦闷,抬眼看向旁边的人:"朝阳,你说呢?"

宁朝阳拱手:"事已至此,自然只能快些找到胡海所说的证据在何处并验明真伪,才不至于让青云台的人捏住把柄。微臣手里那桩内侍下毒案已经了结,愿自请探查此事。"

"好,"皇长女欣慰颔首,转头道,"有劳沈大人去将相关卷宗整理妥当,送去宁大人府上。"

沈浮玉撇了撇嘴，有些不甘心，却只能叩首："微臣遵命。"

议事结束之后，宁朝阳被单独留在了大殿里。

皇长女看着她，略有担忧："你父亲今日一大早就往吏部参了一本，说你忤逆不孝，独身分府别居。"

宁朝阳垂眸颔首："让殿下操心了。"

"本宫倒不是怪你，"皇长女轻叹，"本宫就是没想明白，天下哪有这样的父亲。"

自己女儿功成名就，不为她高兴，反而成天想着怎么把她拉下马。那折子也就是落到了她手上，若真落去推崇孝道的圣人手里，宁朝阳说什么也得掉层皮。

宁朝阳是她近两年最看好的后辈，什么都好，可惜摊上这么个爹。

想了想，皇长女道："本宫赐你一名男侍可好？如此一来，你想分府别居也就名正言顺了。"

"多谢殿下美意。"提起这茬儿，宁朝阳愉悦地勾了勾唇，"但微臣那别院里……已经有一个了。"

"哦？"皇长女顿感意外，身子往前倾了倾，"你是为他才分的府？"

宁朝阳低笑一声，算是默认。

皇长女霎时展颜，抚掌道："本宫就说你这人行事从不冲动，怎么就给了宁肃远上奏参本的机会，原来如此。"

顿了顿，她又试探着问："那吏部的折子？"

"可继续往上呈。"她平静地拱手，背脊挺直，无惧无畏。

皇长女看得万分满意。她就喜欢这种清醒的姑娘，知道自己要什么，也知道该怎么去要，果断干脆狠得下心，实乃成大事不可少之臂膀。于是宁朝阳回去的时候，车上就多了一盆华光四溢的宝石树。

这不是殿下第一次赏她，以往更贵重的东西也是有的，但这一次，宁朝阳觉得自己的心境有所不同。

她挡了车夫的手，自己将宝石树抱起来，下车往东院走。

因顾忌着沈浮玉，江亦川今日没有出诊，只在院子里熬了药给母亲和兄长，便在檐下静心抄着药经。

听见脚步声，他眼睫一颤。

余光里挤进来一片绛色衣角，上头绣着繁复的四品梅花，威严又庄重。她站在他桌边，一时没有出声。

江亦川喉结滚了滚，心里有些紧张，然后才慢慢抬头。

他以为会看见一张严肃或是疲惫万分的脸。

然而，视线往上，映入眼帘的却是宁朝阳那明媚至极的笑颜。

"江大夫好呀。"她弯着眼道。

江亦川怔了怔，不自觉地就跟着她扬起了嘴角："这是有什么好事？"

"也没什么，"轻巧地将怀里的宝石树放在他桌上，她满不在乎地道，"殿下随手赏的小玩意儿。"

五光十色的宝石被累丝镶嵌在金枝之间，华光四溢，贵气逼人。金丝缠绕，做得枝头弯曲自然，巧夺天工。风一吹，整棵宝石树还沉甸甸地跟着晃动，折射的彩光落在干净的墙壁上，如梦似幻。

"好生贵重的赏赐，"江亦川站起了身，左右细看两圈之后，抬眼看她，眼眸微微睁大，"你得立多大的功劳？"

宁朝阳摆摆手："只是得了殿下偏爱罢了。"

"殿下的偏爱又岂是平白来的，"他摇头，认真地道，"大人一定做了很多努力。"

没贬低这物件，也没说她只是运气好，江亦川很真诚地夸奖着她，清澈的眼眸里满是替她高兴的光彩。

宁朝阳有些不适应："你怎么也学外头奉承的那套？"

江亦川莫名："这为何叫奉承？不是实话吗？"

是实话吗？

朝阳有些迷茫。

她在九岁时写了一篇诗文，机缘巧合入了名家之眼，人家就赠了她一方宝砚。当时她高兴坏了，立马拿去给宁肃远看。结果宁肃远只瞥了一眼，就笑她拿个不值钱的玩意儿当宝。

"一个垂髫稚子，能有什么惊世骇俗的文采，人家心慈罢了。就这么个破烂，也值得你得意忘形？"

宝砚当时就被挥在地上摔了个粉碎，她喜悦的心也跟着被摔了个粉碎。

得了奖赏是不值得高兴的，高兴只会挨骂，这是宁朝阳在这么多年里逐渐根深蒂固的认知。

但现在，江亦川在替她高兴。

他说宝石树很贵重，说殿下的偏爱不是白来的，还说她一定做了很多的努力。

宁朝阳捏了捏手，只觉得喉咙干涩得紧。

"还有什么其他高兴的事吗？"江亦川道，"我现在有空，你都可以说给我听。"

"有啊。"她开口，声音沙哑。

江亦川一听就皱了眉，想看她怎么了，这人却低着头。

她兀自道："我得了一桩很重要的任务，一旦做好，明年升迁有望。毒害我的人也有了报应。回来的路上还看见了很好看的景致，这些都是能让我高兴的事。但最重要的是——"

宁朝阳抬头，漂亮的桃花眼微微泛红，眼尾却是一扬，朝他笑起来："最重要的是，我遇见了江大夫你……"

后头这一件，比前头那几件加起来更让人高兴。

目光相接，江亦川胸口蓦地一紧。

这人总是与他装哭，骗他安慰之后，脸上一点泪水也无，可恶极了。但此时当真看见她眼里的水光，他又觉得这东西不该在这里。

方才自己哪句话说得不对了吗？

他皱眉想道歉，面前这人却很快就恢复了常态。

她将那宝石树往他面前一捧，笑眯眯地问："我若用它作礼，可否求得江大夫长留此处？"

空寂的别院，虽然时常有奴仆打扫，却冷清又幽静，也就是他搬进了东院，这一方院落才沾上了点人味儿。

江亦川想起那管家说的话，又看了看面前这棵华贵万千的树，沉默片刻，还是伸手将自己袖袋里的药笺拿了出来。

"这是什么？"

薄薄的纸张对折了两下，打开一看，是一张治疲惫乏力高热不退的药方。

"是回答。"他说。

宁朝阳的脑袋上冒出了一个又一个问号。

这算哪门子的回答？

她竖着看了看每种药材的首字，拼不成一句话。她又横着数了数药材的数量，还是没头没脑。

她好笑地问他："直接回答触犯大盛律法吗？"

"不触犯。"他敛眸转身，"但多少无趣些。"

他的手指刚要往前晃，却被人倏地勾住。宁朝阳勾着他的指节，嘟囔道："与我在一起，才不会叫你觉得无趣。"

江亦川没有躲，任由她抓着，白皙修长的手指起初冰凉，慢慢地就温热起来。

他道:"那就希望大人说到做到。"

如同万里晴空之上突然炸开一簇烟火,宁朝阳整个眼眸都亮了起来。

这不还是答应了吗!

她嘴角控制不住地咧向耳根,脚下一个小跳,又克制地稳住袍角,勉强清了清嗓子道:"那晚上我让许管家多准备些菜,你我小酌一杯。"

这么快就要……江亦川一怔,耳根跟着就红了。

他没敢回头,只挺直背脊装作冷静,心下却是乱如麻缕,连脉搏都跳得快了三倍。

她是不是听错了,他只是答应要留下来,还没答应别的。

要提醒她吗?可这人现在正高兴,若是纠正她,她会不会又要哭?

可这都不纠正,那他……他晚上穿什么比较好?

他满脑子胡思乱想,不待他想出个结果,就听得奴仆突然道:"大人,沈大人来了,说是奉命送东西的。"

江亦川微微一怔,回了神。

宁朝阳对奴仆点了头,第一反应竟是先来安抚他:"是公事,你不必害怕,在这里,她不能将你如何。"

这是以为他有多胆小?江亦川有些哭笑不得,倒也没多说什么,只松开她的手,让她先去忙。

宁朝阳心情极好,点头便去了,袍角飞扬起来,眨眼就消失在了回廊外。

他这才捂了捂自己的胸口——跳得太快了。

被姑娘家求亲,简直是从未遇见过的怪事。他有点紧张,又有点慌乱。

从小生活在那样的环境里,没人教过江亦川男女在一起应该是什么模样,更没人教过他当人夫婿需要做些什么。

他返身回屋,将自己所有的医书都翻了一遍,不得其解,再将药经也一并看过,还是没有主意。

他心念一动,找到了许管家:"能否与您借些话本?"

许管家没别的爱好,就爱看这些。一听他这要求,当即就兴奋地寻出来几本才子佳人话本,一股脑儿全塞给他。

于是江大在院子里追蝴蝶的时候,就看见自家二弟捏着一本书若有所思。

"你在看什么?"他忍不住凑过去问。

江亦川回神,笑着与他道:"这书上说世间情爱千百种,总逃不过连理之事。"

相识不过月余,要看清一个人的心意很难,但宁朝阳既然愿意与他结为连理,那至少是不会愚弄他的。

他别无所求，只求真心相待，白首不离。

江大一脸茫然地挠头："连理是什么？"

"就是夫妻。"

江亦川从未念过的两个字，吐来有些生涩。他摩挲着手指，嘴唇抿着，有些不好意思。

他虽没有她那样的富贵，却也想倾尽所有为她备下三书六礼，将她明媒正娶，与她成为夫妻，从此生死与共、风雨同舟。

有人蓦地嗤笑了一声。

江亦川回神，反手把江大拉到了背后："什么人？"

沈浮玉从走廊的石柱后站出来，满眼讥讽地问他："你想与谁做夫妻，宁朝阳吗？"

他戒备地起身道："沈大人走错地方了。"

"听说宁朝阳为一个男人分府别居，我还当是谁，原来是你。"她置若罔闻，虽没再靠近，却接着道，"真是糊涂，你若跟我，至少也是个院内的侧室，跟她，怕是只能做个没名没分的外室。"

江亦川脸色微沉，道："大人既是官身，又何必做这下三滥的挑拨之事？"

挑拨？

沈浮玉翻了个白眼："不然你去问宁朝阳，看她会给你个什么名分？一个出身卑贱的江湖大夫，还真想做她宁大掌事的正经夫婿啊？"

将滔天的权势和家财都分给一个男人，宁朝阳才不会干这种蠢事。

江亦川被说得怔住。

他想反驳，说江湖大夫靠本事立命，为何卑贱？又想说不是谁都那么在意门第。可他环顾四周的雕梁画栋，再看看自己身上的布衣，这话多少有些难以启齿。

沈浮玉揶揄地看着他，还想再说什么，喉咙突然就是一紧。

有人从旁边伸出手来，抵着她的咽喉叫她一路后退，越退越快，越退越急，直到撞上走廊另一侧的石柱，嘭的一声响。

沈浮玉撞得太痛，咳嗽不止，拼命扒着面前这人的手："你做什么！"

"不是跟你说了不能乱走？"宁朝阳眉心紧皱，手上一用力，这人的脚就被迫踮起。

"我没——咳咳，快放开！"

宁朝阳手背凸起青筋，冷眼看着沈浮玉，有那么一瞬间真想下重手。

但毕竟是朝廷命官。

"大人。"江亦川纵身上来,捏住了她的手腕。

宁朝阳顺势便把人松开。

沈浮玉脸色已经红涨得不像话,跌坐下去猛地吸气,半晌都没缓过来。

"你不用生气,"小大夫温柔地安抚她,"我不会信她的话。"

宁朝阳身子微微一僵,抿了抿唇。

同朝为官这么久,沈浮玉虽然与她十分不对头,却很是了解她。与其说是气她胡编乱造,不如说是气她打乱了自己的计划。

她的确只是想纳个外室,只是这话不该在今日说,更不该由外人来说。

江小大夫满脸信任,就这么看着她,想与她对视。

宁朝阳心里发虚,眼神也闪烁:"我先去送她一程。"

视线错开,江亦川有些愕然。

"你不要多想。"她含糊地补上了一句。

不说还好,一说,这心虚之意就更明显。

嘴角的弧度慢慢平下去,江亦川沉默了一会儿,侧身让开位置。

这人抓起沈浮玉就匆匆往外走,两人肩头交错,她依旧没有看他。

江亦川垂眼收回目光。

"二弟,怎么突然生气了?"江大问了一句。

江亦川伸手拿掉江大头上的草根,淡然地道:"我没有生气。"

"你有,"江大固执地道,"你刚刚有多高兴,你现在就有多生气。"

将大哥送回房中,江亦川把旁边散落的话本都收捡整齐,然后就坐在院子里等。

宁朝阳走得快,回来得也快。她拂袖在自己面前坐下,一双桃花眼里满是无辜:"你听我解释。"

"嗯,"江亦川点头,"大人请讲。"

这般不吵不闹的,倒让她有些不知从何说起。

宁朝阳摸了摸鼻尖,思忖片刻之后道:"三书六礼分外烦琐,非一年半载我们无法在一起。我觉得不如就省了这些东西,只要我真心待你,正室与外室也没什么区别。"

江亦川听得想笑:"许管家说你没有门户之见。"

"我的确没有,"她道,"这样做也不是看不起你的意思,而是……"

"那我问你,"他打断她,眸子清冷地望进她眼底,"倘若我是皇亲国戚、高门大户的贵子，你可会只纳我为外室？"

那自然不会。

宁朝阳皱眉。

但凡这小大夫是个什么贵门，她压根儿就不会去招惹。

看着她这表情，江亦川的脸色渐渐发白："不会只是外室，是吧？"

"不是，"她无奈地道，"我一开始就只想要外室，不是因为你的身份才这样。"

一开始？

他恍然想起桃林初见，这人大步朝自己走过来，戏弄似的道："这么好看，不带回去多可惜。"

当时装作说花，实则就是在说他。他这样身份低微的平民，在她眼里就是一枝可以随意采撷的桃花。

他脸色更白了几分，深吸一口气，想笑又皱眉："那你怎么好意思与我说喜欢？"

我喜欢熬药的人，一眼看见就喜欢。

一开始是见色起意，后来就觉得你好。

只挨近了些罢了，你就这般不喜欢？

⋯⋯⋯⋯⋯⋯

画面纷乱翻飞，最后就定在这人闪躲的眼神上。

江亦川想不明白。

这人最喜欢装哭扮委屈地骗他，他都说了再也不上她的当了，怎么一转眼还信了个大的？

宁朝阳不明白他在气什么："喜欢和做外室冲突吗？"

刚整理好的话本被风吹开了，最上面那一页写着一行字：哪个真心人不是明媒正娶，只薄情郎哄的骗的才养到外间去。

江亦川垂眼，轻声与她答："不冲突。"

"那不就——"

"可我不愿意。"

宁朝阳倏地抬眼，面前这人脸比衣袍还苍白，风吹得袖袍扬起，整个人像是要随风去了一般。

他低头看她，一字一句地道："江某虽贫，却也没自轻自贱到要做人外室的地步。"

宁朝阳眉心一跳，脸色跟着也沉了："我不会有正头夫婿，也不让你侍奉长辈，供你吃穿、容你行医，还替你照拂家人。如此待遇，怎么就算得你自轻自贱？"

"那大人是真心喜欢我吗？"江亦川捏紧了拳头，"是像两个人并肩一样平等的喜欢，还是捏在指尖把玩的那种喜欢？"

宁朝阳微微噎住，没回答这个问题。

"大人压根儿就不在意江某到底想要什么。"他轻声道，"说是不看门户出身，你骨子里却看不起我；觉得随意给些银钱好处，我就要感恩戴德，不然就是不识抬举。我先前还与你道歉，说你与沈浮玉是云泥之别，眼下看来，这话是没错，只不过泥是你，云是她。沈浮玉至少一开始就把目的告诉我了，而你，装腔作势、虚假伪善，非要眼看着我掉下陷阱摔得爬不出来，才肯露出真面目。她不是好人，你也不是。"江亦川喉结翻动，红着眼道，"而我，如大人所说是个好人，但托大人的福，我没有好报。"

宁朝阳胸口一沉，有些愧疚，但更多的是不悦。

她讨厌被人责骂，这么多年宵衣旰食地往上爬，就是为了压在自己头上的人能少一些，挨的骂也能少一些。

现在倒好，外室没有添成，净添堵了。

她眼神稍冷："我从未想过强迫你。"

从一开始，她求的就是一个心甘情愿。住进这宅子也好，做外室也好，她都会先问过他，若是不能，那放人走就是了。大方如她，还会给他捎带上两块金子。

宁朝阳自认不是个亏人的主儿，但显然，面前这人不这么认为。

他哑着嗓子道："既然如此，那江某就不多打扰了。"

刚搬来的几个箱笼还堆在院子里没有打开，江亦川转身，径直就朝那边走了过去。

走就走。

宁朝阳没有开口挽留。

怒气只在脸上一闪而过，她很快就恢复了镇定，甚至挥手让奴仆来帮忙。

"大人？"许管家匆匆过来，瞪眼看着面前这场景，"这是怎么了？"

"去外头另找个宅子，安排他们住进去，"宁朝阳道，"其余的就不用管了。"

"可是，您不是刚刚才给江大夫准备了……"

"照我说的做。"

许管家这叫一个愁啊，他刚刚还在高兴这院子终于要热闹起来了，结果刚去偷吃了一口鸡腿，情况就急转直下。

现在把鸡腿吐出来还有没有用？他尝试着抠了抠嗓子，一张老脸都皱了起米。

江大夫这个人看起来柔弱，脾气却是硬极了，抱着箱笼出门，不管他怎么阻拦也没停下脚步。

"您先别走了，都这么晚了。您不为自己想想，也为您这老母亲想想，折腾来折腾去，老人家身体受得住吗？"

江亦川有礼地与他颔首："劳烦替我将这个放上车。"

"哎，好。"许管家顺手将东西放上去，后知后觉地一拍大腿，"我还帮什么忙！"

"您帮了我很大的忙。"江亦川把母亲和兄长都安置到雇来的车上，才转头与他道，"要不是您那些话本子，我说不定当真被人骗了去。"

许管家连连摇头："我们大人是个好人呐，她那么喜欢您，又怎么会故意骗您，她是——"

"后会无期。"江亦川不想再听，径直落下了车帘。

原本亮着灯的东院倏地就重新归于黑暗。

宁朝阳靠在门边漠然地看着马车远去，感觉黑暗从自己身后一点点地侵蚀了过来。

"许叔，照顾好自己。"她道，"我先去凤翎阁住上一段时日。"

别院无人，她自是不能再住，正好接了一桩新差事，住去阁里忙上一段时间也说得过去。

"大人……唉。"许管家无奈，只能垂头应下。

宁朝阳收拾好了东西，便拂袖出门。她不生气，也不遗憾，两个人观念不合，那就是有缘无分。这世上好看的男人很多，也不是非那一个不可。

只要她别太挑剔，很快就能找到新人住进东院，到时候，她还是能分府别居，还是能破了宁肃远的联姻诡计。

一切都尚在计划之中，些许偏差并不影响大局。

没关系的。

车夫从后头赶着车上来，小心翼翼地与她道："这儿离凤翎阁远了些，您上车来吧？"

宁朝阳扭头微笑："还没有城北那巷子走过来的路远，哪里就累死我了呢。"

"难免多耽误工夫呐。"

耽误工夫？

她笑意更加扭曲："我在他身上耽误了多少工夫，也没见我有一丁点的在意。"

这还叫没在意？车夫愕然地看着她。

宁朝阳满脸都是心平气和，步伐轻快，嘴角甚至往上扬着。然而没走多远，她踩空了一块石板，脚脖子轻轻一扭。

这个角度和力道，扭得其实不太严重，放平时，她甩一甩就能继续走了。

但眼下，仿佛是突然触碰到什么机关一般，宁朝阳脸色倏地一变，整个人跟着就蹲了下去。

"大人？"车夫慌忙下来搀扶。

宁朝阳挡开他，盯着那破石板恶狠狠地道："那么多人你不崴，偏就崴了我，凭什么？"

人家只是一块石板。

车夫想劝两句，可大人看起来真是生了好大的气，横眉就连串怒斥："别人都是这么走过去的，有权有势的那些人，走三四步七八步的也有，我就只想走一步，犯了什么错了？"

"用真心走？真心能当饭吃吗？"

"最讨厌崴着脚，你偏就来崴我！"

"有本事走了就别回来！"

前头听着都挺正常的，但这最后一句……车夫纳闷儿地看着地上纹丝不动的石板，后知后觉地问："大人这是指桑骂槐？"

"胡说！"宁朝阳拂袖起身，"我们这些高雅的文人，一般都管这个叫托物言志！"

天色已经晚了，她气愤地走了一会儿，终于还是坐上了马车。

车厢摇晃，没合拢的抽屉哐啷作响。

宁朝阳瞥了一眼，烦躁地要挥手关上，却正好瞥见一个粗糙的、与别的药膏格格不入的瓶子。那瓶子用三层绢布裹着，带着一股熟悉的药香。

不知道是什么毒，你先吃下保一保命。

恩怨两清？

这回不用。

天真好骗的小大夫，担心人的方式就是把最宝贝的药都给她。

她接住了，但好像又没接住。

宁朝阳气闷地吐出一口气，问："安排人去跟着他了吗？"

"大人放心，"车夫拍着胸脯道，"老奴一早想到了这点，特意派人一路护送江大夫，确保他们今日能找到客栈入住。"

眼皮半垂，她嗯了一声，又有些不满地道："我说的未必是江大夫，荣王府那边也需要人手。"

"大人这又是何苦，明眼人都看得出来的事儿。"

"我就是不高兴，"宁朝阳皱眉道，"凭什么他能那么骂我，我还得惦记他？"

"大人呐，这石板崴了脚，您确实可以问一句凭什么。"车夫笑着扬鞭，"可男女之情这复杂的东西，向来比那石板还不讲理，哪有凭什么，只看您愿不愿意。"

"人家今儿不是说了嘛，不愿意。"她又恼了起来，"那我也不愿意！"

素日里威风八面的宁大人，也就这时候才像个情窦初开的少女，嘴里嘀嘀咕咕的，脚下烦躁地踢着自己的袍子。

车夫欲言又止，最终只是笑着摇头。

情场失意，就得在官场上挣回来点儿。一到凤翎阁，宁朝阳径直开始看随车带来的卷宗，一页页看得仔仔细细，很快就不知天地为何物。

她迅速厘清了事情的来龙去脉，也抓着了几个极为关键的点。

胡海是在上个月下旬才去衙门为胡山平反的，而胡山被指通敌叛国之事发生在年前。

以胡海去衙门那冲动的举止和毫无思路的口供来看，他年前是没有证据的，这个证据被送抵花明村的时间，应该恰好在三月下旬。

在那个时间前后，花明村应该去了一个陌生人，只是大家都没有发现。

第五章

一个外室的自觉

　　意识到这一点，宁朝阳将沈浮玉先前查到的线索卷宗都翻了出来。
　　沈浮玉的确没有偷懒，就是笨了点，她将一月至三月所有到过花明村的人都记载了个七七八八，有的路人不知姓名，也与村民打听清楚了样貌特征。抄这么厚的一大卷，想不费时都难。
　　宁朝阳去掉前头几页，径直从三月开始找。
　　食指划过一串姓名，"江亦川"三个字陡然映入眼帘，她眼皮一跳。
　　江亦川一家是年初才搬来上京的，自然也在新到花明村的陌生人之列。她仔细看了看后头记载的行为，这人每日只是在村口行医问诊，并未踏入过村内半步，更别说去胡海的居所附近了。
　　但是，他的大哥曾误入过花明村，大概是与江亦川走散了，这个不聪明的江大四处乱跑，还掉进了村东的一口枯井里，最后被村民合力才救出。
　　宁朝阳蔻丹敲打，眉心微皱。
　　赵旗上回去江家，难道不是刻意为难，而是因为江大有嫌疑？
　　"你怎么还没回去？"华年突然从外间探出脑袋。

宁朝阳回神，故作无谓地道："闲着也是闲着，来收拾收拾沈大人的烂摊子。"

提起这茬儿，华年拂裙走了进来："你也真是心大，这时候接这活，做好了只能算小功一件，做砸了却是要被问罪的。"

她摆手："为主分忧，计较那么多做什么。"

华年啧啧赞叹，拱手与她行一大礼："就该您得宠。"

"别贫嘴。"宁朝阳嗔怪，拉她过来，指着江大的行迹道，"这案子你也有参与，你觉得此人如何？"

华年看了两眼，纳闷儿地咦了一声："沈浮玉不是已经派人去抓他了吗？这人莫名其妙地掉下枯井，难保不是在井底留下什么抑或带走什么。"

宁朝阳神色复杂地说："他痴愚如五岁孩童，有可能当真是失足落下。"

"可你看其他人的行迹，至少都是正常来去、情况合理，只他一人在其中显得分外突出。"

"那他的嫌疑就更小了。"宁朝阳道，"青云台那些人一向阴险狡诈，行事断不会露出这么大的破绽。"

华年一噎，抬眼看她："但凡是嫌犯，都抓去大牢里审一遍不就好了，你怎么还替人开脱上了？"

意识到自己失态，宁朝阳揉了揉眉心。

成大事者最忌掺杂主观情绪，她一向不会犯这个错误，今儿可真是……

"宋蕊。"她喊了一声。

飒利的女吏从外间进来，捏着长剑与她抱拳："大人。"

"这几个人，你都带人去抓回来。"在纸条上誊抄了十个名字，宁朝阳将纸条递给她，"未必是有罪之人，你好生对待，不可用刑。明日我会亲自去审。"

"是。"宋蕊领命去了。

华年这才松开眉，轻轻拍了拍胸口："吓死了，有那么一瞬间，我还以为你这铁石的心肠破开了口子。"

"怎么可能？"宁朝阳懒声道，"天破开口子，我这儿都破不开。"

绢布包起的药瓶藏在袖袋里，微微凸出了一点形状。她目光扫过，又漠然地移开。

沈浮玉审人最喜欢动粗，宁朝阳觉得这一点也不优雅，她往往只坐在那儿笑眯眯地打量嫌犯一炷香，再聊一些简单的家常。

这么斯文的方式，宁朝阳不明白为什么有人会觉得可怕，甚至宁可去沈浮玉那里挨鞭子，也不想面对她。比如面前这个——

"你撒谎了。"她叹气,"方才与我聊家常时,你可不是这个神态。"

"冤枉啊大人,我没撒谎。那日傍晚,我就是看见一道黑影从胡海家的窗户……"

"别急,仔细想清楚再说。"她温和地安抚,"听说你家那三岁的儿子最爱哭闹,每到傍晚不都吵着闹着要你讲故事?你们的卧房朝西,胡海家的窗户却是在东面,你怎么能在傍晚看见黑影呢?是不是记错了?"

面相憨厚的农夫抖了抖:"我、我是记错了,可能是更晚一些,天黑之后。"

宁朝阳的笑容更加和蔼:"胡海家一贫如洗,晚上向来不点灯,天既已黑,你又在哪里看到的黑影?"

农夫语塞,眼珠乱转,正待开口,就听得啪的一声响。

宁朝阳打下手里的惊堂木,瞬间冷了脸:"还想再编?"

农夫膝盖一软,瞬间跪了下去,浑身发抖地道:"大人饶命,小的从小爱编瞎话,不是有意欺瞒!"

"哦?"朝阳重新缓和了神色,一双眼紧盯着他脸上的纹路,"是你爱瞎编,还是有人教你瞎编?"

农夫想说是自己瞎编,可闻言,眼珠就不受控制地又往右下一瞥。

完了。

他恐惧地看向对面这女官。

她的脸上已经露出了了然的神情,眼里还有种洞察一切的轻蔑,仿佛只他那一个小动作,所有的真相就再也瞒不住。

"您还是让先前那个大人来打我吧!"农夫往地上一伏,死活不再开口了……

村民做伪证,先前沈浮玉说是被胡海唆使的,但胡海已经关在牢里半个月了,这新抓来的村民却还是如此。

宁朝阳捻袖思索,不一会儿道:"带下一个。"

"是。"

面前的农夫被押了出去,她刚想喝口茶,外头突然响起了一阵喧闹。

宁朝阳不悦地转头:"怎么回事?"

宋蕊立即出去查看,片刻之后返身禀告:"是嫌犯的家人在牢门外闹事。"

牢门可不是菜市口,别说闹事,光是站那儿久些也会被狱卒打两鞭子,这些人是不要命了?

她想了想,道:"让他们别下重手,赶走即可。"

宋蕊摇头:"有些困难。"

"怎么？"

"里头有个大夫，脾气很倔，卑职出去的时候，他已经跟牢头杠上了。"

宁朝阳心尖突地一跳，站了起来。

江大在牢里，那人会来是意料之中的事。但她想不明白，江亦川真当世上所有的人都会看在他美貌的分儿上让他几分不成？狱卒手里有鞭子，是带倒钩的那种，这他也敢往上冲？

她抬步往外走，没好气地对宋蕊道："你跑快些，去将他们拉开。"

宋蕊是想应下的。

但是，说完这句话的宁大人脚下生风，走得可比她快多了。她才一个眨眼，面前的影子就已经消失在了前头的拐角之外。

身为女官，仪态须得优雅。

宁朝阳觉得自己的步伐曼妙极了，不慌不忙又气势如虹，脸上的表情也镇定自若，仿佛只是审累了案子，随便出去透透风。

就是这样，很自然。但是人到牢门外，她却莫名有点喘。

"给我住手！"她咆哮。

打成一团的狱卒和村民都是一愣，就是这愣神之间，村民还多揍了狱卒一拳头。

接着，牢头就甩开他们，气愤地上来告状："大人，这些刁民要造反！"

"顾念亲人是人之常情，他们只是举止不妥，如何能扣上造反的帽子？"宁朝阳摇头，"你先把人都拉开。"

牢头一愣，不情不愿地吆喝着分开了双方。

十余个村民，二十余个狱卒，双方实力悬殊，挂彩的多是村民。这些村民高矮胖瘦什么样的都有，却无人着白衣。

她扫了一圈，喘着气问牢头："方才与你动手的大夫呢？"

牢头指了指最右边站着的大胡子："就是他。"

目光在那人身上一顿，宁朝阳皱起了眉。

不是江亦川。

她浑身一松，血反而沸腾起来，挤得指尖都发胀。她伸出手指蜷了蜷，心情很是复杂。

"大人！我儿子是冤枉的，他身体不好，你们不能关他呀！"

"我婆娘也是个老老实实的种田人，抓她做什么？"

"放人！快放人！"

被推开的村民又吵闹了起来。宁朝阳脸色一沉，拂袖看向他们："若非你们花明村执意要蒙骗官府，这些人又怎会现在还不得出来！种什么因得什么果，闹事如果有用，还要大盛律法何为！"

她站在台阶上，本就是居高临下，再加上这极盛的气势，村民们一时都噤了声。

"各位要是实在不放心，我可以将你们一并关进去。"她皮笑肉不笑，"哪位想去？"

村民你看看我，我看看你，都沉默了。

宁朝阳没好气地拂袖，转头就要回去继续审问，一只手突然横在了她面前。

她一怔，低头看下去，只见那雪白的衣袖被人一下一下地挽了起来。

"我想去。"江亦川露出手腕给她，脸色苍白地道。

刚刚才平息的心，倏地又飞跳起来。

宁朝阳抿唇，面上什么表情也没有，没抬头看他，也没露出情绪。

她只沉默了片刻，便冷声答："如你所愿。"

"宋蕊，捆上他，带进去。"

"是。"

她兀自拂袖往里走，走得很快，像是不想与后头的人有什么关系，寻着最近的一间牢房便让人将他关进去，那牢房就在江大旁边。

江大一看见自家弟弟就乐："你怎么也来啦？"

江亦川喉结微动，隔着栏杆摸了摸他的脑袋："母亲说不放心你，让我过来看看。"

"是你不放心我吧？"江大眨眼。

江亦川没有多说，目光越过他，看向旁边角落里的犯人。

那人似乎已经受过审，满身都是血，无人救治，身上已经爬了些虫子。

江亦川瞳孔微缩，下意识地摇头。

不行，江大身体比别人都弱，这么挨一顿下来，丢命也说不一定。

他转身去拽住路过的狱卒，试图解释："我大哥神智都不清，又如何会与牢狱之事牵扯，烦请您——"

狱卒皱眉打断他的话："兄弟，我们只是负责看守的，你跟我们求情有什么用？"

江亦川微微一滞，松开手，转眼看向不远处的那道身影。

宁朝阳气定神闲地坐在案桌之后，手里捧着一盏茶，正与身边的女吏商量着什么。

她察觉到他的目光，懒眼看过来，眼尾麻木，眼神冷漠，仿佛两人素不相识。

江亦川捏紧了拳头。

昨日刚闹翻，今日他大哥就入了狱，很难不让人觉得她是在挟私报复。

的确，高官是天上云，草民是地下泥，她想怎么样就可以怎么样，不高兴起来，动动手指就能名正言顺地让他大哥去死。所以真急眼起来，她和沈浮玉的作风并无二致。

江亦川心里火起，扭开了头。

牢房幽暗，不知何处传来了几声痛苦的喊叫，凄厉绵长，听着就让人背脊发凉。

江亦川气着气着，突然就觉得悲哀。

愤怒有何用，记恨又有何用，现在想要大哥活命，他压根儿就没有别的选择。不但不能斥她责她，甚至要想着如何才能让她肯帮他的忙。

他盯着发黑的栏杆出神，宁朝阳突然起身离开了。

待江亦川回过神来，不远处的座位上已经没了人影，她带着女吏走得很快，似乎换了地方审案。

接着，隔壁的牢房就被打开，又有一个人被押了出去。

"不，我不去！"那人撕心裂肺地喊，"我不要被她审，放开我！放开！"

恐惧从这人颤抖的尾音里溢出来，慢慢地渗到了江大的周围。江大突然扁了嘴，隔着栏杆与他道："二弟，我害怕。"

江亦川的手在栏杆上抠得发白，他轻声安抚道："我想想办法。"

话是这么说，哪有什么办法好想，他只能看向宁朝阳离开的方向。一开始还犹豫迟疑，待久不见人，眼神里便只剩下了认命。

一个又一个的村民被押出去，没看见有回来的。远处牢里的凄厉叫喊却是没停歇，像一把没开刃的刀，一下下地凌迟着江亦川的心。

宁朝阳刚打算剩下的人明日再审时，就听得狱卒拱手道："大人，那位江大夫说想见您。"

宁朝阳重新坐回椅子里，不甚在意地弹了弹指甲，抬着下巴道："那就请过来吧。"

"连他也要审？"宋蕊不解，"他又没有嫌疑。"

"这便是你不懂了，"宁朝阳抬眼，一本正经地道，"查这种谜案，任何蛛丝马迹都不能放过，越是看起来没有嫌疑，就越有可能是幕后黑手，你明白吗？"

宋蕊恍然大悟，很是受教地朝她拱手，然后就拿起笔，打算接着记录口供。结果就听她那极为谨慎的宁大人道："这个不用记，你拿上这碎银子，与人喝酒去吧。"

去喝酒？

宋蕊满眼困惑。

那白衣郎君若是很重要，怎么能不记口供呢？但若是没那么重要，那大人又做什么还要见？

她想问，又怕自己没思量周全，白耽误大人工夫，于是干脆起身，收拾东西出去想。

跨出牢门的时候，宋蕊与江亦川擦肩而过，她下意识地就侧身让开了。

嗯？

宋蕊低头看了看自己的袍角，又回头看了看江亦川的背影，觉得自己可能是傻了，堂堂六品武执戟，为什么要给一个嫌犯低头让路？

她敲敲脑袋，费解地去了最外头守着。

牢房森冷，斑驳的墙壁裂开了口子，不时有蟑螂进出。比手臂还粗的护栏上渗着黝黑的脏污，一扇小窗斜列房顶，落下来的光正好照在来人的脸上。

宁朝阳抬了抬眼皮，照例询问："姓甚名谁？"

他捏紧了拳头，眼皮微颤："江亦川。"

"何时来的上京？"

"年初之时。"

"因何而来？"

"原住的地方有战事，家母病重，大哥也离不开人照拂，江某无法从军，只能带家人到上京一避。"

宁朝阳抬眼，仔细盯着他的表情："那为何不在城内行医，反而要走那么远去花明村看诊？"

"在城内接病看诊须得上京医行许可，江某初来乍到，未能被他们接纳。"

他说话带着停顿，却不是心虚，一字一句，比先前那些嫌犯要认真坦诚得多。

宁朝阳目光下移，就见他嘴唇有些干裂，雪白的袖口也攥成一团，像朵正被寒风凌迟的玉兰花，枝叶都抖得不成样子，独花苞却还不肯低头。

她轻喷一声，端起茶杯遮了脸。

牢房里安静下来，没有人再说话。江亦川试探着抬眼，只能看见光束里飘浮的灰尘。

他盯着其中一粒看了许久。

这粒灰尘好像有自己想去的方向，一路直下往右斜，看着很坚定。然而，自己只轻轻一抬手，风起，它毫无选择地瞬间没入了左侧的黑暗里。

江亦川放下袖子，嘲弄地扯了扯嘴角，喉结几动，终于还是问："大人可找到合适的外室了？"

抿茶的嘴唇一顿，宁朝阳掀起眼皮。

面前这人已经稳住了身形，甚至连神情都变得柔和，微微低着头，侧脸的弧度纤瘦又漂亮。

她似笑非笑地问："怎么，后悔了？"

眼里清晰地盛着痛苦，江亦川死死掐着自己的手心，逼着自己开口回答："是的。"

后悔了。

早就知身若浮萍不由自主，竟妄想扎根参天与人并肩。

朝阳笑意一顿。她皱眉起身，一手撑着案桌，一手越过去捏起他的下颌。江亦川被迫抬头，眼里的情绪叫人一览无余。

自暴自弃，暗淡无光。

她看了两眼，不甚感兴趣地松手："强扭的瓜不甜。"

江亦川狠狠地拉住了她要收回去的手指。

他指尖冰凉，抓的动作又急，险些没抓稳。他定了定神，才僵硬地合拢手指，将她的手一点一点地卷握过去。

"只要大人能放了我大哥，并护我家人周全，"他艰难地道，"江某愿意做任何事。"

风将春花都吹进泥里，零落碾尘，不复枝头傲然。

宁朝阳面无表情地看着他，眼神深邃，似在思忖他值不值得。

"大人，"他哑声道，"求您了。"

这三个字似乎耗尽了他所有的力气，好不容易稳住的身形又颤抖起来。慌乱和不安从他的手心里传过来，激得她手背都跟着起了一层战栗。

宁朝阳的心早就软了。

她向来看不得美人如此，孤枝寒摇，我见犹怜。但她不想表露出来，怕这人得了三分阳光，就又想踩到她头上，于是她只板着脸道："你大哥涉了重案，就算是我，也不能立马放了他。"

"我大哥是无辜的，他经得起查探。"江亦川将她的手捏得更紧，"但他受不住刑，一下也受不住。我不求大人徇私枉法，只求大人保他性命。"

是谁说的她问讯要用刑？

宁朝阳疑惑地看了一眼外头。

别是被牢里那几个死囚给吓着了吧？

正想着，面前这人的脸色更白了几分。他低头看着她，脆弱又绝望地问："还是说，大人非要以江某一命，才能平了当日之怒？"

宁朝阳回神，不悦地道："当日更生气的难道不是你？"

江亦川垂眼，苍白的侧脸几乎没入光束："是我不知好歹，不识抬举。"

说的是服软的话，但她听着怎么不太舒服呢。

她没好气地抽回自己的手，道："你大哥若当真是无辜的，就不会有事。"

这话的意思是她不会挟私报复，也不会故意为难他大哥。

但落到江亦川耳朵里，意思就变成了她同意了这笔交易。

后退两步，江亦川与她深深一揖："多谢大人。"

宁朝阳欲言又止。

她虽是强权压人惯了，但也没想过要用来压他，她只是想要个能安心住着的别院，把人逼到这个分儿上有什么意思？

但想了想迫在眉睫的纳外室之事，她抿了抿唇，还是先把话咽了回去。

案子没有审结，任何话都不宜说太早。

"你先回去吧。"她摆手。

"好。"他轻应一声，后退离开。

单薄的背影行走在肮脏的牢狱里，没走两步，脚下就是一个趔趄。宁朝阳皱眉抬手，却又见他已经站稳，慢慢地消失在了拐角。

宁朝阳暗吐一口气，揉了揉眉心。

"大人，"宋蕊看着人走了，便进来问，"可要给您备车马回去？"

"不急。"宁朝阳重新打开卷宗，"天色尚早，把剩下的人都提来审了吧。"

宋蕊一怔："剩下的？全部吗？"

"嗯，早审早好。"

宋蕊对自家大人的敬佩登时又多了两分。审讯很费精力，寻常官员一日审五人已是不错，宁大人竟为这要案奋不顾身至此，实乃凤翎阁众人之楷模。

她暗暗握拳，心想自己一定要好好干活，努力跟上大人的脚步，为大盛的繁荣昌盛添砖加瓦！

江亦川原本是打算带着家人离开上京，去别的村落生活，如此一来，就能远离这些贵人的是非，安心过日子了。然而没想到，只一夜过去，自己的大哥就入了狱。

江亦川重新站在宁朝阳的别院之外，满怀凄凉。

他不想为人外室，不想困于一方宅院，不想成为她数个男人中的一个，只能在屋子里等着、盼着她来垂怜。

屈辱像一把铁锤，将尊严敲得稀碎，碎裂的薄片落在地上，映出自己无可奈何的窘境。

江亦川闭了闭眼，抬步迈了进去。

许管家看见他回来，激动坏了，赶紧吩咐人安置行李，又让丫鬟去准备晚膳。

"您想通了就好，想通了就好。"他连连道，"您听老奴的不会有错，大人是个好人，她会好好待您的。"

一个还未成婚就先纳外室的女官，能是什么好人？

江亦川没接这话，只淡声道："我母亲病重，不宜再折腾，我便将她在外头安置了，待我大哥出来，也会一并过去。烦请管家将我的用度全数送给他们，我什么也不需要。"

许管家听得一愣。

这话说的，怎么像是为了家人来孤身赴死一般？

许管家张口想劝点什么，又不知道从哪儿开始劝起。

许管家拍了拍膝盖，还是决定先去给他端好吃的。这人呐，吃饱了，心情就会好不少。

然而，一桌子美味佳肴摆上来，江亦川却是没动。

"不合口味吗？"许管家关切地问。

江亦川摇头，垂着眼道："都做人外室了，哪能在主人家回来之前动筷？"

许管家蹙眉，这个情节，他好像在哪个话本子上看过。说外室最是低贱，登不得大堂，不仅上街要遮盖头脸，遇见尖酸刻薄的主人家，还要受苦受累，挨打挨罚。

但是等等，他家大人不是尖酸刻薄之人呀。

许管家试图解释："江大夫，我们大人说了，您在这儿与在自家无二，不管吃穿用度，都比着她的来，不用守什么规矩，也不用……"

"人贵自知。"江亦川打断他，"你家大人已经答应了我的条件，我便该做好我的分内之事。"

许管家沉默了。

这事从他家大人嘴里听来是情动，怎么从江大夫嘴里听来就是一桩交易呢？
…………

宁朝阳很忙，本是不打算回去吃饭的，路上得耽误不少的工夫不说，还颠簸劳累，不如蹭点狱卒们的伙食，再接着审人。

但是，许管家突然派人来传话，说她不回去，江大夫就不肯吃饭。

哦，不肯吃饭。

宁朝阳手里翻着卷宗，不太在意地想，那就饿死好了。

卷宗翻过去一页，她突然觉得哪里不对，倏地抬眼看向家奴，她问："你说谁不肯吃饭？"

"回大人，是江大夫。"

宁朝阳好笑地捏了捏自己的鼻梁，摇摇头。她就知道这人不会善罢甘休，说是乖乖给她做外室，这不还是给她添堵来的？

不过，也不知道为什么，他这行径听得她倒是高兴了些。比起那一脸隐忍屈辱的模样，她倒是更想看江亦川活蹦乱跳生气找碴儿。

宁朝阳拿过官帽，抬步就往外走。

"大人，"车夫看她一眼，很是意外，"这是遇见什么好事了？"

"哪来的好事！"她掀帘上车，没好气地倚在软枕上，"都是些不让人省心的。"

说是这么说，尾音却分明在往上翘。车夫也没戳穿，只笑着扬鞭，飞快地往别院的方向赶。

路过一家玉器铺子时，宁朝阳喊停了车，自己下去买了一个东西。也不是什么礼物，她就是觉得既然人都赌气了，哄上一哄也无妨。

宁朝阳将盒子揣在怀里，托腮看着窗外的路，微微弯起了眼尾。

然而，一进东院，四间大屋没一间亮着灯，她好奇地挨个去找，找了半天才在最小的一间屋子里看见静坐着的江亦川。

"你做什么？"她哭笑不得。

江亦川回神，恭顺地起身与她行礼："大人。"

伸出去的手一僵，宁朝阳眯眼。

面前这人与她行的是标准的内院礼，恭恭敬敬地拉开了两人之间的距离。

她手指收拢，沉了声音："你若是不情不愿，那大可以走，不必非要留在这里。"

江亦川身子一颤，抿唇道："可是在下何处做得不妥？"

很妥，就是太妥了，才让她不悦。

宁朝阳道："要听话的人，我挥手就能招来，独看上你，便是喜欢你原本的样子，你若执意端这规矩与我赌气，那不如现在就走，你不烦心，我也不生气。"

江亦川抬眼，满是不解："在下原本的样子？"

真依着原本的样子，他就不会站在这里。她怎么能既要逼他走投无路，又要他不放心上，一切如前？

原本尚算愉悦的心情被毁了大半，宁朝阳没有拿出怀里的东西，只拂袖嗤笑："随便你吧，你爱如何就如何。"

许管家进来，试图点灯，宁朝阳抬手拦住他，冷声道："别点了，一屋子黑才好，谁也不用看谁脸色。"

说着，径直拿起筷子就吃饭。

江亦川僵在了旁边。他觉得宁朝阳不讲理，但自己好像也没同她讲理的本事。

他闷头在她旁边坐下，也拿起了筷子。

两人沉默地进食，都没再开口说话。

饭后，宁朝阳径直回了自己的院子。江亦川站在东院门口，舒了口气的同时又觉得不安。

"许管家，"他问，"我这算失宠了吗？"

许管家哭笑不得："老奴就没见过大人这般宠着谁过。"

为他不吃饭就急忙扔下公事赶回来，生气也没责难什么，甚至饭后还吩咐厨房下次做菜清淡些，江大夫不爱吃重油的。

许管家有些心疼，不由得道："大夫以后记得点上院子里的灯，大人她喜欢亮亮堂堂的。"

喜欢亮堂？

江亦川扫了一眼四下都黑乎乎的院落，不以为然。

她那么霸道又高高在上，真喜欢亮堂，自己点灯不就好了，做什么要等着别人来点？

在江亦川对后宅的有限认知里，做人外室跟做闺房里的绣花姑娘没什么两样，都乏味枯燥，也都身不由己。

但是第二日一大早，宁朝阳出去了，许管家居然带他去了一个地方。

"这是与外间商铺相通的门，"许管家边走边道，"从这条巷道过来，就能到前头的医馆。"

医馆？

他愣怔抬眼。

前头是个八丈见宽的大铺面，两面墙上都铺满了药柜，柜台上守着两个药童，旁边还有八个并排的炉灶，正咕嘟咕嘟地煮着药。

掌柜的一见后头来了人，便行礼："东家安好。"

许管家侧身让了一步，笑道："这位才是东家。"

江亦川怔然："我？"

"这是大人半个月前就准备好的地方，"许管家道，"一开始老奴也不明白为什么。"

大盛的官员俸禄低微，故而朝廷默许官员经商以作贴补。宁大人是难得的商业奇才，手里五家当铺、两家镖局，都是蒸蒸日上收入不菲，其实不必再开一家药铺。

但看见江亦川，许管家明白了。

"大人就是想圆您一个心愿。"他道，"这儿早就备下了看诊的地方，有屋檐遮挡，有招牌在外，您不必来回奔波，在此处就能继续行医问诊。"

江亦川轻轻一震。

他侧头看向旁边的隔间，里头摆着与花明村村口那副差不多的桌椅，长桌上笔墨纸砚一应俱全，连药笺都是他惯常用的样式。

纳外室是她的计划，想让他开心也是她的计划？

江亦川有些想不明白："有人会这样对待一个外室吗？"

"老奴说了，大人没有坏心。"许管家叹气，"大人也是别无选择，并非有意折辱大夫您。"

这话更是荒谬，江亦川指了指外头："您去看看她有多权势遮天，这世上还有能让她别无选择的人？"

许管家瞪眼，刚想说话，就听得外头一阵起哄声。声音越来越大，似乎是从街那头一路汹涌而来。

几个药童连忙探头出去看热闹，看了两眼却觉得不妙："许管家，这些人好像是冲着宁大人的别院去的。"

许管家脸色一变，扭头就匆匆从巷道回去。

江亦川在原地站了一会儿，还是抬步跟了上去。

"开门！"一个黄门带着人来站上台阶，声音尖锐地喊。

许管家连忙打开正门，笑着迎出去："刘公公，什么事要您亲自来啊？您里头请。"

刘德胜大步走着，没好气地道："亏得杂家还在旁边替你们大人直说好话，没想到你家大人竟还真敢独身舍下老父，另府别居！"

许管家连忙摆手："哪儿的事，圣上推崇孝道，我家大人又一向忠心，岂会违背圣意触怒龙颜？"

"这院子就摆在眼前，台鉴老宁大人都跪在御前哭了半个时辰了，你们遮掩又有何用？"

扫了一圈四周，刘公公停下了脚步，道："得了，也没必要往里头再进，该看的我都看见了，这便要回去复命。"

许管家跟着他走，顺势往他袖口里塞钱袋："您辛苦。"

刘德胜不动声色地收了，又与他多说一句："今日淮乐公主没进宫，你们大人是要辛苦些。"

许管家会意，连忙送他出去，又偷摸吩咐人去知会殿下。

忙完这些，他就只能紧张地站在院子里等。

江亦川一直在旁边看着，等人都走了，才站去许管家旁边。

"你们大人的父亲……"他纳闷儿地问，"不是亲生的？"

许管家苦笑道："您也这么觉得吧？自打大人十五岁入凤翎阁开始，老宁大人就没有停止过参奏她。今儿参她收入不明，明儿参她忤逆不孝，若不是大人实在争气，早就死了一万遍也不止。"

江亦川听得倒吸一口凉气，跟着皱眉："为何如此？"

"老宁大人总觉得女儿家不堪成事，官还越做越大，早晚连累门楣。"

这是什么话？

江亦川有些生气："真怕连累门楣，做什么不断绝关系？除非宁家一边担心被连累，一边又舍不得她的权势福泽。"

许管家恨得拍大腿："可不就是如此嘛！老宁大人一边给大人使绊子，一边要给她安排婚事，说大人是官身，足以配个王侯将相，将来只管相夫教子，就能让宁家繁荣昌盛好几代。"

所以她才急着想纳一个外室来抗争？

一直对立的情绪突然溃开个缺口，江亦川抿了抿唇，不甚自在地低声道："那她也不该骗我。"

"大人哪里想骗您，不过是想要您自己愿意留在这儿。"许管家连连叹气，"她在宁府里需要防备的人实在太多，所以在别院里只想要个简简单单的伴侣。外室又如何呢，只要不成婚，您就是大人唯一的眷侣。"

江亦川警惕地皱眉，道："您也想帮着她骗我。"

说得再天花乱坠，外室不也还是外室？

许管家噎住，想了想，也是，人家清清白白一个郎君突然成了外室，怎么可能完全不生气？

"您先歇着，"他道，"老奴去打听打听。"

"哎——"江亦川抬手，欲言又止。

许管家了然，转身就道："放心，一有大人的消息，老奴就来禀您。"

江亦川略微不自在，闷头道："我不是这个意思。"

许管家摆手："老奴都明白的，您要不是当真喜欢我家大人，也不会被纳外室的事气成这样。既然真心喜欢，那担心也正常，老奴不笑话您。"

谁真心喜欢她了？

江亦川气得一肚子反驳的话，但连个偏旁都还没吐出来，许管家就跑得没了踪影，他兀自站在原地生闷气。

人可以被人觉得卑贱，却不能自己犯贱。他是被她玩弄的升斗小民，没道理反过来同情她的不易。

谁爱在乎谁在乎去！他拂袖转身，大步跨回了东院。

午膳的时候，宁朝阳没有回来。

晚膳的时候，宁朝阳还是没有回来。

江亦川冷脸瞪了烛台许久，还是捏着火点燃了一盏。

好歹是个大宅院，起码不能黑漆漆的吧，他想。

火苗慢慢跳起来，点亮了一方内室。他看着看着，又去将屋子里另外几盏一并点了。

宁大人有钱，用不着替她心疼灯油，他想。

灯光从小屋里亮起来，慢慢地一路亮满了整个东院。

第六章

定情信物要不要

江亦川吹熄手里的火芯子,没好气地想,都这么亮了,某人总能找到回来的方向了吧。

但是又等了好一会儿,外头还是没有任何动静。

他试探着起身,将院门拉开了一条缝,然后就看见几个大夫模样的人正跟着许管家匆匆地往主院的方向走。

江亦川心里一跳,抬步就跟了上去。

宁朝阳正趴在主院的竹榻上,满背的血肉与衣裳都粘在了一起。

她额上冷汗涔涔,神色却是不怎么在乎:"愣着做什么,揭了上药就是。"

说着,将叠好的手帕往嘴里一咬,兀自将头埋进软枕。

几个医女面面相觑,这伤势太过严重,她们资历尚浅,万一落下什么残疾,能有什么好果子吃?正犹豫,后头来了几个更有地位的名医,医女们连忙让开:"您几位快请。"

宁朝阳一转头,就看见了沈晏明那张满是担忧的脸。她抬手挡住了他的动作,微微皱眉:"我没请旨要御医来。"

"是淮乐殿下吩咐的。"沈晏明抿唇,"病不避医,还请宁大人别动。"

"我是不避医。"她微微眯眼,"但我避你。"

今日宁肃远与她对峙御前,旁人都没说话,这位沈御医却是当堂大论孝道,若不是因为他,她也不会伤这么重。这时候来给她上药,谁知道用的是伤药还是毒药?

沈晏明欲言又止,微微皱眉:"这里除了我,还有谁敢接你这伤势?"

说着,就挥手让人落帘,只留他一人和两个医女在里头。

看到这里,江亦川就觉得差不多了。人还活着,也有大夫治伤,没什么好担心的了。但是,往外刚走一步,他就停了下来,不甚舒服地眯起双眼。

沈晏明年纪轻轻就能做御医,医术自然了得,地位也挺高,哪怕宁朝阳不愿意,他也捏上了她的后襟,想把那层血衣褪下来。

然而,刚动了一下,沈晏明的手臂就被人抓住了。

"大人是外人,如此给一个女子治伤,不太妥当。"有人开口。

他一愣,转头看去,就见一个白衣郎君站在旁边,面无表情地道:"我来吧。"

说着,径直接替了他的位置,拿起他的细刀与剪子,半跪去榻上替宁朝阳剥衣。

沈晏明愕然地站了起来:"你是何人?"

宁朝阳开始也紧张,但一听见这声音,她就将头重新埋回了软枕里:"沈御医,莫要惊了他,这是我院子里的人。"

院子里的人?沈晏明摇头,更想不明白:"什么意思?"

江亦川一边替她将结痂的血块化开,一边皮笑肉不笑道:"还能是什么意思,帐中客、枕边人,总是比大人更适合留在这里的。"

沈晏明有些难堪地后退了两步,看着宁朝阳道:"你、你什么时候也学得这等做派?"

宁朝阳纳闷儿了:"什么做派啊?我遇着个喜欢的郎君而已,这也有违大盛律法不成?"

不违律法,甚至在大盛律法里,有外室也可另府别居。

想起自己今日在御前的高谈阔论,沈晏明脸上有些挂不住:"你院子既然有人,今日在御前为何不辩解?"

"辩解?"她嗤笑,"我说一句,沈大人和老宁大人便有十句等着我。圣怒当头,岂不是多说多错?"

"可你要一早说这院子是养了人的,就不至于挨这一顿打!"

不至于？"

宁朝阳眼含讥诮："自我入朝为官，这打还少挨了？今日不至于，往后也总有挨的时候，与其疲累奔于辩白之途，不如叫他们一下将我打个够。"

这话是唬人的，她今日就是故意挨顿打，叫满朝文武都看看宁肃远这个当爹的可以狠到什么地步。如此一来，待事情反转时，她才能彻底与宁肃远撕破脸。

父慈子孝，父先慈，子才会孝。圣人推崇孝道，自然也舐犊情深，不会叫她独吞这么大的委屈。

这步棋是当日在凤翎阁见淮乐殿下时就定好了的。只有狠下心，她才能摆脱宁肃远对她的钳制。

一切都在计划之中，除了殿上跳出来的沈晏明。

宁朝阳暗暗翻了个白眼，突然闷哼一声。

江亦川的手一顿，他不悦地道："伤口粘连难分，是有些疼的，你先别说话了。"

宁朝阳郁郁道："原来只有我的伤口在疼，我还以为你的心也会疼一疼呢。"

江亦川拿余光瞥见旁边僵住的沈晏明，他轻咳一声，含糊地道："还有外人在。"

宁朝阳吃力地侧过脑袋："那外人不在，你就不生我气了？"

"倒也未必。"

江亦川将沾血的衣裳扯下来了些，眼看着要露出她的肩膀了，他停下动作，突然转头道："这位大夫可否回避一二？"

沈晏明回过神来，脸色发青："我回避？我是内庭三品的御医。"

"厉害，厉害。"江亦川与他拱手，继而垂眼，"但也帮不上什么忙。"

"你！"沈晏明沉了脸色。

宁朝阳也沉了脸色，她抬起头来冷眼看他："殿下只让你过来给我看伤，没说让你过来教训我，还顺带欺负我身边的人吧？"

"我没有。"沈晏明恼怒地指着江亦川，"是他出言不逊，你分明也听见了。"

"什么不逊，半个字也没听见。"她不耐烦了，"许叔，送客！"

"是。"

许管家在旁边紧张半晌了，一听这话，顿时神清气爽，带着人就把沈晏明给请了出去。

江亦川看着那人身上与自己相似的白衣，心里愈加不舒坦，垂眼道："这个御医看起来有些古怪。"

"也没什么，"宁朝阳重新趴回软枕里，"估摸是被我拒了婚，觉得丢脸，所以总与我过不去。"

手上的动作一重，粘连得最紧的一块衣服就被他撕开了。宁朝阳疼得眼前一黑，差点儿晕过去。

她额上的汗水跟小溪似的淌下来，颤颤巍巍地抓住了他的手。

"我怎么忘了……"她抖着声音道，"你这怨气比他还重，要不我叫他回来，你先去歇着吧？"

江亦川原是有些歉疚的，不知怎么就没把握好轻重。但宁朝阳这话一出来，他就垂了眼。

"比起我，大人更喜欢他？"他问。

饶是疼得再厉害，宁朝阳也闻到了一股酸不溜丢的味道。

她轻吸一口凉气，费劲地侧头看过去。

这人半垂着脑袋，瞧着是一副清冷漠然的神情，嘴角却轻轻往下撇了一个小弧度，不仔细看还好，一旦看清了，那里头的生气和不满便快要溢出来了。

"那大人等着吧，我去将他叫回来。"江亦川这么说着，人便站了起来。

但站归站，他却没真的挪步，手甚至往她的方向一扬，让那宽大的袖袍无意又准确地落在她旁边。只要她稍稍动动手指，就能将他拉住。

宁朝阳看得想笑。她顺意地钩住他的袖角，轻声解释："对那个人，实在用不上'更'字。"

江亦川斜眸睨她："哦？那换成'只'还是'最'？"

"换成'不'就行。"

他脸上的恼意还没来得及隐藏，就被汹涌而来的愉悦冲散。

江亦川轻咳一声，抿着嘴角想，也不是他好骗，是这人回答得也太干净利落了些，眼神真诚、语气果断，叫人想不相信都难。

她不是喜欢大夫，也不是喜欢看人穿白衣，她就是喜欢他而已？

若真如此，倒也不算假意。

见这人费劲地扭着身子，江亦川伸手把她按住，故作凶恶地呵斥："别动。"

宁朝阳嘤咛一声："太痛了。"

"痛就更别动。"

他将血衣扔开，低头仔细看她的伤处。这一看，脸色又沉了下去。

竟打的是脊杖！

粗长的伤痕叠加交错，破皮流血不说，有的地方已经起了肿块。宁朝阳再厉害，也是个姑娘家，这些人怎么下得去手的？

　　他的呼吸有些粗重，忍着气从医女的药箱里挑出一剂止疼的药，细细给她敷上。

　　宁朝阳从疼痛里感觉到了一丝来自他指腹的凉意，皮肤瑟缩起来："要不就让医女来吧，这些乱七八糟的，也不好看。"

　　"哪个大夫是为了好看才给人治伤的？"他没好气地问。

　　也对。

　　宁朝阳老实了，双手往枕上一抱，任由他动作。

　　这人嘴上凶，手上却是无比轻柔，除了一开始那一下，她后头几乎没再感到疼痛，只剩伤口的灼烧之感还在拉扯着她的皮肉。

　　药要再往下敷时，江亦川突然就顿住了。

　　方才满眼都是伤，没注意别的，待反应过来时，她那雪白的腰窝已经映入了眼帘。

　　宁朝阳褪了里衣，连里兜也解开了绳结，血污的绸缎堆叠在她身侧，被压出了些许的弧线。纤细的腰肢叫背上狰狞的伤口一衬，更白腻得如剥了壳的鸡蛋。

　　江亦川想维持一个医者该有的镇定，但思绪不太受控，兀自乱成了一团。

　　"江大夫，"床上这人声音很是无辜，"怎么不动了？"

　　从医之道，下者修术，中者修名，上者修心。

　　他深吸一口气，努力让自己的手平稳地将药敷上去。

　　然而，指尖刚碰到她，宁朝阳就绵长地哼了一声，尾音软黏，听得人耳后都起了一层战栗。

　　江亦川身子一僵。

　　红纱帐里丝光滑动，伤痕累累的雪肤在堆叠的衣衫间轻颤挣扎。她痛苦地侧眸看他，细眉轻拢，满眸水光。

　　他陡然起身，反手就把药塞给了旁边的医女："有劳了。"

　　"哎，"宁朝阳挑眉，"我好歹是个伤患，你说来就来，说跑就要跑？"

　　谁家伤患跟妖精似的？

　　江亦川恼怒拂袖："我去给你开内服的方子。"

　　"非得这会儿开？"她佯装生气，眼尾却还是泄露了一丝揶揄。

　　他扭头就冲了出去。

　　一个没忍住，宁朝阳轻笑出声，扯着了伤处，便一边吸气，一边笑。

　　受伤很烦很痛，但身边能有这么个人，也真是很有趣。

"大人先歇会儿吧?"医女小心翼翼地道,"待药起了效,就不那么痛了。"

"歇是不能歇了。"她摆手,"先替我拿件外袍来吧。"

外袍?医女满脸不解。

江亦川快步跨出主院,差点儿与许管家撞上。

"咦?"许管家问,"您怎么出来了?"

"去外头透口气。"

许管家连忙将他拽住,摇头道:"老宁大人来了,您可千万别乱跑,还是待在大人身边才最为安全。"

老宁大人?

这个时候来?

江亦川停下脚步,往身后看了一眼,抿唇道:"她那伤没十天半个月是不能动弹的。"

"道理老奴也懂,但实在是没办法。"许管家连连叹气,"除了大人,谁能应付老宁大人?"

说着,就要越过他进去。

于是,江亦川干脆利落地关上了主院的门。

"我去见他。"他道。

许管家愕然抬头,刚想说这怎么可能呢,转眼却发现江亦川已经走下了台阶。

"江大夫!"他吓得直跳,慌忙追上去,"使不得,使不得啊!"

这要是有个什么闪失,他如何去同大人交代?

江亦川置若罔闻,穿过回廊,大步远迈,白袍飞扬,眨眼便将许管家甩了老远。

二门外已经围了一些家奴,正惊慌地叫喊着什么。待他再走近些,就见那人影交错间,有四条大狗在主人前头龇牙狂吠。猩红的牙胎上挂着零星碎肉,黝黑的眼珠杀气腾腾,大狗挣扎扑腾,见人就咬。

"快叫那个不孝女出来!"宁肃远捏着四条狗绳,摇摇晃晃的,似乎下一瞬就要松手。

丫鬟们惊叫连连,身强体健的奴仆也不敢正面迎上,只能在旁边劝:"我们大人伤重,不见客。"

"放肆!"宁肃远大怒,"老夫生她养她,到头来竟成个客了?"

奴仆接不上话,只能赔笑。宁肃远失了耐心,摆手就让四条猎犬开路。

枷锁松开,猛犬四蹿,前院顿时乱作一团,众人都推搡逃跑。

宁肃远见状，终于开怀大笑，一边往里走，一边拍手："好狗！给我咬死这些狼心狗肺的东西！"

话音落，跑在最前头的猎犬猛地就朝一个人扑了过去。

宁肃远出身世家贵门，不通文字却做了台鉴大夫，故而总觉得有人会在背后谋害自己。他身边不带任何亲信，就带这四条狗。

猎犬凶恶，向来无人能挡，就连宁朝阳也在它们身上吃过苦头。

看着面前溃逃的家奴，宁肃远胸有成竹。跑得最快的大黑猛吠了一声，似是扑向了一个人。宁肃远没太在意，反正不是他的人，缺胳膊断腿也用不着他来赔。

谁料下一瞬，大黑的猛吠倏地就变成了一声哀鸣。

他错愕地朝前张望，却见层叠错落的回廊之后，有个白衣郎君正蹲在地上，神情温柔，略带无措。在他面前，大黑一扫先前的凶恶，夹着尾巴正呜咽不止。

"你干什么！"宁肃远大喝一声。

江亦川正爱怜地抚着大黑的头，闻声抬眼，就见一个看起来四十有余的中年男子气势汹汹地朝自己而来。

他一把推开江亦川，低头焦急地查看："伤着哪儿了？"

大黑不会说话，只哀哀叫唤。宁肃远气血上涌，瞪眼看向对面这人："你做了什么？"

许管家这才赶到，见状腿一软，连忙上前护在江亦川面前："老大人您息怒，这是府上的大夫，替大人看伤来的。"

"我管他做什么来的！"宁肃远道，"他竟胆敢伤我的狗！"

"我没有。"江亦川轻声解释，"方才我刚走过来，就见这黑犬一头撞在了旁边的石柱上。许是磕着牙了，所以才疼得叫唤。"

宁肃远以为自己听错了："你说我的大黑自己往石柱上撞？"

大黑听了都想抗议，但嘴刚一咧，它就对上了那人的双眼。

大黑呜咽一声，原地闭嘴。

江亦川和蔼地看着它，满眼无辜："当真不是我做的。"

许管事也有些急了："老大人您看一看，我们江大夫人比纸片还薄，风一吹都站不稳那般柔弱。他不被您这爱犬一口吞了已是幸运，哪还能反过来伤着它什么？"

像是印证这话似的，江亦川轻咳了两声，腰若拂柳，身似飞絮。

宁肃远皱眉看了他一会儿，便吹哨将其余三条狗都唤了过来："你们先让开，别耽误我工夫。"

许管家为难地道："老大人，我们大人当真伤得很重，床都下不来，实在没法儿见您。"

"哼,自己不孝顺挨了打,也好意思在我跟前卖苦?"宁肃远牵起狗就道,"滚,我今儿可还没给它们喂食。"

许管家看见狗就害怕,他侧头就让开了。

但是江亦川没动,不但没动,还心平气和地与宁肃远道:"大盛有律,凡他人之门户,无邀擅闯即为贼,遇阻仍闯便是盗。即便是遇上父母手足,此律也仍然适用。"

宁肃远一顿,接着就暴怒:"你敢说我是强盗!"

这声音气得都带上了颤抖,一般人给个台阶也会说一句"非也""大人误会",但江亦川不。

他不但不,还跟着点了点头:"圣人有言,坏我大盛律法者,人人得而斥之。"

换句话说就是,被骂也活该。

宁肃远活了四十多年,从来都是他欺负别人,这还是头一次有人敢欺负他,气得他一时都不知道该做何反应。

护主的猎犬狂吠了几声。

他回神,这才抖着手松开绳子:"去!给我把这个满口胡诌的小儿拆骨吃肉!"

许管家大骇,连忙想拽着江亦川跑,但这一把力气下去,不但没拽动他,反而把自己带得一个趔趄。

四条大狗一起扑了上来,许管家绝望地闭眼,一瞬间连自己的坟要修在哪儿都想好了。

然而,等了一会儿,想象中的撕咬之感并没有来。

许管家试探地睁开眼,就见那四条大狗齐齐立在离他三尺远的地方,龇牙咧嘴,吠叫不止。看起来很凶,但都守着一条线似的,没有再往前扑哪怕半步。

他疑惑地"咦"了一声,接着就有些欣喜:"江大夫,它们好像怕我!"

江亦川站在他身后,沉默片刻之后,应了一声:"嗯。"

宁肃远气急败坏地训斥猎犬:"你们在等什么?去,过去呀!"

几条大狗来回打圈吠叫,就是不肯再往前。原本他就全仰仗它们开路,它们一这样,宁肃远就有些僵住了。

他没好气地看向许管家道:"不想让我再参她一本,就让她老实滚出来跟我走。"

"老大人想带她去哪里?"江亦川轻声问。

"关你什么事?"宁肃远不悦地瞪他,"你这人,说是大夫,怎么看着又不太像?

别是那不孝女的姘头吧？"

……………

宁朝阳拢着披风费劲地挪步，远远地就看见那人已经跟江亦川对上了。

她心里不由得一紧。

宁肃远的嘴又脏又毒，她听着是不在意的，反正再难听也改变不了什么。但是，她莫名地不想让江亦川站在那儿听。

宁朝阳脚下步子加快，急急地往那边赶，刚靠近回廊，就听得宁肃远道："别看她年纪轻，不知道玩过多少男人了，你这样的愣头小子，哪里合她的口味。"

宁朝阳拳头一紧，踏上台阶就想冲过去。

结果身子刚一动，江亦川就开口了，他心平气和地说道："宁大人喜欢什么样的人我管不着，但我心里有她，不想看她孤苦无依，带伤带病也不得歇息。所以今日我站在这里，无论如何都不会让老大人过去。"

她眼皮一颤，顿在了原地。

宁肃远犹不罢休："你算什么东西，我可是堂堂三品的台鉴！"

江亦川眸含讥讽，温顺地低头："真巧，方才这儿还有一个三品的御医，也派不上什么用场。"

"你！"

四条恶犬感受到主人的气愤，跟着四处抓起地来，嘴里呜呜作响。

江亦川丝毫不惧。他信手拂袖，几颗狗牙便不甚显眼地滚进了旁边的草丛。

人看不见这点东西，狗却是看见了的。

大黑一颤，登时又想起了方才的场景——它朝这人扑咬过去，却被他一把掰住了嘴，看着斯斯文文的人，手上力如千钧，一拳就打掉了它半边的牙。

大黑惊恐地往后缩，嗦了声。其余三条狗以大黑为首，也慢慢地安静了下来。

没有恶犬护持，宁肃远一时间也拿江亦川没什么办法。

他身边连个替他说话的小厮都没带！

而对面的许管家见狗不咬人了，便开始了他极为烦人的碎碎念："老大人，您怎么能这么对大人呢？大人她从小就没受过您什么厚待，长大后毫无怨怼不说，还愿意将未来十年的俸禄悉数交给您，这已经是很好的了。"

"她本就不是个热性子，大人还想要她怎么孝顺？"

"宁府里那些人个个都恨不得蹲在大人的脖子上吸骨血，大人不想住回去，也是情有可原。"

他越说，宁肃远就越生气。

"十年的俸禄？"他冷笑，"大盛的官员俸禄是出了名地少，十年加起来也没个几百两，谁稀罕？再说什么厚待，笑话！我把人生下来养大了就是天大的恩情，宁朝阳就是死也得记得这份恩情，她一辈子也还不清！既然还不清，那宁府里的都是我的骨血手足，分她一点银钱、让她帮点忙又有什么了不起的？我没计较她不遵父母之命成婚已是大度，她竟得寸进尺，妄图另府别居！"

想都不要想！

宁朝阳在暗处听得一室。

又来了。

又是这些说法。

光听着声音，她都能想到宁肃远的表情有多狰狞。她仿佛又回到了那个逃不出去的噩梦，自己总是在拼命跑、拼命踩上台阶，但不管她踩得有多高多快，那些台阶最终都会变成沙子，将她整个人都陷进去。

变得再好也没有用，跑得再远也没有用，她的所有东西都不是自己的，都要变成别人嘴里嚼着的肉。而自己只是一条狗，被恩情的链条拖着，永无止境地爬行在报恩的路上。

宁朝阳拳头攥紧，有那么一瞬间很想拉着宁肃远同归于尽。但戾气刚起，她又听见了江亦川的声音。

江亦川笑了一声，声音低低浅浅，如塘上清风。他看着宁肃远，认真道："生养是恩情，但饲养不是。"

宁肃远一愣："什么意思？"

"大多数人家养一个孩子，是有感情的。"江亦川道，"那样养大的孩子，好坏不论，总不是一桩买卖的成果。但有的人家不同，他们把孩子生下来就只是为了回报。如此便像做买卖，前十几年投钱，后十几年收钱。亲情无穷尽，买卖却有结果。这样养大的孩子，若还得了您的花销，便是您赚了；若还不了，那便是您亏了。不过无论是赚还是亏，都是您自己张罗的买卖，后果得您自负。一个做买卖的摊位，能有什么错呢？没有摊位能摆一辈子，也没有活人会傻到被困在一桩买卖里一辈子。"

东院的光慢慢溢出来，照得回廊这边也跟着亮了起来。

宁肃远迟缓地回过味来了。

他恼羞成怒地道："什么买卖，我岂有你说的那般不堪！"

"敢问老大人，宁大人的生辰是何时？"江亦川朝他踏了一步。

宁肃远皱眉，不甚自在地别开头："哪有长辈记晚辈生辰的？"

"那宁大人幼时开口第一句话说的是什么？"

"时间那么久远，谁记那些！"

"那便问近些的！"江亦川陡然冷了脸色，"敢问老大人，今日在殿堂之上，宁大人作为您的亲生女儿，因为您的诬告，一共挨了多少下脊杖，您可有数过？"

宁肃远连连后退。他有些生气，想张口说自己既是她的生父，那便对也是对，错也是对。但迎上江亦川那双眼睛，话竟有点说不出来。

回廊上一时安静，夜风呼啸，吹得几人衣袍猎猎。

良久之后，江亦川有些沙哑地开口："没人想做你们的子女，我们也没得选。父母和儿女永远不会独一方有错，只不过在这重重孝道之下，我们的错更加明显些罢了。"

宁肃远僵住了手。

许管家捂着嘴，老泪纵横地看着江大夫。这么多年了，终于有一个人懂大人的心境，终于替她把这些话都冲老大人说出来了！

真是太好了！

要不是地上还有狗，他真想给他磕一个！

"时候不早了，"江亦川道，"许管家，天黑路远，劳您送老大人一程吧。"

"哎哎，好！"他连忙招呼躲在远处的小厮仆役，齐刷刷地与宁肃远拱手作请。

宁肃远沉默了许久，待再抬头时，眼里仍旧流露出阴狠的神色。

"你这是以下犯上。"他道，"老夫记住你了。"

"晚辈的荣幸。"江亦川不甚在意地颔首。

四条狗飞也似的跑走了，连带着宁肃远也消失在了门外。江亦川站在廊上看了一会儿，才漫不经心地往回走。

踏下回廊的台阶时，他突然一顿。余光转过去，有人丝发未梳，眉目清丽，就这么裹着披风站在石柱之后。

她眼眸很亮，比天上的星辰还亮。

"好巧啊。"宁朝阳说，"你也出来夜观天象吗？"

身上薄薄的戾气散去，江亦川软下身来，没好气地道："是啊，江某夜观天象，料到有人会因为伤重不注意而感染风寒。"

她伸手捏了捏自己的披风，认真地与他道："这个很厚，比冬天的棉被还暖和。"

"哦，是吗？"他冷笑，"待会儿脱下来的时候，也会比冬天的棉被还难掀吧？"

他轻笑出声，宁朝阳扶额。

她与他伸手，软声道："快来扶我一把呀，那麻药的效力要过了。"

都敢冒死出来，还怕这点疼？江亦川瞪她，漂亮的丹凤眼都瞪圆了。但一瞬之后，他还是朝她走了过去。

"哎哟、哎哟！"宁朝阳突然叫唤起来。

江亦川有些无奈："又做什么？你背上有伤，我背不得也抱不得。"

"不是呀。"她苦恼地扭着身子，"我怀里好像有个什么东西，硌得生疼，你快帮我看看。"

怀里能有什么东西？

他站在她面前，替她将斗篷上的结解开。然后就看见两只小手捧着一个锦盒，乖巧地在里头等着。

江亦川一愣。

"小郎君，"宁朝阳轻笑，"定情信物要不要？"

宁朝阳打小对伴侣这种东西是没有期待的，一点也没有。

她娘亲爱宁肃远爱得死去活来，以为是寻到了真爱，哪承想，娘亲病逝的第二个月，宁肃远就续了弦，还三年抱俩，连墓都没去扫一回。

她三姨母年少轻狂时也不顾一切要嫁给心上人，还扬言必定幸福一生。结果七年不到，热情便褪去，夫妻过得如同陌路人。

还有她那年迈的姥姥，一生的心血都花在了兴盛夫家上头，只想得一句赞赏，谁料头发都白了，夫君还能为个知己闹着要和离。

有这么多的前车之鉴，宁朝阳就警惕了。她只想升官发财、名留青史，对这种肉包子打狗的奉献运动完全不感兴趣，就连纳外室也是被宁肃远逼急了的下下策。

但是……当江亦川在那头说出"生养是恩情，饲养不是"的时候，宁朝阳还是晃了晃神。

她仿佛看见了年幼的自己，豆芽似的个头儿，只会站在宁肃远的阴影之中无措地大哭。可这一回，旁边来了一个更高大些的人，他一把就将自己护在身后，愤怒地冲宁肃远吼："你是错的！"

哪怕是亲生父亲，错就是错！

哪怕有天大的恩，错就是错！

错就是错！

积攒了不知道多少年的怨气在这一刻汹涌而出，她红着眼抬头，却看见了满天璀璨的星辰。

坏的都过去了，好的都在后头。活人不会困在一桩买卖里，她更不会。

宁朝阳突然就笑了，戾气尽散后，她转眼看向自己面前的人。

上次回府的路上，她买了一枚羊脂白玉的指环，赌气之下，原本都不打算送了，留着落灰也无妨。

但现在，她又重新拿了出来。

何以致拳拳？约指白玉环。

宁朝阳笑着问她的小大夫："定情信物要不要？"

江亦川愣怔了一下，戒备地抱起双手："你又想骗我什么？"

她狡黠地勾唇，将指环从盒子里拿出来，又拉过他的手："你都问了，那我就直说了，看见没？诶，这个往里头这么一套，叭！"她亲了亲他的手指，满眼柔和，"你就是我的人了。"

江亦川指尖不受控制地一跳。

他诧异地看着她，不知想到了什么，侧脸慢慢地就红了。

"你……"他皱眉，"说这么半天，就是、就是要……不行，你的伤压根儿还没好。"

嗯？

饶是再敏锐，宁朝阳还是被他这曲折的思绪给绊了一下。

她茫然地问："你在想什么？"

江亦川哪里肯说，扶着她继续往前走："快些回去，药效要过了。"

她被迫跟着迈步，有些想笑："江大夫，方才那话若是直说，也会更无趣些吗？"

他抿紧了唇没有回答。

傻瓜才回答呢，回答了就更有趣了。

东院里灯火通明，宁朝阳舒心地趴在了江亦川带着药香的床榻上。

"好疼啊！"她故意大声喊。

单纯的小大夫哪里会防备这苦肉计，快步从外间回到了床前，仔细查看她背后的伤。

"用了生肌膏，应该是在结痂，大人且忍一忍。"

她不满地道："太疼了，不想忍，除非有点心吃。"

"可是，"江亦川指了指外头，"这已经宵禁了。"

"唉，好吧。"她将脸往枕头里一埋，"没关系，这苦头我从小就吃惯了的。"

江亦川心生不忍，出去问许管家："这里可有会做点心的厨子？"

许管家摇头："点心厨子不住咱们院里，都这个时辰了，人早就回去了。"

他抿唇，返身想回去，却又听得宁朝阳呜咽一声："真疼啊……"

江亦川沉默片刻，抬步往外走。

宁朝阳其实不饿，她就是想趁着伤重撒撒泼、逗逗乐，谁料喊了好几声，外头那人也没有搭理她。

她撅起小嘴，悻悻地扯过卷宗继续看。

一顿脊杖换来了一个月的休沐，倒也划算，只是案子还没审结，她在家也得跟进。

宋蕊将剩下一些人的口供都给她送来了，翻看了一会儿之后，宁朝阳用朱笔勾出了其中的一个名字。

如江亦川所说，他大哥除了落井之事太过偶然，其他事情都是毫无嫌疑的。而那口井里头到底有没有东西、有什么东西，都是没有任何佐证的。

与其在井上打转，宁朝阳还是决定把目光放回胡海身上，跟他直接接触过的人才是对此事帮助最大的人。

宁朝阳又在那个名字外头多画了一圈，驻笔沉思。

房间里突然飘来一阵香气，她鼻尖一动，合上案卷便抬头。

江亦川端了个盘子过来，脸上神情甚是别扭。

"给，"他说，"没有别的了。"

宽大的薄瓷盘，上面堆了足足八个白面馒头。

宁朝阳看得愣住："这是？"

"点心。"

她的目光慢慢从惊愕变成了不忍。在江大夫的眼里，馒头竟然也算点心吗？那他以前是不是经常吃不饱饭？

江亦川正在惭愧，他也企图做一些别的点心，但对着厨子留下来的法子，试了两回都失败了，最后只能做最简单的蒸馒头。

他以为她会嫌馒头不够好吃，但抬眼看去，宁大人的眼里却是水光粼粼，似乎感动得要哭了一般。

在宁大人的童年里，是不是鲜少有人在半夜给她做点心？

也是，她家里那样的境况……唉。

于是江小大夫的眼里也开始水光粼粼了。

宁朝阳一看，心痛更甚，连忙将人招过来，轻轻握着他的手道："我以后一定会好好待你。"

绝不会让你再吃不饱饭！

江亦川也跟着点头："在下以后也一定会好好对待大人。"

绝不会让你再饱受无人爱无人疼的苦楚！

两个人双手紧紧交握，不约而同地觉得自己肩上多了一项使命。

于是八个大馒头被两人以劝饭的形式一人一半地给吃了下去。

宁朝阳其实很撑，她没有那么大的胃，但怕浪费粮食而勾起小大夫的伤心往事，她噎得翻白眼也没有吭声。

江亦川也很撑，他不习惯在夜间进食，但宁大人吃得这么开心，他就想陪陪她，让她没那么孤单。

就这么一夜过去。日头高照之时，东院什么也没有改变——

除了病人数量。

第七章

喜悦都与你分享

　　作为一个大夫，江亦川觉得很惭愧。他没照顾好宁朝阳就算了，竟然用一盘馒头把自己也送入了病人之列。两张病榻摆在一起，他羞得头都抬不起来。

　　墨发垂坠，青纱松挽，宽大的白袍堆叠在他身上，只露出一截消瘦的手腕。小大夫半垂着脖颈，侧脸仿若静湖里削山挺立的倒影。

　　宁朝阳看得微微出神。

　　背上的伤开始结痂，她现在像极了一个带壳的王八，不能动也不能翻身，再加上脾胃不调，整个人都非常不好受，但她并不觉得烦躁和恼怒。

　　眼前这人时而皱眉，时而舒气，就为该怎么与她致歉这种小事，已经纠结犹豫了半个时辰有余。指节蜷缩得发白，唇上也无意识地咬出了好几道印子。

　　她觉得很怜惜，但怜惜着怜惜着，就忍不住想再多看会儿。

　　江亦川哪知道她这可恶的心思，只当宁大人是好脾气，一直等着他先开口，于是他就更愧疚了，鼓足勇气开口问："您可好些了？"

　　不问还好，这一问，宁朝阳反而闷哼一声，不甚舒坦地皱起鼻尖："怕是好不了了。"

"这话从何说起？"小大夫的眉头皱了起来，不放心地起身下榻，他试探着按了一下她背上没有破皮的地方，"里头疼还是外头疼？"

她"唔"了一声，困惑地道："分不清，好像都疼。"

"这样呢？"他换了角度，放轻些力道。

"好像是里头疼。"

江亦川心里一沉，拂袖在她榻边坐下，下颌紧绷："这边也是里头疼？"

"嗯……"察觉到他呼吸都紧了几分，宁朝阳眨眨眼，无赖似的道，"又好像是外头疼。"

江亦川的手收回去，揉了揉自己的眉心。

宁朝阳以为他会发火生气，但手再放下来的时候，小大夫的脸上却只有无奈。

"你这人，"他低声道，"除了戏弄我，还会做什么？"

宁朝阳眨了眨眼。

从前戏弄他，他都是恼得扭头就走，而现在，这人不但没走，甚至伸手来继续试探她的伤。

当真是担心极了她。

宁朝阳愉悦地勾唇，摸了摸他手指上的玉环："放心吧，我不会有事。"

还没尝到美人是什么销魂滋味，哪能就这么倒下了？

这话她没说出来，江亦川却莫名听到了弦外之音。

他手指一缩，苍白的脸上就抹开绯红，抿唇似想说什么硬话，但那眉心一蹙，反而更显孱弱好欺。

宁朝阳看得心里仿佛有根羽毛在挠：想做点什么吧，身体不允许。但不做点什么吧，也太不是人了。

正想着要怎么办呢，门突然就不合时宜地被敲响了。

"大人！大人！"许管家直喊。

江亦川站了起来，几乎是逃也似的跑去开门。

门开风入，满室旖旎被吹了个干净。

宁朝阳没好气地收回手："怎么了？"

"宫里来赏赐了！"许管家喜上眉梢，"上头有话，大人受伤不必亲接，已经让人都安放好了。"

这是意料之中的事，宁朝阳并不惊喜，只问："是刘公公送来的还是赵公公送来的？"

"回大人，是刘公公。"

那就完全是圣人的意思。

宁朝阳点点头,道:"劳您包两包银子重谢刘公公,请他回宫复命。待我能下得床了,必定立刻进宫谢恩。"

"是!"

许管家将赏赐的清单放在她床边,就高高兴兴地退了出去。

江亦川看了看那单子,又看了看她。旁的官员得御赐的恩赏,都是欢天喜地敲锣打鼓,恨不得叫路过的蚂蚁都知道自己的荣耀。但这人得了赏赐,怎么看起来一点反应也没有?

"大人不喜欢这些东西?"他忍不住问。

那单子上头金银珠宝都有,还有一方匾额,一方由圣人亲赐、楠木金漆、上书"宁府"两个大字的匾额。

在大盛,非有功之臣是不能开府的,大家嘴上虽然尊称贵府,但实则多数人家门口牌匾只能挂邸、宅、屋一类,就连宁家老宅门口那块府匾都是蒙了祖上五代的福荫才有的。而现在,圣人单独给她赐了一块,写的虽然还是宁府,却不再是宁家的宁,而是她宁朝阳的宁。

这种好东西,谁会不喜欢?

宁朝阳轻笑,趴在软枕上淡声答:"我很喜欢。"

"那您都不仔细看看?"

她抿唇,很想说这东西什么时候会刻好、什么时候会送过来,都完全在她掌控之内,就连上头漆边的花纹,也是她提前选好的,没有任何看的必要。

然而,江大夫什么也不知道,他只是双眸晶亮地看着她。

身在官场这么多年,宁朝阳早就是八风不动、宠辱不惊,不可能因为一点赏赐就激动不已。

但是……迎着小大夫这期盼的目光,她沉默了。

片刻之后,宁朝阳举起了那张赏赐清单。

"哇哦,"她激动地道,"有了这块府匾,以后就再也没人敢上门来闹事了!"

江亦川欣喜地拱手:"恭喜大人。"

"同喜,同喜。"

"大人真厉害。"

"哪里,哪里。"

向来难得与人寒暄的官场话,今日在这房内倒是说了个全套。宁朝阳觉得自己可能是疯了,但一抬眼看见江亦川脸上的笑意,她又觉得疯了也挺好的。

总压着情绪有什么意思，不如就跟他一样，想笑就笑，想高兴就高兴，于是所有被她克制了的喜悦都重新在脸上绽开了花，花色肆扬，恣意无畏。

　　她弯起眼角，轻轻钩住他的手心。

　　"江大夫，"她说，"得此喜事，庆贺一杯如何？"

　　江亦川被她那明媚的笑意晃得走了神，好半晌才听清她说的是什么。

　　"想喝酒？"他挑眉。

　　宁朝阳点头，眼神充满期盼地看着他："可以吗？"

　　江亦川了然颔首，起身，当真出去端了一个托盘回来，上头搁着一个酒壶、两个杯子。

　　宁朝阳高兴地微微撑起身子，打算发誓抿一口解解馋，绝不贪杯。

　　结果就见江亦川一本正经地拿起酒壶，往两个杯子里都倒上了刚熬好的药。

　　刚熬好的……

　　药！

　　"固元益气。"他将其中一杯塞给宁朝阳，"来，为贺这喜事，我们干了。"

　　同样是期盼的眼神，宁朝阳气恼地想，这人怎么就不能回应回应她呢？

　　她一个重伤的、无辜的病人，想喝一口甘醇的烈酒暖暖身子怎么了，大夫不就在旁边吗？

　　闻见那苦涩的药味，宁朝阳皱眉欲呕，顺势就要把杯子放下。但有先前的经验在，江亦川在她之前就飞快地伸手抬住了她的手腕。

　　他与她一碰杯，强硬地道："都喝完。"

　　"这也是你熬的？"宁朝阳满脸不信，"你今日明明都在我身边，哪儿也没去。"

　　"虽不是我熬的。"他道，"但许管家也辛苦了很久。"

　　"哦，"宁朝阳撇嘴，"巧了，我这个人最是不会体谅别人的辛苦。"

　　"先前不是还体谅我了？"

　　"你又不是别人。"

　　江亦川怔然抬眼。

　　面前这人说完这话也愣了一下，但她很快就回过神来，桃花眼里浮起一丝戏谑："想让我喝完是不是？"

　　他迟缓地点了点头。

　　宁朝阳哼笑，接着手腕一拢，绕过他的腕间，将杯沿碰在自己的唇畔。

　　"这样喝，我就喝完。"她说。

　　两只手交互，已是合卺酒的动作。

江亦川指尖颤了颤，他看着她，很想问这是什么意思，与外室也要行夫妻之礼不成？

但她的目光太过坦荡，坦荡得他不管怎么开口都显得是在要名分。

江亦川垂下眼皮，将杯沿也抵在了自己唇畔，与她一起，慢慢仰头。

药很苦，一盏下去，宁朝阳魂都快没了。她皱眉看对面的人，却发现他眉头也没皱一下。

"你是不是给自己喝的糖水？"她生气地问。

江亦川摇头，想把杯底的药渣给她看，但宁朝阳没有看他手里，只将他脖颈拉过来，贴近了看他嘴角。

这动作有些大，他怕她扯着伤口，只能蹲在床边一动不动地任她打量。原以为看一下就行，谁料看着看着，宁朝阳低了头下来，竟是与他轻轻一吻。

温热的触感在他嘴角上稍纵即逝，江亦川瞳孔一缩，不可置信地睁大了眼。

"好像是没有我的苦。"她若无其事地松开他，重新趴回了软枕上。

好生恶劣的人，如此行径，连交代也没有，就想这么糊弄过去？

江亦川有些生气，也不知哪里来的冲动，他抬头上去，追着她避开的脑袋就重新贴上她的唇瓣。

两人的鼻尖毫无防备地撞在了一起，江亦川被撞得蒙了一下，他疑惑地看了看两人的鼻子，想了一下要怎么错开，跟着试探性地侧头。

这样再上去，他如愿吻到了她。

双唇相贴，初始时带着不解风情的粗蛮，慢慢地才有了一丝温软。他尝试着厮磨，又怕贴得太近，叫她听见他胸口里那震天的响声。

咚——咚——

温热的血汹涌着冲向全身，原本有些冰凉的手都跟着发烫起来。

江亦川在自己失态之前退开了。

他故作镇定地与她道："你看，是一样的。"

宁朝阳眨了眨眼。

她的床榻有些高，低头去看旁边这人，他脸上的神情便是一览无余——

怎么办，她会不会怪我？

心别跳了，好吵。

说完就走，是不是更酷一点？

宁朝阳看了一会儿，轻轻地笑出了声。

她擦了擦自己的唇畔，恍然点头："还真是一样的，那我就不怪你了。"

江亦川倏地松了一口气，如释重负。

"多谢大人。"他颔首道。

天真纯良的小大夫，完全不记得此事因何而起，还因为她的大度而略显愧疚，难得地拿了一枚果脯给她。

"这回主要是外伤，"他含糊地道，"压一压药味也无妨。"

小小的果脯，不知什么时候备好的。她笑着接过来，张嘴便压在了舌根下头。

"江大夫待我这样好，"宁朝阳道，"我也不能让你太失望。"

江亦川一愣，接着就反应了过来："可是我大哥的案子有进展了？"

她没明说，只道："保命是不难。"

眉间的愁绪散开了一些，他的态度也温顺了不少："有劳大人了。"

看他这么担心自家大哥，宁朝阳有那么一瞬间很想直接告诉他，他大哥不会有事。可是撇开官德先不论，这话说出去，他还会心甘情愿地继续留在她身边做外室吗？

东院的灯好不容易才亮起来……宁朝阳轻啧一声，觉得有些舍不得。

无耻便无耻吧。这天下像她一样无耻的人肯定如过江之鲫，那多她一个也不多了。

两个空了的杯盏并排放在托盘里，于春景之中盈盈泛光。宁朝阳只看了一眼，便安心地将头埋回去，继续养伤。

按照宁朝阳的计划，再静心养上十日，她就能下床走动了。以她习武的底子和行刑那些人留情了的手法程度来算，十天应该差不多。但她没想到的是，接下来的日子里，这院子一天也没安宁。

自大盛开国以来，除王侯爵位之外，光靠做臣子就能开府的人一共也没有多少，宁朝阳不但是里头最年轻的一个，还是最有势头的一个。

这般前途无量，又正好卧病在床，岂不是个刚蒸熟的包子，白花花地在狗群面前晃，一边晃，一边喊：来啊，追上了就能一口咬到肉！

于是消息传出去的当天，新晋的宁府就被围得水泄不通。许管家把能挡的都挡了，可有些位高权重的实在是挡不住，比如面前这个酷爱给人做媒的荣王妃。

"我们女儿家啊，还是得有个正经夫婿傍着才好。"她拿着几幅画像，笑盈盈地与她道，"你我同僚一场，我是不会害你的。瞧瞧这些，都是荣王殿下亲自挑选的青年才俊，只要你看得上，我保管给你说成。"

宁朝阳皮笑肉不笑道："多谢王妃，这就不用了。"

"哎呀，别拒绝这么快。"荣王妃嗔怪道，"我知道这院子里有人了，可你又不是个一心一意的，多看看也无妨呀。"

许管家在旁边听得有些生气，他们大人怎么就不是一心一意的了？这不是空口白牙污蔑人吗？

他想上前反驳，但不等他开口，自家大人先说话了。

"我不是个一心一意……"她扫了一眼那些画像，从鼻尖里哼了一声，"可也不是什么破烂都往院子里收的。"

荣王妃想过宁朝阳不会答应，但她没想过她的话会说得这么难听。她脸色一沉，当即就站了起来："这些可都是世家贵族的公子，你说破烂是在骂谁？"

她这架势吓唬别人还行，但宁朝阳眼皮都懒得抬，顺势就道："照王妃这个说法，我骂他们破烂便是在骂世家贵族破烂，骂世家贵族破烂便是在骂他们祖上的功臣也是破烂，是不是？"

荣王妃被打断了话，一时愕然："你、你当真是仗着圣宠浓厚就无法无天！"

"王妃还记得在下圣宠浓厚呢？"她笑，"荣王爷今日让你过来，嘱咐了不少话吧？他的意思是想让你与我辩个输赢？"

一提这个，荣王妃登时熄火，她坐回小凳上，脸上勉强重新挂上了笑容："自然不是，只是这些郎君分明都是颜比徐公、貌若潘安，你怎么能胡言乱语呢？"

颜比徐公、貌若潘安？宁朝阳看着那些画像，一时怀疑荣王妃当年是怎么考进的凤翎阁。

"大人，该换药了。"江亦川恰在此时走了进来。

荣王妃一扭头，就正好看见了他的脸。她愕然了一下，不止因为这人长得好看，还因为他有些眼熟。

"你……"她张口想搭话。

宁朝阳不悦地哼了一声。

"差不多了吧？"她道，"许叔，送客。"

"是。"

江亦川什么也不知道，就见一个衣着华贵的妇人一步三回头地离开，与他擦肩而过时，她还扯了一下他的衣袖。

侧身避让的时候，他微微皱眉。

房门关上，宁朝阳有了短暂的喘息之机，她垮了眉眼，哀哀地与他道："疼。"

江亦川立刻拂袍半跪在她床边，替她将背上盖着的绸缎掀开。

伤口没有扯破，但大部分还是没有消肿。江亦川看了看自己手里的药，有些犹豫。

"怎么？"她问。

"大人也许该换些更好的药。"他道。

宁朝阳不甚在意："他们送来的贺礼里一定有好药，晚些时候，你同许管家去找找便是。"

江亦川摇摇头，将绸缎盖回她身上："我现在就去。"

早拿回来一刻，她也就早轻松一些。他拂袖出门，走得很快，雪白的袍子跟着翻飞，像山间涌起来的云。

然而刚走到回廊附近，面前就拦了一个人。

云停风止，江亦川抬眼，就见沈晏明风姿斯文地站在那里，眉目舒和，一扫先前的失态。

"你来得正好，"他道，"她伤势如何了？"

江亦川心头不爽，后退半步："有劳御医挂心，大人恢复得不错。"

沈晏明皱眉："你我皆是医者，怎好拿这些话搪塞？"

那不然呢？江亦川没好气地想，难道要与他一个外人细说她背上哪条伤口愈合了，哪条还肿着？

"在下还有事，"他道，"劳烦借过。"

沈晏明哪里肯让，抬步就挡了他的路，接着就从袖口里拿出三瓶药膏。

"这是止疼的，这是愈伤的，这是祛疤的，"他道，"都是极为珍贵的上品，连宫里也少有。"

江亦川步子一顿，不解地看着他：有殷勤不献，居然直接拿出来？

沈晏明察觉到他的想法，苦笑一声。

"若是我给，她不会收，"怅然叹息，他将药径直塞给江亦川，"麻烦你了。"

听这语气，两人对彼此还挺了解。江亦川抬了抬眼皮，把瓶子往旁边的石栏凳上一搁。

"我不喜欢麻烦，"他道，"沈御医想送就自己去送，用不用由她自己来决定。"

"你……"沈晏明有些不可思议，"你不是她的身边人吗，竟也不为她着想？"

"就是为她着想，所以才不自作主张。"他扯了扯嘴角。

两袭白袍同时被风吹动，飞扬起来的模样很是相似。沈晏明安静了一会儿，突然道："上次见面就想说了，阁下不觉得自己与我太像了吗？"

同样是医者，同样爱穿白衣。

宁朝阳知道她自己到底喜欢的是谁吗？就算她不知道，这小大夫见了自己，难道也没什么察觉吗？

沈晏明连连皱眉。

江亦川站在他面前看着，丝毫不动容。他慢条斯理地答："我与你有很大的不同。"

什么不同，长相吗？可世上岂会有两个完全一样的人？

沈晏明刚想这么说，却见江亦川突然朝他走近了一步。

同样的黑发披肩，同样的薄底云靴，江亦川平视前方，目光轻松地从他的头顶越了过去。

"半个头吧。"他淡淡地道。

这简直是世上最过分的挑衅！

沈晏明愤怒地转身，想说自己刚刚没站直，重新比！结果一眼看去，庭院里已经没了江亦川的身影。

江亦川走得极快，眨眼就找到了许管事，与他一起前往库房。

许管事一边翻看清单，一边瞥向旁边这人，瞥了几眼之后，终于忍不住问："什么事把您惹得这么生气？"

江亦川云淡风轻地翻找着药材："您何处见我生气？"

许管事回头看了看库房门上那被撞开的锁链，干笑道："也怪老奴，怎么就把钥匙弄丢了。"

江大夫应该只是太担心大人了，情急之下才会使出这么大的力气。

巧合，巧合。

"对了，许管家，"江大夫不甚在意地问，"大人与沈御医是怎么认识的？"

"沈御医啊……"许管家老实地道，"宁府和沈家只一墙之隔，大人与沈御医自然打小便相识。"

还是青梅竹马。

江亦川点头："那后来呢？"

"后来大人去考了凤翎阁，沈御医投身了青云台。"许管家摆手，"您也知道，朝中势力纷杂，凤翎阁和青云台更是针锋相对，两人立场不同各为其主，自然也就淡了交情。"

"淡了交情他还求亲？"

提起这茬儿，许管家就不高兴了。

"他那也叫求亲？喝醉了在高楼上大声对我们大人念情诗，我们大人的脸都被他丢尽了！"说到这里，许管家严肃起来，"江大夫，您可不能误会，我们大人对沈御医那可是没有丝毫的情分，您千万不要因为他而生我们大人的气，那不值当。"

许管家最信奉的就是有误会便解释,绝不能在心里憋着生嫌隙,所以在江亦川误会之前,他立马将情况仔细说了出来。

然而,面前的小大夫低垂着眼,看起来不但没有释怀,反而更忧愁了。

他问:"沈御医这般的贵门子弟她都不喜欢,却为何看上了我呢?"

话本上常说,只有真心喜欢一个人才会患得患失,害怕自己哪里不好、留不住对方。许管家高兴的同时又觉得于心不忍,他斟酌了一下字句,打算从多个角度来夸奖他、鼓励他。

然而不等他开口,江亦川突然站了起来。

"我知道了,"他了然地道,"原来是因为这个。"

"您终于发现了?"许管家欣慰地道,"老奴就说嘛,哪有人会看不见自己的——"

"个头儿,"江亦川伸手压了压自己的头顶,"高半个头原来真的很重要。"

不是,这跟个头儿有什么关系?他们大人又不用被人抱着去吃树叶。他想说的是相貌和品德啊!正常人比较怎么也该先比这两样吧!

阴郁的心情好了起来,江亦川找到几瓶御贡的伤药,起身便返回东院。许管家站在他身后伸着手欲言又止,最终还是把话都咽了回去。

二位不生误会就行,别的也没那么重要。

宁朝阳背上的药本是由几个医女来换的,一开始还好好的,但换到第三天,其中一个医女不知为何就"不小心"搞混了蚀骨散和愈伤药。

好在江亦川一直在旁边守着,见势不对,就把药给掀了,不然她那好不容易愈合的伤口又得破层皮。

江亦川很生气,当场就想把那个医女移交官府,可宁朝阳却一改先前的狠戾,温柔地与他道:"算了。"

江亦川心疼她的善良和大度,当场就决定以后的药都由他来换。

善良大度的宁大人冷眼看着宋蕊把那医女拖走,才转脸嘤嘤道:"我好害怕,我不敢趴着了。"

把自己最脆弱的背部这么露着,的确不是她这种防备心强的人喜欢做的事。

可是……江亦川有些为难。

"你这伤还不能躺,会痛。"

她眨眼:"你不想让我痛?"

他点头。

宁朝阳眼里泛起笑意,与他拍了拍床沿:"那你坐过来。"

江亦川依言坐过去,将身子靠在床栏边。

"左臂抬一点点。"

"嗯,右手也抬一点点。"

她仔细地替他调着动作,待差不多了,便撑起身子,整个人往他怀里一沉。

江亦川毫无防备,下意识地就接住了她。

"我反穿了衣裳,系扣在背后,"宁朝阳道,"你只管解开上药便是。"

还能这样?

江亦川身子僵硬,半晌也不敢动:"趴着要方便些。"

"趴着我害怕。"

"这样就不害怕了?"

宁朝阳认真地点头。

"我只信任你,"她道,"背后没有眼睛,那你就是我的眼睛。"

这话听得人一时还有些感动,但待回过神来,江亦川还是恼了:"大人就是想捉弄我。"

宁朝阳抚着他柔顺的墨发,含笑道:"被逼无奈的事,怎么能说是捉弄呢?"

他用指腹蘸上药膏,无奈地叹气。

人的戒备心都是一点点被攻破的,像他,一开始还防备她靠近,后来就只防备她亲近,到现在短短一月,他都能接受把人抱在怀里上药了。

体温隔着衣料慢慢融作一处,呼吸也随着心跳越来越接近。

他看着她消了肿的伤口,轻声道:"下回能解释就尽量不要挨板子。"

宁朝阳眼睫颤了颤,将下巴搁在他肩上,似笑非笑地道:"放心,最后一次了。"

险棋大获全胜,有御赐的府匾在,宁肃远会消停很长一段时间。想再上本参她不孝,也没那么容易了。她接下来要做的就是彻底甩开他们,让他们再想攀扯也攀扯不上。

江亦川抹着药膏,往她的背上轻轻吹了吹气。

他这是下意识的动作,因为那些伤看起来狰狞可怖,他觉着她很疼。可宁朝阳感受着,只觉得一阵酥麻从背脊爬下去,激得她尾骨都颤了颤。

春天是个好时节。她想,这伤若是识趣,就该快些痊愈。

江亦川察觉到了她的颤抖,他以为她是疼的,手上的动作就更轻了,指腹划过她的肌肤,要碰不碰的。

宁朝阳侧脸都红了。

她想，这小大夫看起来纯良干净，没想到勾人的手段倒还挺多。

外室是用来看的吗？那肯定不是。原先宁朝阳倒也不强求这方面，但人家都这么诚心诚意地勾引了，她不定个日子下来未免太不给面子了。

就伤好的那天吧，当作庆祝了。

宁朝阳暗自夸奖了一下自己的体贴，扭头就将发热的脸埋进了他的颈窝。

江亦川完全不知道发生了什么，他只是正常地给她上了药。但上完之后，他莫名地就觉得屋子里的气氛不太对劲。

他低头看了看宁朝阳，神色如常，再抬头看了看四周，好像也没什么改变。他纳闷儿地摇头，觉得自己可能想多了。

但是第二天，江亦川起身一开门，就发现东院里好像也不对劲。

花坛里原本长势喜人的各色春花突然没了踪影，取而代之的是排列整齐的薄荷、党参、紫苏和大青叶。

他愕然地问许管家："前头的医馆缺药材了？"

"不是，"许管家连连摇头，"是大人看您桌上的几本书都是讲怎么种药材的，觉得您会喜欢，就让人把花草都换了。"

说完，他又补了一句："大人害羞，她让我不要告诉您，说若您问起，就说是前头医馆缺药材了就行。"

这不还是告诉了吗？他有些哭笑不得："好好的花坛弄成这样，不可惜吗？"

"在大人眼里，您不高兴她才会觉得可惜。"许管家道，"大人以前很不喜欢吃药，连药味也闻不得，但现在，她恨不得这满府的药材都在一夜之间长起来。"

她不一定能让他有归属感，但药材可以。

这府邸里所有长满药材的地方都是江大夫的地盘。

风拂过新翻了土的花坛，翠绿的薄荷叶跟着摇晃起来。江亦川看着看着，微微有些失神。

有人曾经说过，宁朝阳此人麻木不仁、唯利是图，虽有冠阁之才，却无忠君之心，是人人得而诛之的奸臣。所有阻碍她的人，包括她的亲爹，都会不为她所容。

听起来的确是可怕又可恨。然而，实际情况怎么跟传言里完全不一样？

"你们大人，"他轻轻抿唇道，"有心了。"

许管家乐呵呵地摆手，刚想接话，就听得下人来报："牙婆带人在后院等着了。"

"我怎么差点儿忘了这茬儿。"许管家拍了拍脑袋，"您稍等，老奴待会儿就送几个人来给您挑。"

大人伤重,府中事务又多,江大夫身边也需要一个贴身伺候的小厮。"

江亦川没有拒绝,他只道:"我不会挑人,就劳您替我找个能辨药材的就是。"

做大夫的嘛,这样的要求很寻常,许管家当即就应下了。于是约莫半个时辰之后,江亦川面前就来了个人。

"见过主子。"他恭敬地行礼。

江亦川没有回头,只问:"你可识得这是什么?"

"回主子,这是紫苏。"

"很好。"江亦川点头,"那以后你就改名叫紫苏。"

"是。"

行完礼放下手,紫苏扫了一眼四周,极轻地说了一句:"外头春色正好,主子可想出去看看?"

江亦川听见了,却没应声。

他伸手轻轻戳着面前的薄荷叶片,眼里晦暗不明。

宁朝阳正在屋子里听宋蕊说事。

宋蕊神色很严肃:"那医女咬死不认,只说是不小心。但卑职查到她的家里最近发了一笔横财,连买了三处田产。"

宁朝阳轻笑一声,道:"我还挺值钱。"

宋蕊笑不出来,她只觉得愤怒:"青云台那些人真是无所不用其极!"

"你怎么知道是青云台干的?"

"除了他们还有谁?胡海的案子在您手里进展神速,他们自然坐不住。"

与沈大人不同,宁大人没有管那些来往过花明村的嫌犯,她只盯着胡海,将与他来往最多的胡三舅给圈了出来。

宋蕊盯着胡三舅追查,短短两天就发现他先前的口供有问题,能与胡海的对上,却无法与身边的邻居对上。

也就是说,胡三舅与胡海串过口供。

这两人的来往次数太多,隐瞒下其中一两次也并不会太显眼,再加上有别的嫌犯当幌子,竟然安稳地瞒到了现在。不过既然已经被宁大人识破,那顺着胡三舅找到胡海藏起来的证据只是早晚的问题。宋蕊觉得,宁大人就是因为这事才被人下毒手的。

但宁朝阳听完后,只笑着摇头,她问:"宋蕊,假若你是花明村的村民,你愿意冒着生命危险替人做假供吗?"

宋蕊一愣,接着就摇头:"自然不愿意。"

"可花明村那些村民就愿意，还不止一个人愿意。"她微微眯眼，"那么有没有可能……胡海不是诬告，他手里当真有他弟弟胡山没有叛国的证据？"

青云台那些人的目的就是想保胡山，如果胡海手里的证据是真的，那他们只会趁势将她架起来替胡山平反，绝不会贸然让个医女来下毒手。

"可是镇远军副将胡山叛国一案是殿下亲审的，"宋蕊担忧地看着她，"其中若出了岔子……"

"放心吧，"宁朝阳不甚在意地道，"殿下只让我们查胡海，没让我们查胡山。"

她把胡海连着证据一起交给殿下，这事对她而言就算是了结了。至于那个医女，甭管是收了谁的钱，钱既然都收了，那总得付出代价。

宁朝阳眼里溢出些狠意，弹了弹自己的蔻丹。

屋子的门突然响了两声。

宋蕊立马将桌上的秘卷收拢，抬头刚想提醒自家大人一句，却见方才那凶狠的人已经荡然无存，取而代之的只是一个虚弱的伤患，丝发披散、斜倚扶枕。

"进来。"她柔声唤道。

宋蕊手背上登时起了一层鸡皮疙瘩。

江大夫跨门而入，手上端着一个托盘。他犹豫地看了宋蕊一眼，宋蕊立马颔首就往外退。

托盘放下来，上头放的是一碗清粥和两碟野菜。

江亦川有些不自在地道："也不会做别的了。"

上回他给她做的她就没吃，想来可能不太合口味，但他想谢谢她，就只能做这些。

"吃不完也没关系。"他道，"这野菜有些苦，本也没有肉食美味。"

宁朝阳压根儿没听见这话，从他把盘子放下来，她眼眸就在发亮。一接着筷子，更是直接就夹来尝了一口。

的确有些苦，但拌了很好吃的调料，清爽脆生，用来下粥是极好的。

她接着抿一口粥，舒坦地微微眯眼。

江亦川愣怔地看了她一会儿，而后抿唇道："你不必如此……"

宁朝阳扬眉："你以为我在逗你开心？"

不是吗？他困惑地看着那两碟东西。

"不是，"她答，"先前在你家，我就很想尝尝这是什么味道。"

可惜还没来得及，就被程又雪给叫走了。

野菜其实没有特别美味，只是她没吃过，所以格外稀罕，并且一口嚼下去，她仿佛又闻到了巷子里那寻常又嘈杂的气味。

　　宁朝阳确实是个一心想往上爬的人，她喜欢高床软枕，也喜欢荣华富贵，但她也有爬累的时候。这个时候，她就只想在最市井又最温馨的地方待着，吃朴素的菜，抱单纯的人。

　　目光柔和下来，宁朝阳慢慢吃完碗里的粥，末了擦擦嘴，给了江亦川一块牌子。

　　"我尚且不能下床，"她道，"你可以自己出去走一走。"

　　有什么好走的？江亦川不太明白。

　　但看她似乎心情很好，他也就没多说，听话地拿着那块牌子出去，以为是给门房看的出入信物。结果紫苏凑上来，只看了一眼，就猛地咳嗽起来。

　　"主子，"他脸色涨红，憋了半天才接了三个字，"您厉害。"

　　"做什么？"江亦川不解，"当了外室不能出门？"

　　"不是，"想笑又不敢，紫苏干脆捏住自己的嘴角，"您出去就知道了。"

第八章

听听这鬼话

上京城里做人外室的不少，但多数人是领月钱过日子，就算再得宠，那排面也不会太大。但是这天，街上突然出现了一个白衣飘飘的小大夫，手里握着一块牌子，一块刻着宁朝阳的大名和印鉴的牌子。

此消息一出，整条朱雀大街都轰动了，各个铺面的掌柜纷纷亲自迎了出来，连带着铺子里的娇客贵人也都好奇地探头。

江亦川站在路中央，有些不知所措。

"紫苏，"他问，"这是兵符？"

紫苏连连摇头："那哪能呢，这普通的木牌调不了一兵一卒，它只是能支用宁府上所有的银钱而已。"

哦，只是支用银钱。江亦川松了口气，抬步就继续往前走。

但刚走两步，他就意识到了不对："你说它能支用多少银钱？"

"回主子的话，所有。"

江亦川不可置信地回头："她疯了？"

紫苏连连拱手："所以小的才说主子厉害。"

区区外室，竟连人家账房对牌都拿到了。

小小的牌子顿时就变得有些烫手，江亦川将它揣回怀里，皱眉道："回去吧。"

"别，"紫苏连忙道，"大人是高兴才让您出来买东西，您若空着手回去，岂不是打她的脸？"

江亦川不理解："节省还不好？"

"那是人家正头夫婿该做的事，"紫苏唏嘘地摇头，"咱们只是外室，外室就是要该花就花，待她有了正头夫婿，您想花都花不着了。"

江亦川眼里有些不悦，下意识地反驳："她说她不会有正头夫婿。"

紫苏往前迈的步子一顿，震惊地扭过头来看着面前这人："主子，您知道自己在说什么吗？"

大盛朝最年轻的女官、如今正得圣宠的宁朝阳宁大人，会永远不立正头夫婿？

江亦川略显恼怒地垂眼，拂袖道："她是这么说的，我又没信。"

真的没信吗？

看着他的表情，紫苏欲言又止。

"不是要买东西吗？"江亦川不耐烦地道，"走吧。"

"是。"

朱雀大街上商铺极多，衣食住行吃喝玩乐什么都有，江亦川正看得出神，冷不防被人猛地一撞肩膀。

他是没有防备的，奈何对方好像身子骨比较弱，撞上来没撼动他分毫不说，自己还跟跄两步摔到了地上。

"抱歉。"江亦川愧疚地欠身，朝他伸手。

地上那人看起来很生气，手握上来都有些发抖。江亦川怕他握不稳，于是加重了力道将他整个人都提了起来。

沉默片刻，对方哆哆嗦嗦地抽回了手。

江亦川关切地问："可有什么事？"

原本是有的，但现在……那人挤出了一个笑意："没有了。"

上京的这些人还挺好说话的。江亦川想，这要是在他原来的地方，那一定会当街打起来。

只是，别的都还好，这街上的路是不是太窄了些？他看了十家铺子，路上就撞了七八个人，虽然都是对方没看路，但这些人挺彬彬有礼，不但没吵闹，还都伸手与他交握一番。

有的人交握不够，还想与他掰手腕。

江亦川是没有什么好胜心的，但念着如今自己好歹是宁大人的人，哪能在外头输给别人？于是便稍稍用了一些力气。

　　就这么跟人玩着玩着，远处突然冲来了一队人马。

　　"江大夫，"宋蕊紧张地跑过来，上下打量他一圈，"您没事吧？"

　　能有什么事？江亦川很是不解。可宋蕊当场就将他和紫苏一起护送了回去。

　　江亦川出门的时候，宁朝阳还是满眼愉悦，再回来时，她竟不笑了，只招手让他过去。

　　江亦川依言站到了她跟前，还慢慢地转了一圈。

　　宁朝阳轻轻松了口气，道："算你运气好，没跟那群刺客撞上。"

　　"什么刺客？"他道，"街上不都是些寻常百姓？"

　　"宁府养的刺客本就是百姓的装扮，他们最喜欢混迹在人群里伺机出手，杀了人就走，让目击者连他们的模样都说不清楚。"宁朝阳道，"你前脚刚走，后脚那些人就动了。"

　　江亦川摇头："我没看见他们。"

　　"嗯，"她温柔地拍了拍他的手背，"下次出门多带些人。"

　　"好。"

　　在小大夫这里，此事就算是过去了，但宁朝阳没有放下。她开始认真地养伤，用最好的药，也遵医嘱好好休息。

　　如此几日之后，身子就动得了了。宁朝阳做的第一件事就是带着胡海藏匿起来的证据去公主府。

　　"好！好！"长公主大喜过望，起身来扶她，"难为你养着伤都能替本宫解忧至此，本宫没有挑错人。"

　　说着，又赏了她一堆东西，还与她一起并坐，毫不避讳地将桌上的奏折都摆在她眼前。

　　宁朝阳垂眸没有乱看，她只安静地听着长公主说各州的要事，直到听到一句"雷州实在缺人手"。

　　"殿下，"她开口，"宁家发迹就在雷州，那儿的风土人情，没有谁比宁家人更了解。"

　　长公主一听就摇头："本宫对你还有诸多仰仗，你切不能外调。"

　　"殿下误会，微臣说的不是自己。"

　　长公主心思一动，了然道："明日面圣，本宫会与父皇商议此事。"

　　"多谢殿下。"

从公主府出来，宁朝阳又去了一趟自己的铺面。

以前念着要还养育之恩，她允许宁家人每月都从她这几间大铺里抽走三成红钱。但现在，她认真叮嘱了各个掌柜，不但不许宁家人拿钱，还要连他们先前赊的账都一并要回来。

宁家老宅一向是入不敷出，没了她这钱袋子，想必很快就会上门来闹。于是她接着就去跟城防和衙门打了招呼，遇到闹事者，无论是何身份，统统以扰乱市井的罪名打板子罚钱。

做完这些，宁朝阳心情舒畅了不少。她抬步打算回凤翎阁，结果刚走到路口，便有一把剑倏地横在了她的脖颈间。

"你这佞臣！"来人一身布裙，长发披散，双眼恨得发红，"还我夫君命来！"

宁朝阳得罪的人如同过江之鲫，她看着面前这个愤怒的女子，一时很困惑。

"你的夫君是？"

"镇远军副将，胡山！"

哦……

宁朝阳双指捏住剑身，皮笑肉不笑地说："他的命是圣人要的，你为什么不去找圣人还命？是找不到去宫城的路吗？"

"圣人还不是被你们这些人蒙骗，才会降罪于为他拿命打仗的忠将！"这位名为关酒的女子气得直哆嗦，"胡山他没有叛国，胡海手里的证据可以证明，他没有！但你为了自己的荣华富贵，不但不将证据上交于圣人，反而连人带物一起送进公主府，你这是要冤死他！"

"我只是奉命办事。"宁朝阳平静地道，"圣人若让我找东西，我便会将东西交给圣人，但先前是殿下让我找东西，那我自然就要将找到的东西交给殿下。"

关酒气愤又哽咽："但凡你有些良知，都不会说出这样的话来！胡山一死，六军心寒，你真的以为自己能高枕无忧一辈子不成！"

说得很有道理，但宁朝阳不爱听。

先前就说过了，宁朝阳最讨厌的事就是被人指着骂。江大夫也就算了，那是她自己选的，但面前这人，她一不熟悉，二不欠什么人情，没道理为她一番哭闹就改变什么。

宁朝阳拂开她那软绵绵的剑，漠然地继续往前走。

关酒见状，手上翻起剑花就朝她刺去。

胡山是救不回来了，那起码要拉一个奸臣给他陪葬！

宁朝阳早有防备，剑风刚起，她就回了头——

但有人比她更快,雪白的袍子在她眼前扬起,清清瘦瘦的人张开双臂,无畏地迎上了对面的人。

破空的长剑戛然而止,关酒抬头看清他的脸,瞳孔微微一缩:"江……"

不等她说完,手上的剑就被人一脚踢飞。

宁朝阳原本是不生气的,死囚家属有情绪,大家都可以理解,耍刀弄枪宣泄一下,只要不伤着人,那都无妨。但方才回头看见江亦川,她胸口都窒息了一下。

许管家的话本子里常有这样的情形,两个人相爱,但其中一人为爱人挡剑而死,花瓣飘落的同时鲜血满地,她只能抱着他逐渐冰冷的尸体仰天长啸,痛不欲生。

她才不要这样。

宁朝阳猛地将人往自己身边一拉,狠狠一个侧踢,将那长剑踢出去扎在地上嗡鸣,而后转头看向身边的人,着急低斥:"谁让你来的?"

江亦川有些没回过神,他说:"没有谁,我自己想出来找你。"

他找了一路都没找到她,终于在这里碰见,却发现有人要杀她。在江亦川眼里,宁朝阳怕疼,又浑身是伤,实在不宜再添新伤,所以他冲了上来。料到对面的女子力气不大,应该伤不了他。

但在宁朝阳看来,他这就是拿命在护着她。

她好笑又感动,捏紧了他的手:"下次不要这样了。"

"嗯。"他乖顺地应下。

关酒怔怔地看着他们,连话都说不出来了。宁朝阳以为她是没了剑反应不过来,冷着脸就招来了附近巡逻的城防。

"当街行凶未遂,"她道,"押去牢里听审吧。"

"是。"

江亦川眉心皱了一下,他打量了宁朝阳一圈,见她也没伤着哪儿,才道:"你的伤只是松了些,又不是全好了,怎么还到处跑?"

"随便走走透口气。"她下意识地答。

关酒说她的行为有问题,她是不认可的,她觉得自己只是在办公事。但面对江亦川,宁朝阳莫名不太想让他知道那些。

好在小大夫也并不好奇,他只是道:"城里有什么气好透,大人若想散心,不妨往城外走走。"

城外?宁朝阳想了想:"也行。"

他先前总去花明村看诊,突然不去了,也没跟村民们说一声,心里想必还惦记着,于是她就很体贴地让车夫直奔了花明村。

四月芳菲尽,路边的桃花在地上铺得厚厚一层。

江亦川往窗外看得出神,宁朝阳有些好奇,她凑过去顺着他的视线往外看,就见一个农妇带着三四个垂髫小儿,肩上还挑着满满两桶水,水桶已让她举步维艰,那三四个孩子偏还不听话,嘻嘻哈哈地打闹着,撞了她一个趔趄。

看了看小大夫那微微皱起的眉,宁朝阳心里了然,她当即喊了一声:"停车。"

江亦川怔然回头,就见这人一改先前的冷漠,竟亲自上前去问了那妇人住在何处,然后替她拎起水桶,放在了华贵的马车上。

四个孩子也嘻嘻哈哈地挤了上来。

"抱歉,抱歉。"农妇连忙拉住他们,脸上满是疲惫。

"无妨,"宁朝阳道,"你也不容易。"

这话一出,她登时感受到了来自小大夫的炙热而感动的目光。

宁朝阳愉悦勾唇,抚了抚鬓发,她看了一眼这些孩子,有些疑惑地问道:"都是几岁?"

"这个三岁,这个三岁半,这个四岁,这个五岁。"农妇不好意思地搓着手,"给您添麻烦了。"

麻烦倒不至于,宁朝阳就是听得有点迷糊:"三岁……和三岁半?"

这是怎么生出来的?

江亦川察觉到了她的困惑,轻声解释道:"花明村是先圣盛赞的忠义村,这里的人代代入伍从军,村里没有年轻人,只剩下些老弱妇孺,若不相互照顾,他们会难以存活。"

这四个孩子看起来只有一个是妇人亲生,其余三个长得没有丝毫相似。许是父亲征战沙场,母亲又遭遇了不测,才辗转落到了别家。

他只是随便说说,但宁朝阳却听得一愣。

"你们村的人大多姓胡吗?"她问。

妇人点头:"是姓胡。"

镇远军别称就是胡家军,他们很多人都来自同一个村落,彼此熟悉信任,所以上战场一条心,不退不跑,逢战必胜。

胡山的案子是不归她管的,她问到这里,就已经可以了。但今日也不知是被旁边小大夫的菩萨心肠传染了还是怎么,宁朝阳鬼使神差地就多问了一句:"大嫂可认得胡山?"

"胡山谁不认得?"那农妇一听就道,"他打了好多胜仗呢,为人又厚道,我们村口那条路就是他拿封赏修起来的。他家里本来就穷，得了些银钱也没修屋子，全花在村里了。"

宁朝阳听得茅塞顿开。

原来还有这个原因，那村民们的行为就解释得通了。

她没有继续再问，开了话头的大嫂却是停不下来了："胡山那么厉害的人，应该能当个将军的，可惜被人诬陷叛国，关牢里去了。嗐！那些奸臣会有报应的。"

江亦川微微一惊，抬手想阻拦，但已经来不及了。

奸臣本臣平静地听完了这句话，她皮笑肉不笑地道："你怎么就知道胡山一定是被人陷害的？"

那农妇丝毫不觉危险，只笃定地道："这谁不知道？胡山压根儿不可能叛国。"

"大嫂与胡家人很熟？"

"倒是不太熟。"

"那……"她微微挑眉。

意识到面前这个姑娘可能觉得自己在胡诌，大嫂严肃了起来，道："我们花明村祖祖辈辈都是死在战场上的。他胡山的父母、祖父母、外祖父母，所有人的英魂都在敌军的刀剑上飘散不去，他七岁就成了孤儿，与别的孩子一起日夜在祠堂里号哭。诬陷他的人压根儿没有来过我们花明村。他们不知道我们的痛苦，自然也不会理解我们的忠心。"

马车到了地方，骤然停下。车厢里放着的桶一晃，水淌出来浸湿了宁朝阳的裙角。

那大嫂回过神来，连声与她道歉，带着水桶和吵闹的孩子们就下去了。

水从绣鞋尖儿上滴落，浸染进厚实的地毯里，变成了一个深色的点。宁朝阳兀自坐在阴影里，半晌没有吭声。

之前的胡山案对她而言只是一捆卷宗，而现在，这捆卷宗突然活了，一笔一画飞溢而出，慢慢勾出了一个跪在祠堂里大哭的身影。

有仇恨的人是不会投敌的。可这又关她什么事呢？

她有些烦躁地皱眉，想把沾湿的绣鞋踢掉。然而刚一动作，面前就蹲下来个人。

江亦川俯身下来，轻轻按住了她的鞋面。雪白的衣袖随着动作堆叠到了地上，他低着头，拿帕子仔细地擦拭她的裙角和绣鞋。

宁朝阳眼睫颤了颤，面前这人神色很柔和，他不知道什么胡山、胡海，也不知道什么家国大义，他只看着她鞋上的水渍，思索着能不能拭干。

躁郁顿消，宁朝阳拉过了他的手。

"好了，"她说，"外头就是花明村，我陪你去走走。"

她以为这小大夫会高兴，谁料他竟没动，还摇了摇头："不去了。"

"怎么？"

"原是想让大人来散心，可大人好像不喜欢这里，"他皱眉，"回去吧。"

她没有不喜欢这里，她只是觉得，有些事知道了还不如不知道。

宁朝阳叹了口气。

马车摇摇晃晃地转了个头，开始飞快地往回跑，他执着她的手，轻轻地摩挲着，似乎在安慰一般。

笑话，她堂堂一个女官用得着别人来安慰？

等等……还真用得着。

心里好像有块又皱又破的布被他一下一下地抚着揉着，一开始有些别扭，后来就慢慢习惯，褶皱平展，脏污脱落，春风一吹，那块布就柔软如初。

宁朝阳托腮微笑，突然问："江大夫，我背后这伤如何了？"

江亦川诚实地答："走动和躺都没有问题，但还是不能背重物。"

"甚好，"她轻轻拊掌，眼尾上扬，"那今晚——"

她没往下说，只意味深长地盯着他笑。

江亦川手指缩了缩。身为一个外室，最应该做的事自然就在床笫之间。他有了解过，也一早有准备。

但真的提起来的时候，他发现自己还是有些抵触。

面前这人安静地看着他，耐心又认真地等待着他的回答。

"嗯。"

良久之后，他含糊地应了一声。

红烛纱帐双鸳鸯，宁朝阳的别院里一早就准备好了这些东西，奴仆们忙里忙外地布置着，连花坛里新长的药材上都被系了一截红绸。

江亦川泡在浴池里，看着许管家在旁边往水里撒花瓣，略微有些无奈。

"非得如此？"他问。

"这事可不能轻慢了。"许管家笑眯眯地道，"您放心，我们也就是这会儿还在这里碍眼，待晚些时候，一定退得远远的。"

不说还好，一说他更是局促不安。

这哪里像两人情投意合水到渠成，分明就是要他洗干净去侍寝。

"主子。"紫苏在他身后，借着搓背的动作递给了他一个小纸包。

江亦川定了定神，接过来握在了手里。

"走，再去提些热水来。"许管家招呼忙碌的奴仆们。

紫苏跟着起身离开，湢室里顿时安静了下来。

江亦川盯着水面上的花瓣看了一会儿，眼眸里露出些许嘲弄。他冷着脸起身，想去够旁边的外袍，背后却突然哗的一声大响。

江亦川瞳孔微缩，转过身，脸上的冷意还没来得及收敛，就被她仰着头欺到了眼前。

宁朝阳双眸含笑，伸手攀住他，轻轻碰了碰他的鼻尖。

水花四溅，她薄衣湿透，一张脸脂粉不施，清丽无双。

"叫我好等。"她呢喃。

江亦川耳根飞红，捏住她的手腕，眼里不甚自在地道："你……"

你怎么直接就进来了？

"我再不进来，怕你把皮给搓掉了！"她笑。

纱幔低垂，热气氤氲，江亦川僵硬着身子站在水池里，觉得这场面甚是荒唐。

大盛就算是男女同位，帷帐之事也该男子主动些才是。结果面前这人倒好，径直就将手搭上来，勾住了他的脖颈，他突然就想起那日宁肃远说的话。

"别看她年纪轻，不知道玩过多少男人了。你这样的愣头小子，哪里合她的口味！"

江亦川心里一沉，捏紧了手里的迷药。

宁朝阳毫无预兆地吻了上来。

水池不深，只没到他的腰，她踮着脚浮出水面些，湿透的衣衫顺着就贴出了一截纤细又柔软的腰线。

正常情况下，江亦川是不受美色诱惑的。这世上多的是比女人更重要的事，他志不在此。

可是，面前这软腰往他怀里一送，他的手竟然比脑子的反应还快，下意识地就接住了。

这是医者仁心。他想，这上头还有伤，他是怕她直接摔下去，到时候上药的还得是他罢了。

但是她还吻了上来，双唇温软，与他纠缠。

这个不太好解释。

江亦川垂了眼，迟疑地思索着自己不推开她的理由。

温香软玉，盈盈一握。这人虽是攀着他的，却一上来就占了主导，让他被迫落在了下风。江亦川有些不服，按着她的后颈就想反败为胜。

冰凉的指尖落在湿润的肌肤上，江亦川眼里神色一深。

那个不起眼的纸包掉进了浴池里，他收拢手臂，咬牙就将她抱了起来。

…………

按照先前的计划，宁大人会喝下迷药，与主子同榻一晚。这样第二日清晨，主子只用装一装羞涩，一切就能糊弄过去。

可是紫苏担心自家主子并不会装羞涩，于是他早早起身，端着水盆就在门外候着。

迷药的效果很好，宁大人直到巳时末才醒来，手磕在床沿上，发出咚的一声响。

紫苏立马就推门进去，低着头道："给两位主子道喜了。"

露在帐外的一截皓腕被人飞快地拉了进去，接着里头就响起了自家主子的声音："谁让你进来的！"

听听这语气，生硬又恼怒，果然是不会装羞涩。

紫苏暗叹一声，连忙道："小的端来了热水。"

"出去。"

好凶哦。

紫苏放下水盆，疑惑地往内室瞥了两眼。

嗯，满地衣衫凌乱，看起来挺像回事。不愧是他主子，事事都做到最好。

紫苏心里稍定，低头就退了出去。

帷帐之内，江亦川喉结滚动，死死地按着身下这人的手。

宁朝阳刚刚睡醒，满眼都是茫然，她扭了扭自己的手腕，发现挣不开他，这才沙哑地开口："做什么呀……"

软糯的声音，与平日里的完全不同。

江亦川抵着她，眼睫颤了颤："门没有上闩。"

"那怎么了？"她很迷茫。

在外头看起来分明精明又厉害，像悬崖上盘飞的鹰，可在这一处间，她却没有丝毫防备，额头抵着他，神情柔软，眼尾还有些红痕。

江亦川的胸口好像被塞了什么东西，又热又沉。他扯过被褥将她裹住，整个儿抱进自己怀里。

"宁肃远经常污蔑你？"他低声问。

为什么突然提这个？

宁朝阳不解，被他拥着，倒也乖顺地答："他也没有别的手段可以对付我了。"

能力不如她，地位也不如她，除了与人说她的不好之外，宁肃远什么也做不了。

身后这人突然将她抱得更紧了些。宁朝阳以为他在心疼自个儿，不由得拍了拍他的手背："都过去了。"

他没有应声，只是将她抱得紧些再紧些。

宁朝阳有些难受，但也没挣扎。

两个人谁也没法儿娴熟地处理醒来的第一个清晨。比起什么"低头向暗壁，千唤不一回"，她觉得还是抱在一起比较舒坦。

磨磨蹭蹭到了午膳的时间，宁朝阳被江亦川给抱了起来。

她娇哼一声，头靠在他怀里懒得动："不吃。"

江亦川捏着勺子，将饭和菜都放一点，吹了两下后，挨着唇瓣试了试，确定不烫，才送到她嘴边。

她叹了口气，妥协地张开了嘴。

许管家和紫苏也被这画面震惊得张开了嘴。许管家震惊的是自家大人竟也有这般娇气的时候，紫苏震惊的则是自家主子这自然而炉火纯青的演技。

他装得也太像那么回事了吧？要不是一早就商量好了，他就真的以为这两位有点什么了。

江亦川是个很没耐心的人，即便是情势所需、装作温顺，紫苏也明白这位主子的真实情绪。

可现在，他就这么抱着人一口一口地喂东西，眼神里别说烦躁了，连一丁点的不情愿都没有。

不但没有，甚至主动问她："要不要喝甜汤？"

甜！汤！

宁朝阳犹豫了一会儿，轻轻点头，江亦川便转头对紫苏道："你去厨房看看。"

紫苏欲言又止，梗着一口气出去了。

"大人，"许管家轻声道，"今日是大牢那边放人的日子，您看要不要派人去接江家大哥？"

胡海的事已经了结，被关押的花明村众人自然都要释放了。

提起这茬儿，宁朝阳略略坐直了身子，她看着江亦川问："你要去吗？"

这人飞快地点了头，又有些迟疑地看了她一眼。

"多谢大人，"他说，"大人既然已经践诺，在下也一定会信守诺言。"

宁朝阳点头，起身坐到了凳子上。

江亦川怀里一空，被风吹得有点凉，不适地皱眉："我说错话了？"

"没有，"她摇头，"你能这么说，我很高兴。"

那……

"待会儿我让车夫送你过去。"她道，"先吃饭吧。"

脸上一派云淡风轻，手上动作也自然，似乎当真没有生气。江亦川定了定神，也飞快地用起膳来。

饭后，马车带着人就往大牢的方向去了。

宁朝阳站在门边看了一会儿，打了个哈欠想去睡回笼觉，结果许管家却道："上午宫里就传来消息，说陛下急召了长公主和荣王殿下进宫，连带着还请去了几个朝中老将，言语间多次提起大人您。"

宁朝阳脚步一顿，有些不悦："怎么不早说？"

许管家摸了摸鼻尖，干笑，心想，这怎么早说得了……

"再备一辆车，送我入宫。"

"是，但江大夫那边？"许管家试探着问。

到底是刚圆房，以大人的体贴，怎么也该等着他接完兄长回来，一起庆贺一番的。

但宁朝阳拂袖往前，却是说了一句："他最会信守诺言，用不着您来操心。"

许管家听得茫然了一下：这话是夸奖吗？是吧？但语气怎么有点怪？

不等他想明白，宁朝阳就已经换了官服出门了。宁朝阳先前的柔情一扫而空，冷着脸倚上马车，径直往宫城而去。

外头的风很大，吹得她脑袋逐渐清醒。

这是宁朝阳头一次因情误事，关键这个情还不是爱情，只是感激之情。

真是见了鬼了。

她抹了把脸，正色跨进宫门。

大殿里已经吵了有一会儿了，起因是有个人拿出了一封与胡山的书信，信上胡山的字迹与那封被截到的叛国书信截然不同。

这原本能算是胡山被冤枉的铁证，但不巧的是那人手里的书信上没有胡山的印鉴，也没有别的佐证。只凭一张嘴说信是胡山写的，皇长女这边自然不肯认。

于是有人说了一句："宁大人不是也找到证据了吗？难道没有呈报给陛下不成？"

淮乐一听这话就沉了脸。

宁朝阳查证的结果只有她知道，她谁也没有告诉，但眼下却从别人的口里说了出来。

这人一开口，后头的荣王也跟着道："还是宁大人年轻有为，竟在暗中替父皇分忧，实乃百官之楷模。"

圣人的脸色不太好看。

淮乐面上镇定，手心也出了一层薄汗。

今日这一仗要是输了，那前头那么久的辛苦就全白费了，不但不能因办好案子而领功，反而要将父皇的信任也赔进去大半。

她不想输，但青云台这消息来源实在诡异，她不知道他们手里还有什么筹码，妄动只会输得更快。

气氛凝重之间，赵公公突然通传了一声："陛下，宁大人求见。"

"宣。"

一声令下，那抹熟悉的绛色官服就扫过了门槛。淮乐抬眼看过去，眉心微微一松。

"微臣见过陛下。"宁朝阳恭敬地伏身。

圣人没有让她起来，只是慈祥地笑道："宁大人最近真是风光，连殿上各位大人嘴里也都是你的名字。"

凤翎阁的官员们听得心里一紧，旁边青云台的人也忍不住跟着放轻了呼吸。

宁朝阳却没慌，只埋着头道："提起此事，微臣便有恩要谢。"

"哦？"

"前些日子微臣病重卧榻，眼见着是活不成了。"她道，"不承想圣人一道恩旨来，天光突然大开，臣床边的黑白二鬼惊骇离去，说真龙要留臣于人世，谁也不得再拘。臣的命是陛下救回来的，臣叩谢陛下。"

宁朝阳起身再拜，语气都微微哽咽。

不提脊杖，也不说府匾，话里话外都只剩下对圣人的忠诚和敬畏。

没人不爱听好话，圣人也不例外，虽然心里疑窦未消，却还是摆手道："起来吧。"

"谢陛下。"

宁朝阳站直身子，虚弱地晃了晃。

"怎么？"圣人问，"伤还没好全就着急忙慌过来了？"

"陛下恕罪，"宁朝阳苦笑，"旧伤是好了的，奈何这几日忙于奔走，双腿乏力，这才殿前失仪。"

听听这鬼话。

青云台众人心里都直翻白眼。

她宁朝阳什么时候奔走需要用腿了,不都是乘车吗?

可圣人听了,顺着就问:"因何事而奔走?"

提起这个,宁朝阳神色严肃了起来。她从袖袋里拿出了一封信,双手举过眉心:"微臣斗胆,想在御前状告一人。"

此话一出,满殿哗然。

御状可不是那么好告的,一旦告错,抑或事情太小不值得告,那告状的人会丢命。对于他们这些位高权重的官员来说,这是下下之策。

但宁朝阳就这么笃定地站在那里,等着圣人应允。

圣人好奇地倾了倾身子:"你想告何人?"

"回陛下,臣要告铁骑将军常光,伪造假证、挑拨皇亲,妄图祸乱朝纲。"

一字一句,落地有声。

常光刚才还在说宁朝阳查到证据不上禀陛下,一转眼自己竟被告了,当即就跪了出来:"陛下,末将冤枉!"

"常将军别急,"宁朝阳淡声道,"听完再喊冤也不迟。"

"镇远军副将胡山叛国,证据是由镇远军麾下的百夫长送抵的上京,陛下当时大怒,命淮乐殿下亲审此案。"她朝圣人和淮乐殿下一一拱手。

"殿下孝心纯厚,为了替圣人分忧,一连数日都没有歇息,亲自去了一趟江州,整理出了一百七十二份口供和五十六份卷宗,都悉数存于凤翎阁。

"照那些口供和卷宗来看,胡山的确是通敌叛国,罪不容诛。可是前些天殿下审问了上京花明村的人证,却发现他们的口供与江州的兵将截然不同。

"为此,殿下急命微臣彻查胡家。不查不知道,一查才发现此事蹊跷,胡山家中不是没有亲笔家书,一早就是有的,却统统被人藏匿了起来,刻意避开了殿下的搜索。"

听到这里,圣人皱了眉。

怎么又有人在玩手段?

平日里荣王就爱与淮乐过不去,可这毕竟是关乎万千将士性命的大事,如何能跟儿戏一般?简直不识大体!

圣人挥手,让刘公公把宁朝阳手里举着的信拿了过来。

这是胡山的家书,后头还落了印鉴。

圣人细看一番,突然把刚刚常光呈上来的信也拿了过来,放在一起看了两眼之后,圣人的脸色沉了。

"常光,"他怒声问,"你可知罪?"

常光一脸茫然。

他能有什么罪?淮乐公主扣了胡海和胡山的亲笔家书,那才是包藏祸心。他只不过是依着计划拿出胡山的亲笔信,反将她们一步而已。

这是青云台必赢的局面,凤翎阁一开始就查漏了证据,证据还好死不死地落在了他们手里,那凤翎阁查不出来是错,查慢了也是错。

谁承想,仅凭宁朝阳的三言两语,形势突然就急转直下。

常光有些气愤:"末将不服。"

就算宁朝阳呈上了胡山的家书,那也已经慢了一步,该问罪凤翎阁办事不力,不是吗?

皇长女站在旁边,面上虽然平静,心里也很疑惑。

宁朝阳搜到的证据不是已经全数交给她了吗?

第九章

哪里惹着她了

不服气的常光被拖下去打了一顿板子,官职连降三级。

圣人和颜悦色地对宁朝阳道:"辛苦你了。"

宁朝阳惶恐地拱手:"何来辛苦,微臣实则有罪。若不是微臣身子骨太弱,这上午就找到了的证据也不至于午后才送进宫来。"

言下之意,我可没瞒而不报。

最后一丝不满也消散了,圣人颔首,将两封信一起递给自己的皇长女。

"淮乐聪慧,对孤交代的差事也十分认真,孤心甚悦。"

淮乐殿下出列行礼,长舒了一口气。

凤仪车的帘子一落下,宁朝阳就跪在了殿下面前。

她低声道:"微臣有罪。"

淮乐没有与她计较,只扶起她好奇地问:"父皇为何会突然态度大变?"

先前常光那封信一交上去,就算没有确定是胡山所写,父皇待她的态度就已经有些不好了,就算补一封证据上去,也不能让他消气才对。

宁朝阳坐在她旁边,声音极轻地道:"因为那封家书是微臣伪造的。"

淮乐瞳孔一震。

伪造证据，还亲自交给陛下，她有几个脑袋能掉？

"殿下别怕，"宁朝阳低声道，"案子没有了结，陛下只会看一眼就把信还回来，我们手里有真的家书，届时换上即可。"

震惊了一会儿之后，淮乐冷静了下来。

朝阳这招虽然险，却非常有用。因为是伪造的家书，所以那字迹与常光交上去的书信完全无法对上。先前是他们自己说宁大人查到了证据，所以两份证据放在一起，圣人下意识地就会更相信宁朝阳。

这一信，常光就成了伪造证据的人。

要是别的案子，他这还算不得什么大事，顶多挨一顿骂，但偏巧这是她淮乐公主亲审的案子，审的对象还是荣王的至亲好友、青云台的中流砥柱胡山。

常光这个行为无疑是在造假诬陷，挑拨公主和荣王的关系，激起青云台和凤翎阁的对立，祸乱一整个朝纲。

虽然青云台和凤翎阁本就不太对头，但那不重要。

在陛下眼里，双方都是好好的，他的一双儿女也是好好的。

只有常光在中间搅局！

一封伪造的书信，四两拨千斤地破了这个僵死的局面。

淮乐脸上慢慢有了笑意。

她拉着宁朝阳的手道："能得你辅佐，是本宫之幸。"

这句话一出，意味着她很快又要升官了。宁朝阳愉悦地拱手："能得殿下赏识，也是微臣之幸。"

两人笑谈了片刻，临下车的时候，淮乐突然又说了一句："最近阁里不太平。"

消息走漏太多，应该是出了奸细。

宁朝阳正色颔首："微臣会仔细留意。"

成大事的人身边不能有漏风口的，一张嘴有时候能要了几千人的命。对于奸细，凤翎阁是宁可杀错，也不会放过。

但是，宁朝阳觉得很奇怪。

阁里两年才进一次新人，最近也没有来过什么面生的人，而旧部彼此都十分熟悉，怎么可能突然冒出个奸细？

她换车回到自己府上，刚在书房坐下，就听许管家禀告："江大夫已经接到了他哥哥，但没有安顿在院子里，而是跟他母亲一起安顿在了外头。"

宁朝阳没好气地抽过一本书，道："随他。"

防备心这么重，看来当真只是为了他哥哥才勉强留在她身边。亏她先前又感动又心动的，人家压根儿只是在应付她。

她冷脸翻起书页，决定晾他两天，最好晾到人主动……

"大人。"门外响起了江亦川的声音。

她一愣，没好气地抿了抿唇。

许管家看她一眼，笑着道："江大夫快请进。"

江亦川进门来，手里拿着一瓶药膏。许管家识趣地退了出去，顺手关上了房门。

"该换药了。"他走到她旁边，低声道。

宁朝阳头也没抬，只冷漠地道："好得差不多了，不用换。"

若说先前江亦川还觉得她只是在他怀里坐累了，那么现在，他就可以断定是他惹着她了。

江亦川思忖了一下前因后果，俯身问："你不高兴我去接我大哥？"

"哪能呢？"宁朝阳道，"我还得多谢你大哥，若不是他，你也不会站在这里。"

江亦川微哂，他伸手捏住她椅子两侧的扶柄，将她整个人转过来面对自己。

"我一早与你说过，我不愿为人外室，是不是？"他道。

宁朝阳鼓着脸颊，微恼道："我也一早与你说过，我不愿强人所难。"

是他自己非要上门来的。

"大人是没有强人所难，只不过是我走投无路。"江亦川认真道，"在下很感谢大人愿意伸出援手，但要一直留在这方院子里，我还是很难受。"

见她要发怒，他及时按住了她的手背。

"但我只是不喜欢做外室，不是讨厌你。"他说。

宁朝阳一愣，面前这人脸上挂着淡淡的自嘲，可眼眸抬起来，里头却又有光："留在这院子里就是信守诺言，我没有说错，但昨晚之事不是。"

昨晚的事跟承诺没有一丝一毫的关系。

宁朝阳心里莫名轻松了些，抿了抿嘴角，没好气地道："知道了。"

"那药还换不换？"他晃了晃手里的瓶子。

"换。"她答。

禁果这东西，哪有啃一口就能停下来的。

梦境里的画面荡漾开去，眼前的一切都变得真实无比。

江亦川低头，就见乌发雪肤的少女仰头望着他，肌肤湿漉，唇瓣嫣红，皓腕朝他搭上来，温热的鼻息轻轻拂在他滚动的喉结上。

这一次他没有再避开，而是将人抱起来，压进了满是文卷的长案里。

青丝垂坠，如水般泛起一阵又一阵的波纹。宁朝阳看着眼前这人，愉悦的同时又在想，她从没输给过任何人，自然也不能输给他。

他心有芥蒂，那她就使尽所有手段消除了他的芥蒂。富贵荣华、名声地位、家人安康，人只要活在世上，就会有欲望。只要有欲望，那就没有什么是死活都不愿接受的。

外室怎么了？

她宁朝阳能让他成为整个上京最风光的外室！

四月的上京风和日丽，江亦川坐在医馆里，重新提笔写起了药笺。

他年纪太轻，原是不能坐堂看诊的，但宁朝阳把整个医馆都送给了他，别说坐堂了，他横躺着都行。

紫苏跟在他身后帮忙打下手，忙碌间，忍不住频频看他。

"主子，"他纳闷儿道，"您很高兴？"

江亦川抿了抿唇角，一脸漠然："你看错了。"

是吗？

紫苏摇摇头，转身去碾药，可下一个晃神的瞬间，他又看见自家主子在捏着狼毫笔微微出神。

这人本就生得俊逸出尘，情动起来就更加摄人。眼前分明只是一张普通的药笺，他却看得眼尾含笑，嘴角也轻轻勾起。

心里咯噔一声，紫苏放下药碾子，终于忍不住将他拉到了僻静的角落。

"主子，"紫苏神色严肃地道，"您现在离开这里还来得及。"

江亦川回神，眉间略带了些凉意："怎么？"

"您亲自来做这些，还是太危险了。"紫苏连连摇头，"不如按照先前的计划，您先离开上京，让军师派别的人来替代您。"

替代他做什么？勾引宁朝阳？

江亦川半垂眼眸："你以为宁朝阳当真那么好对付，随便来个人她都会放在心上？"

"您的确举世无双。"紫苏拱手恭维，"但小的担心……"

万一把他自己赔进去了怎么办？

江亦川轻蔑地嗤了一声，懒眼道："你把我当成什么了？"

逢场作戏而已，有什么好担心的？再说了，要不是因为手下这群笨蛋，他也犯不着亲自来上京一趟。眼下胡山的事情刚有了起色，这些人就惦记着让他走。

紫苏很冤枉:"主子,一开始是您自己说的,只要顺利将消息和证据都交给胡海,您就回江州。"

结果人都要离开上京了,突然就变了卦。

江亦川抿唇,没好气地道:"那是形势有变。"

他没想到胡海会迷路,带着证据竟直接去了凤翎阁的衙门,这与送肉入虎口有什么区别?若真被淮乐给扣下,瞒而不报,那胡山就死定了!所以他得留下来把新的书信交给常光,还得在宁朝阳身边,努力唤起她的良知。

好在宁朝阳并没有传闻中那么坏,知道胡山有可能是冤枉的,选择的破局之法立刻就偏向了替胡山洗冤的方向。

想到这里,江亦川目光柔和了下来。

"主子。"紫苏又叫了一声。

他脸色一阴,抬眼道:"上京的风水是不错,把你的胆子都养大不少。"

紫苏背后一凉,哭丧着脸道:"主子,您常说,杀鸡焉用牛刀。"

牛刀乐意,你管得着吗?

江亦川拂袖就走,袍子从阴影里出来,重新变得雪白。

江小大夫一抬眼,就又变成了清澈俊逸的模样。他坐回方桌后头,继续耐心又细致地给病人们把脉。

上京有许多医馆,一般有名气的都是老大夫坐诊的堂子。

但不知为何,短短几日之后,江亦川所在的仁善堂突然就声名大噪。传闻此处的大夫医术精湛、态度温和,不管富贵贫贱,所有病人他都一视同仁。医馆里的药材价钱也公道,哪怕眼下药材价格飞涨,这儿也始终是定价。

一传十,十传百,江亦川再度打开医馆大门的时候,外头就已经站了乌泱泱的一群人。

"嚯——"众人看见他,都先发出一声惊叹。

他耐着性子坐下来,一如往常地给人看诊开方。仁善堂的药香顺着暖风,渐渐吹遍了整个上京。

凤翎阁重审了胡山之案。

其实就现有的证据来看,胡山被冤枉的可能性很大,但淮乐殿下坐在上头,迟迟没有下定论。

宁朝阳明白,镇远军征战多年,其主帅定北侯实在是功绩累累,若不能借着副将胡山的由头压一压他的气焰,那么等到他班师回朝,荣王便会借势而上,将她经营多年的局面瞬间扭转。

殿下不愿看荣王得意，但她也不愿冤枉一个为大盛夺回了三州疆土的功臣。

"派去江州的人怎么说？"淮乐突然问。

眼下屋内就几个心腹在，华年倒也直言不讳："进展缓慢，定北侯戒心极重，似乎对美色不感兴趣。"

淮乐抿唇，思忖片刻之后道："那就从荣王身上下手。"

荣王与定北侯沾些表亲，但多年不在一处，未必有多亲近。只要找到法子离间这二人，那放走胡山对凤翎阁来说损失就会小许多。

宁朝阳听着听着，就偷偷打了个哈欠。

淮乐看了她一眼，摇头轻笑："年轻人还是要节制些。"

宁朝阳嘴角一僵，无辜地眨眼："殿下说什么，微臣听不懂。"

"本宫是过来人。"淮乐嗔怪道，"古书都说，士之耽兮，犹可说也。女之耽兮，不可说也。"

"殿下言重了。"宁朝阳笑道，"微臣是什么样的人，殿下还能不清楚？"

她连自己亲爹都能外调去雷州，前些天还将一群亲叔伯都关进了大牢，整个上京没有比她更绝情寡义的人了。

念及此，淮乐点了点头，但还是说道："我们会动的心思，青云台也会动。你们都是本宫的左膀右臂，切不可出什么问题。"

几个女官齐声应是。

散场出来，华年一把拉住了宁朝阳。

"你往御医院递了名牒？"她瞪大了眼问。

宁朝阳哼笑："又不是头一回了，用得着这么意外？"

"可是，"华年道，"他不是你的外室吗？"

"大盛律法又没规定外室不能在御医院挂名。"

这话也就她说得出来。

华年摇头道："镇远军回朝在即，整个上京都暗潮涌动，你家那位是突然冒出来的，我觉得你还是当心些为好。"

那怎么能算突然冒出来的呢？

宁朝阳想，人是她无意间遇见并看上的，也是她使着手段追到的，江亦川从头到尾都没有很情愿，又怎么能怀疑到他头上。

宁朝阳摇头继续往前走，但没走两步，突然又停了下来。

"华年，"她眯起眼问，"寻常男人的身子长什么样子？"

华年被她问得一个趔趄，她左右看了看，好笑地道："这要我怎么说？就是寻常男人的样子啊。"

不对。

宁朝阳摇头,拉起华年出门上车:"去你常去的那家小馆。"

华年一本正经地道:"你别胡说,我为人清正,从不去那些乱七八糟的地方——车夫,前头左拐,在第六个巷子口停。"

宁朝阳斜眼看她。

轻咳一声,华年道:"偶尔。"

每天公事那么多,放松一下怎么了嘛。

她熟门熟路地带着宁朝阳往里走,一边走,一边道:"看上哪个只管取牌子。"

宁朝阳看上了五个。

她把人都叫到厢房里,张口便道:"脱了上衣。"

华年一口茶喷了出去。

殿下不是才说了要她们节制点?她抬手欲拦,却见宁朝阳站在那五个人面前,脸上没什么表情,一双眼只打量着他们的腹部。

"谁干过什么重活?"宁朝阳问。

五个人里有两个举了手。

她走到那两个人身边仔细看了看,脸色更加不好。

"怎么了?"华年凑过来道,"你若想要壮实些的,就去武夫里挑呀,这几个这么文弱,自是没什么筋骨的。"

她说得对,文弱的人大多没什么筋骨,但江亦川怎么就有?

宁朝阳的脑海里浮现出一些画面,有些烦躁。她扔下赏银,离开了这里,径直去往仁善堂。

仁善堂里正人满为患,江亦川坐在最里头,一身白衣衬得他格外孱弱。四周喧闹不止,他却还是温声细语。

"这个病急不得,要静养。"

"方子拿好,找紫苏抓药即可。"

"您慢些走,劳烦各位给老人家让条道。"

声若清泉,潺潺涓涓,听得人心里十分舒坦。宁朝阳缓和了些神色,安静地站在后门边等着。

江亦川抬眼间瞥见了她的衣角,他眼眸一亮,借着由头就进了后堂。

"忙完了?"他低声问。

宁朝阳点头,目光缓慢地从他胸口扫了过去。

喉结一滚，江亦川不甚自在地道："我这里还没有忙完。"

"嗯。"她上前来，二话不说就拨开了他的衣襟。

江亦川心里猛地一跳。

他跟外头只隔了一层薄薄的木板门，能清晰地听见外头喧闹的人声和药炉烧开冒泡的动静，可眼前这人偏凑得极近，双眸涟涟，似笑非笑。

"大人，别……"

话音没落，她的手就抚在了他的胸膛上。

江亦川呼吸一窒，与往常的单刀直入不同，这人只一点一点仔细地摸着他的皮肉，慢条斯理，不慌不忙。

"江大夫？"掌柜的在外头喊了一声，声音很近，似乎就在门板的另一侧。

宁朝阳感觉自己手下的皮肤瞬间缩紧。

她抬眼，就见面前这人双眸雾蒙蒙地看着她，像一只迷路的羔羊，眼神里有哀求，也有一丝深晦。

宁朝阳笑着收回了手。

"去忙吧，"她道，"我在东院等你。"

江亦川长睫一颤，僵硬地拢回自己的衣襟。他想系好那扣子，但手有些抖，系了几次都没系上。

宁朝阳噗了一声，伸手接过那两条系带，慢慢地替他打上了结。

"早些回来呀！"她笑。

江亦川迟缓地点头。

宁朝阳转身拂袖，笑意淡去，袖口里的手轻轻捻了捻。她回到东院，问了许管家一句："江大夫身边的小厮是他自己挑的还是您给挑的？"

许管家道："是老奴挑的，那日牙婆送来了几十个人，老奴就瞧这个机灵。"

宁朝阳点了点头。她独身进了书房，扫了四周一眼，将一封文卷放在了桌上。

没过多久，江大夫就回来了。

宁朝阳起身，刚想开口说话，却见他大步过来抱起了自己，抬膝就将她抵在了后头的书架上。

高高的书架晃了晃，被他伸手扶住。江亦川低眸，眼里的眸光晦涩难明。

宁朝阳一顿，接着就用双手揽住他的脖颈，挑眉轻笑："这么急？"

"是大人先急的。"他哑声道。

风将桌上的案卷吹开，露出了"胡山"等字样。江亦川看了一眼，面无表情地移开视线，只将她抱着压上去，肆意报复后堂戏弄之仇。

情浓之时，宁朝阳问他："你可曾学过武艺？"

江亦川坦然地答："幼时学过些皮毛。"

"哦？"

"幼时有武师路过我们村子，说我生得太招祸端，若无武艺傍身，会活得艰难。"

他说着，瞥了她一眼，仿佛在说学了好像也没什么用，该招的祸端一个也没少。

宁朝阳纳闷儿道："你既然会武，当初在花明村又怎么会被赵申打伤？"

江亦川闷声道："我学的是武艺，不是戏法。"

赵申带着那么多人呢，双拳也不敌四手，更何况……

他抿唇道："久不练，早就生疏了。"

宁朝阳看着窗边摇曳的花枝，含糊地应了一声，没说信，也没说不信。

花落池塘，涟漪久久不散。

文卷原封不动地放在桌上，始终没有人再去展开。

餍足的宁大人心情好了起来，第二日就带江大夫出门观上京之花。

江亦川刚想说上京这么大，哪里能观得完呢。结果扭头就见宁朝阳牵了一匹青骢马来，马上双鞍，鞍上还扎了一朵红绸。

他下意识地后退："在下想起医馆里煮药的火还没熄。"

宁朝阳跺脚。

"不是在下不愿，是这双鞍也太窄了，恐怕坐不下。"

宁朝阳又跺脚。

江亦川认命地踩上了马镫。

青骢马本就引人瞩目，上头还坐着上京最当红的宁大人，这一路踏花而去，花观没观到是一回事，他们先被旁人观了个彻彻底底。

"我以前总想着，荣华富贵都是我凭本事赚来的，所以一朝得势，我只想自己观这盛景。"宁朝阳策着马，微微偏头与他道，"但现在，不管什么美景，我都想跟你一起看。我可能……当真很喜欢你。"

风卷着这声音，悉数灌进了他的耳朵。江亦川一震，握在她腰上的手倏然收紧。

宁朝阳装作没察觉，她只一路策马，带着他一起登上了仙人顶。

他们站在六楼倚栏凭眺，半个上京都尽收眼底。

"那边是皇城，"她指给他看，"皇城的西边就是御医院的所在。"

江亦川的眼眸亮了亮。

行医之人，最高的成就莫过于在御医院挂职。虽然他是半路出家，并非真的医者，但只要接触了医术，就难免对那里产生向往。

他正看着，就听身边的人道："我替你递了名牒，只要你名声再响些，就可以去那里任职了。"

哦，去那里任职。江亦川点头。

宁朝阳托腮笑睨他。

面前这人一脸平静，压根儿没什么反应，直到被风一吹，他打了个哆嗦，这才震惊地扭过头来："去那里任职？"

她失笑出声。

"不，这怎么行呢？我从医不过数年，资历不够，阅历也少。"他慌乱起来，连连摇头。

宁朝阳道："可你擅长乡野病症，御医院里无人能出你之右。"

"那也轮不到我去。"

"轮得到。"她捏住了他的手，双眸抬起来，满是认真地道，"我说你能去，你就能去。"

江亦川怔了一下。

面前这人当真很喜欢他，给他账房对牌，给他开医馆，给他种草药，又让他当御医。她几乎是把所有觉得他会喜欢的东西，全拿来摆到了他的面前。

江亦川不是没被人仰慕过，但他真的没被人这般仰慕过。

他看着宁朝阳的侧脸，一时有些出神。

有东西突如其来地就在天边炸开，江亦川倏地回头，却见无边流萤纷落而下，霎时间照亮了天边昏沉的暮色。

"我升官了，"宁朝阳看着那烟火，愉悦地道，"不知该如何形容这般心境。"

一颗又一颗的焰火升上去又砰然炸开，五颜六色的光形成花的形状，华盛地绽放于整个城池之上。

他微微睁大眼，随即又柔和了目光。

身在高位的人是不会轻易敞开心扉的。

可现在，她就拉着他的手站在这里，任由烟火在自己身后愉悦地炸响。一轮又一轮，璀璨夺目，映得她的眼眸也明明亮亮，光华无双。

第二日江亦川醒来的时候，身边的床榻已经空了。

他一怔，披衣开门，寻了一圈才看见宁朝阳。

那人穿了一袭红裙蹲在青白色的院墙上,在她的不远处,有一只喵喵叫的狸奴正无措地伸着小爪。

"过来呀。"她皱眉低唤。

狸奴哪里懂人言,依旧伸着爪子试图自己跳下那高高的院墙。

它才两三个月大,从这么高的地方摔下去,非没命了不可!

宁朝阳一急,伸手就过去抓它,但瓦檐上青苔极滑,她一个没踩稳,就朝里头摔落下去。

江亦川脸色一变,倏地纵身而至。

宁朝阳猛地落进了他怀里。

双臂将人接稳,又下意识地捏了捏她,确认无碍,江亦川才轻舒一口气。

"你!"他有些生气,"爬那么高做什么?"

怀里的人眨眨眼,打开双手将那只狸奴递到他跟前。

"喵……"黑白交杂的小狸奴可怜兮兮地叫唤。

江亦川抿唇,把人往地上一放,转身就走。

"哎,"宁朝阳笑着跟上他,"怎么就生气了?"

"没有。"他冷冰冰地答。

她左右探头:"这还叫没有?"

"说没有就没有。"

好大的气性哦!宁朝阳停下脚步,笑眯眯地看着他走去前面,又回头瞥了那院墙一眼。

结实无比的手臂、快如闪电的身形……她的小大夫好像在撒谎,这根本不是疏于习武该有的反应。

但是为什么呢?

宁朝阳垂下眼眸,去了一趟凤翎阁。

阁里消息三番五次地走漏,沈浮玉和秦长舒已经将所有人排查了一个来回。

见着她来,秦长舒开口就是一句:"你最近别用六子了。"

六子是凤翎阁最勤快的密探,想知道什么消息,她都会派他去查。

宁朝阳心里微沉:"确定是他?"

"还没有,但他嫌疑极大。"

六子在凤翎阁效力了五年有余,他怎么能有嫌疑呢?宁朝阳怔然地想着,当初江亦川的家世背景也是六子查来给她的。

该不会……

宁朝阳心里躁郁横生,在凤翎阁转了一圈,干脆去大牢里看胡山。

因着有了新的证据,胡山已经从死牢换到了普通牢房,他看见她,第一反应不是行礼,而是朝她啐了一口。

"你这奸贼!"胡山骂道,"谗佞至此,还能步步高升,我大盛真是气数将尽!"

宁朝阳听得眉心跳了跳,她道:"青云台的人拼命想要你活,没想到你这么爱自己找死。"

这话要是传出去,他叛没叛国都不重要了。

胡山恼恨地瞪着她,一腔气愤难消:"死是好事,活着才受罪。我镇远军肝脑涂地浴血前线尚要落狱,你这宵小欺上瞒下、陷害忠良却有荣华富贵,这世间哪配好人苟活!"

宁朝阳啧了一声。

她蹲下来通过栏杆看他:"我陷害哪个忠良了?"

"萧北望萧大将军,你难不成忘了?"

脸色微微一沉,宁朝阳拂袖起身:"我不想与你说这个。"

"心虚了是吧?你放心,萧大将军在九泉之下不会放过你,我也不会。一个厉鬼咬不死你,两个、三个也咬不死你,那镇远军数十万的冤魂一起上,你总不会有好下场!"

"用不着你找那么多人,"她冷淡地道,"一个江亦川就够了。"

这话一出,她就紧紧地盯着胡山的脸,想从那上头看出些端倪。

但胡山听完这个名字,眼里竟然只有困惑:"江亦川是谁?"

嗯?

仔细看了看他的表情,确定他不是在伪装,宁朝阳困惑了。

她试图描述道:"一个爱穿白衣的小郎君,生得温文尔雅,腰窄肩宽,眼眸十分清澈好看。"

这已经很具体了,但胡山听完,依旧只觉得她有病:"我军中儿郎个个孔武有力、高大如山,哪来什么小郎君。你莫不是在瞎编,又想污蔑我什么?"

宁朝阳没好气地转身就走。

走着走着,心情倒是好了起来。

有武功也不一定就跟这些案子有关。她想,也许真如小大夫所说,练武只是为了防身呢。

宁朝阳意识到自己可能是误会了,走路都轻快了起来。她愉悦地回到别院,看见江亦川,就扑过去吧唧一口。

江亦川正摩挲着手指上的白玉环出神，冷不防被她一亲，耳根跟着就红了："这儿还有这么多人！"

　　"人多怎么了？"她叉腰，"我与你亲近不是天经地义？"

　　话是这么说，他略显无措地让开了身子。

　　背后的花坛露了出来，宁朝阳一看，就"哇"了一声："这药材怎么长得这么快？"

　　"我还种了些茯苓、党参，也不知能不能活。"提起这茬儿，江亦川微微一笑，"今日天气好，待会儿还可以晒晒药材。"

　　医馆新来了不少药材，前院已经晒不下了，东院这块空地倒是正好。

　　宁朝阳没有拒绝，不但没拒绝，甚至搬了圈椅来坐在檐下看着他晒。

　　这是个枯燥且乏味的活，就把药材摆好晒着，过一会儿翻个面，过一会儿再翻个面。

　　可宁朝阳看得很起劲，兴致上来了，甚至帮他一起翻。

　　"那个我刚翻过。"

　　"这个也翻过。"

　　江亦川看着她尽心尽力帮倒忙的模样，不由得失笑，而后伸手将她整个人都抱起来，放到离药材最远的边上去。

　　宁朝阳气鼓鼓道："你不喜欢我！"

　　"是药材不喜欢你。"

　　"那药材和我同时掉进水里，你救哪一个？"

　　他神色复杂地看着她，很想说人掉水里没事，药材掉水里那就毁了。

　　迎上宁大人那委屈又愤怒的眼神，话到嘴边，突然就拐了个弯："救你。"

　　宁朝阳满意地笑了起来。她抱来些公文在檐下看，他继续晒着他的药材，雪白的身影在院子里来回穿梭，忙忙碌碌的。

　　宁朝阳时不时抬头看他一眼，看着看着，嘴角就染上了笑意。

　　这日子也挺好，能一直这样下去也不错。她想。

　　天边突然昏暗了下来，江亦川抬头擦着汗水："终于摆完了。"

　　"是摆完了。"宁朝阳点头，神色复杂地指了指远处，"但是你看那边的云，是不是要飘雨啊？"

　　闻言抬头，江亦川脸色一垮。

　　"完了！"他喃喃。

　　宁朝阳跳起来就拉了他一把："愣着做什么，还不快收！"

两人一人一个簸箕，匆忙地把摆在各处的药材都收拢进去，一开始动作还有些生疏，但是到后来，宁朝阳已经是一袖子就能扫十根党参进去了。

"我比你快。"她得意地哼哼。

江亦川并不服气："你连灰尘也一起扫进去了。"

"那也总比慢了被雨淋了好哇！"

他看她一眼，暗暗攒劲，手上的动作也加快了不少，两人一起忙活，没一会儿，旁边就堆了十几个簸箕。

那朵雷雨云笼罩到头顶的时候，江亦川长舒了一口气。

"赶上了。"他欣慰地道。

"嗯。"宁朝阳也笑。

紫苏在远处看着，皱眉就想上前。

"哎，"许管家连忙拦住他，"人家正好着呢，你过去做什么？"

他们是好着没错："可……"

"闭嘴，不许过去。"

"但是……"

许管家一把就将他推走了，紫苏不太甘心，一边走，一边回头看那场景。

两人亲密地依偎在檐下，十几个簸箕整齐地堆在雨里。

他们是不是傻？紫苏很不能理解。

当天晚上，朝阳做了个很好的梦。她梦见自己和江亦川站在一根巨大无比的党参下面看雨，雨没停，江亦川抱着她的手也没松，两人就这么依偎着，从黑发长垂变成了白发苍苍。醒来的时候，她嘴角的弧度也没有落下去。

宁朝阳睁开眼，在身边这人脸上轻轻一吻，然后起身下床，换上官服上朝去。

纷杂的朝事没有影响她的心情，青云台众人丑恶的嘴脸也没有影响她的心情。

她一路含笑而行，直到回去凤翎阁，听淮乐殿下说了一句："兵部已经将日子拟定下来了，下个月，镇远军就要班师回朝。"

宁朝阳垮了嘴角。

两年过去，镇远军重挫了屡犯边境的邻国，替大盛收复了七个州、二十五座城池。此等丰功伟绩，回来自然要受万民跪迎，圣人厚赏。

原本她是不用在意的，但胡山的话提醒了她。

在镇远军的眼里，她是一个奸臣。

刚立功回朝满怀热血的忠臣良将们看见她这个奸臣好端端地站在朝堂上，会是什么反应？

圣人若真被他们给架起来要交代，那她这个无辜的走狗又会是什么下场？

宁朝阳开始认真地思忖起来。

正想着呢，淮乐殿下突然道："听人说你新开了个医馆。"

宁朝阳回神，微微颔首："闹着玩的，怎么还扰了殿下的清听。"

淮乐殿下张了张嘴，似乎想说什么，但最后只笑道："上京里要起风了，你若真疼惜身边的人，不如先送去别处娇养，也免得风吹过来刮到他。"

要是别的人，宁朝阳可能二话不说就如殿下所愿将其送走了。

但现在，她身边的人是江亦川。

宁朝阳眼皮一垂，认真地拱手："谢殿下关怀，微臣定会竭尽全力照拂好他。"

淮乐有些意外地看了她一眼。

虽然是个软钉子，但这也是宁朝阳入仕以来第一次拒绝自己。

就为一个男人？

意外之后，淮乐殿下轻轻抿了抿唇："你下去吧。"

"微臣告退。"

自古以来的英雄人物大多要面临美人和仕途的选择，仿佛不做这个选择，生命都不完整。

但宁朝阳偏不想做。

钱她要，官她要，人她也要。如果世间真没双全法，那搞个三全的也行。

回去的路上，天已经黑了，她起身下车，满身夜风地跨进黑漆漆的大门，然后就看见了东院亮起来的盈盈烛光。

"朝阳，"有人站在高高的梯子上，不甚自在地喊她，"快来帮我。"

宁朝阳一愣。

她抬眼往上看，就见那不怕死的小狸奴又跳到了房梁上，而先前还因为它生了气的江亦川，眼下正小心翼翼地伸着手，想把它接到掌心。

第十章

这就是有归宿的感觉吗

　　这画面很是动人,看得宁朝阳眼睫都颤了几颤,喉头微动,嘴角跟着勾了起来。

　　她抬步走过去,伸手替他扶住了木梯。

　　江亦川没有注意她的神情,他手勾了许久,终于把小狸奴接到了,眼里顿时涌上喜意。

　　但转念一想,自己这般跟那日她在墙头上的傻样有何区别?

　　翻涌的喜意被主人无情地压了回去,江亦川抿了抿唇,顺着木梯下去,没好气地将狸奴往她怀里一塞:"你也不看好它。"

　　宁朝阳接过来狸奴摸了摸,顺手放去旁边不知谁做的竹藤猫窝里,轻笑着应:"怪我。"

　　他这才发现她有些疲惫,眉眼惺忪,双肩也微微塌着,一身官服穿了好几日了,袍角上满是灰尘。

　　"桌上有当归鸡汤,"他语气柔和了下来,"你先去尝尝。"

　　听见有鸡汤,宁朝阳是欣喜的,但是……

"当归？"她脸皱了起来。

"给你补气血的。"他走过来，解开她的官袍顺手就搭在了自己的手臂间，"我熬了一个多时辰。"

这话一出，宁朝阳就知道自己躲不了了。

她认命地坐到桌边，拿起了汤匙。身后这人抬步朝一侧的屏风后走去。

宁朝阳眼眸一亮，登时就想将当归偷偷舀走。

"与汤一起吃，"江亦川头也不回就知道她在干什么，"不许扔。"

她一脸怨念地张口，咬上汤匙。

外人都道宁大人刀枪不入、毫无破绽，他们哪里知道这人私下是这个模样。江亦川站在屏风后头，不由得轻笑。

官袍被搭在了衣架上，他下意识地伸手拍了拍沾灰的袍角，然后就打算出去。结果这一拍，空气里莫名就多了一股奇异的媚香。

他脚步停下，纳闷儿地转头细看那官袍。出入内外，袍角上沾灰是情理之中，但宁朝阳的官袍上除了灰尘，还沾了些金粉并着艳色的木屑。

这不是官衙和朝堂会有的东西。

江亦川沉默了一会儿，径直开口问她："大人这几日都去了何处？"

宁朝阳苦兮兮地吃着当归，闷头答："还能去何处，凤翎阁、禁内、大牢。"

没了？

他等了一会儿，外头的人却没有再说，只接着继续喝汤。

江亦川松开了那截袍角。

宁朝阳是真的累了，喝完鸡汤就洗漱上榻，一张脸困困倦倦地倚在他肩头。

他盯着她看了一会儿，目光渐渐柔和。

罢了，这人在外头已经很累了，没道理回来还要受他盘问。她都说了喜欢他，那肯定不会再像以前一样骗他。

他缓缓伸手，搂住了她的肩。

宁朝阳其实很容易满足，一碗汤，一张榻，一个人。她一觉睡醒，就又恢复了精明厉害的模样。

她换上另一件崭新的官袍，亲了他一口，弯着眼笑道："乖乖等我回来。"

江亦川抿唇瞪她。他也要去医馆，很忙的好不好，又不是被她娇养的什么……

他气哼哼地披衣下床，也换上崭新的白袍，伸手戳了戳窝里的狸奴："乖乖等我回来！"

狸奴无辜地喵了一声。

今日的仁善堂挤满了生病的姑娘们，哪怕堂里还有别的大夫，她们也没去，只有说有笑地等着江大夫出来。

江亦川在后门边看了一眼就收回了脚。

紫苏纳闷儿："主子，怎么？"

"我想起医馆里的笔墨快没了，"他道，"你去前头帮忙，我去买。"

买东西这种活不是应该自己来做吗？紫苏困惑地低头，还不等他想明白，面前的人就没了影子。

江亦川大步走去了街上。

他其实不懂情爱是什么样子，但料想和对战也差不多，敌国最好只有一个，多了便是分身乏术。宁朝阳选了他，他也选了宁朝阳，那旁人能不招惹便不招惹。

这样想着，他挑笔墨纸砚的动作就格外慢。

隔壁的首饰铺突然来了个大客，那掌柜的喜上眉梢："您戴这个好看，就这个，听咱们的不会有错。"

声响太大，江亦川跟着抬眼，就看见隔壁门口站了个瘦瘦高高又俏丽的郎君，一身青烟白雪袍，满手都戴上了翠色的扳指。

"这个不好看吗？"他对着外头的日光比画。

掌柜的赔笑："这个好看归好看，可比拇指上那枚要贵一大半呢。"

俏郎君嗤笑一声："贵怎么了，爷有的是钱。"

说着，就把其他扳指都取下来，只留食指上那一枚，而后伸手一抛，白花花的银子就落在了掌柜的怀里。

江亦川倒没看那银子，他目光下移，注意到了这人的衣角。

袍子浅白，上头的脏污就分外明显——是金粉和艳色的木屑。

俏郎君毫无察觉，他买得了喜欢的扳指，举着手就回了家。一旁的小郎君们瞧见这抹值钱的翠色，连忙挤上来看。

"郎君真是好福气，昨儿刚来就得了贵人厚赏。"

"什么贵人一赏就是一个翠色扳指啊？"

瞧着他们这艳羡的目光，俏郎君很受用，翻着手就道："凤翎阁的宁大人，出手可不像你们的客人那般寒酸，她给了我好几块赏银呢，下回来，还会点我伺候。"

此话一出，四周又是一番恭维奉承之声。

俏郎君显摆够了，刚想回房，却突然被人拦住了去路。

他不耐烦地抬头，却骤然见朗朗明月入眼。

"你说的宁大人是宁朝阳宁大人？"那人问。

俏郎君看得愣住了，下意识就答："听华大人唤来，是这个名字。"

答完后，他又惊觉不对，连忙后退两步，警惕地看着他："你是何人？"

江亦川没有答，只扫了一眼这靡靡的销金窟。

地上铺的红色木板起了屑，纱上浸的金色细粉也随风往下飘洒，人在这里头来回多走两步，袍角上自然而然就会带上这些东西。

他怔怔地站了一会儿，眸光一点点地沉下去。

这里叫凤翎阁，还是叫朝堂、叫大牢？

他都问了她了，分明已经认真地问了她了，她为什么还是要骗他？为什么每次在说完喜欢之后，她都要给他闷头一棍，仿佛他是这个世界上最好骗最愚蠢的人？

风穿堂而来，吹得纱帘上的金粉簌簌地往下落。江亦川兀自站在这里，身上的气息杂乱又愤怒。

他试图理解宁朝阳的行为，比如要与谁应酬，抑或来查案。

但面前的郎君说了，她是与华年一起来的，而胡山、胡海的事都已经了结，没有什么案子需要她来这种地方，那就只能是她自己愿意。

但是，刚带他看过上京满城花、带他登仙人顶放了烟火的人，怎么会、怎么可能突然有了二心？

两军对战之时贸然挑衅第三方，她真不是个好将领。可她本就不用做将领，她甚至连一兵一卒都不需要，就能让他连败数城。

江亦川又气又好奇。宁朝阳这人没有心吗？与他在一起这么久、为他做了这么多事，难道全都是假的吗？

"沈御医？"有人突然在他背后喊了一声。

江亦川回头，就见另一个小郎君张嘴欲劝什么，可一看清他的脸，那人就仓皇地闭了嘴。

"抱歉，"他说，"认错人了。"

这是将他认成了沈晏明？江亦川心火上涌，倒是笑了出来。

他拦下那人，和蔼地开口问："沈御医也来过这里？"

小郎君被他吓得一抖，支支吾吾地道："是、是吧。"

旁边已经来了护院想让他出去，江亦川往怀里一掏，拿出了那块小木牌。

"我想听你说些故事，"他道，"说得好了，便让宁大人替你赎身。"

那人眼眸一亮，饶是再害怕，也挥退了护院，引着他往楼上厢房走。

"郎君说话算话？"关上门，小郎君问他。

江亦川点头："只要你知道我想知道的事。"

看着他手里那块木牌，小郎君就明白了大半。

他说："我叫柳岸，是华年大人最常点的郎君，五年前就跟了华大人，也就有幸结识了宁大人。宁大人时常在华大人面前提起沈郎君，似乎很喜欢他，她带他策马去看上京风光，为他燃了几百盏明灯，还为他在御医院递了名牒。可后来不知发生了什么，两人突然就断绝了往来。小的最后一次看见沈御医，就是在楼下大堂里，他如您方才一般站着，问我宁大人在不在上头。"

自然是不在的，宁大人不喜欢来这里，来这里的只有华大人。当时的沈御医显然是急疯了在乱投医。

"小的知道的只有这么多。"

江亦川安静地听着，搁在膝盖上的手却越握越紧。

好，好个"似乎很喜欢"，好个"带沈晏明策马，给他放灯，为他递名牒"。

这就是她嘴里的不喜欢？

这就是许管家说的半分情意也没有？这若都叫没有，那他又算个什么？

江亦川深吸一口气，沉沉地笑了起来。

他觉得自己不算贪心，不过想要她真诚地、一心一意地待他。没想到，一心一意做不到，连真诚都是在照葫芦画瓢。

所有的感动都是从沈晏明嘴里生扯出来的，她原封不动地塞给了他，还笑着跟他说喜欢。

这世间竟有这样的喜欢！

一股怒意直冲天灵，江亦川浑浑噩噩的灵台突然有了一丝清明。

他在这里做什么？他千里迢迢奔赴上京，是来与人谈情说爱的？是该被一个小女子诓骗，然后拈酸吃醋愤恨不已的？

笑话！

脸上的情绪一点点地收拢回眼底，江亦川喉结动了动，跟着站了起来。

柳岸有些紧张地看他："郎君说的赎身？"

江亦川把手里的小木牌扔了过去，冷声问："你在华年身边五年了，竟还没赎回身契？"

柳岸拿稳了小木牌，垂下眼帘道："在身边不在心上，又有什么用？"

这里郎君很多，他是她最常点的一个，却不是她唯一点的一个。能进凤翎阁当女官的人，谁又会把情爱当回事呢？

柳岸拿着牌子下去找人了，江亦川在原地站了一会儿，就面无表情地往回走。

他不生气，没什么好生气的。宁朝阳骗他，他也没对她说什么真话，大家有来有回，算不得他一人在上当。

不过她的演技还真不错，面对沈晏明，一点好脸色也无，叫他真以为是沈晏明在自作多情。

高半个脑袋看来也没什么用，该做人替身时还是得做。

江亦川嘲弄地捏了捏手，回去了医馆。紫苏迎上来，刚想说话，就被他吓了一跳："主子，何事恼怒至此？"

"你哪只眼睛看见我恼怒？"他云淡风轻地坐下。

紫苏沉默地低头注视自己手里刚接过来的药笺，觉得自己两只眼睛可能都看见了。

这么厚一叠，得用多大的力气才能捏成这么皱巴巴的一团？何况还从中间裂开了！

还不如让他去买呢，这能用吗？

…………

看了两个时辰的诊之后，江亦川起身走向东院。

紫苏跟在自家主子身后，有些犹豫地说："班师回朝的日子已经定下了，胡副将那边……"

被人诬陷的证据已经呈交，按理说，凤翎阁近日就该把人放了，但大牢那边却迟迟没有动静。

军师传信来，想让主子从宁朝阳这里下手，探一探情报。可是……紫苏皱着脸想，主子现在只想养狸奴，他哪里想刺探什么情报。

"你替我守着，我去她书房里看一眼。"江亦川开口。

紫苏惊愕地张大了嘴。

宁府的守卫一点也不多，主院附近的人对他更是恭敬，江亦川面无表情地朝里走，谁也没有上来阻拦。

他先进了主屋，然后从窗户翻进了旁边的书房。

宁朝阳最近总在东院，这书房里堆的都是陈年的旧文卷，他翻得灰尘满身，正不耐烦地打算放弃，却突然瞥见了一行字：镇远大将军萧北望罪状草拟。

江亦川指尖一顿，皱起了眉。

萧北望是镇远军的第一代将领，收复北漠的仗就是他带人打的，他在北漠边境大获全胜，得了圣人器重，被封为镇远侯。

可班师回朝后不久，萧北望突然就获了罪。

江亦川当时远在边关，一直不知道他是因什么罪名而死。但现在，将这份草案展开,他看见宁朝阳那娟秀的字迹一笔一画地写着:狂妄犯上,罪不容诛。

江亦川瞳孔微微一缩,看着那些字句,迟缓许久才想起来。

宁朝阳是文官,是不会在边塞饮霜茹雪,也不会在沙场上血溅红缨的文官。

她是在这繁华的上京、在他们保护着的后方,高枕无忧、安逸享乐的文官,是心机深沉、自私自利、仅用几行浅薄的字句就能谋夺武将性命的文官!

他居然以为她是有良知的?

没错,宁朝阳是选择了保胡山,但当时她做这个选择,是因为知道了胡山是被冤枉的,还是因为常光手里的亲笔信会导致更严重的后果?

手里这份草案上清清楚楚地写着答案。

江亦川沉默地把它看完,再合拢,不动声色地放了回去。

他回到东院,将宁朝阳新搬来的文卷找了一遍,找到了与胡山相关的,誊抄下来便交给了紫苏。

"剩下的时间不多了,"他问紫苏,"你可安排妥当了?"

紫苏迷茫了一会儿,接着眼神就坚定起来:"回主子,一切都如计划进行。"

"好。"江亦川拢起花瓣,往浴池里撒了下去。

宁朝阳回来得晚,依旧是一身疲惫。但她刚进门,就被拥进了一个温热的怀里。

刹那间,所有的疲惫好像都滑落了下去,她眨眼,笑着抱住他的脖颈:"今日怎么这般主动?"

小大夫没吭声,目光流连在她的眉宇间,隐隐有些心疼。

其实宁朝阳自己是不心疼自己的,想要权势地位,那就得鞠躬尽瘁,每日睡得少是家常便饭,忙里忙外脚不沾地更是司空见惯,只要能换回她想要的东西,那一切就是值得的。

但此时此刻,被江亦川用这眼神一看,她突然委屈了起来。

"我都三品七命了,官服上的海棠绣得比兵部侍郎的脑袋还大,竟要站在那儿听他教训。"她撇嘴,"好生气哦!"

本来嘛,迎接镇远军回朝的礼仪之事是不归她掌管的,但华年事做一半,突然二话不说就跑了出去,兵部的人还在跟前站着呢,她没法子,只能顶上去与人交接。

武将的事的确是武将说了算,但任务毕竟是交给凤翎阁,她就说了一句要多布人手,防止百姓踩踏。结果话还没说完,兵部侍郎就冷笑着说她什么也不懂。那语气、那神情,仿佛她欠了他银钱一般。

要不是程又雪在旁边拦着，宁朝阳就一脚踹上去了。

闹那么一场，兵部侍郎甩手就走，什么规制也没商量好，留她一个人在凤翎阁，拟定草案，梳理章程，忙到现在才能回家。

她耷拉着眉梢，将脑袋埋进了他怀里。

江亦川耐心又温柔地听着她抱怨，听完就将她抱去床边，替她更衣擦脸。

"我帮不了大人什么。"他轻声道，"但今晚的鸡汤里没有放当归。"

宁朝阳眼眸一亮。

她接过汤盅抿了一口，温温暖暖、香香甜甜的，心里的憋屈突然就散去大半。

这就是有归宿的感觉吗？她想，也太好了一些吧！

宁朝阳一口气把鸡汤喝尽，双眸明亮地与他道："明日就不必这么忙了，明日秦长舒大婚，殿下特许凤翎阁上下休沐一日，去仙人顶吃酒宴。"

若是寻常时候，女官大婚，殿下是不会有这样的恩许的，但碰巧秦长舒的婚事赶在了镇远军班师回朝之前，淮乐公主也想借机再笼络笼络人心。

江亦川眼神清澈，什么也不问地就应她："好。"

宁朝阳愉悦极了。

她给他拿来了新衣，不是先前沈浮玉买的那种贵气装束，依旧只是一袭简单的白衣，但料子更好了些，他穿得也会更舒坦。

江亦川垂眼接下，似笑非笑道："多谢大人。"

清清冷冷的侧脸，看着比平时更勾人。

宁朝阳拉着他就滚进了帷帐里。

作为凤翎阁里最勤奋的女官，宁朝阳信奉的就是活到老，官就升到老，她永远不会为眼下的官位和钱财而满足。

但有那么一瞬，抱着身旁的人，她突然就想到了荣退。

二十岁不到就荣退，也忒过分了些，但是，人的一生总共那么六七十年，若是剩下的时间都能与这人腻在一起，也未尝不是美事一桩。

美滋滋地闭眼，她放心地沉入了安稳又平和的梦境。

第二日一大早，宁朝阳就把江亦川拉了起来。

她亲自给他束发，一边以手作梳，一边认真地与他叮嘱："你今日不要离我左右，若我实在太忙疏忽了你，那你就待在原地别动。"

"沈浮玉不敢找你麻烦，你放心。"

"淮乐殿下也会去，你避开她些，免得横生枝节。"

江亦川乖巧地听着，时不时地点一下头。

春日过去，江大夫的美貌似乎也跟夏日一样更加灿烂耀眼了些。宁朝阳满意地欣赏了一会儿，才与他一起出门上车。

秦长舒阔气地包下了整座仙人顶，宾客如云，寒暄声此起彼伏。

宁朝阳一跨进去就被人围住了，这个恭喜她高升，那个嗔怪她怎么不办宴，她一人就一张嘴，怎么都有些回应不过来。

江亦川不喜欢这热闹，就站在最远处等她。她在忙碌间抬眼，正好能看见他因为不适应而低垂着的脑袋。

宁朝阳心生怜惜，迅速抽身，快步拉着他就往楼上走。

六层的高楼，越往上宾客越少，六楼上更是只有淮乐公主和秦长舒的房间。

"朝阳，你来得正好。"秦长舒一看见她就道，"这事只能交给你了。"

她头上还戴着花冠，妆容也娇艳含羞，偏眼神严肃，一看就是说的公事。

宁朝阳哭笑不得："你倒是厉害，这时候还念着别的。"

外男不好进入喜室，她示意小大夫在栏杆边等着，自己掀帘迈了进去。

楼高巍巍，江亦川站在栏杆边往下看，依旧能看见半个上京的坊市。只是今日这会儿天边还没有晚霞，也没有一簇又一簇璀璨的烟花。

他嘲弄地勾唇。

风吹起梁上的纱幔，也吹开了远处另一间厢房的窗户。

淮乐殿下正在歇息，不经意地往窗外一瞥，她目光一顿，接着坐直了身子："来人！"

江亦川正看着天边出神，身后突然有了动静。

他神情温和地回头，微微颔首："阁下有何指教？"

一个侍女神色严肃地朝他行礼："定北侯爷，淮乐殿下有请。"

"定北侯爷？"他无辜摇头，"你们殿下怕是认错了人。"

侍女垂眼，沉默片刻之后骤然出手，一招直锁他的咽喉。

江亦川柔弱地站着，脸上神情很是无措，似乎对这样的杀招十分惧怕。但在那侍女近身的一瞬间，他眼神陡然一变，猛地身起如雷，在侍女后头出手，动作却比她更快。

侍女只觉得一室，手还没挨到他，就被他掐着脖子凌空而起。

接着就是跟随他的力道往后疾退，越过栏杆、拂过门槛，闷声撞上凤座的旁侧。

"臣，定北侯李景乾，参见殿下。"他轻笑着道。

淮乐瞳孔紧缩。

面前雪白的袍子翻起又落下，那人再抬头时，清澈漂亮的丹凤眼就变回了以往的阴狠深沉，杀气从他半弓着的背脊间溢出来，如蛇一般绕上了近在咫尺的凤座。

"果真……是你。"淮乐喃喃。

定北侯李景乾，镇远军里最年轻的将军，也是中宫同父异母的幼弟。

他本不姓李，但在五年前大盛危难之际，这人带着八百单骑直冲敌营。众人都以为他是送死去的，谁料只短短一日，这人就绑回了北漠的帝王、西韩的储君以及王公重臣，俘虏多达两千余人。北漠与西韩的攻盛联盟当场溃散，各自奔逃。镇远军乘胜追击，守住了大盛边疆不说，还拿回了被北漠侵占的三个州。

此一战，他扬名天下。圣人大悦，赐其国姓为李，以皇室辈分为景，再亲取乾字，御书于宗庙族谱之上。

如此待遇，不管是她这个皇长女，还是荣王那个嫡子，都只能遥望而艳羡。不过荣王还好，他毕竟可以喊李景乾一声小舅舅。而自己，从母妃到凤翎阁，都是与李景乾立场相左的存在。

淮乐殿下捏紧了拳头，又骤然松开。

"侯爷这般生气，"她恭敬地问，"可是怪淮乐未曾远迎？"

按照兵部和凤翎阁定下的规程，这人应该在下个月才能踏进上京。而现在，他居然就站在了这里，还当着她的面，将她的侍女掐得脸色发紫。

要是一般的皇子皇女，肯定会大声斥责他，叫人进来将他拿下。可淮乐却主动放低了姿态，甚至给了他台阶。

按照辈分，他高淮乐一头，但论年岁，淮乐殿下长他十岁有余。

李景乾骤然松开了那侍女，他收拢衣袖，后退两步道："臣如何敢怪罪殿下。今日造访实在唐突，还望殿下莫要记挂在心上才是。"

你管这个掐着人冲进来的行为叫造访？

淮乐呵呵笑了两声，柔和地问："侯爷今日来此处，可是有什么要事？"

李景乾也和蔼地答："随意走走，见这儿高，便翻上来看看景致。"

两人都虚伪地拱手。

缓过神来的侍女去倒了茶来，哆哆嗦嗦地放在了旁边的茶座上。李景乾看了一眼，端起来就漫不经心地抿了一口。

淮乐看得一怔，随即道："这外头的东西，侯爷还是小心些好。"

"外头自然要小心，难道殿下还会害我不成？"他道。

这话有些没道理。淮乐想，眼下整个上京最希望他李景乾暴毙的人应该就是她了。

可她面上还是呵呵笑道："侯爷说得是，都是一家人。"

茶色的水滴顺着瓷盏滑落，涟涟的水面上映出了半合着的幽深眼眸。

李景乾没有再说什么，只晃着薄瓷盏，将这茶一点点地咽了下去。

宁朝阳还在房间里听秦长舒说话。

"抚恤粮是每户五石，我亲自押出的粮库，分交给了二十七个运粮官，上个月就已经发往了各地。"秦长舒懊恼地握着宁朝阳的手道，"但青云台那些人也不知从哪儿搜罗来上百个兵眷，非说凤翎阁贪墨抚恤粮。他们想借着我的喜宴将事情闹到最大，人都已经汇集在了长宁坊，眼下只有你能拦得住他们。"

宁朝阳一边听她说，一边将长宁坊附近的巡逻布置默写了出来。

那么多人，想一起抵达仙人顶是不可能的，走到门坊的位置就会被巡逻拦下。所以他们一定是分散到仙人顶外集合，而仙人顶前的空地只有一块，二十个城防兵就能控制住场面。

写完巡逻布置，宁朝阳接着安排好了要抽调哪些人手。秦长舒话刚说完，她就已经收拾好东西准备起身往外走了。

秦长舒眉头一松，终于笑起来："咱们宁大人可真是靠得住。"

宁朝阳没好气地道："给我留一盏喜酒，回来再喝。"

"一定。"

跨出门槛，宁朝阳刚要往下走，转眸却瞥见一个小厮颤颤巍巍地站在门外。

"你做什么？"她不解。

小厮被她吓了一跳："宁、宁大人，小的奉殿下之命在这里守着。"

守着做什么？她有些好笑："怕我抢亲不成？"

"不，不是。"小厮冷汗涔涔，"殿下有急事先走了，让小的来知会秦大人一声。"

先走了？

宁朝阳很惊讶，殿下不是打算借这喜宴笼络些人吗？喜宴还没开始，她怎么就走了？而且，这个小厮怎么说也是在仙人顶见过世面的，为何连传个话都结巴？眼神还不断地往对面的房间瞥，仿佛那头有什么可怕的东西。

宁朝阳的心里莫名有种不好的预感，扭头喊了一声："江亦川！"

栏杆边空空荡荡，原先站着的人已经没了影子。

她一怔，顺着栏杆多走了几步，一边走，一边找。

好端端的天气突然就阴沉了下来，轻纱被风卷得翻飞不止。她绕过回廊，走到对面淮乐殿下歇息的厢房前时，脚下突然就踩空一崴。

她的手下意识地往旁边的门上扶去，可那门没关严，被她一按，吱呀一声，就朝两侧打开来，里头的轻纱也跟着飞扬了起来。

宁朝阳似有所感地朝房中看去。

凤驾已走，满室冷风，只一袭眼熟的白袍还坐在客座上。他单手撑着眉骨，另一只手捏着瓷盏，似乎是睡着了。

朝阳怔了一下，接着就连忙起身进去，嗔怪道："不是叫你待在原地别动？"

纱幔起落，江亦川安静地坐在客座里，没有应声，也没有抬手。

她站在他跟前，停顿片刻之后，脸色微变，伸手就捏住了他撑着的手腕。

冰寒入骨。

宁朝阳的瞳孔倏地收紧。面前这人的支撑被撼动，整个身体突然就像散了的沙一般滑落下来，俊逸清冷的脸映入她眼里，颜色比他身上的袍子还要苍白。

"江亦川！"她急忙伸手将他接住。

他好沉，压得她没有蹲稳，整个人重重地摔在了地上，头往后仰，磕得脑子里嗡的一声，白光过曝，她眼前一时什么也看不见了。

不能慌，不能这么慌。宁朝阳喃喃安慰自己。

从小她就明白，慌张除了露怯之外，没有任何作用，她必须理智而清醒，才有力气解决所有的问题。

她小口小口地吸气，眼前的白光一点点散去，慢慢地又能看见四周飘飞着的轻纱了。

这人还压着她，一动也没动。不但没动，关节甚至慢慢开始有些僵硬。

她胸口微窒，摩挲着按上了他的脉搏。

没有反应。

她不可置信地撑地坐起，将他抱进怀里，又贴上胸口听了听。

不对，不对。

她慌张地抬头去抚摸他的唇瓣。

"你别这样，"她哑声喃喃，"我害怕。"

空寂的厢房里没有人回应她。江亦川唇瓣冰凉，颓然地靠在她怀里，已是半分生气也没有了。

他手里的瓷盏落了下来，薄瓷骨碌碌地在地上一滚，剩下的茶水洒出来，落在地上泛起白沫。

宁朝阳愣在了原地。

这是……什么？

传话的小厮畏畏缩缩地在门口看了一眼，见势不对，扭头就想跑。

"站住！"她怒喝，"进来！"

"宁大人饶命，宁大人饶命啊！"小厮连滚带爬地进门，跪下来就道，"小的也只是奉命行事，小的上有老下有小，实在担不起各位贵人的殃及，还请大人……"

"你奉谁的命行事？"她问。

"这……"

"奉谁的命！"

小厮吓得连连叩头道："是殿下，殿下吩咐小人准备茶水，小的……小的不敢不做啊！"

宁朝阳听得身子都晃了晃。

她看着那翻腾的白沫，又看了看上头威严的凤座，脑海里顿时响起淮乐殿下的声音："上京里要起风了，你若真疼惜身边的人，不如先送去别处娇养，也免得风吹过来刮到他。"

宁朝阳不可置信地摇头，只觉得全身上下所有的气血都在这一瞬冲至头顶，颅内滚烫欲炸，耳膜也咚咚生疼。

"朝阳？朝阳！"有人朝她扑了过来。

她看不清来人是谁，只颤抖着手抱紧了江亦川，然后眼前就是一黑。

…………

年初之时，秦长舒求得了心上人。

彼时，她笑盈盈地对自己说："这狼毫笔真管用，你要不要也去买支来试试？"

她是开玩笑的，但宁朝阳真去买了。

秦长舒很意外，意外之后又唏嘘："你这人，看过太多无情事，也受了太多蹉跎悲苦，得求个什么样的人回来，才能打动得了你？"

这话很有理，连宁朝阳自己都觉得，能打动她的人一定是文武双全惊世貌，上天入地第一好。

但是后来她明白了，自己这样的人其实只要一点好就能被打动。只要他能在她最狼狈的时候把她捡回去、给她煮一碗粥；只要他能不自量力地挡在她身前护着她；只要他能接住她喜欢的狸奴、跟她说今晚的鸡汤里没有放当归，她就真的会心动得一塌糊涂。

宁朝阳不喜欢王公贵族，她自己就是王公贵族。她喜欢普普通通的小大夫，这样只要她自己够努力、够厉害，他就不会离开她。

可是宁朝阳想不明白，她真的很努力也很厉害了，为什么还是没能留住他？

喉间紧得几近窒息，她挣扎着睁开眼，就看见顶帐上的绣纹恍惚地转着圈。

"大人。"一道雪白的衣袖伸了过来。

宁朝阳一怔，欣喜又慌张地侧头，映入眼帘的却是沈晏明的脸。

眼里的光骤然熄灭，她撑着床弦起身，挣开了他诊脉的手。

沈晏明垂眼，嘴唇苍白地道："我这两日一直在想，若死的是我，你会不会这般伤心？"

"不会。"她干净利落地给了他答案。

眼里涌上痛苦，沈晏明颤抖着垂眼："你就非得这样对我吗？"

"当初先选择放弃的是你。"她平静地道，"所以现在你没有任何资格质问我。"

感情是相互的，若只有一个人在努力，那就会显得荒诞而可笑。从前的她是这样，现在的沈晏明也是这样。

"许叔。"她喊了一声。

许管家就在旁边，闻言就上来道："大人已经睡了整整两日，大夫说是忧思过重，还请您保重身体。"

鼻尖又有些发酸，她瓮声问："他人呢？"

"在东院停灵。"

宁朝阳闭了闭眼，她起身，披衣下床往东院走。

原本灯火通明的地方，一转眼又变得昏暗寥落，院中摆了厚重的棺材，纸钱烧起来的烟灰翻卷往上，又像雪一样纷纷扬扬地飘散四处。

宁朝阳刚走到门口就停下了脚步，她抬头看了一会儿天，突然道："我不进去就好了。"

只要不进去，不看见他躺在棺材里的脸，不看见灵位上的名字，那江亦川就没有死。

她的小大夫只是不喜欢做人外室，所以出远门了。

没错，他只是出远门了。

宁朝阳的眼眸重新亮起来，笑着转头道："许叔，劳您替我把文卷都搬到旧书房，我睡了两日，一定堆了很多事。还有，把东院封起来吧，一切如旧，这样等他回来，就可以接着住。还有……"

晒好的药材都堆在墙边，风一吹，药香便越墙而出。

宁朝阳脚步一顿，眼眶跟着就红了。

第十一章

去开屏的

四月底的上京发生了一件大事。

凤翎阁秦大人的婚宴上死了人,喜事取消不说,还来了上百名兵眷闹事,说是凤翎阁贪墨抚恤粮,中饱私囊,他们要求皇长女给死去的将士们一个交代。此事闹得沸沸扬扬,很快就被好事者传入宫中。圣人大怒,当即就命荣王牵头,彻查抚恤粮的去处。

凤翎阁的多桩差事被停,秦长舒也脱簪戴罪,淮乐公主欲进宫求情,却得知圣人连一月一次的阖家宴也取消了。她立刻想召宁朝阳,华年却说,宁大人病了。

淮乐一惊,挥袖摆驾宁府。

宁朝阳看起来很是虚弱,身上的罗裙空空荡荡,整个人如同游魂一般。

她上前行礼:"微臣见过殿下。"

只这一下,淮乐就察觉到了不对:"你在生本宫的气?"

"殿下言重,"她垂眼道,"朝阳已将命卖在了凤翎阁,只管办事妥不妥帖,哪有生不生气一说。"

那就真的是在生气。

淮乐抿唇，轻声问她："朝阳，你可还记得本宫见你第一眼时说的什么？"

宁朝阳眼皮动了动。

"殿下说，微臣的好处是不管大小事都能藏在心里，坏处是不管大小事都藏在心里。"

淮乐点头："那现在，你说出来，本宫听着。"

朝阳抬眼看她。

面前的女子已近而立，凤眸含威，一身皇家气派，但她说这话的语气是略有委屈的，像谁家温柔的长姐，不明白自己错在了何处。

她看了一会儿之后，平静地开口："微臣心里什么也没有，只有忠君之志、报国之愿。"

淮乐皱眉。

她拂开凤袍起身，从窗口看向隔壁院落纷飞的灰烟："是因为你那个突然暴毙的外室？"

宁朝阳拳头骤然捏紧，冷声道："启禀殿下，微臣正在准备婚事，他以前是外室，以后不——"

话音没落，脸上倏地就挨了一巴掌。

宁朝阳眼眸微眯。

面前的人与她对立，冷着眉眼一字一句地与她道："朝阳你记住，为一个男人要死要活的女人，只配待在后宅里，不配站在朝堂上！本宫一心提拔你，不是让你来与死人成婚、做名留青史的痴女的。本宫要的是良臣，大盛要的是好官，你有这个本事，但你现在显然没了这份心。本宫对你很失望。"

宁朝阳喉头微动，缓了一会儿，才淡声问："在殿下眼里，朝阳是一个人，还是一条狗？"

"你放肆！"淮乐大怒，"为他，你这已经是第二次顶撞本宫了！"

凌厉的气势逼得那纸一样单薄的人来回晃了晃，淮乐看着，又有点不忍心，她深吸一口气，忍着怒意道："朝阳，你是凤翎阁近两年来最好的苗子，本宫不希望你折在这里，不值当。"

宁朝阳安静地站着，听她说为官要义，又听她说男人不值得信任。

一通深聊之后，淮乐问："你明白吗？"

说了这么多，殿下始终没有与她解释到底为何用一杯茶毒死江亦川。

宁朝阳嘲弄地勾起嘴角，慢条斯理地拱手行礼，答道："汪。"

淮乐殿下气得红了眼。

这等的冒犯，殿下无论如何也是忍不了的。宁朝阳平静地看着她，已经做好了被外调的准备。

谁料淮乐殿下一边抹着眼泪，一边还是道："后日定北侯班师回朝，你代本宫去长安门迎他。"

朝阳不解地抬眼。

"让你去你就去！"淮乐恼道，"如果办不好，本宫就将你那外……你那郎君的棺材掀了！"

沉默良久，宁朝阳才淡淡地应了一声。

五月已至，天光更加灿烂，戴着盔甲的骏马长嘶一声，雄赳赳的镇远军精锐就跨进了上京的城门。

宁朝阳站在长安门下，身着三品海棠花官服，手持淮乐殿下的玉笏板，恭敬地朝着来人躬身："凤翎阁领命在此恭候。"

以她为首，门边两侧上百名官员皆躬身。

长安门以内是不能骑马的，这些人见了这阵仗，就应该下马还礼，然后随她一起往皇城里走。

然而，镇远军的这些人没动。打头的副将高坐马上，皱眉盯着她就道："你们就是凤翎阁啊？方才一路走过来我就想说了，那路边是谁掌的规矩，守卫极少，防范松散，以致百姓拥挤踩踏，险些冲撞我们将军。"

"百叶！"旁边的老者斥了他一声，而后就朝宁朝阳拱手，"在边关长大的毛头小子，没那么懂规矩，还望大人见谅。"

"没关系，"宁朝阳道，"我活该的。"

此话一出，镇远军众人皆是一愣。

传闻里的凤翎阁宁大人不该是个凶神恶煞、奸猾谗佞的形象吗？可眼前这个小姑娘不仅虚弱憔悴，眼里还一点光都没有，仿佛已经被这世间蹉跎了所有的希冀，只剩一副躯壳还站在这里。

突然有人嗤笑了一声，声若流泉，潺潺涓涓。

宁朝阳身子一僵，但也只片刻，她就恢复了正常。

幻听而已，这几日她经常幻听，能听见江亦川让她喝药，也能听见他在她枕边说让她多睡会儿，情况严重的时候，她甚至能听见他说想她了。

人死后也会有思念吗？她以为这东西都会留给活人，不然她这里的怎么会这么多？

正想着，镇远军的这些人突然都下了马。

宁朝阳麻木地让开身子，就见一片黑沉沉的铠甲从自己身侧交错而过，乌泱泱的，像沟渠里挤满的鲫鱼。

有将士撞了她一下，那人肩上戴着护甲，力气又大，她一个走神，就被撞得往后趔趄，险些摔跌。人群里突然伸出来了一只戴着银甲的手，那手接住她，将她带得晃了一圈，站去了旁边的空地上。

宁朝阳愣怔抬头。

红衣银甲，墨发如瀑，来人长得很高，侧脸被耀眼的日头照着，看不太清。

她恍然想道谢，这人却又嗤笑了一声。

熟悉的声线，比方才听得真切了许多。

宁朝阳心里一紧，猛地后退半步，不可置信地再次抬头。耀目的光线随着她的站位往旁边移开，眼前这人的轮廓也逐渐清晰。

薄唇、挺鼻、丹凤眼、双剑眉……她每往上看一寸，心里就紧一寸。

一模一样，当真是一模一样。她嘴巴张了张，几乎就要喊出一声"江亦川"。

可是，还不等她开口，面前这人就先皮笑肉不笑地颔首："宁大人好啊。"

不是他。

宁朝阳一整张脸都灰暗下来，收回目光，敷衍地往旁边让了让："这位将军好，烦请看路。"

李景乾眼里的讥讽之意全僵住了。

他皱眉将脸凑近些："方才不看路的是你还是我？"

宁朝阳不感兴趣地垂眼："嗯嗯嗯，好好好，是我。"

他看着面前这人，企图从她脸上看出些被掩饰的震惊、慌乱、惭愧或者愤怒。

但是没有，都没有。眼前的宁朝阳一如他从别人嘴里听说的那样，装腔作势，虚伪冷漠，像是完全没认出他是谁。

他有点生气。

给花明村送证据这件事原本是不用李景乾亲自来的，但他先前派来上京的人一个接一个地失踪，足足一个月，竟无一人成事。眼看着胡山的叛国之名就要定下了，李景乾别无他法，只能自己前往上京。

他身边原是带了十五个人的，谁料这一路竟比打北漠的战场还凶险。十五个人，抵达上京时就剩下了两个，一个是江大，一个是紫苏。

哦，对了，紫苏叫陆安，是他麾下的百夫长。而江大就叫江大，只是没那么傻。

感觉形势不对劲，三人一入上京就隐姓埋名，打算装作普通人老老实实地生活一阵，再不着痕迹地联系胡海。

于是，花明村就多了一个清清瘦瘦的小大夫。

在遇见宁朝阳之前，李景乾其实已经得手了。大夫的身份让他顺理成章地接触到了胡海，而江大假装痴傻落井，顺势把书信塞给了下井救他的胡家三舅。

到这里任务完成，他是可以走了的。但谁能想到胡海竟那么笨，带着证据一头撞进凤翎阁所辖的衙门不说，还大骂人家淮乐公主一顿。

李景乾无可奈何地迎上了宁朝阳的目光。

坦白说，之前十九年，他的脑子里只装了"打仗"两个字。别的兄弟追女人，他挑灯看沙盘；别的兄弟抱女人，他埋头画攻防图。故而别的兄弟不懂打仗，不懂沙盘，也不懂什么是兵法。而他，只是不懂女人。

在军营里，李景乾是无人敢直视的统领，可在宁朝阳面前，他好像柔弱得一阵风就能吹倒。

别说，被人当弱者看的感觉很新奇，他一时还有点感兴趣。

但很快，他就发现事情不太对劲了。

宁朝阳这个人居然跟传闻里的完全不一样，没有不孝，没有奸佞，她笑得眼睛弯起来的时候，甚至很让人心动。

"江大夫好呀……"

李景乾觉得腻歪的同时，又觉得江亦川这个名字其实也挺好的。

江是他原本的姓，而亦川……

十七岁那年，他带骑兵踏足天河山，有人哆哆嗦嗦地与他道："贼人休进，这是我西韩的山川。"

他当时横剑立马，扬声便道："天河乃我大盛之山川，你西韩亦将是我大盛之山川。我镇远军铁骑已至，尔等宵小，焉能挡之！"

最是战场风光时，他悉数收之于名，觉得这三个字真是威风又大气。

可从她嘴里念出来的时候，李景乾脑海里浮现出的不是巍峨连绵的山脉，而是盈盈燃起的红烛。

温柔乡是英雄冢，这话大家都知道。

可温柔的人是他的话，李景乾觉得，那就不能算是自己沉沦，沉沦的分明是宁朝阳。他在她的照拂下，过了一段十分不错的日子，可惜胡海的证据一找到，他就该走了。

那天，他们已经走到了城门口，谁料凤翎阁突然来人，把江大给抓进了大牢。当时陆安愁坏了，他问："主子，这可怎么办？"

他思忖之后，痛苦地答："回去找宁朝阳。"

"不不不，您如何能为这等小事牺牲自己？让卑职去吧，卑职能顶得住那女官的美人计。"

他当时就冷笑了一声。

宁朝阳眼光高着呢，不是什么样的人都能被她看上。就凭陆安这点姿色，当初在桃林，宁朝阳的马车都不一定会停下来。

他承认自己接近她就是有利用她的意思。谁让她那么刚好地出现，又那么刚好地有用？

可是后来，李景乾发誓，从她决定帮胡山的那一刻起，他就想过要真的与她在一起。他可以抽出些时间挑灯看她，也可以抽出时间给她画眉；他可以护住她，也可以恢复自己的身份，平等地站在她身侧。

结果他扭头发现，宁朝阳这人从一开始就在耍他。

她骗他也就算了，还把他当作沈晏明的替身！沈晏明比他矮了半个头呢！

是可忍，孰不可忍！

他继续留在她身边，就是想在她与自己情意最浓时，惨烈地死在淮乐的手下。

他要她痛苦，要她与淮乐决裂，再在班师回朝之时重新出现在她面前，给她致命一击。

她想要的权势地位和人，他一个都不会给她留。

计划很好，但是现在……

李景乾冷眼看着面前这个毫无反应的人，觉得真的很不痛快。仿佛一个喷嚏，起了半天的势，最后竟然被憋回去了。

真是让人生气！

长安门下乌泱泱的人群突然都停滞不前了。宁朝阳抬头，就见这将军还在盯着自己看，就好像认识她似的，目光幽深，意味绵长。

她对这样的眼神实在不意外，官场往来，每次有人要求她办事都会这样套近乎。

她敷衍地扯了扯嘴角，道："还请将军莫错过了时辰，圣人和殿下该等急了。"

有什么后门要走也下回再说吧！

宁朝阳拂袖转身，领着凤翎阁的人就往前走，经过他身边的时候，甚至撞了一下他的肩。

李景乾脖颈僵硬，不可置信地转头看向她的背影。

四周都是森冷高大的铠甲，宁朝阳穿行其间，背脊挺直，步伐自若。她一边走，一边与程又雪嘱托："过永昌门之后，你便来替了我的位置，我去同殿下复命。"

程又雪一愣，接着就欣喜地抬头："大人？"

这几日宁大人生病，整个人都魂不附体的，行事怠懒不说，还对殿下甚是抵触，她们这些身边人难免也跟着无所适从、慌张害怕。

可一个转身的工夫，程又雪发现，以前那个宁大人似乎又回来了。

宁大人眼里的恍惚褪了下去，松垮的双手重新将笏板握紧，按照事先演练好的礼仪，一步步踩在皇城的地砖上，落位与做示范的礼官完全一致，傲然的气势也重跃于眉心。

身后的女官们跟着她，也都纷纷抬起了下颌。

程又雪不知道刚才发生了什么，但她就是觉得高兴，一到永昌门，她就忍不住小声道："又雪喜欢您。"

是崇敬的那种喜欢，干净且炙热。

宁朝阳听见了，她微微颔首，郑重地将笏板放进了程又雪秉着的双手里，而后转身，目不斜视地从侧门步入宫城。

按照规矩，班师回朝的军队要在永昌门前接受封赏和洗尘礼，约莫一个时辰以后才能入内。但司徒朔站在李景乾身边，发现他居然想直接跟着人从侧门进去。

"将军，"他暗暗拉住他的衣袖，咬着牙道，"您昨儿还说一定不会乱来。"

李景乾一顿，接着就停步回神。

谁要乱来了？他只是没反应过来而已，一直在想怎么让宁朝阳认出自己，身体就习惯性地跟着她走了。

他没好气地站回永昌门前，双眸平视前方，就见余光里那人渐渐走远，没一会儿就消失在了侧门之后。

不碍事，李景乾想，待会儿还有百官宴，他还能碰见她的。

宁朝阳跪在淮乐殿下跟前，恭恭敬敬地与她行了大礼。

四周都是礼官，淮乐高坐凤位，也说不得先前那些私话。她只看着面前这人陡然恭顺的眉眼，有些生气，又有些不解。

"你来，跟在本宫身边。"她招手。

宁朝阳依言上前，如同以前一样替她执礼护驾。

淮乐气着气着，就叹息了一声。

自己挑出来的孩子，无论是性子还是生气时倔得要死的样子，都同自己当年一模一样。

在青云台，这种犯上忤逆的人是要被外调去雷州的。但在她这里，淮乐觉得，她可以再给宁朝阳一次机会。

"百官宴后，"她轻声道，"你去替本宫查一个人。"

"臣可以现在就去。"宁朝阳答。

淮乐挑眉道："今日可是一场难得的宫宴，你先前不还盼着要吃御厨做的白龙臛？"

"先前是喜欢吃。"她道，"但人总是会变的。"

淮乐意外地侧头看了她一眼。

之前在宁府看见的那个满脸情绪的宁朝阳好像消失了，取而代之的是一个更冷漠也更功利的忠臣。

她说："百官宴起，四下防备皆松，无论殿下想查什么，这都是最好的机会。"

淮乐顿了一下，但也只一下，她就笑了起来。

"好。"

她挥退四周的人，带着宁朝阳往僻静些的地方走了两步。

"本宫要你查一查定北侯，看他提前来上京，还刻意出现在秦长舒的喜宴上，究竟是意欲何为。"

永昌门外封赏已成，礼花十二响，炸在天边如同烟火一般。

宁朝阳面无表情地站在淮乐跟前，听完那震耳欲聋的动静，才又轻轻问了一句："殿下在秦长舒的喜宴上就见过定北侯？"

"是，"淮乐想起来还皱眉，"他当时穿一身白衣，没带护卫，就站在秦长舒的喜室之外。"

宁朝阳应了一声，又问："后来呢？"

"后来便是饮茶寒暄，没什么要紧。"淮乐道，"但没聊一会儿，宫里来人说母妃病重，十二位御医齐至，连父皇都去了。本宫一听便着了急，只吩咐小厮去知会长舒一声，就起驾赶赴了宫城。"

结果她的母妃竟只是崴了脚。

淮乐当时就觉得蹊跷，却又说不上来哪里蹊跷。

"您离开的时候，定北侯爷可有说什么？"

"他未禀告圣人就提前入京，自是想让本宫帮他隐瞒行踪。"淮乐道，"以一个人情做交换，他让本宫不要告诉任何人，本宫曾在仙人顶见过他。"

宁朝阳听完，轻轻笑了一声，她拱手与淮乐殿下道："微臣这就去查。"

宫城里逐渐热闹起来，一袭绛袍拂风而过，却是往热闹相反的方向去。

宁朝阳没有召宋蕊，也没有回凤翎阁。

她径直回了自己的府邸，面无表情地走进尚在停灵的东院。

纸钱漫天，地上像是下了一场雪。半开的棺材安安静静地躺在雪地中央，跟她这几日梦境里的场面一模一样。

但是这次，她没有再停在门口，而是径直跨进去，一脚就狠踹上那厚重的棺木。

许管家吓了一跳，连忙扑上来阻拦："大人，您再伤心也不能如此啊，江大夫他……"

话音没落，棺材侧翻，里头躺着的东西也跟着滚了出来。

一个塞在衣裳里的稻草人，脸上还戴着一个悲伤的人面——这是连她不愿看他尸身的心思都算到了。

很好。

她转身回自己的书房，翻找了一下那份关于胡山的文卷。

当时她想试探他，故意将文卷放在了外头，没想到他一直没有动过，自己就是那时才放下了戒心。

然而现在，重新打开这份文卷，宁朝阳伸手捻了捻，自己当初夹在里头的发丝已经没了。

很好。

她最后去找了一下自己的马车。

矮几下的抽屉里装着各式的药瓶，伸手拨开，最里头的那瓶被三层绢布裹着的保魂丹已经不翼而飞。

"药搁久了会坏，大人这抽屉也该时常清理才是。"

那日去仙人顶的路上，体贴的小大夫替她清理了不能用的药膏。

她当时在做什么呢？

好像在看着窗外，笑着跟他说："别的会坏，我那瓶最甜的药肯定不会，你可别扔错了啊。"

江亦川的确没扔错，他把保魂丹准确无误地扔进了自己嘴里，然后佯装被淮乐殿下所害、死在了她面前。

最甜的药化成了尖刀，在她胸口捅了个对穿。她不知握刀的人是谁，竟还像个傻子似的伤心欲绝。

宁朝阳下颌紧绷，伸出手来，重重地对他拍了拍手。

干得好啊定北侯爷，心狠至此、算计至此、牺牲至此，真不愧是镇远军里最年轻的将军。是她技不如人,是她蠢笨如猪。

淮乐殿下说得没错,为一个男人就要死要活的人,哪配站在朝堂上。

宁朝阳双眸紧闭,深吸了一口气。再睁开时,她就恢复了平静的神情。

"许叔,"她道,"天气渐热,还是早些让江大夫入土为安吧。"

许管家一听这话,当即皱眉:"可那里头不是稻……"

"不是,"朝阳打断他,"那里头是我宁朝阳此生的挚爱。我要将他风光大葬,百年之后与我并坟。"

许管家惊愕地张大了嘴。

宫里的百官宴已然开始。李景乾正坐在圣人右侧的位置上,迎百官恭贺、受万众瞩目。

然而他瞧着并没有多激动,面上神色如常,只一双丹凤眼时不时往台阶下瞥着,似在找着什么。

圣人见状就问:"可是看上谁家姑娘了?"

李景乾眼神一收,抿唇:"没有,臣不过觉得人多热闹罢了。"

旁边的皇后忍不住笑:"景乾这孩子,打小就口不对心。"

"已是要弱冠的年纪了,身边没个人也不像话。"圣人跟着道,"若真看上了谁,只管与孤说,孤替你赐婚便是。"

提起这茬儿,花贵妃也搭话:"凤翎阁里就有不少适龄的姑娘。"

皇后侧眸,皮笑肉不笑地说:"凤翎阁里的姑娘景乾可高攀不上,又是查案,又是打打杀杀的,哪里是成家过日子的。景乾这样的性子,要配个柔情似水的才好。"

圣人也跟着点头:"女官们好是好的,就是缺几分柔情。"

怎么就缺柔情了?有些人外表看着凶神恶煞,真柔情起来,能把人骗得团团转。

他心中恶气难消,突然侧头道:"听闻淮乐殿下甚是器重一位女官,近日还将她擢升到了三品?"

此话一出,淮乐愣住了,中宫和荣王也都愣住了。

"侯爷说的可是凤翎阁的宁朝阳宁大人?"刘公公小心翼翼地问。

"是。"他点头。

主位高座上的众人一时心思各异,脸色分外精彩。

按理说,这定北侯是中宫的幼弟,又是荣王的小舅,若要成亲,自是该在荣王这边的人里头相看才是。可他一开口,问的却是淮乐殿下身边的女官。

更怪异的是，明明这等好事都落头上了，淮乐殿下沉默片刻之后，开口说的居然是："朝阳是个能干的，虽然刚死了夫婿，但办的差事没有一件错漏。"

言下之意，她是新寡，不能说亲。

李景乾听得笑了："她死了夫婿？臣怎么听说，死的只是她身边一个不起眼的外室而已。"

刚回来，就连这个也听说了？

淮乐震惊，中宫的脸色更是难看："景乾，大好的日子，你提这茬儿做什么？"

"随便问问。"他不甚在意地夹起炙肉扔进嘴里。

百官之上，天子面前，谁的话会是随便问的？

荣王面色凝重，皇后也低头不语。

对面的花贵妃倒是喜上眉梢，但她身边坐着的淮乐殿下压根儿笑不出来。

有荣王妃的前车之鉴，淮乐绝不会再将自己辛苦栽培的女官嫁给荣王那边的人。但李景乾话都说出来了，主位上的圣人自然也动了心思。

圣人招手就对刘公公低语了两句。刘公公会意告退，出宫直奔宁府。

收了宁府那么多银子，刘德胜是乐意给宁朝阳报喜的。若真能与定北侯成婚，她就不必在皇家权势下苦苦挣扎了，想要免死金牌也是一句话的事。

然而刚走到平宣坊附近，刘德胜倏地就被一大堆纸钱扑了个满面。

"呸！"他晦气地拂袖，却见许管家大哭着正带队往外走。

"哎哎，"他连忙上前，"这是怎么了？"

许管家本就哭得双眼通红，一看见他，更是跌坐在了地上，一边哭，一边拍地："我们少君走得早啊，留下大人孤身一人，这往后的日子该怎么过！"

少君？

刘德胜听得纳闷儿了："你们大人几时立的少君啊？"

"就刚才。"

"啊？"

许管家抹着泪，当街与他大声解释："今日，我们宁大人已正式许江氏亦川为正头夫婿。江少君死得凄惨，大人悲痛欲绝，已发誓三年内不再另纳少君。对了，刘公公，您来这儿是？"许管家好奇地看他。

"没。"想说的话都咽了回去，刘公公朝他摆手，脚尖一转，唏嘘地喃喃，"有缘无分，有缘无分哪。"

像是配合他这话似的，送葬的队伍登时吹起唢呐，凄厉的声音带着浓浓的遗憾，飘向了平宣坊的每一个角落。

于是，直到一场百官宴结束，圣人都没再提起过宁朝阳，他只和蔼地对李景乾道："难得回京一趟，你多四处走动走动。"

李景乾拱手推辞："臣久在边关，不识礼数，怕冲撞了上京的贵人。"

圣人一听就皱眉："你替我大盛收复失地，救我流离百姓于水火，又固北漠边防、退西韩于天河山，这上京之内，除了孤，谁敢在你面前称贵？"

这话看似是对他说的，实则是对下头乌泱泱的文武百官说的。

众人低眉垂目，心里大多是一震：袒护器重至此，若这定北侯懂事还好说，若不懂事，岂不是要翻了天去？

正想着呢，定北侯爷就侧头说了一句："那不如就从凤翎阁开始走动吧，淮乐殿下可愿借宝地一游，让臣开开眼？"

淮乐眼皮不安地一跳。她迎着圣人的目光，连犹豫也不能有，当即就答："侯爷言重，普天之下莫非王土，区区一个凤翎阁，哪用得着'借'字。"

上一次见定北侯，还是在四年前。

那时候的李景乾沉默寡言，对打仗之外的所有事都不感兴趣，淮乐即使有一颗想拉拢的心，也完全无从下手。

但四年后再见，淮乐发现这人变了，他居然愿意主动去女官极多的凤翎阁。

去就去吧，去之前还特意换了一身陛下御赐的百剑穿花袍，墨发高束，佩剑抱胸，若不是神情敷衍且不耐烦，她非得以为这人是去开屏的不可。

"侯爷，"淮乐试探着问，"此行可是对凤翎阁有所指教？"

"殿下何出此言，"李景乾微微颔首，"武夫粗鄙，谈何指教？"

就是单纯地想去膈应一下宁朝阳罢了。

在她眼里，自己是一个好骗又好玩弄的小大夫吧？他偏要满身金光地重新站在她跟前，让她知道她自己有多有眼无珠，他要让她认出他来，然后追悔莫及！

李景乾深吸一口气，解恨又期待地笑了笑。

然而一路从凤翎阁东阁走到了大牢，他把凤翎阁的女官都快看遍了，就是没有看见宁朝阳。

李景乾扬着的嘴角慢慢地平了下去。

"淮乐殿下，"他试着暗示，"你们阁里是不是少了点什么？"

淮乐看着面前空荡荡的牢房，有些心虚地笑了笑。

定北侯怎么知道她抓了一些闹事的兵眷？

先前那些人大闹秦长舒婚宴，怎么看都是被人唆使的，圣人却偏将案子交给了荣王来查。淮乐不放心，就暗中让人搜罗了几个来盘问。在定北侯来之前，她就让人把兵眷们都转移去了别的地方。

这自然是不能主动交代的。

淮乐闷头没有答，幸好李景乾也没有继续问，他只是一个牢房一个牢房地看过去，最后在一间摆着桌椅的审问室外停了停步子。

审问室又怎么了？

淮乐刚想问他，抬头却见定北侯满脸阴鸷，恨得牙根都咬了起来。

不是吧，连她们审那些兵眷的地方都知道？

淮乐冷汗直流，有些站不住了，连忙退到旁边，对华年道："快去把朝阳叫来。"

这种场面，宁朝阳是最擅长应付的，比装高深莫测，她还没输过谁。

于是李景乾满腹不悦地跨出大牢时，终于在外头看见了一抹熟悉的身影。

他脚下步子一顿。

那人没穿官服，还是那副高高在上的姿态，一身素色的长裙随风翻飞，发髻却是有些松散了。

竟敢如此仪容怠慢于他？李景乾冷哼，大步就朝她走去，一边走，一边想，她完了，今日他说什么都要拿不敬做由头开刀，先给她个下马威。

然后他就看清了她的模样。

宁朝阳神色憔悴，唇上干裂，双眼红肿，眼尾还带着些泪意。

他胸口一缩，蓦地就停下了脚步。

第十二章

求他真的去死

　　他没见过她这个样子，哪怕是被亲爹欺负上门，她也没掉过半滴眼泪。他是该开口训斥人的，这样两军交战，光气势就能先赢一半。
　　然而，李景乾恶狠狠地瞪了她半晌，开口说的却还是："谁欺负你了？"
　　宁朝阳皱眉抬眼，两人视线一对上，她眼里只有陌生和戒备，仿佛他只是牢里普通的犯人，抑或从她马车边路过的碍事恶棍。
　　眼睛是长来出气的不成！
　　眼瞧着气氛不对，淮乐殿下拂袖便来打圆场："宁大人家中有丧，难免失态，还请侯爷体谅。"
　　提起这茬儿，李景乾嗤了一声，睨着她道："听闻宁大人的夫婿死了？"
　　这语气简直与挑衅无异，淮乐听得皱了皱眉。但话落进宁朝阳耳里，她竟完全没有生气，甚至连眼皮都没抬一下，只敷衍地夸："侯爷消息灵通。"
　　就这反应？
　　李景乾眼眸微眯："宁大人这是伤心，还是不伤心？"
　　"自然是伤心。"她客气地答。

完全看不出来好吗？就她这态度，他怀疑她这眼睛都是秉烛看公文给熬的！

他气得想发作，余光却瞥见旁边还站着一堆人。

"淮乐殿下，"他垂眼道，"时候不早了，殿下不妨回去歇息？"

淮乐已然看出了不对劲，但眼下显然不是发问的好时候。她笑着颔首，轻轻拍了拍宁朝阳的肩："替本宫引侯爷看看各处。"

"是。"朝阳恭敬地应下。

一阵脚步声后，此处就剩下他们两个。

李景乾冷下脸就开口："没别人了，别装了。"

宁朝阳一脸莫名地看着他，似乎听不懂这话。

李景乾以为自己最讨厌的是宁朝阳装深情的模样，脉脉温柔，皆为欺骗。

但眼下对上她这个空洞又冷漠的目光，他才发现这模样比装深情时还让人讨厌。他这么大个人站在这里，她眼里就是装不进去。

他失了耐心："你真看不出来我是谁？"

这话几乎是摊牌了，李景乾说着，还特意站得离她近了些，找了个光线最好的角度，力求让她看清自己的脸。

结果宁朝阳听完这话，只是平静地看着他。

"侯爷，"她说，"今日在长安门外时下官便想说了，大庭广众之下挤眉弄眼、搔首弄姿，实在有失您的身份。"

"下官心悦之人，眼有春水，眉藏清月，是这世间第一等的美貌，"她上下扫了他一圈，皱眉摇头，"不是面容肖似就可拟代，还请侯爷自重。"

搔首弄姿……肖似……还自重？

李景乾一口气没缓上来，险些被她气炸。

同一张脸，怎么就被她看出两个不同的人来了？即使是他演技高超，但话都说到这个分儿上了，她怎么可能还听不明白？

"侯爷来此，是为抚恤粮之事吧。"她了然地道，"下官愿意配合审问，侯爷大可不必走歪门邪道。"

你才歪门邪道，你全府上下包括那只猫都歪门邪道！李景乾怒目欲眦，却又伸手按住了自己的眉心。

不对，分明是来气她的，他怎么能先把自己给气死了？

不行，冷静，要冷静。

李景乾深吸一口气，拽着她就进了身后的大牢。

牢房森冷，斑驳的墙壁裂开了口子，有蟑螂进出其中。比手臂还粗的栏杆上布满黝黑的脏污，一扇小窗斜列房顶，落下来的光正好照在宁朝阳的脸上。

李景乾就坐在她当初的位置上，咬着牙问她："姓甚名谁？"

这是他当初作为一个毫无权势的大夫，被她逼迫着成为外室的场景。

在李景乾看来，这是屈辱的、是不想再回忆的，但他觉得宁朝阳会喜欢。

看着这么眼熟的画面，听着这么耳熟的话，她就算是块木头，也该想起自己这个居高临下睥睨卑微小草的痛快时刻，顺带想起他是谁。

然而宁朝阳站在光里看了一会儿飘浮的灰尘，开口说的却是："侯爷的消息果真灵通。"

"什么？"他皱眉。

面前这人往前走了一步，带着满身的光俯身下来，手撑长案，似笑非笑："兵法有云，知己知彼，百战百胜，下官以为侯爷只会将这计谋用在边关沙场，没想到连我凤翎阁也有此殊荣。"

言下之意是他安插了人手打听到了她和江亦川的过往，然后故意效仿？

李景乾拍案而起："本侯岂会做这等——"

她转身就往外走。

李景乾一顿，剩下的话噎在了喉咙里，不服气地越过长案："本侯话还没说完，你……"

宁朝阳走得极快，他大步紧跟，两侧的栏杆快速后退，影子都连成了一片。

"你站住！"他微恼低喝。

前头的人一顿，竟当真听话地停了下来。

李景乾走到她跟前，转过来冷眼睨她，刚想说她这举动真是嚣张冒犯，旁边突然传来一声炮响。

啪！

他眼眸微张。

蘸水的牛皮鞭子打下去，力道之大，在光里溅起了一片细细的水雾，木架上绑着的人闷哼一声，囚服上慢慢渗出血来。

宁朝阳的鞋尖转了个方向，负手看向那牢房里："还是不肯招供？"

宋蕊正执着鞭，闻声立马靠近栏杆行礼："回大人，别的倒问出一些，但胡山、胡海之事，他始终说与他无关。"

李景乾这才看清牢里那人的模样。

十七八岁的少年，长相普通，右腿微微有些跛。他听见动静，就习惯性地往外瞥了一眼，视线一与自己对上，整个人都是一僵，而后便飞快地埋下头。

是六子，在凤翎阁做了七年的密探，也是此次回京替他做掩护的人之一。

李景乾后知后觉地发现，自己好像踏进了宁朝阳的圈套。他居然还沉浸在报复她的念头里，满心地想让她认出自己。但对她而言，他是谁不重要，重要的是查出六子背后的人。

六子看见他时的反应已经全数落进了她眼里。

宁朝阳轻轻笑了笑。

"定北侯爷，"她道，"若您麾下出了奸细，按照军规该当如何？"

还能如何，自然是当场斩杀，以儆效尤。

李景乾垂下了眼眸。

六子是他十年前从边关救回来的人，这么多年一直在为他办事，他不可能眼睁睁看他死在这里。但是，现在若直接开口要人，那他就是不打自招，显得蠢就算了，宁朝阳还未必会答应。

牢房里安静了一会儿之后，宋蕊就重新回去动刑了。

宁朝阳甚是温柔地问他："侯爷可要再去西阁看看？"

鞭子落一下就是一处皮开肉绽，里头的人忍着疼没有吭声，但伤口处翻卷的皮肉还是让人很不适。

李景乾垂眼转身，大步往外走。

宁朝阳跟在他身后，能察觉到他一瞬汹涌的怒气，也能察觉到他克制压下的情绪。她眼皮也没抬，只懒散地看着他衣角上精巧的花纹，胸有成竹地等着这人先开口。

走出大牢，走过西阁，眼瞧着已经无处可看，这人才终于停了步子。

"本侯今日不是为抚恤粮之事而来，"他背对着她道，"此事陛下既已交给荣王，那便等着荣王决断便是。"

真让荣王来决断，那凤翎阁和淮乐殿下都得脱两层皮。

宁朝阳淡声道："传闻侯爷是最体恤下属之人，四年沙场，跟随您的将士们埋骨他乡，侯爷难道连个公道都不肯亲自替他们讨？"

"宁大人说笑，本侯刚刚回京，人生地不熟，哪能担此大事？"

"侯爷身边若是缺人手……"宁朝阳抬眼，"下官倒是可以让一些人将功抵过。"

熟悉上京，又有罪过在身，凤翎阁大牢里关着的那个人就正合适。

李景乾闻言看了她一眼。

做普通人仰视她的时候，他只觉得这人行事霸道又蛮横，可真恢复身份与她平视，他才发现这人年纪轻轻就能做宠臣是有道理的。

条件和台阶都给得刚好，连他的心思都能拿捏得准确，不卑怯，也不冒犯。

但他下意识地就想激怒她："若本侯身边不缺呢？"

宁朝阳浅淡地笑了笑。

与往常的笑意不同，这人的眼尾都没弯一下，但嘴角偏偏敷衍地抬起来，平白显出些阴冷。

不缺，那留着六子也就没用了。背叛凤翎阁的人总归是要死的，能换点东西回来是好，不能换也无妨，反正还有别的路能走。

她转身就想叫人。

李景乾及时捏住了她的手腕。

冰凉的手指握紧一瞬又松开，他抿唇，没好气地道："事情已然落在荣王殿下手里，你若是本侯，难道会轻易插手？"

宁朝阳半侧回眸："顺理成章之事，谈何插手？"

只要他能点头，她有的是办法让圣人改主意。

李景乾觉得好笑，区区女官，淮乐的走狗罢了，她凭什么对这种大事也把握十足？

可是，好笑之余，不得不说，这提议还真让人心动。回京之路凶险成那样，想置胡山于死地的人又一直没有露面，镇远军此次凯旋，背后是笼着一层阴影的。

李景乾不想步萧大将军的后尘，他想让身边的人都活下来。

荣王稚嫩，还不如淮乐一般聪慧，比起依靠他，李景乾更愿意相信自己。所以抛开救六子这一事不说，若真能接手抚恤粮一事，他也是乐意的。

他抬眼再度看向她。

夕阳西下，霞光给面前这人镀上了一层暖光。她拢袖站在那里，安静地等着他的回答。

原先看来明明媚媚的一个人，不知从何时起慢慢变成了传闻中的模样，阴险狡诈，冷漠无情。

宁朝阳完全不担心李景乾会不答应。

镇远军的分支何其多，他能带着麾下的人杀出重围屡立战功，跟他这人惜才、爱才的性子是分不开的。他不会放弃任何一个堪用的部下，胡山是，六子自然也是。这是他的立身之本，也是他一呼百应屡战屡胜的关键。所以一离开凤翎阁，宁朝阳没有回府，径直去了一个地方。

三日之后，李景乾突然就被召进了宫。

饶是已经有所准备，但当圣人真开口说"孤有一事为难，想让你替孤分忧"的时候，李景乾还是震惊了一下。

她怎么做到的？

座上的圣人看起来忧心忡忡，话里话外都在后悔不该让荣王去查淮乐，两人的关系随着年岁的增长本就有些淡了，他偏偏火上浇油让弟弟查姐姐，导致两人愈加不和。

李景乾很想说，那二位一直都不和，跟年岁的关系应该不大。

但圣人没给他这个机会，径直道："抚恤粮一事本也与镇远军有关，你便接了去，替孤好好查查清楚。"

李景乾迟疑了一下，面露难色。

圣人一看就知道他在想什么，摆手道："荣王那边孤会去说，孤也会给你安排好人手，你不用担心。若淮乐无罪，孤自会补偿她；可若她真贪赃枉法罔顾英魂，那也怪不到你头上。"

圣人犹豫又叹息，李景乾被逼无奈地点了头。他一出宫就去了荣王府，情真意切地表达了一番自己的不得已，以及希望荣王指条明路。

荣王本是有些不满的，一看他这态度，连连叹气道："怎能怪小舅舅，此事是本王自己无能，给了皇姐卖苦的机会。"

说着，就将事情的来龙去脉都告诉了他，可李景乾越听越觉得不对。

前因后果是很自然很顺理成章的，但怎么能发生得那么碰巧，外头淮乐刚与荣王因审问之事闹翻，宫里就恰好唱了一折子祸起萧墙。

圣人爱梨园戏，最易被其打动，刘公公还好死不死地在那时说起两位殿下感情甚好，幼时还在一起放风筝、捉小鱼。不管是梨园戏子还是近侍刘公公，分明都是宁朝阳控制不了的人，可一时间，怎么所有人和事都恰好如她所愿？

李景乾从不相信运气，他听着荣王那句"也算肥水不流外人田"，只觉得宁朝阳心机深沉，人脉极广，远超他先前所知所见。

这样的她和先前别院里那个爬墙救猫的她，到底哪一个才是真的？

正想着，陆安道："主子，六子到将军府了。"

李景乾回神，拜别荣王就往回走。

六子身上伤痕累累，但好在人还活着，一看见他就给他磕了三个响头："这是将军第二次救小的性命。"

李景乾把他拉了起来，微微抿唇："这次不算，若不是我，你也未必会落到这个境地。"

六子摇头:"不关将军的事,是小的自己粗心。不过将军放心,所有关于将军的事,小的半个字也没说。"

李景乾点头,想了想,突然问:"宁朝阳有没有在你面前提起过江亦川?"

"没有。"六子摇头。

没有?

李景乾有些意外:"她都发现了你的不对,难道还没发现江亦川的身份是假的?"

"小的不知,但宁大人确实没有再问过,哪怕小的入狱,她都只问公事,半句没提别的。"

不对啊,以她的聪慧和敏锐,没道理放着这么大的疑点不问。

除非——她已经知道了江亦川是谁,所以没有再问的必要。

李景乾眼眸一亮,整个人顿时舒坦起来。

宁朝阳果然没有眼瞎,她知道他是谁,只是心里有愧,不敢面对如今的他。每每相见,她肯定万分煎熬,所以才摆出那副素不相识的态度。面上有多冷漠,心里就有多慌张。一想到她会在暗处追悔莫及、抱头痛哭,李景乾这几日心里的憋闷就瞬间消散开去。

他愉悦地鼓了鼓掌,并且当即起身问陆安:"宁大人何在?"

宁朝阳正哼着曲儿坐在仙人顶的四楼。

比起华年最爱去的小馆,此处的郎君倒是更有趣些。倒酒的郎君温柔,抚琴的郎君俏丽,远处那个吟诗作画的更是别有一番才情。

秦长舒坐在旁边笑她:"你不是说了三年不纳少君?"

宁朝阳就着小郎君的手就抿了口酒,而后抬眼答:"是不纳少君,可没说不纳侧室,更没说不养外室。"

她现在依旧是上京贵门联姻的香饽饽,虽没了宁肃远的逼迫,但也难免被人惦记,与其天天为婚事烦忧,不如立个死人在前头挡着。

"你这人倒是什么也不往心里去。"秦长舒摇头,"刚开始看你那架势,我还当你是动了真格。"

"哪能呢,"宁朝阳不甚在意,"逢场作戏而已。"

几个郎君被她的话说得脸色一白,可片刻之后,还是忍不住拥上来:"大人的戏精彩,我等也想唱上两句。"

"在下也想。"

"宁大人……"

宁朝阳含笑应着，挑了两个喜欢的就塞了银子。

背后突然有人嗤了一声。

宁朝阳停杯回眸，看见了厢房门口站着的李景乾。

他像是路过顺带看了里头一眼，神情冷漠，姿态也漫不经心。但整个人往门口一站，莫名就挡住了大半的光线，搞得屋子里阴沉沉的。

怎么？宁朝阳懒散抬眼。

这么爱显摆自己个子高？

秦长舒戴罪在家，没有去迎大军回朝，自然没有见过李景乾。

她只咦了一声，跟着起身道："朝阳，这不是你上回带到长乐宴的那个……"

"不是。"宁朝阳打断她，漫不经心地道，"这是镇远军的主帅、陛下亲封的定北侯。"

秦长舒一惊，当即起身行礼，头低下去了，可脸上却仍是困惑。

这么像，怎么能不是呢？

李景乾听着她这话，眼里的嘲讽之意更盛。他慢悠悠地迈步进来，越过秦长舒，在她的座前站定。

"宁大人好兴致，"他俯身睨她，"看上了哪个，用不用本侯替你赎？"

旁边的几个郎君被他吓得纷纷往后瑟缩，宁朝阳倒是捏着酒盏没动。

她掀起眼皮看他："那头作画的小郎君，下官瞧着就不错。"

还真挑上了？

李景乾轻吸一口气，皮笑肉不笑地喊："陆安，把人赎了送去宁大人府上。"

陆安是想劝两句的，这仙人顶里多是小郎君，真要赎的话，难免被人议论。可看一眼自家主子身上的火气，他识趣地把话都咽了下去："是。"

宁朝阳愉悦拊掌："多谢侯爷。"

谢？

李景乾睨着她，心里冷笑连连。都知道他是谁了，还在这里与他装腔作势，嘴上谢他，心里不知难过成了什么样子。

没有人能毫无波澜地面对自己曾经的爱人，尤其是死过一回的那种，她宁朝阳也不例外。

他倒要看看这人能装到什么时候！

"侯爷特意来此，可是有什么要事？"她问。

李景乾皮笑肉不笑，道："左右不是来找你的。"

秦长舒在旁边越听越不对。

什么定北侯，这不就是个捉奸当场阴阳怪气的小情郎吗？都直勾勾走到这儿来了，不是找宁朝阳的，还能是来找弟兄的？

更离谱儿的是，宁朝阳听完那话，居然信了："如此，那下官就不打扰侯爷了。"

李景乾骤然拂袖站直了身子，他冷着脸道："这便下逐客令了，那待会儿宁大人可莫要上来求本侯才是。"

求他做什么，求他真的去死？宁朝阳托着下巴想了想，觉得倒也可行。

李景乾头也不回地走了，他大步迈上五楼，一边走，一边问陆安："孙司吏怎么还没到？"

"回主子，已经在来的路上了。"陆安擦着冷汗亦步亦趋，"想是有些波折，眼下还没有消息。"

荣王对军中之事一窍不通，李景乾却知道战后军中会有专人清点牺牲的将士，将其姓名整理成册之后，司官会将名册送回各地，待各地核对过家眷姓名，朝廷才会发抚恤粮。

一般官员再贪都不会打抚恤粮的主意，那是兵部连年征兵的保障，一旦出现问题，危害的将是整个大盛。

他不信淮乐会这么蠢，所以打算先将兵眷名册与自己手上的英魂名册核对一遍。

兵眷名册在孙司吏手里，约好申时初到，这人直到申时两刻才战战兢兢而来。

"侯爷！"孙司吏一进门就跪在他脚边，整个人都在发抖，"侯爷救命！"

李景乾不解地看向他身后跟着的江大，江大一扫先前的痴愚，进门就拱手抱拳："将军，我们在来的路上遇了埋伏。"

陆安震惊："上京之内他们也敢当街动手？"

"是，幸好属下带的人多。"江大连连皱眉，"先前孙司吏在家好好的，跟我一上马就连遭三支冷箭。"

"你被人盯上了。"李景乾皱眉，"待会儿取我令牌去城防调人，将沿途都细查一遍。"

"是。"

李景乾低头，看着地上缩成一团的人："兵眷名册呢？"

孙司吏连忙将那厚厚的一大卷东西捧出来给他。

将军百战死，壮士十年归。这兵眷的名字有多少个，在战场上死去的将士就有多少个。

微微抿唇，李景乾低下身来，伸出双手郑重地去接。然而手指刚要碰到纸卷，耳畔却突然响起一阵破空之声。

李景乾眼神一凛，侧身躲过，顺势将孙司吏也推开了三寸。

铮的一声，羽箭没进地里半寸，尾羽嗡鸣。

陆安和江大当即拔剑出鞘。

李景乾背抵石柱朝箭射来的方向回看，就见窗外另一处高楼上，有人正挽弓又起。

他微微眯眼。

"江大，陆安，把孙司吏带到我这边来。"

江大和陆安都在另一侧的石柱后，两人一边打量着远处的弓箭手，一边朝空地上抖得不敢动的孙司吏靠近。结果刚迈出去两步，就被纷至的羽箭给堵了回来。

"主子，您后方那边也有人。"陆安急喝。

李景乾闻声而动，旋即躲开三箭，可接着四面八方都有羽箭射来，像是一定要将他们弄死在这里。

"孙司吏！"李景乾一边注意飞箭，一边急喝，"把名册扔给我！"

孙司吏浑身颤抖，已经吓得话也说不出来。

"给我！"他厉声道，"这样你才能活！"

一听这话，孙司吏总算找回些神智，他哆嗦着举起名册，拼命往李景乾的方向一扔。

李景乾伸手去接，右后方的三支羽箭却比他先至，快准狠地射中名册，破空的力道当即就带得名册飞出旁边的栏杆，坠向下方的清湖。

直觉告诉李景乾，这名册一定有问题，若真被湖水洗了，他将查无可查。于是他想也没想，飞身就扑出去接。

可名册没有抓住，他只抓住了上头插着的一支羽箭。

李景乾整个人吊在了五楼的栏杆上，耳边全是呼呼的风。

楼下有人惊叫了一声。

他吃力地低头，正好对上宁朝阳仰上来的目光。

她站在一众郎君之前愕然地看着他，震惊了一瞬之后，接着就满脸都是紧张和担心。

李景乾抿唇，没好气地想，就说这人装不了太久，一点危险而已，这不就暴露无遗了？

"主子！"远处有箭射来，陆安又惊呼了一声。

与此同时，手上的羽箭也钩不住那重量，箭头一松，名册就要继续往下掉了。
　　李景乾抿唇看了一眼。从五楼到四楼有一段距离，足够他抓住掉落的名册——也足够有人慌张地扑过来，抓住他的手。
　　他轻哼一声，在下一支羽箭抵达之前松开了攀着的栏杆。
　　"宁大人！"陆安大喊，"快接住！"
　　宁朝阳闻声就朝这边冲了过来，动作迅速，脸色发白。
　　面前的景象似乎瞬间被放缓了，她看见李景乾皦玉色的衣袍被风卷得猎猎，墨黑的发丝凌乱地拂在唇边，那双撩人心弦的眼眸在翻转间与她对上，嘲弄又隐晦。
　　她惊慌失措地伸出手去，在他期盼的目光里，快准狠地接住了掉下来的名册。
　　慢放消失，一团皦玉锦袍唰地就从旁边坠了下去，飞射而来的羽箭扎进了六楼的木栏杆里，重要的名册被宁朝阳牢牢地接在了手上。
　　她低头将上头扎着的几支羽箭拔出，掀开卷头瞥了一眼，竟是兵眷名册。
　　还好她接住了！
　　她正想松口气，远处却又飞来几支羽箭，杀气凌然，直射她胸口。
　　宁朝阳反应极快，脚尖一勾便将旁边的矮凳取来作盾。铿铿几声之后，她对身后众人低喝："快跑！"
　　呆愣的郎君们登时作鸟兽散。
　　木凳结实，但也被那羽箭逐渐穿透，宁朝阳且挡且退，一出厢房就与秦长舒道："东侧望月楼四楼、北侧鸿鹄阁五楼、南北侧珍宝斋楼顶，就这几个地方，你速调城防围堵。"
　　秦长舒二话不说，接了她的腰牌就走。
　　宁朝阳瞥了一眼外头那些仍旧不肯放弃的弓箭手，唏嘘地想，当官真是个要命的活，还好自己身手不错。
　　抱着手里的文卷，她扭头就想下楼，结果刚走到楼梯口，就与刚上楼的陆安撞了个正着。
　　"宁大人！"陆安焦急地问，"侯爷呢？"
　　什么侯爷？
　　她茫然了一会儿，忽然反应过来："刚刚旁边掉下去的那一团是你家侯爷？"
　　陆安震惊地看着面前这人："卑职不是还喊了一声让您接住他？"
　　"我以为你是让我接这个。"宁朝阳晃了晃手里的名册。
　　接这个倒也没错，名册也重要，但是，但是……
　　陆安一拍大腿，连忙往下跑。

宁朝阳慢悠悠地跟在他身后，看着他一层一层地找人。

三楼没有，二楼没有，陆安一路跑出仙人顶，终于在后头的清湖边看见了浑身湿漉漉的李景乾。

他垂眼在湖边坐着，一身黢白的袍子已经湿透，水珠顺着发梢滴落，划过苍白的下颌，转瞬就没进了狼狈的衣襟。

陆安跑上去看了看，见他摔得不重，这才长舒一口气，继而恼怒回头："宁大人怎么能不拉侯爷一把！"

宁朝阳满脸无辜："我没看见他。"

"荒唐！这么大个人你看不见，那一卷名册你倒是看见了？"

"陆安，"李景乾淡声开口，"此事怪不得宁大人。"

陆安愕然地扭头看他："侯爷？"

"是我武艺不精，"李景乾嘲弄地看着面前水上的涟漪，"就该自己抓住四楼的栏杆。"

是他太自信了，觉得宁朝阳一定舍不得他，一定会来救他。

当初在东院的时候，她赌气问过自己一个问题，说药材和她同时掉进水里，他会救哪一个。当时他只觉得这问题可笑，人和药材有什么好比的，哪个更不能落水就该救哪个。

但当事情真正发生的时候，在她想也不想就抓住名册的那一刹那，李景乾完全没想过什么该不该，他只觉得自己天灵盖都要气炸了。

不救他？她不救他？为了一本名册，她居然不救他！

仙人顶这么高，她就不怕他掉下去出意外，当真摔死了？

他有一万句话想问，也有无数的火气欲冲顶而出。但一对上她那漠然的眼神，李景乾就突然冷静了下来。

他没有猜错，这人就是认出他了。

但是，与他料想不同的是，宁朝阳并不觉得有愧于他，昔日所有的情意仿佛都随着江亦川一起葬进了棺材里。她负手站在远处看他，脸上一丝波澜也无。

李景乾突然觉得自己这段时间很是失态。他执着于什么报复，也将她利用了个彻头彻尾，大家各取所需一拍两散，本就是他计划好的结局，那么他到底在不甘心什么？

袍子吸满了水，沉得拖拽不动，他垂眼褪下了外袍，着中衣起身走向她。

"名册，给我。"

宁朝阳迟疑了一下。

"怎么？"他冷声道，"光天化日，还想从本侯手里抢东西？"

"不是。"宁朝阳道，"下官只是觉得名册一类的事务烦冗费神，侯爷身边的人未必能做好，凤翎阁里有个叫程又雪的女官，倒很擅长此道。"

"本侯用什么人，不必宁大人操心。"他拿回名册，不为所动。

查凤翎阁的案子，还用她凤翎阁的人，她打的倒是一手好算盘。

宁朝阳抿唇，倒也不多劝，看他们主仆二人开始往外走了，便也施施然跟着出去。

长宁坊出了欲杀人的弓箭手，街上满是追捕的城防护卫。李景乾一踏出去就看见秦长舒已经押住了一个人，正带着往凤翎阁的方向走。

"你站住。"他开口。

秦长舒转头见是他，便停下行礼："侯爷。"

"此人是冲本侯而来，可否交由本侯亲审？"

自然是可以的，秦长舒想，以这位眼下的圣宠和功勋，想审谁她们都得给面子。

但她还没来得及开口，就听后头的宁朝阳道："城防之事是由下官执掌，下官也很想答应侯爷。"

李景乾眉头一皱。

身后那人慢悠悠地走上前来，一脸可惜地道："但大盛有律法，官员要各司其职，不得僭越。此人既是在上京行凶，便得交由下官来审问，还望侯爷见谅。"

宁大人本就执掌上京的城防与刑狱事，这话说得没问题。

但是，秦长舒有些担心。定北侯看起来心情很不好，这么驳他，万一惹他发怒……

然而不等她想完，对面的李景乾就轻轻点了点头。

"很好，"他说，"既然如此，那宁大人可要好好审问，别让本侯今日这罪白受。"

"侯爷放心，"宁朝阳朝他颔首，"下官必定竭尽所能，尽快给您一个交代。"

"宁大人辛苦。"

"侯爷也辛苦。"

两人站在街口，脸上都没有什么严肃的神色，宁朝阳的姿态甚至是恭敬的。

但秦长舒站在他们旁边，却莫名觉得脊背发凉。

李景乾握着名册走了，宁朝阳也押着人送往大牢，两人交错而行，谁都没有犹豫和回头。

秦长舒左右看了看,然后朝宁朝阳追上去。
"我应该没有认错,"她道,"那就是你的相好。"
宁朝阳大步流星,边走边道:"不重要了。"
她现在只想挽回之前的损失,替凤翎阁重新稳住局面。

第十三章

要么在身边，要么在黄泉

李景乾不肯用程又雪，宁朝阳也不着急，她只将抓到的弓箭手先审问清楚，从籍贯到经历，尽数让程又雪记录下来。

程又雪有些不解："大人，这事往常不都是宋蕊在做？"

宁朝阳看着案卷，头也不抬："她今日没空。"

"哦。"程又雪点点头，认真地将草记的口供又誊抄了一遍。

牢房外突然响起了脚步声。宁朝阳抬头，就见一个狱卒在朝里面张望，对上她的眼神，他赔笑道："宁大人，小的来送茶水。"

审问已经告一段落，宁朝阳大方地让他入内，顺势又问程又雪："你都记清楚了吗？"

程又雪自信地道："不敢说倒背如流，起码也是滚瓜烂熟。"

她胆子虽然小，记性却是凤翎阁里数一数二的好。

宁朝阳微笑，侧头见狱卒还在磨蹭，便哼了一声："机密要案也是你听得的？快走。"

"哎哎，小的告退。"

喝口茶歇了片刻，宁朝阳泼醒弓箭手，又开始了第二轮的审问。一天下来，程又雪的嘴巴都惊成了圆形的。

"大人，"她拿着口供震惊地道，"我以为青云台那些人挤对起人来已算凶恶，没想到这军营之中厮杀起来，更是直接要人性命的？"

宁朝阳勾唇："军营、朝堂不都是人多的地方，既然是人多的地方，那就没什么两样。"

她起身走到程又雪身边，想了想，问她："此事若有人与你打听，你当如何说？"

程又雪当即摇头："打死我也不会透露出去的！"

"不对，"宁朝阳拿过她手里的毛笔，"常人问你，你自不要说，但这人问你，你可以说一半。"

笔尖抹过纸张，落下个张扬的名姓。程又雪看着，眼眸微微睁大。

上京繁华，车水马龙，川流不息。

司徒朔正在将军府与陆安一起核对名册，他对完自己手上的一百个，便侧头去看旁边这人。

他不看还好，一看胡子都差点儿气歪："你打什么瞌睡！"

陆安一惊，当即坐直身子，可看一眼面前密密麻麻的名字，他又委顿了下去："这也太多了，怎么就我们陪着主子看？"

司徒朔没好气道："怪谁？整个营帐里识字的就那么几个，再要嘴巴紧、为人可靠的，不就得咱们亲自来。"

李景乾坐在主位上，面无表情地道："你若是坐不住了，就出去扎半个时辰的马步。"

陆安一听，当即就重新拿起名册仔细核对。

可是，字太密了，看得眼睛花。他核对完一百个交给司徒朔，司徒朔只扫一眼就瞥见了错漏："这一排连着两个名字都对不上，你也就这么交给我了？"

陆安微惊，接回来一看，当即心虚低头。

司徒朔要被气死了："这还是我看了，那前头你对那一千多个我没看的呢？"

"您受累，再看看？"

司徒朔砰地跪在了李景乾面前："臣受命以来，夙夜忧叹，恐不胜军师之职，望将军……"

"行了，"李景乾摆手，"都放着给我，你们出去歇息吧。"

陆安大喜，起身就要跑，司徒朔一把抓住他，皱眉对李景乾道："英魂太多，将军一人恐怕要看上几天几夜，实在劳神伤肝。"

那有什么办法，想不被蒙骗欺瞒，就得事必躬亲。李景乾不甚在意地继续往下，却发现有一个名字被羽箭刺破，看不太清了。

他皱眉，有些无奈地将文卷放下，捏了捏自己的眉心。

"侯爷。"六子进来，俯在他耳边说了几句话。

李景乾一听就脸色阴沉。

平时不见她多防备，眼下他有想知道的事，她偏偏开始滴水不漏了。六子在凤翎阁那么多人脉，竟只能打听到些皮毛。

"宁大人那话倒是没有骗您，"六子道，"程又雪是出了名的善于文事、过目不忘，大人让她来帮您，未必是坏心。"

确实不是坏心，她就是想在他身边放双眼睛，好知道案情进展如何，方便她做出最合适的应对。

李景乾冷着脸想，他凭什么要如她的愿？

六子接着就道："程大人也参与审问了追杀孙司吏的刺客。"

李景乾眼眸一亮，接着又不悦地眯起。他发现自己好像又在她的算计里了，他要肯向她透露抚恤粮的案情进展，她才会让他最快知道那刺客的来头。

真是一场合理的交易。

可再合理，也还是让人生气。

她凭什么就觉得他一定会答应？案子总有审完的一天，她还能把口供一直藏着不拿出来不成？

还真能。

凤翎阁案件极多，她要真有心拖延，那他也只能继续等。

眼前密密麻麻的文字像苍蝇一样飞起来，在他脑袋周围打转。李景乾忍耐了一会儿，终于还是道："陆安，去跟凤翎阁要人。"

陆安领命而去，结果刚出府外，就见一个怯生生的女官骑着马来了。

"在下程又雪，"她道，"奉宁大人之命，特来拜会定北侯爷。"

这么巧？

陆安欣喜地引她进府，以为交了差侯爷会高兴。谁料李景乾看着行礼的程又雪，眼里的神色竟更阴沉了些。

"有劳程大人，"他道，"这上头有些名字笔画残缺，不知你可有办法。"

程又雪战战兢兢地上前，看了一会儿文卷上的破洞，倒是冷静了下来。

"就残部看来，这可能是'神''绅''坤'或'伸'。此人籍贯穗城，穗城信奉神明，取名会避讳掉'神'字，再照前头的笔画习惯来看，'绅'字比'伸'和'坤'都更为接近，应作方元绅。"

陆安在旁边听得一愣一愣的，他扯着军师的衣袖小声道："她是怎么这么快就想到所有形近字的？"

司徒朔嫌弃地收回衣袖："术业有专攻。"

将才绝不该事必躬亲，而该是知人善用。宁朝阳一早就知道他身边没有人能做这种文字细活，所以才举荐程又雪。

她逼他做交易，又给他极为细致体贴的安排，让人想生气都气不起来。

李景乾垂眼，沉默半晌之后才道："那这里就交给你了。"

五月好风光，上京的少年人都相约着赏景游湖、击鞠斗鸡。

淮乐低眸看下去，就见宁朝阳一身官服站在阴影里，面容恭顺，目光灼灼。

她道："定北侯此人向来以怜下惜才之心服众，抚恤粮一案交到他手里，自是比在荣王手里要好得多。臣会跟进此事，一定为我凤翎阁洗清污名，讨回公道。"

先前的迷茫和糊涂好像只是她的错觉，这人重新站上来，还是先前那副可堪大用的模样。

淮乐觉得很欣慰："有你这话，本宫就放心了。"

宁朝阳上前，将查到的李景乾相关文卷都放在了她手里。

"殿下想必不知微臣与定北侯之间发生过何事，"她道，"臣都一并写在里头了。"

淮乐有些意外地看了她一眼，手指轻轻摩挲着手中的文卷："你的私事其实不必都与本宫交代。"

"后宅中事方为私事，"宁朝阳拱手，"事涉权贵，臣半分不敢隐瞒。"

说罢，双手举过额头，与殿下行了大礼。

"臣年少狂悖，不懂分寸，幸得殿下包容厚爱、不计前嫌。臣愿为殿下鞍前马后，万死不辞。"

一字一句，落地有声。

淮乐安静地看着她，良久之后，才轻叹了一口气："我像你这般大时，也曾爱过一个人。"

宁朝阳眼睫一颤。

殿下是她见过的皇子皇女里最冷静清醒的一位，荣王尚会沉迷享乐，淮乐却是每日都在用功，要么在朝堂上争权，要么在圣人面前争宠，只要眼睛还睁着，殿下就绝不会让自己的时光虚度。

这样的人也会爱上别人吗?

"他是我见过最好的郎君,武艺超群,朝野当中无人能敌。"淮乐依旧端手坐着,眼里却渐渐带了笑意,"那时候,他越过宫墙来看我,那么多守卫,没一个能发现他。"

宁朝阳无声地"哇哦"了一下。

连宫墙都敢越?

"他给我带过醉仙斋的好酒,也带过春日里最好看的桃花,他教我舞剑,也陪我罚跪在玉阶之下。那时候我意乱情迷,觉得只要能嫁给他,那做什么都是可以的。"忆起往事,淮乐眼尾浮出些笑纹,"是不是比你还傻?"

宁朝阳想点头,又觉得不合适。

"不必顾忌,我知道自己当年的德行。"淮乐坦然摆手,"在他出征的时候,我给自己准备了嫁衣,还给他缝制了一身铠甲,说他若是死在了战场上,那我就穿着这身嫁衣与他的灵位成婚,而后陪他长眠于地下。"

宁朝阳瞳孔微震,这会儿是真想点头了。她痛失所爱也只说给人补个正室之位,殿下这倒好,直接就要殉情?

"那后来呢?"她忍不住问。

"后来,"淮乐垂眼,"他平安凯旋了,身边还带着个姑娘,说是怀了他的骨肉,所以他要许她一场婚事。"

这?还不如死在战场上。

"从那时候起,我就明白了,人的感情是这世上最脆弱最易变的东西,不管开头有多美好多甜蜜,结局大多是一片狼藉。"淮乐笑意消散,认真地看着她道,"这世上唯一不会背叛你的就是钱财和权势。男人可以喜欢,但不可以信。"

宁朝阳总算明白了那日殿下为何会那般激动。

可她也为殿下感到不值,当即就气愤地问:"您说的这个人,他现在在哪儿?"

"在黄泉。"淮乐温和地笑了笑。

宁朝阳收起了自己多余的情绪,朝淮乐行了一礼。

吾辈楷模,她要学的还有很多。

"行了,你去吧。"似乎是说了太多,淮乐有些累了,撑着眉骨道,"待那边有消息了,再来回禀。"

"是。"

离开公主府,宁朝阳马不停蹄地去了凤翎阁。

程又雪已经把李景乾给她的名册都核对了个清楚,见她来,立马捧出一份文卷："下官都默写好了。"

宁朝阳接过来扫了一眼，微笑领首："做得不错。"

大盛对抚恤粮看得很重，所以名单一般来说是不会出错的，可这名册上核对有误的兵眷个数，只一个太平村就有两百余之多。先前去闹事告状的那些兵眷有部分就来自太平村，秦长舒审问过，他们没有撒谎，家里实在揭不开锅了，才远走上京想要讨个说法。

宁朝阳想了想，问程又雪："定北侯看完可有说了什么？"

程又雪摇头："下官只见了侯爷一回，之后就只有他身边的军师来与我说话。"

戒心还挺重。

她哼笑，转头就命宋蕊去找华年，让华年提前去探一探那太平村。

此事症结多半在当地的里正身上，籍兵眷时钻空子让人矫名冒领，若能将犯事的人抓着，那凤翎阁最多只算受人蒙骗。

"太平村？"路过的沈浮玉突然停下了步子。

宁朝阳抬眼："你熟悉？"

"这能不熟悉嘛，我跟我哥五岁之前都住那儿。"沈浮玉白她一眼，没好气地道，"你难道没听我哥说过？"

"没有。"

程又雪在旁边看得很迷茫，问："沈大人的兄长是？"

"禁内御医，沈晏明。"宁朝阳道。

沈浮玉戏谑了一声，当即凑过来："您还记得他的大名呢？我还当你俩已经是前尘往事，各自不识了呢。"

宁朝阳皮笑肉不笑："我也以为沈大人和他已经是恩断义绝，老死不相往来了。"

"你们……"程又雪更迷茫了。

沈浮玉往她旁边一坐，勾着她道："小姑娘刚来凤翎阁，不知道旧事吧？我和我哥，还有这位宁大人，从七岁开始就是邻居了，打小一块儿玩大的。原本呢，这位宁大人是能当我嫂子的，可惜她害死了我们的亲舅舅，他们两人就再无可能啦。"

宁朝阳眼皮都懒得抬，道："沈大人看起来很闲，既然很闲，不如就由你替华大人跑这一趟吧。"

说着，手里的印鉴一盖，就将调令塞到了她手里。

沈浮玉脸绿了："那么远，我不想去。"

"阁里的事只有你能不能做，没有你想不想做。"宁朝阳和蔼地道，"不想做会被弹劾革职哦。"

她顿了顿，接着补充道："不能做也会被弹劾革职。"

说来说去，就是想把她弹劾革职！

沈浮玉气得站了起来："宁朝阳，你不讲理！"

哼，说得就像她自己讲理似的。宁朝阳往椅背上一靠："我劝你快些去，且好好查查，莫要隐瞒遮掩，不然祸及家门，我可不会再救你。"

沈浮玉一愣："此话何意？"

宁朝阳不耐烦了，摆手就让宋蕊送她出去，连着行李一起给她塞上马车，径直送出城外。

事情有人办了，还没人跟她作对了，程又雪以为宁大人会舒坦不少。但抬眼看去，宁大人别说笑一笑了，神色甚至比先前更严肃些。

"又雪，"她问，"你离开将军府的时候，那个叫陆安的副将还在府里吗？"

程又雪摇头："他早上就出去了，说是侯爷有差遣。"

宁朝阳闻言起身，顺手拿起块腰牌，就大步往外走。

程又雪不知道发生了什么，跟了两步完全跟不上，就只能眼睁睁看着宁大人的衣角消失在凤翎阁大门外。

她的官帽还挂在旁边的架子上，官服也堆在一旁。

程又雪疑惑地想，不是公事？可若不是公事，宁大人又怎么会急成这样？

镇北将军府。

两盏茶搁在桌上，一盏满的，另一盏却已经空了。沈晏明捏着拳头看着对面这人，心情甚是复杂。

"侯爷是想秋后算账，怪我当时得罪？"他按捺不住，开口问。

李景乾倚在檀木扶手上，漫不经心地看着杯子里根根倒立的茶叶："你当时得罪我什么了？"

沈晏明噎住。

他先前很看不起那个来路不明的江大夫，言语上也诸多鄙夷，没想到这人摇身一变，突然就成了凯旋的定北侯。

要细说哪里得罪，就等于再把人得罪一遍。可要是不说，他实在拿不准这人想干什么，心里真是万般不安。

"时候不早了，"他道，"侯爷若是没别的事，在下还要回宫中请脉。"

"不急，"李景乾道，"宫里也不缺你这一个御医。"

沈晏明皱眉，语气低沉下去："侯爷这是何意？"

李景乾伸手取下他挂在药箱上的铭佩，拎起来看了看上头刻着的大名和"御医院"字样，漫不经心地问："你的医术真的够格入御医院了？"

这话嘲讽之意十足，沈晏明霍然起身道："要杀要剐都可以，但请侯爷莫要侮辱在下的家传之术。"

"哦？"手指一顿，李景乾抬眼，"也就是说，你是靠自己在御医院挂名的？"

外头的那些话都是误传，她没有拿这事讨他欢心，也没有帮他……

沈晏明突然就坐回了椅子上。

李景乾不解地看过去，就瞧见了他脸上盖也盖不住的心虚："我年岁尚轻，想平白在御医院挂名自是不能。"

李景乾僵硬地收回手指，嗤了一声："那你急什么？"

"在下怎么说也读完了百册医书，行医看诊数千人，如何不够格？"他犹自愤愤。

就这点东西，连他这个半路出家的大夫都做到了。

李景乾眼眸半合，对他失去了兴趣，挥手就让司徒朔过来接着问，自己去旁边坐着，一边听，一边喂水池里的鱼。

这鱼是圣人刚赐的，也不认生，给点食就在他跟前挤成一团。

他漠然地看着，觉得有的人还不如鱼。鱼有吃的就会转着圈来回争，有的人一旦游走了，把水池抽干都未必能让她低头。

正想着，门口突然传来一阵喧哗。

李景乾有些不耐烦，抬眼就看谁不想活了，连他的府邸都敢闯，却见一袭绛纱海棠裙摇曳着迈上了走廊的台阶。

他微微一怔。

宁朝阳的脸还是一如既往地明媚动人，她一边走，一边与旁边的江大寒暄："大哥的病可大好了？最近在吃什么药？"

江大被她这话挤对得有些无地自容，手上一松，她就走得更快，越过假山，穿过小院，径直朝那头坐着的沈晏明而去。

他下颌紧了紧，松手，一把鱼食掉下去，砸得锦鲤四散一瞬，又重新回头扑食。

"宁大人，"司徒朔被她吓着了，"您这是？"

"花贵妃病重，在下奉淮乐殿下之命，特来请沈御医回宫。"宁朝阳说着，将令牌往司徒朔面前一晃，然后顺势就往袖子里塞。

有人倏地捏住了她的手腕。

宁朝阳一愣，回眸看去，就见李景乾居高临下地看着她，手指一动就将她的令牌给夺了去。

"凤翎阁的腰牌，"他翻看了两下，眼尾挂上讥诮，"什么时候也能充作淮乐殿下的信物了？"

宁朝阳眼皮微跳，把牌子拿了回来："出来得匆忙，许是拿错了。"

"东西拿错不要紧，事情可不要记错才好。"他似笑非笑地睨着她，"花贵妃当真病重了？"

"此事难道还能有假？"

自然有，他就曾经假传过这消息，才将淮乐从仙人顶引了回去。李景乾抿唇，然后抬腿，自然而然地挤进了她和沈晏明中间。

宁朝阳后退了半步："侯爷？"

"宁大人的反应比本侯想的要快上许多。"他皮笑肉不笑，"程又雪应该刚刚才把名册交给你，你怎么就知道我扣了人在这里？"

太平村抚恤粮出了大纰漏，按照章程，他应该去查知州知县以及当地的里正。但巧的是，他身边的将士里有人就来自太平村，一问便说出了沈晏明的名字。

他这是运气好，但宁朝阳身边分明什么人也没有。

"侯爷在说什么，下官听不懂。"她眼观鼻、口观心，"堂堂将军府，怎么会平白扣下一个御医呢？"

"宁大人这话问得好。"李景乾轻轻拊掌，转头看向自己身后，"不如让沈御医自己解释解释？"

方才司徒朔问了他一些话，沈晏明已经知道了自己为什么会坐在这里。他脸色有些难看，手上拳头攥紧又松开。

"朝阳，"沈晏明道，"你先走吧。"

走？宁朝阳抿唇。

抚恤粮之事，淮乐殿下沾上尚且要掉两层皮，更遑论他一个虚衔三品的御医。

她不能让他死。

"怎么，刚刚跟司徒军师都能狡辩两句，眼下见了宁大人，倒是不会说话了？"李景乾睨着沈晏明。

他语气很是轻松，似乎只是在打趣，但神情却是冷漠甚至慑人的。沈晏明被他盯着，牙关紧咬，半晌也没能说出话来。

等得有些不耐烦了，李景乾朝他走了一步。就在此时，身后的人突然开口："沈御医不善言辞，不如由下官来替他交代吧。"

李景乾停下步子，缓缓转身，有些不可置信地看向她。

面前这人负手而立，嘴角有些僵硬，但也只僵了一瞬，就从容地继续往上勾："有些事情，下官可能比沈御医更清楚些。"

"宁大人可知道自己在说什么？"他想嗤笑，嘴角却抿成了线。

替沈晏明交代，意味着她自认与沈晏明同罪。凡沈晏明所涉之事，也都有她的参与。

就是亲兄弟，也不可能这么给人作保。

"回侯爷的话，下官清楚。"她微微颔首，目光坚定，"事关抚恤粮，下官想让侯爷知道最完整最详细的来龙去脉。"

"你先前并未主动与本侯说这些。"他半合了眼皮，捏得指节脆响两声，"现在倒是知道说了？"

宁朝阳摇头："下官并非刻意隐瞒，而是直到今日才想明白了一些事。"

说着，她抬步就走到司徒朔旁边坐下，道："冒昧请问军师，方才与沈御医聊到哪儿了？"

司徒朔略为顾忌地看向自家侯爷。

按理说，有人提供更多的线索是好事。但侯爷漠然地站着，眼神阴沉晦暗，似是动了怒，他一时也拿不准该不该说。

一片沉默之中，沈晏明突然出了声："司徒大人方才问我关于太平村修祠堂之事，我说我不知道，实则是知道的。"

宁朝阳抬眼看他。

沈晏明低头坐着，双手都捏得发白："我得封三品官衔的那日，摆了烧尾宴，太平村的里正远道而来，给我送了一份厚礼。"

村里头一次出这么高品阶的官员，里正送礼庆贺也是正常，但除了送礼之外，里正还跟他提了要兴修祠堂。当时沈晏明正高兴，想也没想就点了头。之后，太平村里正便开始每年都给他送一份生辰贺礼，且价值不菲。

先前宁肃远也说了，大盛官员的俸禄是出了名地微薄，有此一笔收入来补贴家用，沈晏明没有拒绝的理由。他觉得这不算受贿，毕竟自己没有因为收礼而替人做任何事。

可是刚刚，司徒朔说，有人告他鱼肉乡里、贪墨抚恤粮。沈晏明觉得很冤枉，他什么也没做、什么也不知道，甚至觉得是不是李景乾看不惯自己，要寻个由头来定他的罪。

宁朝阳听得闭了闭眼，她深吸一口气，努力平静地问他："你可有给那里正任何信物？"

沈晏明摇头："信物是没有，但他每年都给我送贺礼，我总也要回上一两样东西。"

"都回了什么？"

"有一幅我写的字，还有一块我的长生牌。"沈晏明道，"那里正说这些就是好东西，抵得上千金。"

这便是了。

宁朝阳转头看向李景乾："侯爷，据下官所知，瞿州一带常有乡官借着各种名头修建祠堂，然后挨家挨户地收'工土钱'，少的两三月收一次，多的每月都要刮一回。沈大人送出去的字画和长生牌，此时恐怕就被供在太平村的祠堂里，然后里正以此为由，让村民缴更多的'工土钱'。"

李景乾面无表情地听着，墨眸含讽："按照宁大人的说法，沈御医既不知情，那就算从中享了好处，也是一身清白，毫无罪名？"

"下官并无此意。"

"那宁大人是什么意思？"

宁朝阳有些莫名："侯爷，下官还未说完。"

李景乾抿了抿嘴角。

司徒朔发现了，自家侯爷平时都是很冷静的，可一旦遇见这位宁大人，他就极易动怒失态。

他连忙起身去将人请过来坐下，轻声安抚："您多听一会儿也无妨。"

李景乾拂袖坐下，左边是宁朝阳，右边是沈晏明。

宁朝阳接着道："先前在凤翎阁时，下官就在想，兵眷登记造册是要人亲手画押的，下头到底谁有这么大的本事，妄造名册还能过了县上的复核。直到有人告诉下官，沈御医也出身太平村，下官突然就想起那边的一些风俗——修祠堂、缴'工土钱'。可经常缴钱，总是有人家会穷得缴不出来，这时候若不想背井离乡，那就得写下欠条。村民里识字的人少，给欠条画押时极有可能被蒙骗，在兵眷记册上按下手印也全然无知。如此一来，凤翎阁即使按照名册发放抚恤粮，也未必都能真的发到兵眷手里。错不在凤翎阁，也不全在沈御医。此乃大盛蚁穴之患，还请侯爷明察，惩奸除恶，还百姓们一个公道。"

沈晏明愕然地看着她，眼里神色很是复杂。

很多时候，他都觉得宁朝阳心里没有自己，拒绝他的求亲，对他视若无睹，对从前的两小无猜之谊只字不提。可有时候，尤其当他有危险的时候，宁朝阳又总是不顾一切地想救他。

为什么呢？

李景乾冷笑了一声，道："宁大人巧舌如簧，的确是比沈御医更适合来回话。"

宁朝阳看着他，等着他的"只是"。

"只是……"他抬眼看她，目光疏离冷淡，"这一切能说通的前提是沈御医没有撒谎。"

沈晏明回神，皱眉笃定地道："我不会对她撒谎。"

宁朝阳也点头："他说的应该都是真的。"

瞧瞧这青梅竹马的默契，瞧瞧这对彼此之间的信任和了解！

很好。

李景乾都想站起来给他们鼓掌了。

"既然如此，那二位都请吧。"他抬手。

沈晏明疑惑："去哪儿？"

"自是去御前。"他和蔼地道，"这么动听的话，怎么能只让本侯听见？该说给陛下听才是。"

然后看看是二位的感情硬，还是午门外的斧头硬。

李景乾觉得，自上次掉下仙人顶之后，自己就冷静了许多。他一开始接近宁朝阳就是有目的的，就算后来相处久了心念有些动摇，也多半是因为自己没见过几个女人，一时好奇。

他有自己的事要做，她也并非真心待他，那一拍两散就得了，也没什么大不了的。往后她再喜欢谁、再与谁在一起，都跟他没有关系，但——

沈晏明除外！

他一看见这个人就觉得碍眼。宁朝阳骗他、把他当成替身，他凭什么还要成全她和她的心爱之人？

想到这里，他的火气噌噌噌往头顶蹿，血涌得手心都发烫。他恨不得直接把沈晏明拎起来扔到旁边的池子里去喂鱼，但面上还不能显露出来。

宁朝阳很会通过神情揣度人心，他不能让她那么得意。

他压着火气站起身，抬步就要走。

"侯爷。"宁朝阳抓住了他的衣袖。

李景乾身子微微一滞，停下了脚步。他侧眸低眼，冷淡地问："宁大人还有何指教？"

"指教不敢当，"她抬眼望着他，"下官就是想试着与侯爷下个军令状。"

"什么？"

"侯爷久在边关，身边想必没有熟悉瞿州官场之人，"宁朝阳道，"下官可以为侯爷效劳，只用十日，此案的所有人证物证来龙去脉就都能送到侯爷的手里。"

瞿州官场水深，不是他一个武将可以应付的，而她熟门熟路，又知道哪些人好用，有她在，他事半功倍。

李景乾瞥见她脸上那笃定又自信的神情，明明灿灿，仿若朝霞。

他忍不住问："你若做不到呢？"

"若做不到，"她抿唇，"下官愿意与沈御医一起入狱。"

好。

很好。

说来说去就是想保沈晏明，为此不惜付出一切代价。

李景乾笑了。

原来宁大人不是全然没长心，也并非只把感情当消遣，她只是对他才会那样。而对沈晏明，她恨不得把命都豁出去。她着急慌地赶来他这里，不过是怕他把沈晏明提去公堂上审。因为就算沈晏明真不知此事，也逃不开一个受贿和助纣为虐的罪名。

"你想从我这里将这案子截下来，若能查到具体犯事的人，便先将他摘出去，是不是？"他问。

宁朝阳大方而坦荡地点头："是。"

他眼神晦暗，漫不经心地收拢袖口："倘若我不答应呢？"

"那下官就再想别的办法。"她弯眼微笑。

这么大的决心，这么好的态度，换成旁人来，定是要答应的。能给宁大人一个人情，又能不费力气地快速了结此案，简直是一举多得。

但李景乾看着她，只道："祝大人好运。"

旁边的司徒朔欲言又止，止了又言："侯爷，您这……"

您这赌的是哪门子的气啊？

宁朝阳倒不是很意外，她只得体地颔首："如此，那下官便不打扰了。"

她说着起身，与沈晏明道："去牢里别嘴硬，人家问什么，你最好就答什么，保命要紧。"

沈晏明怔怔地看着她，张口似乎还想说什么。

她笑着凑近他些，语气陡然森冷："不要给我添乱！"

沈晏明沉默。

宁朝阳后退两步，脸上重新挂起笑意，转身朝李景乾屈膝行礼，而后便大步离开了将军府。

其实按照正常的发展来说，李景乾会答应她，就算不马上答应，再分析分析利弊也是能成的。但她莫名就是懒得说了，这里行不通，就去走刑部的路子，不过是再曲折些，没什么大不了。

刑部的黄厚成是个假清高，装得一副两袖清风，实则是见钱眼开，宁朝阳以前不爱同他打交道，但这一回有求于人，她也只能打起精神应付。

"要拿走上京镖局？"许管家站在主院里，满眼都是震惊，"这黄大人的胃口是不是也忒大了些，不怕噎死吗！"

宁朝阳沉着脸捏着茶盏，一时没有说话。

沈晏明这个事听着不大，但要真赶在风口上触怒龙颜，丢命也就是圣上一句话的事。且真到那个时候，她将没有任何办法改变局面。

黄厚成开的价钱是很过分，但他不但能暂时压下沈晏明的案情不上禀，还能在必要的时候开门放沈晏明走。

也就是说，一个镖局买沈晏明一条命。

"真贵啊。"她忍不住唏嘘。

上京镖局是她两年前很艰难地建立起来的，光打通所有关系就花了极多的心思，更别说其他的投入。眼下这镖局也是她进账的大头，一下子给出去，她也很肉疼。

许管家抱着账本，眼泪都快下来了："大人要不再跟人家商量商量？或者，再去求求定北侯？老奴总觉得他或许会……"

"许叔。"宁朝阳轻声打断他。

许管家怔然抬眼，就听自家大人道："如果可以，我不想再看见他。"

若非沈晏明在他手里，今日她也不可能会登他的府门。开口商量已经是极限，真要屡次去低头，那她不如跟沈晏明去坐大牢。

许管家后知后觉地反应了过来，他抹抹眼泪，抱着账本道："那老奴去安排让渡事宜。"

"嗯。"宁朝阳点头。

许管家提灯走了，主院里慢慢归于黑暗。

宁朝阳抬手拦住了欲点灯的丫鬟，自己安静地坐在黑暗里，认真又仔细地想着眼下的所有事。

良久之后，她唤来了小厮："把这个交给宋蕊宋大人，让她替我跑一趟。"

"是。"

偌大的宁府漆黑一片，上京的别处却是灯火通明。六子神色复杂地跨进门槛，站在李景乾身边唤了一声："将军。"

李景乾神色恹恹地望着窗外道："怎么？"

"上午您吩咐小的找人去瞿州探听情况，当时小的觉得为难，因为那地界小的实在不熟，能打听的消息也有限。但方才，小的得到了一封重要的举荐信，有了它，县乡之下的事，小的都能替将军查清。"

李景乾终于回了头："走的什么大运？"

六子苦笑："小的也希望是走大运，但这信却是宋蕊大人送来的。"

第十四章

一些真相

宋蕊，宁朝阳身边唯一的执事官。她是不可能会帮六子的，能写举荐信的只有宁朝阳。

李景乾沉默了一会儿，然后冷笑了一声。

"你看她，"他垂眼，"一遇见沈晏明的事，便理智也没有了，利弊也不看了，满心都只想着怎么能让他脱险。"

原本能与他谈条件的东西，她竟是拿来直接给了六子，只为沈晏明能早些出来。

六子长叹了一口气道："宁大人冷血无情，待人严苛，小的也是不喜她的。可在沈御医的事上，小的对她倒是有几分敬佩。"

"敬佩？"李景乾满眼嘲讽，"敬佩她不长脑子？"

难得见将军这么挤对人，六子诧异地看了他一眼，想了想，然后问："将军是不是不知道宁大人与沈御医之间的渊源？"

这能有什么不知道的？他漫不经心地道："青梅竹马，两小无猜。"

"一开始是这样，"六子道，"但自宁大人做了女官起，他们便闹得水火不容了。"

"不就是凤翎阁与青云台的立场之争？"他恹恹地道，"无甚新鲜。"

"谁同将军说是这个原因？"

"难道不是？"

六子摇头，严肃道："是因为萧北望萧大将军。"

李景乾眼皮微动。

"萧大将军当年功盖一方，却不知为何触怒了龙颜，群臣进谏了数日，好不容易才将大将军给保了下来。可就在那时，宁大人突然上了一道奏表，列数了萧大将军多桩罪名，桩桩件件都写得令人发指。圣人就阶而下，名正言顺赐死萧大将军的同时，也让淮乐公主重用了宁大人。宁大人因此而平步青云，也因此与沈晏明彻底决裂。"

李景乾抿唇："这跟沈晏明有什么关系？"

"萧大将军出身乡野，有一个同父同母的姐姐，嫁在太平村，生了沈晏明。"六子道，"换句话说，萧北望是沈晏明的亲舅舅。"

从小一起长大的玩伴害死了自己的亲舅舅，也害得萧家家破人亡，这梁子一结下，沈晏明岂能不与宁朝阳翻脸？

李景乾慢慢坐直了身子："萧大将军一家获罪，没有牵连沈晏明？"

"牵连了，连同他的妹妹沈浮玉也一起牵连了。"六子道，"原本这两人都是要被流放的，但宁大人苦求淮乐殿下三日，以终身听用为代价，为沈浮玉求了女官之职，也为沈晏明在御医院挂了名。"

大盛有规，官身不流放，若是犯罪，要么先去掉官身再罚，要么就改判别罚。于是最后沈家两兄妹认了银罚，缴纳了两笔银子，便各自留在了上京。

李景乾茫然地看着六子，像是一时没有反应过来。良久之后，他才轻声问："六子，宁朝阳带沈晏明骑过马吗？"

这是什么问题？

六子很不解，但还是答："小的平时没有一直跟着宁大人，他二人相处的细节小的不甚清楚。只一回，小的撞见过宁大人带沈晏明在街上策马。"

那是沈晏明刚被宁朝阳从牢里接出来的时候。沈晏明不愿意跟她走，但宁朝阳又不放心他自己乱闯，于是便将人强行捆起来横放在马背上，带着从城西的大牢跑到了城东的医馆。

"宁大人骑术不错。"六子评价道。

方才还懒懒散散的定北侯，眼下不知怎么就站了起来。他绕着屋里的桌子走了两圈，又回到他跟前问："那燃灯呢？有人说，宁朝阳为沈晏明燃过几百盏明灯。那么大的动静，你该是知道的。"

六子点头："这个小的的确知道，不过那些灯不是宁大人买的，而是沈御医买的。"

害死自己舅舅一家的人又救了自己，这样矛盾的心情，沈晏明也不知如何是好。宁朝阳喜欢亮亮堂堂的东西，所以他花了自己所有的积蓄，买来了几百盏孔明灯。尴尬的是，他一个人无法同时点燃那么多灯。

宁大人倒也不与他计较，自掏腰包雇了几百个人来放灯。

当那些灯如萤火一般浮满整个天际时，她说："你我自此两不相欠了。"

当时六子就在旁边点灯，他听得很清楚，现在还能把宁大人那冷漠又释然的语气与他完全学出来。

李景乾听得愣怔，想摇头又皱起了眉："那她去那里做什么，还赏了人翠玉扳指？"

"您说华年大人常去的那家店？"六子道，"小的当时就觉得与您有关，所以特意让人去查探了。听说宁大人点了好几个与您身材相似的小郎君，看了他们的上身。"

"上身？"他黑了脸。

六子点头："现在想来，宁大人应该是那时候就已经察觉到不对，您常年习武，身段与寻常人自是不同。小的也想提醒您，但当时小的已经是自身难保。"

不过也不知道宁大人是怎么想的，那么聪明的一个人，看见这么大的疑点，竟还是选择了相信江大夫。

六子唏嘘道："情字误人，连宁大人也难逃其外。"

胸口像有什么东西猛地捶了一下，李景乾指尖一胀，浑身的血都跟着汹涌沸腾。他艰难地咽了咽唾沫，眼神渐渐变得惊慌失措。

无数画面纷飞起来，像桃花瓣一样在他面前铺散开……

"都没试过，你怎知我不是真心？

"我不可能接受苦药，一辈子都不可能。但我喜欢熬药的人，一眼看见就喜欢。

"我以前总想着，荣华富贵都是我凭本事赚来的，所以一朝得势，我只想自己观这盛景。但现在，不管什么美景，我都想跟你一起看。"

她拉着他的手站在仙人顶上，任由烟火在自己身后愉悦地炸响。一轮又一轮，璀璨夺目，映得她的眼眸也明明亮亮，光华无双。

"我可能当真很喜欢你。"她说。

李景乾喉间微紧，下意识地想伸手。

可画面一转，他看见一身铠甲的自己站在长安门下，皮笑肉不笑地朝她颔首问安。宁朝阳那明明亮亮的瞳孔分明紧缩了一下，而后，整个人才终于一点一点地灰暗下去。

当时的宁朝阳在想什么呢？

李景乾试想了一下。

自己看上了一个人，百般待她好，说是外室，却分明将她养在府里，给她账房对牌，给她医馆药材，陪她看风看月，带她赏遍上京。如此种种，求的不过是她心甘情愿与自己厮守。

而她，假意逢迎，实则卧底，打探完消息后诈死，以此离间自己与自己效忠之人，反手再风光回朝，站在几千人面前等着他崩溃。

他不适地皱起了眉。

"宁大人一开始其实不知道该怎么对人好。"六子还在说，"她连最基本的讨人欢心都不会，还是华大人和秦大人在凤翎阁里闲了就教她几句。"

从买狼毫笔到给他开医馆，她学得很认真，做得也很到位。

李景乾恍然想起来，宁朝阳从小就没被爱过，自然不懂怎么去爱别人。她一心想往上爬，也不过是因为不安。生病时无处可去是因为不安，戒备心强待人冷漠是因为不安，就连喜欢亮亮堂堂的东西也是因为不安。

没有人能保护她，所以她只能自己变得更厉害；不想再被伤害，所以她就不期待任何人；身边没有贴身丫鬟，也没有伴侣，她就待在光亮些的地方——办法总比困难多嘛。

可是，就是这样一个人，竟肯带伤站在夜风里，捧着锦盒，眼眸璀璨地问他："小郎君，定情信物要不要？"

李景乾时常觉得宁朝阳在骗他，她从一开始就是一副吊儿郎当、漫不经心的样子，嘴里半真半假，待人忽近忽远。

可是眼下当真回头看，他才发现骗人的一直只有他自己。

她已经把所有能给他的都给他了。是他没好好接住，不但没接住，还将它揉碎了、掰烂了，踩在地上，然后笑着说她压根儿没有真心。

想起她曾经亮如星辰的双眼，再想起今日她来见他时的疏离冷淡，李景乾突然觉得很难受。

"六子，"他哑声问，"你们宁大人，好哄吗？"

六子茫然地看着他，然后摇头："没人哄过，小的不知道。"

沈晏明爱她又恨她，没有哄过她；宁肃远欺她又怕她，也没有哄过她；在众人眼里，宁大人冷静理智，不需要人哄。所以宁朝阳这十几年来唯一一次被人哄着，可能是在江大夫给她喂药的时候。

李景乾忽然觉得胸口堵得缓不过气，闭了闭眼。

良久之后，他对六子道："你替我去给她传话，就说她今日的提议，我答应了。"

六子点头："小的明儿一早就去。"

"不，就现在。"李景乾摇头，想了一想，干脆自己起身，"陆安，备马。"

"侯爷？"陆安一脸莫名，"外头已经宵禁了。"

上京坊市有规定，从亥时末宵禁至丑时末，任何人不得外出，违者提醒三次之后，可当盗贼射杀。且坊市之间大门已落，就算他乘麒麟顶的马车强行夜闯，也无法离开宁义坊去到宁府所在的平宣坊。

李景乾僵硬地坐回了椅子里。他试图让自己平静下来，可指尖颤得厉害，差点儿将上头戴着的白玉指环给抖落下来。

"这是怎么了？"陆安小心翼翼地退出去，问六子。

六子想了想，道："侯爷可能有点喜欢宁大人。"

"就这？"陆安没好气地翻了个白眼，"我在宁府的时候就看出来了，是什么稀罕事不成？"

六子震惊地看着他："将军不是说只是逢场作戏？"

"我一开始也信。"陆安撇嘴，"但只要你跟我一样见过他从棺材里爬出来时的怨恨模样，就断不能信侯爷这鬼话。"

其实先前遇上宁大人，侯爷有很多次机会都是能脱身的，他完全可以换一个人来替代自己，不用假死，还能一直留人在宁朝阳身边当卧底。

可他不愿意，说什么都不愿意。当时军师和自己还觉得他只是一心想救胡副将，不想冒任何风险。后来陆安才发现，这人是不愿意任何人像他一样亲近宁朝阳。

他口口声声抱着目的而来，醋劲倒是比谁都大。

陆安打了个哈欠，道："就这点事那我就不管了，先睡觉去了。"

那好像不止一点事，可他们确实也帮不上忙。

六子想了想，也决定先去睡觉。

第二日一大早，宁朝阳就与黄厚成派来的人一起去了镖局。

签字画押，落印无悔，她站在大堂里，平静地看着家奴拆下自己的字号，搬走属于自己的东西。

"东家，"镖头很是惶恐，"好端端的，怎么一夕之间？"

"是我行事匆忙了些。"宁朝阳与他颔首，"后续会有人来交接，我与他们谈过了，你们现有的位置和月钱都不变，只是换一个东家。"

镖头皱眉，又问："东家可是在别处开了新镖局？我们也可以过去。"

"现在还没有开，"朝阳笑了笑，"往后等我能开了，一定来接你们。"

"一言为定！"十几个闲着的镖师都围了过来，与她伸手碰拳。

"一言为定。"她轻声应下。

最后一箱东西搬出去，宁朝阳头也不回地跟着上了车。

爱别离，怨憎会，世间多有苦楚，但这些于她而言已经算不得什么了。情绪低落也不过一炷香的时间，再下马车时，她又是无坚不摧的宁大人。

宁朝阳笑着踩上凤翎阁的台阶，然后就遇见了一脸阴沉的李景乾。

她脚步一顿，微微眯眼。

昨夜让宋蕊送举荐信给六子，为的不过是让六子能帮他快点把案子结了。按理说是对他好的，就算略显冒犯，应该也利大于弊，这人至于一大早过来堵门？

真是晦气！

宁朝阳僵硬了片刻，脸上迅速挂上得体的笑容："定北侯爷大驾光临，不知又有何指教？"

"你把医馆关了？"他省去了寒暄，直接开门见山。

宁朝阳笑意一顿，接着就更加灿烂："是呀，昨儿瞧着是个黄道吉日，宜驱邪避灾，下官就择日不如撞日了。"

将镖局让出去，她实在损失惨重，就没必要再开着那个不赚钱只为人开心的医馆了。

利用她、算计她，连死都是为了在她胸口再补一刀，这样的人，应该是不曾将她为他开的仁善堂放在眼里的。

但也不知怎么，听见她的回答，定北侯垂下眼帘，嘴角微微抿平，瞧着竟有点……难过？

宁朝阳觉得自己可能是没睡好，眼睛花了，大白天的竟看见猫来哭耗子了。

她皮笑肉不笑，道："侯爷，若无别事，那下官就先进去了。"

"等等，"李景乾缓过神来，抬眼看着她道，"我已经让人去牢里接沈晏明了，按照你先前说的，我可以替你保下他。"

宁朝阳微微一顿，神色古怪地看了他一眼。

传闻里的镇远统领军、大名鼎鼎的定北侯，不是一向做事果断，绝不拖泥带水的吗？昨儿拒绝她那般干脆，今儿这唱的又是哪一出？她丝毫不觉得感动，只觉得这人可能又盘算了新的坑害她的主意，当下就拉开了与他之间的距离。

"不必了，"她道，"多谢侯爷费心。"

李景乾捏了捏手指："你，不想救他了？"

"想。"她微笑，"但侯爷的人情下官还不起，思来想去还是另择别路更为妥当。"

话说到这个分儿上，识趣的就该给她让路了。但宁朝阳瞧着，眼前这人竟依旧站着不动，如同一尊高大的石像，沉默而慑人地矗立在台阶上。

她揉了揉自己仰酸了的脖颈，从容抬腿，从他身边绕了半圈，头也不回地进了后头的凤翎阁。

大门只开着一条缝，远看是安静而肃穆的，但一进去，宁朝阳吓得眉心都跳了跳。

"你们在做什么？"

乌泱泱的一群人都挤在门后，看见她来了，竟也不害怕，一双双眼里盛满了兴奋。

"宁大人，您不愧是咱们凤翎阁的头把椅，对着定北侯爷都敢甩脸色，厉害！"

"该，让他前日在朝堂上帮荣王说话！"

"可侯爷是来做什么的？我瞧着一大早他就在那儿守着了。"

里头传来叽叽喳喳的议论声，再大些就要被外头的人听见了。

宁朝阳沉了脸色，不耐烦地抬手指了指内阁的方向。一群女官登时噤声，乖乖排成两列跟着她往里走。分明都是与她年纪相仿的姑娘，也不知道她们为何会这般活泼好动，哪里有热闹都要伸个脑袋去。

宁朝阳摇头，上二楼看见年长些的女官们正八风不动地低头看卷宗。

这才对嘛！她舒坦地松了口气，接着就走去秦长舒身边，想看她在跟哪个案子。然后她就看见了一份凤翎阁小书，最大的一栏上写着：呜呼！定北侯清晨堵门为哪般，是公事的争辩还是私事的纠缠？下注请寻至沈大人文案旁，买定离手，当天结算。

宁朝阳满头问号。

秦长舒察觉到身边来了人，袖子一抖就将小书换成了卷宗，再装模作样地抬头："昨儿的案子我已经……"

对上这人不太友善的眼神，秦长舒噎住，心虚地伸出手挥了挥："宁大人早啊。"

"不早了。"宁朝阳扯了扯嘴角，"秦大人下的是公事注还是私事注啊？"

"瞧你说的，我们共事两年多了，我哪能拿你的事赚银子呢？"秦长舒一脸正直。

"哦……"宁朝阳感动地颔首，然后问，"押私事赢了能赚几两？"

"十两。"

秦长舒嘴比脑子跑得快，答完才意识到不对。

宁朝阳拂袖就走，越过华年的位置，拂过程又雪的长案，一巴掌就拍在正在数银子的沈浮玉面前。

"为的是公事，"她皮笑肉不笑地道，"结算吧。"

身后传来一声秦长舒的哀号："朝阳，你不能不讲理，他在仙人顶上看你的眼神那可不一般，怎么能是公事呢？"

华年闻声就笑："秦大人糊涂啊，堂堂定北侯，若真为私事一大早来咱们凤翎阁，那传出去岂不是荒唐？"

"程大人押的什么？"宋蕊好奇。

程又雪皱着小脸："私事。"

"你又是为什么？"华年纳闷儿。

"我就觉得侯爷对宁大人好像不一样，"她咽了口唾沫，小声道，"侯爷待旁人虽也有礼，可轻易不靠近，也不多话，整个人冷冰冰的。但刚刚跟宁大人站在门口时，他瞧着不但有了人味儿，还有些手足无措。"

手足无措？谁？李景乾？

宁朝阳倏地冷笑道："你有空不妨去看看眼睛。"

程又雪脑袋一缩，当即不吭声了。

沈浮玉乐呵呵地结算了各位的赌注，算了一下，自己还净赚五十两。

她包起银子，破天荒地一把塞进了宁朝阳的怀里。

宁朝阳不解："做什么？"

"没什么，太沉了不想拿，所以给你好了。"沈浮玉摆手。

以往这人一看见自己都是要开口吵架的，今儿太阳打西边出来了？

她掂了掂银子，满脸莫名。

"你其实已经救过我和他一回了，"沈浮玉转身，有些别扭地道，"早就不欠什么了，用不着还过意不去。"

宁朝阳微微一顿，没好气道："你哪只眼睛看我过意不去了，我做的都是忠君之事。"

"是是是。"沈浮玉撇嘴，拎起她的文卷就吆喝，"蒋林，随我去一趟户部。"

"来了大人。"

绛色的官袍一扬，眨眼就消失在了门外。宁朝阳捏着银子站了一会儿，垂眼将它塞回了沈浮玉桌下的箱笼里。

一个镖局而已，她还没到缺银子的地步。不过，今日的沈浮玉看起来似乎比先前要顺眼不少。

她拢袖回到自己的长案前，开始细阅最近上京衙门里积攒的疑难案卷。晌午就在阁里用膳，下午又继续伏案。

眼看日近黄昏，宋蕊突然跑来与她道："大人，您今早交代的过名之事好像不太顺利。"

一般的铺面易主流程都很简单，但她这个是镖局，得经过上京户部、兵部等好几个地方的审阅。

宁朝阳听着，也没太当回事，毕竟是黄厚成想要的东西，他人脉那么多，会自己想办法的。可是，当她忙完准备回府的时候，宋蕊却又跑来了。

"大人，"她道，"卑职听说黄尚书在户部与人争执起来了，定北侯爷刚好在附近喝茶，就过去看了一眼。"

怎么哪儿都有他？

宁朝阳抿唇："然后呢？"

"然后，"宋蕊将一叠东西捧起来给她，"他们就让我把这些带回来给大人您。"

熟悉的纸张，上头还盖着她的鉴章和指印。

宁朝阳眼皮跳了跳。

黄厚成吃肉向来不吐骨头，肯把这些还给她，那想必是李景乾拿剑架在人脖子上威胁，抑或端着架子欺压。

不管是哪一种，黄厚成都不会把账算在李景乾头上，他只会算在她的头上。

这不是替她得罪人吗？

宁朝阳深吸一口气，拿过那叠文契就上车往户部走。她想过李景乾会将场面闹得很难看，也想过黄厚成会咬牙切齿地等着与她秋后算账，但真随着侍从踏上高楼，抬眼却只看见黄厚成喝高了，正双颊通红地抱着李景乾的胳膊，一口一个大哥。

"我为官这么多年了，从未遇见什么人像大哥这般照顾我！"

"大哥，我往后就跟您混了，您指哪儿，我打哪儿！"

"大哥您这话就见外了，咱们一家人不说两家话！"

聊到起兴处，黄厚成扭头看见了门口站着的她，当即嘴一咧："大嫂！"

宁朝阳谨慎地后退了半步。

李景乾瞥她一眼，抬手就按住了黄厚成的肩："叫宁大人。"

"宁大人。"他当即照办。

这场面，真是说不出来的怪异。

宁朝阳勉强扬了扬嘴角，犹豫了一下，还是走到黄厚成身侧低声道："大人可否借一步说话？"

黄厚成一听就摆手，然后指着李景乾道："这是我大哥，我亲大哥，有什么是他不能听的？"

宁朝阳嘴角抽搐，道："如果在下没记错，大人比定北侯年长十岁还有余。"

这声大哥，他是怎么好意思叫出来的？

"嘘！"黄厚成给她做了个噤声的手势，醉醺醺地道，"你不说，大哥不知道的。"

李景乾只是心狠，又不是眼瞎。

她放弃了跟醉鬼沟通的想法，转头看向旁边坐着的这人："侯爷？"

镖局转让的文契全在她手上这一叠东西里，连房契和地契都一并夹在了里头。

李景乾垂眸饮酒："这是黄大人自己的意思，与我无关。"

骗鬼呢，黄厚成是出了名的胃口大，已经吃下去的东西，哪里还有主动吐出来的道理？

她皱眉想反驳，却听黄厚成登时就道："大哥说得对，是我自己琢磨的，与宁大人共事也有两年了，一点小忙，何至于让大人重谢？"

小忙？那日答应她的时候，他分明还很勉强，说一旦被人发现就是掉脑袋的事，要她一个镖局不过分。可一转眼，竟又变成"小忙"了？

宁朝阳抿唇打量黄厚成，发现他脸上当真没有半点不情愿，甚至一脸欣喜。

她沉默了一会儿，而后起身："既然如此，那在下就不打扰二位了。"

只要黄厚成不记恨她，别的事就都无关痛痒。

"宁大人。"李景乾唤了她一声。

宁朝阳不耐烦地皱眉，深吸一口气，又带着微笑转头："侯爷有何吩咐？"

"天黑了，我没有车驾，"他微微抿唇，"可否劳烦大人送我一程？"

废话，当然是否。

她张嘴就想拒绝，黄厚成却跟着点头："送送吧，外头路黑，我大哥不好走，有劳宁大人了！"

宁朝阳闭了闭眼。

风吹着酒气弥散到了街上，她冷脸走下楼梯，大步迈上了车辕。李景乾跟在她身后，走到车边却停了下来。

"怎么？"她倚在窗边看他，"需要在下给侯爷拿个小凳儿？"

他没吭声，兀自站在那儿，眼里有一瞬的恍惚。

天上仿佛又飘起了细雨，明媚的姑娘倚在华车上，指尖葱白，神色慵懒。清瘦的大夫站在雨雾里，墨发松散，背脊孤直。

江亦川当时其实是故意的。

他故意痛打赵申，故意受伤，故意柔弱地站在那里惹她怜爱。因为不那样的话，他就不知道该怎么才能让她回头。

可那时候的宁朝阳还很好哄，哪怕刚刚还在生他的气，一转头看见他受伤了，便又心疼起来。

可眼下雨雾散去，月色无声，明媚的姑娘变成了冷漠的女官，依旧是倚在华车上看他，眉眼间却只剩下了防备和抵触。

李景乾垂眼，轻声与她道："大人若是不想与我共乘，那便借我一盏车灯即可。"

车灯怎么借？摘一盏下来给他？那待会儿车夫看不清路摔去哪儿了算谁的？

她满是不悦，正想让他赶紧上车，长痛不如短痛，这人竟拂袍往前，慢慢走了起来。

车夫会意，驾车跟在他旁边。

车灯盈盈，照亮了他前头的一段路。

宁朝阳把话咽了回去。她不知道昨晚到底发生过什么，但看得出来，李景乾对她的态度变了。有那么一瞬间，她甚至觉得看见了江亦川。

他背影挺直，墨发微扬，皦玉色的袍子在暗处恍然若白。她只看了一眼，就移开了视线。

变了又如何？她已经不稀罕了。

马车摇摇晃晃，不知在哪儿转了个弯，又继续往前走了。

宁朝阳没有察觉，她只摩挲着手里的房契和地契，思索着接下来该怎么做。

两炷香之后，车慢慢停下。

宁朝阳以为是将军府到了，转头就想与外面的人告辞。结果视线一转，她看见了自家宅院的围墙。

她皱眉问车夫："是我没有吩咐清楚要去将军府？"

车夫尴尬地转头，小声道："是这位，他……"

宁朝阳看向李景乾，他正在她车边望着前头仁善堂的方向，眼神有些晦暗难辨。

"宁大人，"他道，"人我替你保了，前头那医馆你能不能继续开着？"

"侯爷说晚了，"她遗憾地摇头，"里头的药材和布置都已经清拆，再重新布置要花很大的工夫。"

他皱眉："沈晏明不值得你花工夫？"

"非也。"宁朝阳笑着看向他，轻描淡写地道，"是这个医馆不值得。"

李景乾一怔。他转眸看她，试图解释仁善堂开得不错，即使没有日进斗金，但也算蒸蒸日上。可目光与她一对上，他觉得自己喉咙像被人扼住了。

宁朝阳说的是医馆，但又好像不止是在说医馆。

时辰晚了，平宣坊的灯一处接一处地暗了下去。

李景乾走到仁善堂前，抬头看了看门楣，发现宁朝阳当真不是在说笑。匾额拆了，门联拆了，半掩的门扉里空空荡荡，已经什么也没剩下。

不愧是她，做什么都雷厉风行，不留余地。

他沉默地抚了抚门弦，转身看着已经走到前面的马车，想上去跟她说声抱歉，想说若不是因为误会，他未必会选那种方式离开。结果话还没说出来，就听得前头有人欣喜地喊："大人，您回来啦！"

李景乾皱眉抬眼。

一片光在前头的角门处亮起，有个穿着白衣的小郎君站在光里，正雀跃地朝马车挥着手。他身弱如柳，眼波盈盈，干净又俊秀的脸上盛满了天真又纯粹的笑意。

哪来的玩意儿？

他戒备地停下了步子。

乍然出现个人，宁朝阳也茫然了一瞬，但她很快就想起来了，掀帘踩着车辕下去便笑："这两日忙了些，难为你还主动出来接我。"

"大人说的哪里话，我就是个外室，不主动些，难不成还等着大人来哄吗？"齐若白大方地道。

李景乾听得一惊，不悦地眯了眯眼。

前头的宁朝阳倒是很开心，站进那人提着的夜灯光亮之中，二话不说就与他摆手："侯爷慢走。"

"你……"

宁朝阳没再听他说什么，带着小郎君就跨进了门。

那郎君似乎没注意到后头还有个人，他只跟着宁朝阳，嘴里叽叽喳喳说个不停："许管家说大人怕黑，我想着这么晚了，四处不都是黑的？该提灯来接大人才好。大人肯定累了吧？我给大人炖了汤，就放在东院里。沐浴用的热水也已经烧好了，您现在去正好能用上。"

角门吱呀一声关上，那嘈杂的动静也渐渐远了。

李景乾站在门口，看着前头的光骤然消失，衣角只剩下夜间的凉风。

他有些不可置信。这才过去几日，这府上怎么可能就来了新人？

他快步转身，走向后头不远处牵着马的陆安，严肃地道："立刻着人去查，我倒要看看这人是何方神圣。"

陆安神色复杂地看着他。

"怎么？"他不解，"区区外室，我难道查不得？"

"自然查得。"陆安点头，"但不用另外派人，卑职就能回答您，那人叫齐若白，是仙人顶上的下人，前些日子由您亲自替他赎身，送到了宁大人府上。"

李景乾又急又气："我送她就收？"

那不然呢？陆安头一次对自家侯爷有了恨铁不成钢的感觉："人家身家清白，模样俊俏不说，还热情体贴，这样的人送上门，宁大人岂会不收？"

李景乾闭了闭眼。

他当时只是在赌，赌她心里没有放下自己，也不会那么快接纳别人。谁料这个小郎君这么会来事，给她提灯引路，给她烧水泡澡，还……还给她炖汤？

他深吸一口气，理智且认真地对陆安道："你去把人要回来，就说我不送了。"

陆安一滞，默默地往后退了两步："这个卑职恐怕不行。"

若是一般的府邸，他厚着脸皮说不定也就去了，但那是宁朝阳的府邸，半夜三更去抢人，与叫他去送死有什么区别？

李景乾咬咬牙，转身就想自己上前。

陆安拽住了他的胳膊。

"侯爷，"他叹了口气道，"您别再折腾了。"

"这叫什么折腾？"李景乾不悦地道，"我不过是知道自己错了，想改。"

"您是有错，但那些错是知道就能改得了的？"陆安摇头，"敢问侯爷，若重来一次，您可还会来上京救胡副将？"

李景乾脚下微顿，抿唇："会。"

"您再度阴差阳错地被宁大人看上，可还会产生利用她的心思？"

"会。"

"那么利用完她，您可还会继续留在她身边，一辈子隐瞒身份，只为与她厮守？"

"……不会。"

"您看吧。"陆安唏嘘摇头，"重来一次也不会改变的事，您就算说了抱歉，又有什么用？"

李景乾捏紧了拳头。他想反驳陆安，可将脑子里的话都搜刮了一遍，他也没找到哪句合适。

这段感情从一开始就不纯粹，他是，她亦是。只是后来谁都没能控制住，她对他心软，他亦动摇心神。

疙瘩打在最里头的地方，外头的情绪已经绕成了线团，怎么解？

风从他的墨发间拂过，在黑沉沉的街上打了个旋儿，吹向了明明亮亮的宁府。

宁朝阳坐在东院的椅子上，纳闷儿地看着面前的小郎君。

先前在仙人顶上，她瞧这人多才多艺，以为是个安静内敛的，没想到离开诗画笔墨，他竟像个转得停不下来的陀螺。

"大人饿不饿？要不要再吃点什么？晚上睡这儿还是主院？我用不用洗个澡？"

她有些哭笑不得："你嘴不干吗？"

齐若白摇头："我刚喝了茶。"

倒不是这个意思。

她轻笑抚额，道："我要回主院去睡，你自己挑个屋子住吧。"

"好。"齐若白眨眼问，"那我能挑院子里最大的那间吗？"

"可以。"

"多谢大人！"他欢呼一声，高高兴兴地就抱起被子出去了。

许管家有些尴尬地与她道："这小郎君年岁不过十六，难免跳脱些，大人若是不喜欢，老奴再找人来教他规矩？"

"不用。"宁朝阳摆手，"我只想知道他的家世背景如何。"

"这个好说，"许管家抽出誊抄的户籍并着一张身契，"老奴都看过了，他家祖祖辈辈都是耕读人户，没出过什么大官，家境一直清贫，他也是苦得过不下去了，才凭着诗画技艺做了卖唱之人。"

"确定查实了吧？"她皱眉。

许管家认真点头："确定。"

轻舒一口气，宁朝阳嗯了一声："那就好好养着他，月钱照给，也不必拘着。待他哪天想走了，告知我一声即可。"

"是。"

她起身往外走，路过花坛边的时候顿了顿，又若无其事地跨出了门。

第十五章

夏也有花，冬也有花

太平村的事查得很快，不到半个月，涉案的县官与里正等人就悉数被押解进京。

淮乐跪在圣人面前眼泪直流："父皇说的哪里话，儿臣岂会觉得委屈，儿臣只是心疼那些没领到抚恤粮的兵眷，家人已殁，锅中还无半粒米果腹，实在是令儿臣不忍。儿臣自请将城南的一处宅子变卖，换银钱来抚慰那些为我大盛尽忠的英魂！"

圣人心里本就愧疚，再一听她这话，当即就起身去扶她："是孤一时情急错怪了你，哪里会要你出银钱？"

"是儿臣失察之过！"

"底下州县的人层层欺瞒，就连孤也被蒙在鼓里，更何况是你。"圣人连连叹气，又拿出凤翎阁呈交的账册，"你差事办得很好，这账目很是清晰干净，莫说贪墨，怕是都没少自掏腰包。难为你了，扶摇。"

淮乐公主呜呜咽咽地哭着，拿上赏赐行礼告退，一出门，脸上瞬间就恢复了常态。

"朝阳，"她问，"长舒她人呢？"

宁朝阳行在她后侧方，低着头答："去了一趟吏部，眼下应该已经回凤翎阁了。"

先前被抚恤粮的事连累停职，如今水落石出，秦长舒不但官复原职，还得了陛下的赏赐。

"辛苦你了，"淮乐颔首，"若没有你劳心费力地往瞿州奔忙，此事未必能这么快了结。"

提起这茬儿，宁朝阳都生气。她本是好端端在上京待着的，也不知吏部那群人抽的什么风，愣是将她从殿下这儿借走，连夜派遣去瞿州。

她是自愿去的吗？她是没来得及跳车！

好在一切顺利，李景乾也如约放归了沈晏明，不然她说什么都得去吏部走一趟。

她心里骂着，面上却满是惭愧："这本就是下官的过失造成的后果，谈何辛苦。"

"已经过去的事就不必再放在心上了，"淮乐轻笑，又侧身看她，"长了记性就好。"

两人这边正说着，那边又是一群人乌泱泱地往御书房而去。宁朝阳抬头，正好看见走在最前头的李景乾。

有十几日没见了，这人瞧着竟更阴郁了些，被一群人围着脸上也不见笑，盔甲的束腕绑得很紧，露出手腕上瘦得凸起的骨头。

他也瞥见了她们，似乎想停下来与淮乐见礼，但常光拥着他，二话不说就往前走："侯爷快些，不好让陛下等急了。"

李景乾皱眉，又朝她们这边看了一眼，才继续往前走。

淮乐殿下看着这群人的背影，微微一笑："扶光是把他当救命稻草了。"

李扶光，荣王殿下之名讳也。

宁朝阳微笑："殿下如日中天，他着急也是情理之中。"

原本荣王还想借着抚恤粮的案子踩淮乐一脚，谁料圣人突然改变主意，将案子给了李景乾。李景乾查得迅速又漂亮，还将淮乐和凤翎阁完完全全地摘了出去。

其实中间他是完全有机会攀扯凤翎阁的，皇后甚至多次与他暗示，连人证和物证都替他准备好了，李景乾一个都没用。

淮乐看着看着，突然对宁朝阳道："你其实也未必全然是输的。"

宁朝阳不解地抬眼。

淮乐殿下却没继续往下说，只转眸又笑道："这次的婚事，你可不能再给秦长舒搞砸了。"

"殿下放心，"她道，"这回微臣身边的人是真真的乖巧懂事又听话。"

齐若白不懂什么权势争斗，也没有什么心机算计，他每天在那院子里除了吃就是睡，偶尔兴致好了，就给她写信。可惜这一趟瞿州她去得快回来得也快，信还没寄到，人就已经站在了大门口。

齐若白深感挫败，却又兴致勃勃地问她："那我可以从东院给主院送信吗？"

"可以。"她点头。

于是刚回上京的第一晚，宁朝阳就收到了这个少年人的来信。

宁大人：

展信佳。

花坛里的药草都枯死了，可以换种茉莉与山茶吗？

如此，便夏也有花，冬也有花。

宁朝阳觉得他也很有意思。

她喜欢单单纯纯、干干净净的人，连装出来的都喜欢，就更别说这种货真价实的。所以当秦长舒补办自己的婚礼时，宁朝阳包了个很大的红封给她，顺便把齐若白也带去了。

沈浮玉老远就看见了她，当即翻了个白眼："你这换人的速度都快赶上华年了。"

宁朝阳哼笑："你倒也不必挤对她，我见她最近很少去外面，一直都在阁里待着。"

"这你就不知道了吧。"沈浮玉左右看了看，压低声音道，"她有个心爱的小郎君受不了她，赎身跑路了。咱们华大人急得嘴上都生了燎泡，哪儿还顾得上换新人？"

心爱的小郎君？

宁朝阳回忆了一下，好像是有这么个人，生得斯斯文文的，总是双眸泛光地盯着华年瞧。

算起来，他也跟了她很多年了，怎么会突然跑了？

她摇摇头，对这些事也不感兴趣，只引齐若白落座，而后道："我去楼上看看，你自己饿了就吃点心垫垫。"

"好。"齐若白乖乖地点头。

宁朝阳如常踩着台阶往上走，没走两层，却碰见了正要下去的李景乾。她余光瞥见他手上的白玉指环，眉心皱了皱，想装作没看见，低头继续走。

"宁大人。"他开口了。

宁朝阳耐着性子转过身，虚伪地笑道："侯爷安好。"

李景乾抿着唇，什么也没说就给了她一张银票。

宁朝阳一看面额不小，不解地抬眼："侯爷这红封是不是给错了人？"

"不是红封。"他道，"这是我欠你的。"

什么时候欠的？她想了想，倒也不愿再与他多做推扯，干脆将银票揣下："多谢侯爷。"

说罢，她也不再引什么话头，拎起衣摆径直就继续往上走。

李景乾下颔紧绷，兀自在楼梯上站了好一会儿，才转头往下。

今日秦长舒不知怎么，也给他发了请帖。他原是不想来的，但左思右想，还是有些不甘心。

重来一次的确不能改变什么，但他觉得自己若是真能解释清楚，那她也未必会一直恼他。

只要不恼他了，那……

"我是宁大人府上的人。"齐若白站在人群里，无助地喊了一声。

李景乾回神，低头往下看，就见宁朝阳府上那个小郎君正被一众好事者围着，左问右问，脱不开身。

这小郎君长得平平无奇，心思倒是挺重，穿了身与他当初一模一样的白衣，墨发也学他松松地束在脑后，眼眸无措地抬起来，清澈又干净。

有那么一瞬间，李景乾突然理解了当时沈晏明看见他的感受。

自己是没有刻意模仿沈晏明的，大家都是行医问诊的，打扮差不多也正常。但下头这个小郎君分明不会医术，腰间竟系了一个药囊。

他看得不太高兴。

可转念一想，当初宁朝阳带自己来这里时，那可是千般叮嘱、万般照拂，绝不让他离开她的视线，一见他不自在，立马就带着他上楼。

但这个齐若白跟她一起来，却被她扔在了下头。

他眉头松开，嘴角克制又含蓄地勾了勾。

齐若白还在忙碌地应付着众人，正手忙脚乱呢，四周叽叽喳喳的官爷们突然就安静了下来。

他一怔，回头往后看，就见一袭黢玉色的青烟袍拂开了满室喧闹，缓慢又气势十足地停在了自己身侧。

"见过侯爷。"周遭的人都纷纷行礼。

齐若白睁大了眼。

"喜宴之上，不必拘礼。"李景乾慢条斯理地道。

众人起身，笑着四散，齐若白松了口气，侧头却见这位侯爷正看着自己。

"借一步说话。"他道。

齐若白呆呆点头，跟着他穿过人群，走去外头的露台上。

"在宁府待得可还习惯？"李景乾轻声问。

"还、还行。"齐若白站在离他三步远的地方，怯生生地答。

李景乾笑了一声，垂眸看着自己的指节："她十天半个月不回去，回去了也不歇在你院子里，这样也叫还行？"

齐若白身子颤了颤。

宁府里的事，他……他怎么会知道？

面前这人俊逸又贵气，说话间带着轻笑，本该是和蔼可亲的，但不知为何，齐若白发现自己不敢抬头看他的脸。光是站在他身边，脖颈上就像被什么东西压着，连喘气也不敢大声。

饶是如此，他还是挣扎着答："宁大人是个好人。"

用得着别人来说？李景乾垂眼，移开视线看向别处："你现在要是想离开，我可以给你一处宅子，并一些银钱。"

嗯？

齐若白不解："宁府好端端的，我为什么会想离开？"

"不为什么，就为你想。"李景乾双指捻出一张银票，朝他递了过去。

齐若白一看就倒吸一口凉气。

好多钱！

齐若白从小穷怕了，最喜欢的就是银子，这么多银子一下子放在眼前，他很难不激动。

于是李景乾就看见面前这人满脸兴奋地在原地转了两圈，丝毫没有当初他在花明村门口拒绝金子时的骨气。

他想，这样的人，空学了他的外表又有什么用，宁朝阳没过几日就会腻烦了。

眼瞧着这人要来接银票，他也将手伸过去些，想让这人早拿早走。

然而，就在齐若白将要碰到银票的那一瞬，旁边突然冲出来一个人，一把就将他拉去了她身后。

"侯爷这是做什么？"宁朝阳跑得有些气喘，细眉紧皱，满是戒备地看着他。

李景乾骤然就将银票收回了袖口，有些不甚自在地抿唇："怎么这么快就下来了？"

瞥见他这动作，宁朝阳皮笑肉不笑道："今日上头既没有人设套，又没有人诈死，自然耽误不了什么。"

李景乾垂眼沉默。

宁朝阳转头看了看齐若白，确认他没被伤着，才轻声道："你就跟在我身边，莫再乱走了。"

"好。"齐若白应下，有些可惜地看了看李景乾的方向。

不过也只看了一下，他很快就收回目光，乖乖地跟着宁朝阳走了。

"宁朝阳。"

眼看要走出露台了，背后那人却又喊了她一声。

宁朝阳不耐烦地停下步子，刚想说又怎么了，却听得李景乾认真地道："抱歉。"

露台上乍然起风，吹得她的鬓发往前浮动。宁朝阳眼眸微微睁大，感觉有一瞬四周好像都变成了一片白光。

门栏之外的露台上，江亦川一身白衣，萧萧而立。他无措地捏着指间的白玉环，慌张地看着她的背影，眼神一如当初清澈，却又多了些艰涩难言的东西。

宁朝阳以为自己早就不在意了，一场骗局而已，她已经为此付出了代价，就不需要再沉溺其中。

可真听见他说这两个字，心头的火还是一下就蹿了上来。

抱歉？

好生轻飘的两个字，仿佛只要他说了，她就要马上感动地转身抱住他，说声没关系。

去他的没关系，她很有关系！

她清楚地记得当初的仙人顶上自己是如何痛彻心扉，也清楚地记得自己顶撞淮乐殿下，几欲放弃前程时的万念俱灰。

李景乾什么也没失去，他摇身一变就可以做他高高在上的定北侯。可她，连累了秦长舒，殃及了凤翎阁，一连半月彻夜辗转难眠，还要继续收拾抚恤粮一事留下来的各种烂摊子。

凭什么呢？

宁朝阳觉得自己不是输在付出的感情更多，而是输在地位权势尚不如他。但凡她能掌他生死，他现在压根儿不会有机会在这里折磨自己。

白光消失，四周恢复了原样，从门栏边再往露台上看去，那人已经变回了李景乾的模样。

宁朝阳拱手，规规矩矩地与他一行礼，然后什么也没说，带着齐若白就回到了宴席里。

喜宴开场了，噼里啪啦的鞭炮声衬得露台仿若隔在人间之外。李景乾沉默地站在露台上，看着宁朝阳与齐若白一起往楼上走。

该给的给了，该说的也说了，他该离开了。荣王因抚恤粮一事已经疑心他倒戈，再在凤翎阁女官的喜宴上久留，恐怕更难以解释。

李景乾心里是这么想的，但脚一抬，想也没想，就朝那两人跟了上去。

四楼之上，宁朝阳刚拉着齐若白在自己右侧坐下，左侧就倏地也坐了个人。

定北侯鲜少回京，回来这么久也只在宫城和自己的府邸走动，皇后想见他一面都有些困难，就更别说朝中的其他人。于是当那块彰显身份的玉牌在桌边一闪而过时，桌上其他人登时都站了起来。

"侯爷，您怎么坐这儿了？"华年起身道，"该上五楼去才是。"

"是啊，"程又雪也手足无措，"咱们殿下也在五楼。"

沈浮玉倒是没说话，只默默端起碗筷换去旁桌，努力不让李景乾注意到自己，进而记仇。

李景乾微微颔首："各位请坐，不必紧张。"

说是这么说，这么一尊杀神杵在这儿，谁还吃得下去？

出乎意料的是，宁朝阳居然没有开口赶他走。她只用余光瞥了他一眼，然后就自顾自地拿起了筷子。

齐若白敏锐地察觉到了宁大人不太高兴。他虽然喜欢银子，但宁大人待他很好，给他吃、给他穿、给他地方住，还允许他到处种花。这么好的女官，怎么能被一个只知道给银票的男人欺负呢？

齐若白鼓了鼓腮帮子，当即就拢起衣袖，给宁朝阳夹了一块酒醋肉。

桌上其他人都还僵持着，他这动作就显得格外扎眼。

"大人，"他道，"这个看起来好吃。"

宁朝阳一怔，抬眸看了他一眼，发现他竟在偷偷瞪着李景乾。

这么稚嫩的小郎君，连李景乾的一剑都捱不住，识相的就该缩在她身边不吭声。可他倒好，挺着小身板，神色还颇为不服气，像乡野间刚满月的小狗，龇牙咧嘴地对峙着路过的老虎。

她忍不住弯了眼尾："好，我尝尝。"

对面的程又雪战战兢兢地坐在华年身边，小声问："华大人，这情形是不是不太妙？"

华年闻言偷瞄李景乾一眼，低声回她："这神色不是挺和蔼的？"

"可、可我总觉得冷。"

"喝点热汤，别多想。"华年安慰她，"毕竟是众目睽睽之下，侯爷总不能跟人打起来吧？"

话音刚落，李景乾的筷子就与齐若白的撞在了一起。

桌上登时一片死寂。

"是我先看上的。"李景乾轻声开口。

齐若白皱眉："但是我先落的筷。"

"哦？"李景乾笑了一声，筷尖随之一撇，齐若白的筷子登时脱手，飞落到了旁边的地上。

"你！"齐若白咬牙，"堂堂侯爷，纡尊降贵与人争抢，不觉得丢人吗？"

"我既喜欢吃这个，便要伸筷去夹，因果得当，谈何丢人？"他漫不经心地夹起那块金粟平追，放在了自己碗里，"抢都抢不到才丢人。"

这话太挤对人，齐若白气得当即就要站起来。

宁朝阳伸手按住了他的肩，斜睨着他道："不要命了？"

对面的某个人登时连背脊都挺得更直了些。

看吧看吧，她心里其实还是有他的。真品和赝品放在一起，傻子都知道该怎么选。

这满腹的愉悦刚涌起来，李景乾就瞥见宁朝阳手腕一转，将自己的筷子放到了齐若白手里。

他嘴角一僵。

"该是你的东西，从来就不用抢。"宁朝阳朝那盘金粟平追示意，"它等在这儿让你吃。"

齐若白年岁太小，听不懂这话的深意，但见大人已经展颜了，他也跟着高兴，当即就伸筷子去夹来吃。

"好吃！"他眼眸晶亮。

宁朝阳失笑，左手撑着眉骨，睨着他狼吞虎咽，余光瞥见对面的程又雪，她纳闷儿："你很冷？"

程又雪哆哆嗦嗦地接过华年递来的热汤，心虚地摇头："还、还好。"

外头艳阳高照，常人穿薄衫都微微有汗，她身子骨也太弱了。

宁朝阳摇摇头，接过身后小厮重新拿来的筷子，顺手又给程又雪夹了一块。于是等李景乾回过神来的时候，那一盘金粟追平已经没了。

他嘲弄地道："以宁大人之意，这东西就不该是我的。"

宁朝阳半合着眼哼笑："方才是有侯爷的份儿的，侯爷自己也夹到了。但这世上任何东西都是会变的，就算该是你的，也不可能一直在原处等你。"

"我已经说过了喜欢。"

"那又如何，桌上喜欢这道菜的又不止你一个。"

程又雪哭丧着脸，转头问华年："我们真的不能换一桌吗？"

华年也扶额："没别的位置了。"

四下宴席都已经坐满，觥筹交错，好不热闹。独她们这一方角落，桌上的菜都快结霜了。

华年愁着愁着，突然又想起了柳岸。他那么爱看热闹，若能遇见这样的场面，说不定不会害怕，只会更高兴。她怅叹一声，又招来随侍询问柳岸的消息。

齐若白胃口很好，一直在吃。宁朝阳心情也很好，一直在看他吃。

她觉得自己一开始想要的外室就是这个模样的，单纯省事，天真无邪。自己到底是抽了什么疯，非得去绕那么大一个圈子？

而李景乾已经气饱了。他觉得宁朝阳大多数时候是很聪明的，看得清形势，也分得清利弊，但一遇见感情之事，怎么就那么容易变成傻子。

齐若白肖似他又如何，终究不是他，她这样到底有什么意思？

正想着，陆安就穿过人群，艰难地到了他身边："侯爷，荣王和常将军想见您。"

李景乾一顿，接着就看了宁朝阳一眼，她像没听见陆安的话，继续给齐若白夹着菜。

他深吸一口气，拂袖起身。

宁朝阳漫不经心地听着身后的动静，等了一会儿见人已经走远了，才对宋蕊道："让灰雁别吃了，先去跟他兄弟回话。"

宋蕊低声应下。

灰雁是她亲自从死牢里放出来的人，挂着个不大不小的武职，乍看不太起眼。可他常跟荣王那边的人走动，还时不时将凤翎阁的消息传给他拜把子的兄弟。

与六子不同的是，她想让荣王知道什么，灰雁才会说什么。

荣王已经对李景乾有所不满了，她知道。

但光是不满怎么行呢？

宁朝阳轻叹一声，心情甚好，又给齐若白夹了一块肉，看他吃得腮帮鼓鼓的，不由得笑起来。

李景乾一走，华年和程又雪终于松了口气，开始正常进食。

华年换到朝阳身边来，犹豫地与她道："我实在没法子了，你可否帮我一把？"

"还在找人？"宁朝阳扬眉。

"是。"华年抿唇，"我官威太小，压不住那里的掌事，他死活都不肯告诉我到底是谁给柳岸赎的身。若你去问，或许能有些眉目。"

"华大人的官威都压不住，我去能有用？"她轻哂。

"宁大人说笑，"华年掩唇，"整个上京谁不知道您凶狠又无情，等闲之辈谁愿意与您过不去。"

宁朝阳凶狠又无情地拒绝了她。

齐若白看着华年大人在旁边哀号不止，不由得跟着劝："大人要不应了吧，我待会儿可以自己回去。"

倒……也不是因为他。

瞥见华年那凄凄楚楚的神情，宁朝阳叹了口气："行。"

华年大喜，连忙拽着她就往外走。

"我饭还没吃完。"

"你也不缺这一口。"

宁朝阳被推搡着上车，没好气地道："先说好，我只负责帮你问，不负责帮你找。城防的人只为大盛效力，不为私人所驱。"

"哎，好好好，知道了。"

华年再度闯进馆中，底气都足了，拽出掌事来就道："老实交代吧，柳岸到底哪里来的银子赎身？"

掌事哭笑不得："华大人，小的已经说过了，事关小的一家的身家性命，小的没法儿告诉您啊。"

"身家性命是吧？"华年冷笑，一把将宁朝阳拉进来，"宁大人在这儿，你看是那背后之人能要你的命，还是她更能要你的命！"

宁朝阳有些无奈，却还是配合地露出了凶狠的神情。

掌事傻眼了，结结巴巴地道："宁、宁大人，那小郎君，不就是您赎走的吗？"

什么？

华年一震，宁朝阳也是一震。

"你!"

"我不是,我没有。"宁朝阳皱眉盯着那管事,"我何时来这里赎过人?"

管事慌了:"没错呀,柳岸拿的就是您府上的账房对牌,他与我一起去宁府拿的银子。银子拿齐了,我才放他走的。"

账房对牌?

宁朝阳愣了愣,突然想起,李景乾今天给了自己一张银票。

她心念一动,问管事:"柳岸的赎身钱是多少?"

管事说了个数目。

宁朝阳低头去看那银票,刚好能对上。

她眯起眼尾,觉得这事很荒唐。

他为什么会找到这里,还用她的银子把华年最爱的小郎君给放跑了?

"哎,你,就是你。"管事一招手,叫过来一个戴着翠绿扳指的小郎君,"你当时是不是跟柳岸在一起?"

那小郎君一看宁朝阳,当即就笑着迎上来:"在的,小的当时还在大堂里与柳岸说过话。"

"那你知道当时发生了什么?"宁朝阳问。

提起这茬儿,小郎君还有些后怕,犹豫了一会儿才道:"有个小郎君,大人应该认识,他不知何故找到了这里,想问小的关于大人的事。小的自是守口如瓶的,但柳岸没受住那牌子的诱惑,就带他上楼说了些有的没的。"

"什么有的没的?"她皱眉。

小郎君掩唇:"这小的怎么能知道,我们这里都是本本分分的男子,难不成会去偷听墙角……"

"说!"

"回大人,柳岸说大人对沈御医一往情深,带他骑马看灯,替他在御医院挂名,真真是一对神仙眷侣。那小郎君听完脸色很难看,从墙洞里看过去,仿佛要杀人一般!"

一口气说完,小郎君差点儿噎过去。

宁朝阳听得好笑又生气,她转头问华年:"你教的?"

华年连连摇头道:"我可半个字都没说,估摸是他自己那么以为的。"

柳岸哪里都好,就是过于在意情爱之事,成天想的都是能与华年一生一世一双人,可华年还没玩够,再说了,就算玩够了,以她的身份,他也未必就能做她的正室。于是柳岸看谁都觉得人家情爱正浓,之后再顾影自怜、伤春悲秋一番。华年最受不了他这一点，可除了这一点，别的她又都挺喜欢的。

华年长叹一声，愧疚地道："是不是造成什么误会了，可要我去解释？"

宁朝阳垂眼想了一会儿，摆手。

李景乾拿银票给她，就是盼着她快来发现这事，不用谁去解释，他反而是想告诉她，他当初做得那么绝，不是因为不喜欢她，恰是因为太喜欢，所以误会了，一时气愤才会选了那么绝的法子。

也就是说，他骗了她，但又不是完全骗了她。

那些从疏远到亲近的日夜里，他也是真真动过心的，只是造化弄人罢了。

宁朝阳在原处站了一会儿，转身出门上车。

华年小心翼翼地跟上她，试探着问："你要去找定北侯？"

"找他做什么？"

"既然有误会，那你俩说开不就好了。"

说开？宁朝阳笑了。

她说："我已经与人交付过一次真心，没换来什么好下场不说，还差点儿被外调。你若是我，发现其中有误会，难道就又义无反顾地朝他扑过去了？"

不等华年回答，她自己接着道："我不会，起码在权势远小于他时，我不会。"

被人戏弄的感觉很糟糕。哪怕是有误会，他本可以选择更温和的方式，但江亦川——不，李景乾，在当时的情况下，就是必定会放弃她的。

她不想把半条命都托付在别人的选择上，她还有更重要的事要做。

华年张了张嘴，目光触及她眼里的火气，又硬生生地咽了回去。

算了。她想，若对方当真只是个小大夫，那还能劝上一劝，可对方是定北侯，正在与凤翎阁争夺巡防大权的定北侯，若真把宁朝阳让出去，她们凤翎阁还活不活了？

"不活了！"荣王将杯子往地上一摔，撒气似的闹起来。

李景乾眼皮跳了跳。

他很想提醒眼前这位王爷，虽然按辈分来说，他要管自己叫小舅，但是按年龄而言，他比自己大了整整九岁。

快三十的人了，顶着王冠，穿着华服，在他府上摔杯子？但看了看旁边已经起范儿的常将军，李景乾忍了忍，还是老实坐着，打算把这场戏看完。

"我也是父皇的孩子，我还是中宫所出的皇子，我到底哪里比不上淮乐？"荣王继续闹着，"淮乐有大片富庶的封邑，我只有一个江州；淮乐有参政议政之权，我只能在御书房里蹭着听两件国事；淮乐还有城防兵权和禁军协防之权，我呢，我什么都没有！我连块虎符都摸不着！"

常光一边抹泪，一边道："王爷这些年当真是不容易。现在好了，侯爷回来了，侯爷与王爷是骨肉至亲，岂会置王爷于不顾？"

两人说着，齐齐看向李景乾。

李景乾拿起桌上的瓜果正打算吃，冷不防被这么一盯，当即就停住了动作。

"侯爷，"常光凑近他道，"我等这段时日一直想助您夺下城防之权，不是为着王爷私心，而是那执掌城防的女官实在不是什么好人。若能从她手里夺来兵权，便是我上京万民之福。"

"是啊，那些女官压根儿就不懂兵事，还是侯爷更为合适。"门客张岩正也道。

一旁的荣王随官顿时都七嘴八舌地劝起来。

李景乾听了好一会儿，才终于出声："我何时说过不愿了？"

自中宫提出这茬儿开始，他就没有拒绝过。

"小舅是没说不愿。"荣王委屈地坐下，"可小舅您也没尽心去争。"

李景乾放下瓜果，淡声道："凤翎阁掌此事已久，又一向未出什么错漏，王爷想要我如何去争？"

道理他都懂，可荣王就是心里不舒坦。

从抚恤粮一事起，李景乾就有偏袒凤翎阁之嫌，最近更是频频被人撞到与凤翎阁的人接触。他盼了四年，原以为会盼回自己最大的助力，谁料自己的亲舅舅竟跟对手更亲些。

他着急地想让李景乾用行动证明些什么，好让自己安心。可今日一看，这人还是没什么太大的心思，于是他不悦地捏紧了袖口下的手。

一群人见气氛不对，连忙岔开话聊别的事。还有人宽慰荣王，说定北侯久在边关，虽手握兵权，但一时也拿上京这混沌局面没有办法，毕竟连胡山都还在大牢里没放出来，他身边没几个通晓上京事的属官。

说到这里，李景乾倒是开口了："若胡山能早些出来，那就算城防之事难争，禁军之事倒也还有可能。"

胡山在京中有不少人脉，尤其是禁军，十二个统领中，有七个都曾在他身边跟随。

荣王听着，沉默许久才道："本王想想办法。"

离开将军府的时候，荣王的脸色郁郁沉沉。

司徒朔在旁边看着，略微担忧道："荣王此人心胸小，眼界又窄，将军何苦与他闹成这样？"

"他就是这样的性子,"李景乾道,"从来都是想要什么就撒泼,不如意就黑脸。我不想惯着他。"

"可他毕竟是荣王,再者说……"司徒朔看了他一眼,"再者说,凤翎阁本就与我等立场不同,将军何必留情面?"

"你哪只眼睛看到我在留情面?"李景乾严肃了神色,"我在做我该做之事,断不会被他人的胡搅蛮缠而左右,也绝不会因为谁而避让退缩。"

"说得好!"有人喊了一声。

李景乾回眸,就见远处行来一个胡须花白的老者,精烁的双眼盯着他,一步一步地疾行而来。

他垂下了眼:"云叔。"

"老夫不过一四品武官,担不起将军这一声叔。"云晋远站定看着他,嘴边的纹路凹成了两条沟壑,"老夫就是想来提醒将军一声,明日是萧北望萧大将军的忌日。"

萧北望虽与李景乾接触不多,却也是他的前辈,是整个镇远军都敬仰万分的大将军。

李景乾颔首:"晚辈没忘。"

"那你何以祭之?"云晋远逼近他一步,"以尚在凤翎阁大牢里的胡山,还是以活得万分痛快的奸官佞臣?"

他沉默。

"将军有情有义是好事。"云晋远严肃地道,"但情义用错了地方是会丢命的。不止你一个人的命,还有镇远军成千上万将士的命。你现在是活着,但没有他们,你活不下来。将军若真想重返战场,定要先慰了我镇远军那些无辜的亡魂!"

天边一道惊雷炸响,有夏雨将至。

李景乾站在回廊之下,面色镇定,嘴唇却有些发白。

每个人都有自己必须做的事,宁朝阳有,他也有。

在来上京之前,他将一切都安排得很妥当,甚至班师回朝的第一件事就是该替萧北望洗刷冤屈,而后奏请圣上重处宁朝阳。可一转眼过去这么久了,他竟真的好像全都忘了一样。

情字误人,宁朝阳没逃过,他又何曾逃过了。

眼睛紧紧地闭了闭,再睁开时,李景乾恢复了镇定。他道:"明日一早,我与云叔一起去山上祭拜。"

萧北望是因重罪死在御旨之下的,按理不会留坟,但不知为何,圣人开了恩,以其战功赫赫之由，将其葬在花明山。

饶是如此，每年也没什么人敢光明正大地前去祭拜，怕台谏官多嘴，也怕圣人迁怒。李景乾这一去，之后势必要进宫给圣人一个交代。

云晋远等的就是这一天。他连说了几个"好"字，立马回去准备祭品。

暴雨很快落了下来，滂沱地冲刷了整个上京。一夜过后，花明山的山路变得异常泥泞难走。

李景乾走到一半就弃了马，让陆安照顾云叔，自己先迈步往上。虽说很熟悉这边的路了，但真踏着泥水爬上去，就算是他也要气喘不止。

李景乾扶着旁边的树木喘了口气，刚想继续往前，却倏地愣在了原地。

有人拢着一袭黑色的长袍，已经站在了萧北望的坟前。她静静地看着墓碑上的字，许久没有动。

李景乾愕然回头看了看那难走的泥水路，又看了看前头这人脏了半幅的衣袍，愣怔许久才喊了一声："淮乐殿下？"

淮乐闻声一愣，慢慢转过头来，脸上两行清泪未散。

她的神情却是非常平静，看见是李景乾，她微微颔首："侯爷。"

第十六章
你已经做得很好了

山风夹雨，天色灰暗。孤坟旁树影摇动，一片沙响淅沥。

李景乾与淮乐还了一礼，目光落在她身后碑刻的"萧北望"三字上，一时没想起这二人有何交集。

淮乐笑道："原是要去寺庙上香，不承想却因雨迷途，误入此处，还请侯爷莫要见怪。"

如此难行的泥泞之处，竟能误入？李景乾垂眼颔首，眼底疑色浮动。

"殿下。"有侍从急匆匆地举伞过来。

淮乐低头进入伞下，而后就与李景乾道："先行一步了。"

"殿下慢走。"

黑色的披风拖着泥水，淮乐深一脚浅一脚地下坡，慢慢地消失在了山路拐角处。她走后许久，陆安才带着云晋远跟了上来。

"侯爷？"陆安喊了他一声。

李景乾回神，转头问云叔："萧将军可曾与淮乐公主有旧？"

"侯爷说笑，"云晋远摇头，"萧将军久在边关，鲜少回京，别说有旧了，将军怕是连淮乐公主长什么模样都不知道。"

一个外将，一个公主，若非大宴大赏，的确是不可能见面。

但是李景乾想不明白，要真是素不相识，淮乐怎么会对着这块墓碑落泪？

云晋远扶着膝盖喘了许久的气，才缓过神来去摆放祭品和蒲团。

"主子，老臣又来看您了。"他擦着碑上的泥水道，"转眼已经过去两年，定北侯承您旧志，不但收复了天河山，还镇住了北漠和西韩。大盛故土，至此已复十之八九。您若在天有灵，就请庇佑侯爷说服圣人，重征东凉，固我大盛边关，保我百姓万世太平！"

头重重地磕下去，溅起地上泥水两三点。后头跟上来的将领士卒都跟着行礼，百人列队，静默无声。

李景乾突然想起天河山大战的前夕，萧北望带兵从西陇山赶来，玄袍猎猎，白马扬蹄。

"景乾，"他落马到跟前，眼睛亮得不像话，"此一战你若能胜，天河山附近的大盛子民必将对你万分感激。"

他当时听这话还愣了一下，子民感激？这有什么用，杀敌难道不是为了自己痛快？

可抬眼看向萧北望，他发现这人似乎不是在说场面话。

与自己年少带马从军不同，萧北望十七岁方才入军，从步卒做起，拼杀了大大小小五十多场战役，才坐上了大将军的位置。

他对凯旋一事万分期待，觉得自己必定能说服圣人重征东凉，再打上一场酣畅淋漓的仗。可没想到的是，圣人用来迎接他的却是一道密密麻麻的罪状，以及一把毫不留情的屠刀。

司徒朔说，萧北望也有错，原本可以徐徐图之，但他太过冒进，多处举动僭越，犯了圣上忌讳，所以才被毫不留情地斩杀。

但李景乾不这么觉得。

上京里好像有一双看不见的手在引着萧北望往死路上走，就算他什么也不做、什么也不说，恐怕结局还是不会改变。

先是他，然后是胡山，最后可能就会轮到自己。

乌云翻滚，雨水渐深，四周的草木都摇曳不止，凉风夹着潮湿的气息，凌厉地往城中吹去。

宁朝阳正在应付荣王府上的门客张岩正。这人一大早就在凤翎阁坐着，要她认荣王的手令，放了胡山。

她认真地解释:"大牢放人需要淮乐公主的手令并刑部的书文,二者缺一不可。"

张岩正不服:"宁大人的意思是荣王的手令作不得数?"

"在青云台作得,毕竟圣人亲旨命荣王究学于青云台。"宁朝阳有礼地道,"但凤翎阁是归淮乐殿下所辖,大小事务都需得淮乐殿下首肯。"

"可这案子都已经结了,胡副将也摆明是冤枉的,淮乐殿下为何还不肯放人?"

"不是殿下不肯,是胡副将身上还有别的牵扯,总要一起查清楚了,才好……"

"我看你们就是故意拖延!"张岩正拍案而起,"圣人何其爱重定北侯,你们却敢拿鸡毛当令箭,为难功绩赫赫的镇远军?"

他声音很大,惹得阁中其他人都看了过来。

宁朝阳停下了手里的毛笔,她认真地反思了一下自己的态度,而后抬眼温和地问他:"你找死?"

张岩正心里一慄,还不待反应,旁边的宋蕊就已经撑着长案飞身过来,一把将他押住,反剪着手就往外拖。

"我、我有荣王手令!"他又急又气。

宁朝阳眼皮也不抬,将桌上那封手令拎起来,捏着中间撕成了两半。

"为这种人,犯不着,"秦长舒笑着安抚她,"消消气,消消气。"

"我不是在气他,"宁朝阳垂眼,"我是在气我自己。"

先前还好好的,没人敢来招惹她,但不知从什么时候开始,阁里的散官们敢跟她闲聊了,大牢里的犯人也敢跟她回嘴了,就连荣王府上一个小小的门客,也敢在她面前大声吼叫了,她想不明白这是怎么回事。

正气着呢,程又雪突然从外面跑进来,一头就扎进了她怀里:"宁大人!"

宁朝阳脸色更黑,低眸睨她,想把方才给张岩正那三个字也贴她脑袋上。

结果程又雪抬头就急道:"不好了!禁内传来消息,说昨夜有刺客闯宫惊了圣驾,圣人大怒,要赐死昨夜负责宫巡的廖统领!"

宁朝阳一惊,起身就往外走,边走边问:"殿下呢?"

"殿下一大早就没了影子,公主府的人急得团团转,实在没法子了,才派人传信来。"

今天不是个好日子,外头大雨倾盆,雨水顺着瓦当往下,细密如珠帘。宁朝阳坐上马车,心里莫名有些不安。

她借着请安的由头来的,赵公公从太极殿出来迎她,低声与她说了昨夜的情况。

刺客一路从永昌门闯进了后宫,当着圣人的面杀了两名内侍不说,还将其中一人的头颅割了下来。圣人受了惊吓,中宫为救驾而受了伤。

这情况比想象中还严重。

宁朝阳原先还有替廖统领说情的想法,听完这些,当即就收敛了心思。

殿门打开,她挂上一副焦急的神色疾行而入,几乎是扑跪到御前,语带哽咽地道:"圣驾万安!"

圣人余惊未定,已经连续迁怒了好几个来求情的人,乍一看宁朝阳,他也不太高兴,连平身都没喊,只揣手等着她开口。结果她满脸担忧,先是连声问圣体如何,又问中宫如何,还说愿去冀州寻棵千年老参,好给娘娘滋补。

说了半天,也没替廖统领求情。

圣人心里舒坦不少,可脸上还很严肃,冷声问她:"宁爱卿觉得,当职巡卫该以何罪论处?"

宁朝阳挺直身子就答:"圣体安危乃大盛国本,动摇国本者,按律当斩。"

此话一出,大殿里所有的人,包括后头跟来的程又雪都愕然地看向她。

廖统领可是禁军十二统领之首,又与淮乐殿下素有交情,她不帮着求情就算了,竟然火上浇油?

可圣人听着这个回答却是万分满意的,神色和缓下来,他摆手就道:"起来吧。"

宁朝阳起身再拱手:"禁内失职,也非廖统领一人之过,臣请陛下严查,一一惩处方能稳固社稷、安抚民心。"

"好,"圣人颔首,"此事便交由你去办。"

"臣遵旨。"

程又雪离开大殿时,腿都有些发软。她看着前头那飒爽的背影,一时心情复杂。

宁大人待她们是挺好的,但有时未免太过冷血功利。廖统领帮过凤翎阁不少的忙,甚至去过秦大人的喜宴。就这么干脆地卖了他,莫说殿下会生气,这宫中的禁卫,包括前朝的百官也都会在心里鄙夷,觉得她是个不堪交的小人。往后还有谁敢帮她,谁愿意与她亲近?

前头那人似乎丝毫没有察觉到不妥,出宫的步伐又稳又快,眨眼就将她甩开一截。程又雪停住脚步,长长地叹了口气。

骤雨初歇,檐上雨水落下来砸在了洼地里,荡开一圈又一圈的涟漪。骏马踏蹄而过，踩碎了刚平静下来的积水。

"你说她请旨赐死廖统领？"陆安坐在回城的车上，嘴巴张得老大。

六子骑马行在车旁："是宫里刚传来的消息。"

"宁朝阳疯了？"陆安看向司徒朔，"廖统领不是淮乐公主的人吗？"

司徒朔也皱眉，想了许久才道："到底年轻，又是女子，行事欠些周全。"

说着，他转身对主位上的人道："侯爷也该借此看清她，此人不值得深交。"

李景乾闭眼靠在软枕上，没有应他这话。

司徒朔有些着急："侯爷！"

"准备准备吧，"他道，"禁军统领之位已经空缺，总有人要填补上去。"

司徒朔一愣，接着就有些汗颜。大事当头，他竟只想到了私事。瞧瞧侯爷，多么深谋远虑，多么以大局为重。

他不吭声了，外头行马的云晋远也欣慰地捻了捻胡须。

回到上京，荣王立刻就派人前来相邀了。李景乾一坐下，就见他满脸兴奋地问："侯爷觉得宁大人此举如何？"

这幸灾乐祸的心思，一眼就能让人望穿。

他不由得叹了口气："宁大人是个聪明人。"

荣王不高兴了："损了名声，又赔了一个禁军统领，这还叫聪明？"

李景乾想解释，但看了一眼荣王那"大愚若智"的模样，他抿唇，干脆转话说起禁军之事。

淮乐大步跨进了凤翎阁。

华年等人察觉到她的怒气，齐齐跪下，大气也不敢出。

"都出去！"淮乐道，"朝阳留下。"

"是。"

众人飞快退散，还顺手关上了大门。

屋里没有点灯，光线有些弱，淮乐皱眉看着阴影里跪着的人，沉声问她："何种情况？"

宁朝阳答："圣人受惊，中宫受伤。"

"何种场面？"

"不容求情，迁怒数人。"

淮乐眼睛闭了闭，吐出一口气。她伸手将宁朝阳扶起来，缓和了神色道："你已经做了所有你能做的了，做得很好。"

宁朝阳眼里终于起了一丝波澜。

为人臣子，最重要的不是立马做出多大功绩，而是一开始就要选对效忠之人。

她很幸运，遇见的是淮乐殿下。报君黄金台上意，提携玉龙为君死。

她不介意担点恶名，只要这世上还有人能明白她在做什么。

"荣王已经着急忙慌地拉着定北侯进宫了，"淮乐问，"你可有对策？"

宁朝阳颔首："肃清禁卫军之事已落在了臣手里，无论荣王与定北侯去做什么，殿下都能后发制人。"

"很好！"淮乐展颜，拍了拍她的肩。

宁朝阳已经把她们的损失降到了最小，旁人只会骂她冷血无情，可淮乐觉得她能立马做出这样的决定，实在是难能可贵。两人坐下来仔细商议了一番，确定下了填补空缺的人选。

可不巧的是，荣王也举荐了他觉得合适的人选。姐弟俩在圣人面前即将争执起来的时候，圣人头疼地开口："景乾，你一向擅长这武道之事，你怎么看？"

"回禀陛下，"李景乾道，"臣以为，禁军统领，武艺自当服众。十二位熟悉宫闱的统领之中，还是以梁统领武艺最高。"

淮乐呼吸一紧。

那边的荣王正要得意，却听旁边的宁朝阳又开了口："侯爷此言差矣。"

李景乾侧眸看她。

她拂袖出列，站在御前拱手："宫中向来不缺武艺高强之人，但大统领乃十二统领之首，微臣以为，武艺是次要的，能合理安排调度防卫才更能护陛下周全。"

"哦？"圣人道，"以宁爱卿之见，还是徐统领更为合适？"

"正是。"

"宁大人此言——"她话还未落音，李景乾就接了过去，"是说只要研习好宫防调度，随便是谁都能当这大统领？"

宁朝阳抬眼看他："侯爷这话是说，十八般武艺皆会的徐统领是随便一人？"

"徐统领未必是，但其他人可就不一定了。"旁边站着的青云台官员忍不住开口帮腔，"武人事本就该由武人做，若交在文臣手里，那便是要出乱子的。"

"是啊，我看问题是先出在城防，后出在宫闱。若是城防宵禁得当，那刺客又岂能闯到宫城里去？"

"赵大人这话是说陛下冤枉廖统领了？"凤翎阁的人也不甘示弱。

"我没这个意思，我只是说城防也难辞其咎。"

"宫里出的事，倒怪起城防来了，照你这么说，其他十二个禁军统领罪责更大，还焉有升任之理？"

宁朝阳和李景乾只一人说了一句，剩下的时间都在听两旁的人争执。

"宫防何其重要，大统领之位岂能交给不熟悉宫闱之人？"

"廖统领倒是熟悉宫闱，不也出岔子了吗？"

"照我说，宁大人是该避嫌的，与廖统领有私交之人怎么能主审廖统领的案子？"

"黄大人，你要这么说，那定北侯爷岂不也该避嫌？廖统领与萧大将军私交更厚，而侯爷昨日才去祭拜过萧大将军。"

此话一出，满殿的嘈杂顿时停歇。

说话的官员似乎意识到自己说错了话，连忙朝圣人跪了下去。旁边的青云台众人也屏住了呼吸，偷摸抬眼去看圣人的反应。

要是别人这么光明正大地去祭拜一个罪臣，那就是在打圣人的脸，挨板子是铁定的，说不准还要被外调。

可做这事的人是李景乾。

圣人心中叹息，只佯装生气地问："你不知道他做了什么？"

李景乾掀袍跪下："臣久在边关，未曾得知详细。"

骗鬼呢！宁朝阳腹诽，连六子都是他的人，这上京又有什么事是他想知道还不能得知详细的？

可他说完，圣人居然就缓和了神情，他甚至问："你去祭拜他，都说了些什么？"

"回陛下，臣告知了萧将军西韩已降的喜讯。子民归家，山河大复，这也是他当初的志向。"

李景乾的声音平静地在御书房里响起。他语气很轻松，一丝煽情也无，但众人听着，心里莫名有些沉重。

圣人也垂眼沉默。

人活着的时候总会犯各种错，让人看不顺眼，但死都死了，还计较什么呢？

荣王趁势出来拱手道："父皇，镇远军此次大功，封赏已下，但胡副将还在牢里尚未领赏，不知父皇可否开恩？"

圣人回神，纳闷儿地看向淮乐："胡山还在牢里？"

"这种小事，何必来扰父皇清听？"淮乐皱眉，"胡山牵扯的案子已经归置了大半，等全部归置好，他自可以出来。"

什么案子，分明就是她们忌惮胡山，生怕放他出来给自己增了势。

荣王轻哼一声，又重复了一遍："请父皇开恩。"

圣人不觉得这是什么大事，当即摆手："你待会儿随你皇姐去领人便是。"

说着，圣人又看向下头："行了，你们也别争了，眼瞧夏景园要开了，就让所有五品以上的习武官员都过去就着场子比试一番，文韬武略，各显神通吧。"

比试？

淮乐和荣王齐齐摇头，还想再劝。

身后的宁朝阳和李景乾却同时开口："陛下圣明。"

宁朝阳说完就看了旁边这人一眼。

李景乾刚好也在看她，巍巍龙椅之下，他眼里没再带什么私情，只剩胜券在握的笃定和看见对手的兴致勃勃。

出于尊敬，宁朝阳也颔了颔首。

自入官场以来，她还没遇见过什么对手。虽然胡山人脉广，但她这边能用的人也不少，且真论文韬武略，徐统领未必会输。

众人一起退出御书房的时候，荣王很是高兴地走在了自家小舅的身侧。

他刚想与李景乾说说自己的打算，却见宁朝阳飞快跟上来，拿出一张银票，当着他的面就塞进了李景乾的衣襟。

李景乾步伐一顿："宁大人？"

"还你！"宁朝阳道，"我不缺这点。"

说罢，也不等他做什么反应，抬步就继续往前，追向了走得很远的淮乐殿下。

这是不打算原谅他了？李景乾捻出那张银票，眼眸微沉，略为烦躁。

旁边的荣王看着他这反应，心里先是一惊，接着就变成了生气。

先前有人给他告状，说李景乾对那凤翎阁的宁大人有心思，纡尊降贵不说，还不顾一切地要讨她欢心。他当时是不信的，小舅分明不通男女情事，也一向冷静自持。

可真亲眼看见他这模样，荣王气得牙都痒痒。他将想说的话全咽了回去，黑着脸拂袖，大步离去，将李景乾抛在了身后。

前头的淮乐殿下已经与宁朝阳走在了一起。

"夏景园那边微臣较为熟悉，可以让他们提前过去看看。"宁朝阳道，"题目方面，就有劳殿下多打听了。"

淮乐颔首，又有些担忧："胡山要出来了，你可得小心些。"

本来得罪的人就多，再加上与镇远军的旧仇，她怕宁朝阳招架不住。

宁朝阳点头表示明白，她回去就加强府里的守卫，出行时再顺便多带几个人。

紧张的气氛之下，连马车的车轴声响都更沉闷了些。宁朝阳满脑子想着肃清禁军和统领比试的事，连车停了都没有察觉。

"大人！"齐若白掀开车帘，脆脆地喊了她一声。

宁朝阳抬眼，就见他捧来一把茉莉，欢喜地塞进了她手里："我养活了！"

宁朝阳紧皱的眉头松开，下车低头嗅了嗅："好香。"

齐若白骄傲地挺起胸膛，道："我别的事不会，养花可是一绝。现在东院里都是花香，大人……可要去看看？"

话说到后头，竟然莫名带了些娇羞。

宁朝阳暗笑，心想，这多半又是许管家教的。

"好啊。"她应下。

齐若白眼眸一亮，当即就往前跑，一边跑，一边与她道："您走慢些，我回去收拾收拾！"

分明还是个小孩。

她摇头，捏着茉莉放慢了步子，以数蚂蚁的速度往前挪动。

"大人。"

眼瞧着要走到东院了，许管家突然跑过来道："东院里走水了！"

嗯？宁朝阳皱眉，抬头往前看，果然看见东院里冒出了火光。

"若白呢？"

"小郎君已经暂时移去了东南边的小院。"许管家答。

那边的院子没怎么收拾，一片漆黑，只有一盏匆匆点起来的烛台。

看了一会儿，宁朝阳叹了口气："罢了，明日还有事，我先回主院去，你让他好生歇息。"

"是。"

转头往主院的方向走了两步，她突然觉得不太对劲。

"许叔等等。"

"大人？"

宁朝阳转头，指着东南院道："你去守着他，让他沐浴更衣，然后来主院陪我。"

大人一向不喜欢留外人在主院过夜，就连当初的江大夫，也多是在东院里歇的。

许管家有些意外，但看大人一脸认真，倒也没有多说。

宁朝阳去主院里等着，纤细的食指轻轻敲着桌沿，眸光若有所思。

"大人，"半个时辰之后，许管家匆匆来道，"下人一时不察，竟让齐郎君烫伤了。"

果然。

她抿唇,垂眼漫不经心地道:"烫伤了也给我抬过来!"

"是。"

齐若白觉得自己今日分外倒霉,院子里走水就罢了,沐浴还被烫伤了手背,烫伤手背也就罢了,被抬去主院的路上,竟摔了一跤,他觉得自己都快没命了。

然而最后,宁大人还是将他抱在了怀里。

"辛苦你了。"她叹息。

齐若白觉得宁大人好温柔,所有的伤痛仿佛都在这一刻平息了下去。

他低声答:"没什么大碍。"

宁朝阳柔缓地抚着他的肩,手一勾就将床帘给放了下来。

"大、大人?"齐若白有些紧张。

朝阳浅笑:"我其实会算卦。"

"啊?"

"你且等着,外头马上就会有事发生,"她捻起手指,一本正经地同他数,"三,二……一。"

"大人!"许管家又惊慌地喊了起来。

宁朝阳满眼了然,齐若白却是先震惊,而后钦佩:"大人怎么什么都会?"

"我还会讲故事,"没理会外头的喊叫声,宁朝阳只低头与他道,"你睡吧,我讲给你听。"

齐若白乖巧地点头,闭眼听她从盘古开天说到愚公移山。

慢慢地,他的呼吸变得绵长又平稳。

"大人,"许管家急得在窗外压低声音道,"夏景园那边传来消息,说有几个武将打起来了!"

宁朝阳抿唇,拉过被子给齐若白掖了掖,而后披衣起身,大步往外走。

"许叔,院子里不干净,劳您有空清一清。"

许管家刚应了一个是,大人就已经消失在了院门之外。

时辰已近宵禁,宁朝阳骑了一匹快马,赶在坊间关门前到了夏景园。

宋蕊已经到了,一见她就上来禀告:"原是让徐统领和周统领先过来看一看园子,谁料其他人听到了风声,都一起过来了。先前他们还一派和气地在饮酒,酒饮多了,竟直接动了手。"

宁朝阳皮笑肉不笑地问:"定北侯呢?"

宋蕊有些惊讶："大人怎知侯爷也在？"

他若不在，这些人未必打得起来呢。

宁朝阳深吸一口气，大步朝里走，穿过一片狼藉，踩上厚毯高阶，一把就按住了一个人的手腕。

李景乾正要喝酒，被她这一按，酒都洒出来大半。他冷冷抬眼，正好与她目光相对。

"真慢。"他道。

宁朝阳气笑了："侯爷做大夫时，还说让我每日多睡一个时辰，眼下为了扰我梦境，竟什么手段都使得出来了。"

"那不一样。"

"哪不一样？"她收紧手指，恨不得把他骨头捏碎。

李景乾纹丝不动，连眉头都没皱一下，只望着杯里残留的酒水，怏怏地道："在我身边，跟在他身边，哪里都不一样。"

他这语气远没有她凶恶，仔细听来，还带点委屈。

宁朝阳一愣，俯身下来看了看，这才发现他浑身酒气，似乎已经醉了。

她没好气地将人甩开，道："往事莫追，真追起来，你我现在就该刀剑相向了。"

"我宁可你与我刀剑相向，也不想你连银票都还给我。"

四下都是倒在地上烂醉成泥的武将，宁朝阳本是不想提这茬儿的，但他都开了头了，她忍不住嘲弄地道："不还如何？侯爷难不成还想与我成亲？"

李景乾怔怔地看着她。

"放弃你的身份地位，放弃你的亲姐姐，放弃一切，做回江亦川，来与我成亲。"宁朝阳笑着，笑意却不达眼底，"你做得到吗？"

"做不到。"他垂眼，坦诚地答。

现有的一切都是他拼杀多年的结果，若为她全然放弃，那以后无论两人间出现什么矛盾，他都一定会怨她，觉得她负了自己。

两个人的感情是不能以一个人单方面的牺牲来成全的。

宁朝阳点头："我也一样。"

她不可能放弃自己好不容易得来的权势，也不可能放弃器重她的殿下。

"所以，侯爷又何必还要强求？"她道。

李景乾捏着酒盏，半合的墨眸里一片灰败："你以为我想？"

他也想坦然接受她和别人在一起，但眼睛一闭上，他就会想起两人之间的所有亲密过往。

远瞧着冷冰冰的宁大人，在江亦川身边却会变成另一种妩媚动人的模样。

他不想与人分享，一丝一毫也不想。

李景乾拳头紧握，道："宁大人不是喜欢做交易吗？我也有个交易想与大人做。"

"什么？"她抬眼。

李景乾蘸了酒的手指往她侧脸轻轻一抹，低声道："你送走齐若白，不再纳侧室、外室，我便无论何时都会保住你的命，你觉得如何？"

官场中人，脑袋都是别在裤腰上的，若有人能确保自己性命无虞，那真是一件极好的事情。

宁朝阳笑了笑，开口回他："不如何。"

他始料未及，沉了眼神："这才多久，你就舍不得了？"

"是啊。"宁朝阳抬袖擦了酒渍，"侯爷今夜若不使这些下三滥的手段，眼下他该正躺在我怀里。"

话音刚落，眼前这人的呼吸就重了两分。

宁朝阳莫名觉得舒坦，她半蹲在他桌前，单手撑着下巴看他，道："若白是我见过最单纯的人，听话、懂事，还会讨我欢心。"

"这样的人……"他冷声道，"外头一抓一大把。"

"有道理。"她恍然，接着又笑，"所以当初我是中了什么邪，非要求一个心里没有我的人。"

李景乾喉咙紧了紧，垂眼道："你图他貌美。"

"那样的人，"她哼笑，"外头也一抓一大把。"

胡扯！他这样的风姿，别的男人才学不来。

李景乾胸口闷痛，酒意也上涌，他突然觉得很累，想伸手去握她的手，但那人一退，轻飘飘地就避开了。

"还是比试场上见吧。"宁朝阳朝他颔首，"定北侯爷！"

外头已经宵禁，宁朝阳被迫在夏景园里住下。

园南有一排厢房，她随意挑了中间的一间，刚想进去，却被人挡住了。

"去头上那间。"李景乾道。

宁朝阳不太高兴："我想选这间。"

他有些醉了，不甚舒服地揉着眉心，却还是重复："去头上那间。"

方才还说在比试场上见，这人一转眼竟又跟了上来。宁朝阳不悦地抿唇，也不想再跟他多纠缠，干脆如他所愿。

门啪的一声被关上。

李景乾抿唇，缓慢移开步子，占住了她隔壁的厢房。

大堂里那些醉得东倒西歪还打得鼻青脸肿的武将，被掌事们一个个地扶了过来，有人呕吐，有人骂骂咧咧，外头一时吵闹不堪。

宁朝阳没有就寝，她在陌生的地方本就睡不着，还要防备这些酒鬼继续闹事，干脆就在桌边坐下，一边忍耐，一边写他们的罪状。

有人似乎醉醺醺地往她这边来了。

宁朝阳冷眼提笔，只等那门被撞响一声，就立刻写下一条冒犯之罪。然而，等了一会儿，那人好像半途转了方向，往别处去了。

算他走运，她扔开了笔。

夜色寂寂，屋里的人秉烛闲坐，写了一半的纸开始被画上一只又一只的小王八。

屋外的人靠在渐渐安静的走廊上，碎发低垂，遮住眉眼。

第二天是个大晴天，灿烂的日头照得夏景园里的草地粼粼泛光。鼻青脸肿的武将们聚集到了空地上，老老实实地朝刘公公低头。

"圣上有旨，拟于夏景园比武艺十八项、文事十八项，各计其筹，以筹最多者为魁，当任禁军大统领一职。适逢太后寿辰，礼部以为热闹事，便同于夏景园设流水席宴五十桌，邀朝中百官共赏。望各位施展所能，扬我大盛武将之威。"

众人听令，纷纷上前听题。

第一日要比的是刀、枪、剑、戟四项。

宁朝阳寻到了徐若水和周世殷，想问问他们可有把握，但那两人远远看见她，竟回避了去。

想起自己刚做过恶人，宁朝阳抿唇，招来宋蕊让她去问。

"徐统领擅长刀法，周统领擅长剑法，这两项他二人应该能拿上二三筹。"宋蕊回话道，"但其余的就不好说了。"

凤翎阁这边的人本就少一些，主事的还都是女官，气势莫名有些低沉。

宁朝阳眉心微蹙，刚有些担忧，抬眼就见对面不远处的荣王已经与李景乾分成了两处。

荣王熟络的武将都站在左边，李景乾的人站在右边。分明是打断骨头连着筋的亲舅甥，眼下倒比她和沈浮玉还疏远。

胡山已经出来了，他脸上留了一条伤痕，此时正站在李景乾的身边。

"荣王殿下这是怎么了？"胡山纳闷儿。

李景乾摇头："今日一来，他就不想与我说话。"

胡山皱眉："可是有人从中挑拨？"

"谁知道呢？"

这般轻易就能被挑拨，荣王也委实太小气了些。

胡山摇头，继续对自己这边的几个统领进行嘱咐。

梁安城笑道："刀枪剑戟我都擅长，大人该对我有信心才是。"

"在这里比试，比的岂止是功夫？"胡山严肃地道，"你切不可掉以轻心。"

"他们有几斤几两我清楚，再说了，对面连主帅都是女子，何足惧哉？"

"女子？"胡山冷笑，目光穿过人群，落在了宁朝阳身上，"偏就是女子，北漠战神都杀不死的人，她能杀；西韩铁骑都败不了的军，她能败。"

李景乾察觉到杀气，抿唇道："胡山。"

"将军？"

"这里是上京。"他道，"收敛些。"

"是。"

众人都有一日的时间准备，荣王身边的人想起要去买最好的刀剑时，宁朝阳已经把兵器都放在了小院的架子上。

"随意挑。"她道。

几个武将互相看了一眼，有些不想承她的情，但那架子上的兵器远远一看就知道是名匠精炼所成。

工欲善其事，必先利其器。

徐若水咬咬牙，先上前挑了一把刀，其余人见状，也都纷纷选了自己想要的兵器，而后沉默且戒备地等着宁朝阳说话。

宁朝阳却只抬手："各位自便。"

说罢，她就冷漠地去旁边的茶座上休息。

徐若水有些不自在，低声问旁边的宋蕊："这些东西看着很贵重，若是坏了？"

宋蕊摆手道："不会要各位赔，既已拿着了，它们就已经属于各位。"

周世殷皱眉，欲言又止。

宋蕊没好气地道："我们大人说了，不必惦着人情，她不会找你们还。"

心思被拆穿，众人都有些不好意思。但宝贝在手，作为武将，多少有些兴奋，接着就各自去试练起来。

"圣人挑了九人作评。"宋蕊看了看名单，低声与宁朝阳道，"除开兵部和吏部的人，您与定北侯也在其列。"

三人为一筹，不满三则为零筹，这评法也算公正。

宁朝阳点头，回房更衣，打算去见殿下。然而，刚踏进那间厢房，她就觉得不对劲。

宁朝阳目光往上轻轻抬了抬，若无其事地跨进去，关上了门。

房梁上寒光一闪，有人提剑刺来，直取她的脑袋。宁朝阳侧头避开，拢起袍角一转身，重重踢在蒙面人的腰腹上。

看着斯斯文文的姑娘家，力道却是大得惊人，那人始料未及，砰的一声就砸在了旁边的石柱上。

"胡山，"她开口，"你是不是很喜欢凤翎阁的大牢？"

光天化日行刺朝廷命官，十个荣王也不能再把他保出来。

胡山一惊，下意识地摸了摸自己脸上的黑布，确认没掉，才气急败坏地发现这人是在诈他。

他没法儿再动手，翻身就跃出了窗户。

宁朝阳立马追了上去，只要能把他的面巾扯下来，她就能了了殿下的一件烦心事。

可是，这人武艺粗糙，轻功倒是不错，七拐八弯的，竟真将她甩开了。宁朝阳低头，仔细看着地上的痕迹，围着厢房绕了一圈之后，猛地推开了一扇门。

李景乾正在更衣，衣裳刚褪到一半，就见有人冲了过来。他下意识地想拢上衣衫，却在看清来人的脸时，停下了动作。

"宁大人？"

他眉梢扬起。

第十七章
侯爷在看谁家姑娘啊

宁朝阳已经准备好迎接埋伏了,没想到闯进眼帘的竟是这人健硕的肩臂。她神情一滞,接着就退出去站在了门外:"侯爷恕罪。"

李景乾半拢着衣裳,漫不经心地朝她走过去:"躲什么,没见过?"

不但见过,还摸过呢。

宁朝阳垂眼:"今时不同往日,还请侯爷自重。"

他自重?李景乾气笑了:"宁大人,难道不是你先闯来了我的房里?"

"下官在追一个蒙面人。"

"哦?当真不是趁我更衣想来闯门的借口?"

"不是!"宁朝阳微微眯眼,抬手将掌侧被剑锋带到的伤口给他看,"夏景园里有人要刺杀重臣,侯爷难道是想替他掩护吗?"

两寸长的口子,血还在往外溢。

李景乾变了脸色。他拢好衣裳将人拉进来,下意识地想找自己的药箱。

"侯爷,"宁朝阳面无表情地提醒他,"您现在已经不是大夫了。"

李景乾背脊一僵,收回了手,嘴硬道:"我记得,不用宁大人提醒。"

宁朝阳没再理他，只往他房里打量。

夏景园临时安置的厢房，摆设与她那边没什么两样，只多了些箱笼和他挂在屏风上的衣裳。

她抬步就想去屏风后头，李景乾抓住了她的手腕。

"宁大人连我也怀疑？"他垂眼问。

不是怀疑，是确信。

宁朝阳停下步子，没有侧头，只问他："若我今日当真死在他剑下，侯爷可会为我抓住凶手？"

"会。"他毫不犹豫。

撒谎！宁朝阳挣开他的手，大步走去屏风之后。

风从窗口吹进来，拂动了屏风上的轻纱外袍。她看着空无一物的地面，微微抿唇。

"那边还有几个木柜。"李景乾站在她身后，声音极轻地道，"大人不如一并去打开来看。"

既然敢让她看，想必人早就跑远了。

"不必了。"她转身便往外走。

李景乾目送她离开，看见她没有回房，而是一路往院子外找去，他眼神沉了下来，道："出来。"

木柜打开，胡山一声不吭地跪在了他面前。

"今日这屋子里的人但凡换一个，你就得把自己赔进去。"李景乾墨眸阴沉，"萧大将军将你托付给我，是为了让我给你送葬的？"

"将军息怒，"胡山咬牙，"属下只是太恨了，若不是因为她，萧大将军根本就不会死。"

李景乾闭了闭眼，道："你若只想杀她泄恨，那就离开镇远军，离开我身边，自己去送死即可。"

胡山抬头，满眼诧异："在江州时，您不是也说了要回来先杀宁朝阳祭旗？"

"她现在动不得。"

"为何动不得！"

李景乾沉默，半晌之后才道："你动了，打过她了吗？"

胡山愤恨地捏拳。他一直以为宁朝阳是个文臣，不会武，杀她只需要等个机会。可方才一交手，他才发现这人武艺竟在他之上。

"若是将军出手……"他抬眼。

李景乾冷笑："赌上我整个将军府之人的性命，赌上所有麾下之人的前程，就为了给你泄愤？"

顿了顿，他又起身道："你若想不明白自己该干什么，就在这里好好想，想清楚了再来见我。"

这语气太严肃，胡山当即噤声不敢再言。

夏景园里的人逐渐多了起来，安排厢房的管事找到宁朝阳，想给她换个单独的小院。

"不用了，我左右也睡不了什么，"宁朝阳道，"那厢房离练武场更近。"

管事忍不住笑道："您未免也太刻苦了些。"

宁朝阳本想答这都是分内之事，结果还没说出来，管事就接着道："与定北侯爷竟是一个念头。"

捏着白布的手一顿，宁朝阳眯眼道："他也不换住处？"

"不换。"

宁朝阳有些烦躁，道："你给他换了吧，堂堂侯爷，皇亲贵胄，哪能与臣子一起挤厢房？"

"方才小的就是这般劝侯爷的，侯爷倒也听劝，立马将其余厢房里的统领们都送去了小院里。"

"既然如此，我搬。"她道。

管事应声，转身就要去办，结果身边跟着的小厮与他耳语两声，他嘴角一抽。

"怎么？"宁朝阳看向他。

管事尴尬地搓了搓手："原是想让您去北边那个小院住的，但……那边的人刚刚来传话，定北侯原先的小院住不下那么多人，剩余的统领已经自顾自地去了北边小院。"

也就是说，没位置了。

宁朝阳觉得，李景乾这人很离谱儿，这弯弯绕绕的心思花在哪里不好，非得花在这个厢房上头？

她深吸一口气，咬着白布单手打了个结，声音从齿缝里挤出去："知道了。"

大不了不回去歇息，反正总共也没几日。

上京大抵是许久没什么热闹了，一听有比试，朝中官员和眷属都纷纷赶来，刚到第一日的比试，草场的四周凉亭里就已经坐满了人。

宁朝阳依制在前头的交椅上落座，华年、秦长舒等女官都站在她身后不远的位置。

刚坐下，李景乾也来了。

虽与荣王有了嫌隙，但他身后依旧站着一大堆自己的亲信，宁朝阳瞥了一眼，胡山就在其中看着她。

她嗤笑，抬起自己包扎过的手，轻轻朝他挥了挥——别让我抓到你。

胡山抿唇，拳头紧握，但看了她旁边一眼，接着就低下了头去。

云晋远看着前头坐下的九个人，略微有些不满："武艺比试，怎么连文官也能作评？"

华年淡声道："这话该去问陛下。"

身后两群人之间的气氛登时紧绷。

宁朝阳与李景乾倒还好好坐在一起，宁朝阳甚至主动问他："侯爷公正，该不会有负圣恩，偏袒自己人吧？"

李景乾墨眸带笑："我不会，相信宁大人也大公无私。"

"自然，自然。"

两人彼此点头，然后看向场中。

第一场比刀，参与者二十七人，一阵刀光剑影之后，宁朝阳给六个自己人投了筹。

她投完，看向旁边。果然，李景乾给他那边的十一个人投了筹，两人无一筹重复。

两人相视一笑，同时漠然地收回目光，捏着筹等着下一轮开场。

能在禁军里混上小统领位置的，那自然都是有些底子的，不管是徐统领还是梁统领，三场下来都至少该是七筹的水准。

但评议席上，一个打死不投徐若水，一个打死不投梁安城，一番铆劲之后，两人的竹筒里都只有可怜兮兮的四根筹子。

后头的云晋远沉不住气了："内行看门道，外行看热闹。此等盛事交给压根儿不会武的人来评断，当真是糟蹋了！"

众人纷纷应和。

"是啊，白瞎了梁统领那么好的剑法。"

"什么人该干什么事，她竟是半分自觉也无。"

宁朝阳气定神闲地坐着，压根儿不觉得他们说的是自己，直到旁边的兵部尚书也转过头对她道："明日的题目是斧、弓、钩、叉，宁大人想必更不了解，不如就先歇息歇息，让赵郎将先行顶上。"

嗯？

她觉得好笑："尚书大人是觉得我不够格坐在此处？"

兵部尚书嘴里说着哪里哪里，但看神情，分明就是这个意思了。

凤翎阁的人愤愤欲言，宁朝阳抬袖拦住了她们。

"好，"她笑着颔首，"就如尚书大人所言。"

说罢，她起身，径直就往台下走。

"大人！"宋蕊急得飞快迎上来，"偏袒我们这边的人本就少，您若一走，岂不白白让定北侯主了大局？"

华年也快步跟上了她："朝阳你冷静些，不可意气用事啊。"

"你们何时见过我意气用事？"

的确是没见过，但在这个节骨眼儿上离席，那她们这边的人该怎么办？

宁朝阳察觉到她们的不安，停下了步子。

她问程又雪："徐统领今日得筹情况如何？"

程又雪道："刀法共八人赞许，三人计一筹，得两筹，其余题目赞许者四五，一场一筹，共两筹。"

"这已经是我在时的最好情况了。"宁朝阳颔首，"多我这一筹，对结果并无任何改变。"

"那您也不能直接走啊，在上头总是要好些。"

不对。宁朝阳回头，看向评判席上的定北侯。那人施施然坐着，漫不经心地往前头的竹筒里投了一筹，旁边顿时有三四个人跟着投筹。

镇远军威名远扬，即使其余几位大人与他没多深的交情，也总会被他影响。一直坐在上面与他对着耗，她才是真的输定了。

宁朝阳收回目光，道："剩下的交给我。"

有她这话，众人顿时都松了口气。可她们这一大群人都往外走，四处的百官贵胄瞧着，难免跟着议论。

"这是不战而降了？"

"到底是姑娘家，哪能在武试上站得住脚？"

"此番众多武将还朝，凤翎阁贪占着的城防之务怕也是要让出来喽。"

一片嘈杂之中，青云台众人气势大盛，梁安城一戟斩下木栏上飘飞的发丝，小吏凑近去数，整整九根，一根不多，一根不少。

哐！

魁锣响起，即使评判席上少了一人，此战他也得了三根筹。梁安城高兴得当即大喝一声，耀武扬威地举起了手里的长戟。

山呼海啸般的喝彩声顿时从后头涌来。

　　宁朝阳大步向前，完全没有回头之意，绛色的背影眨眼就消失在了小门之外，独留风还拂着门口的青草。

　　旁边的兵部尚书还在说着武人事武人毕，像侯爷这样的枭雄才能当真惜英雄云云。

　　李景乾收回余光，眼神疏疏淡淡，没有应他。

　　第一日赛毕，梁安城得七筹，位居榜首，徐若水却只得了五筹，凤翎阁众人愁眉不展。

　　淮乐殿下安慰道："后头还有五日的比试，武试过了还有文试，不必因一时失利而乱了阵脚。"

　　说是这么说，士气这东西一旦下去了，就很难再涨上来。

　　梁安城一派的小院里喧哗庆贺，趁势练武。徐若水这边却是一片死寂，兵器都放在木架上，院子里一个人也没有。

　　虽说各个题目都有魁彩——也就是做到一个极致，不用评判席投筹也能得三筹，譬如梁安城，以戟在二十根飘飞的发丝中准确斩断九根。但这除了绝对强悍的实力，还需要九分的运气，大多时候，参试者所得的筹子多少还是要看评判席上人的偏好。

　　宁朝阳一走，徐若水、周世殷心里就更没底了，没人想去练明日的比试，只在屋子里坐着发愁。

　　夜风沉沉，吹得兵架上缀着的红穗寂寥地翻飞。不知过了多久，一只手伸过来，无声地拿起了上头的重弓。

　　第一日比试精彩，还有人夺了魁彩，故而第二日来夏景园围观的人就更多了。

　　李景乾一踏进赛场，就见梁安城骑着马正围着草场跑圈，他所过处，众人一阵欢呼，仿佛比试的结果已经落定。

　　陆安看得唏嘘道："也太沉不住气了。"

　　李景乾淡声道："今日题目所涉都是徐若水更为擅长之事，他是想在气势上压住对手，讨两分便宜罢了。"

　　对面的徐若水几人骑马等在角落，每个人脸上都是一片凝重。欢呼起一声，他们的眼神就沉一分。

　　陆安恍然，送主子去落座，不由得又看了一眼旁边坐下来的人。

　　宁大人当真没来了，今日来的是赵郎将。

　　一看见定北侯，赵郎将当即就坐直了身子："侯爷！"

李景乾颔首，不愿多聊，这人却是主动凑上来，激动地道："下官敬仰侯爷已久，不知可有机会切磋？"

兵部尚书不由得拉了拉他："赵大人，下头还有比试呢，你这话未免冒犯。"

赵郎将嘿嘿笑了两声，不好意思地道："那等比完我再问。"

昨日之后，有两三个人自知夺魁无望，主动退了出去。为了维持看头和热闹，兵部便又选了几个人替补了上来。

不知为何，头一日还兴致勃勃的定北侯，今日瞧着竟有些懒洋洋的，目光看着场子里，余光却在往旁边瞥。

两侧的官员有所察觉，都只敢在心里纳闷儿。但不巧的是，赵郎将是个口无遮拦的，瞧见侯爷又往贵人席座上瞥了一眼，他当即就大声问："侯爷这是在看谁家的姑娘啊？"

凉风习习，李景乾墨发微扬。他慢慢地转过头来，抬起眼皮，定定地看着旁边这人。

赵郎将完全不觉得自己说错了什么，顺着李景乾方才看的方向站起来望了望，然后坐下与他道："那边的不行，都已经是别人家的娘子了。侯爷，您不如看看我妹妹？"

陆安想拦他都没来得及，就见这位挤眉弄眼地道："我妹妹年方十六，听话又懂事，可不是那些年近二十的人能比的。"

李景乾沉默了片刻，接着抿起嘴角，皮笑肉不笑地问他："年近二十的人怎么了？"

这还用问？赵郎将拍腿就道："老了啊！不但老，还不听话，总嚷嚷着要做自己该做的事，不肯老实待在后宅里。这样的人怎么能合侯爷您的心意呢？不像十六岁的年轻姑娘，那叫一个天真鲜嫩、熨帖人心。"

他每说一句，陆安就在后头挥一下手，手都快挥断了，赵郎将也没注意到他。

陆安咽了口唾沫，干净利落地退回了镇远军的队伍里。

李景乾一字不落地将他的话听了进去，他温和地笑了笑，接着就道："赵郎将方才说想与本侯切磋？"

"是啊是啊！"

"正好，趁比试还没开始，我们去那边吧。"

"多谢侯爷！"赵郎将喜出望外，立马跳起来跟着李景乾下了评判席，兴奋不已地走出小门。

一炷香之后，李景乾一个人走了回来，拂袖坐回椅子里。

兵部尚书好奇地往他身后看:"赵大人呢?这马上要开始了。"

"他有点事,"李景乾微微颔首,"让后头的侍郎大人上来替他片刻即可。"

兵部尚书不疑有他,挥手就叫了人来。

比试开始,先比的题目是斧。

斧头分投斧与战斧,前者比投掷的准头,后者只比力道。

李景乾安静地看着,就见徐若水十掷投斧中六次靶心,战斧一次劈开了四根横木。

这样的成果比梁安城好上些许,但不巧的是,他得八人赞许,梁安城得六人赞许,算下来,得筹数都是二。

原本就士气不高,再遇见这样的结果,徐若水当即就气得要走。

"徐统领息怒,您再一走,咱们当真只能将大统领之位拱手相让了!"

"让就让,这还有什么好比的!"

"您冷静冷静,万一后头能夺魁彩……"

"那哪是那么好夺的!"

正吵闹不休,有人突然从他们身边经过。

众人一愣,停下动作抬眼看去,就见一袭暗花金丝袍翩然落下,袍子的主人站在木架前,拿起了两把投斧。

旁边的礼官跟着名单唱道:"下一位参试者,凤翎阁宁氏朝阳,官任三品,兼四品城防武职——"

此唱一出,热闹的夏景园登时安静了下来。

日光耀眼,宁朝阳站在烈阳之下,束腰纤纤,身板挺直。她举起投斧,在一片寂静之中双手同出。

斧刃破空,呼呼作响,两把投斧准确无误地扎进了两个靶心。

王公贵族面面相觑,评判席上的众人也傻了眼。

"这、这怎么行?"兵部尚书看向吏部尚书,"宁大人怎么能去参试?"

吏部尚书有些慌张,但还记得规矩:"只要是习武的官员,五品以上就可参试。"

"可她、她……"

"她自幼习武。"淮乐殿下坐在凉亭里的席位上,笑着与旁边的命妇解释,"朝阳是个很努力的孩子,旁人幼时大多学学耍耍,而她是将一日分成三日在用。"

不会诗文会被亲爹痛打,不会武艺会被宁府的下人欺负。宁朝阳习文是被迫的,习武却是拼了命的,只要是有用的武艺,她不吃不喝都会练到会了为止。所以，她出现在场上，淮乐的神色顿时就轻松了起来。

投斧之事，首在腰腹之力，次在手臂之力。宁朝阳举斧再出，眼神笃定，动作干净利落，两把斧头在众目睽睽之下带着风声飞出，又一次正中十步外的靶心。

安静的夏景园跟着就沸腾了起来。

"宁大人好厉害！"

"双手同掷，比一把一把地掷可难多了！"

"宁大人加油！"

原本颓丧不已的徐若水等人见状，也不吵了，纷纷跑到宁朝阳身后去围观。一开始，他还以为她是运气好，但连续六把投斧都中靶心之后，徐若水服了。

"没想到宁大人竟对投斧这么有研究！"他有些激动。

宁朝阳盯准远处的靶心，轻声道："略懂皮毛。"

话音刚落，双斧再中，四周喝彩声再度而起，直冲云霄。

八投八中，真乃神人也！

评判席上有的人坐不住了，站起来往前倾着身子朝那边的一排靶子张望。

李景乾也愣怔了，不过只一瞬，他就垂眼抬袖，将手里的筹子扔进了前头的竹筒。

以前没见过这样的宁朝阳。

她衣袍猎猎，双臂坚实稳扎，虽然穿的是女子爱的海棠金丝裙，可动作看起来比场上那几个男儿还更加干净漂亮。这模样不像文卷堆里埋着的书生，而像他在战场上见过的巾帼。

筹子一根接一根地落进竹筒，宁朝阳十投十中之后，只有兵部尚书还捏着筹子没动。他察觉到旁人的目光，抿唇道："不急，还有战斧呢，总不能只看投斧就全许了她。"

说是这么说，他的手里分明已经出了汗，眼神也有些不安。

沈浮玉在后头瞧着，不由得皱眉低声道："这老头儿是不是觉得下不来台，故意不给筹子？"

"显而易见。"华年没好气地道，"昨日才说朝阳不懂武事，今日朝阳就亲自上场，若得三筹，他岂不是自己打自己的脸？"

"那也太不公平了！"程又雪气得小脸发红，"宁大人这么厉害都只有两筹的话，如何追得上其他人？她昨日的都没比呢！"

众人听着，都往旁边立着的牌坊上看。

梁安城高居第一，已经有九筹，而宁朝阳刚刚参试，名字还排在最后一个。

正想着，场上就发出了一声巨大的裂响。

程又雪吓得一哆嗦，扭头去看，就见横陈着的五根木头已经被一把巨大的战斧尽数劈断。

顺着斧柄看过去，宁朝阳红袍翻飞，青丝浮游。她盯着横木的断处，眼尾正兴致盎然地弯起。

哐！

魁锣重重地响了一声。

兵部尚书被吓了一跳，手一抖，筹子就顺着衣袍落到了地上。

前头竹筒里只插着八根筹木。

不过无妨，魁锣已响，宁朝阳的名字后头被挂上了三块筹牌，一跃就到了中间偏后的位次。

"宁大人！"凤翎阁众人尖叫欢呼，好几个人都原地跳了起来。

徐若水等人也震惊地凑上去问："大人怎么做到的？平时在家也练这个不成？"

宁朝阳摇头："许久未练了，只昨夜临时抱了抱佛脚，想来老天看我顺眼，送了我几分运气。"

这还能叫运气？

徐若水连连摇头，一改先前的鄙夷和戒备，主动拿来帕子给她擦汗："您歇着，后头我们先上，等您缓过神了再说。"

"是啊，您比得晚，先歇一歇，不然后头要比力气就吃亏了。"周世殷也给她端了水来。

宁朝阳沉默地接过，有些不太适应：这群武夫的爱恨是不是都太直接了些？

远处的梁安城怔怔地看了她片刻，没说什么，翻身上马去准备第二场题目。

第二场比的是弓，有五斗轻弓，也有一石余的重弓。

宁朝阳翻身上马，背着自己的弓，行至人群之中。

梁安城瞥了她一眼，哼笑："七斗的弦哪里配得上威风凛凛的宁大人？"

"梁统领谬赞了，"宁朝阳微笑，"我等小女子，七斗弦已是勉力难支，不像梁统领英雄好汉，两石的弓也拉得开。"

徐若水跟着看了梁安城的弓一眼，朝她小声道："他的弦也只有九斗。"

宁朝阳瞪大眼道："徐统领怎么能这么说，梁统领可是现下的魁首，他怎么会拉不开两石的弓？"

"我没……"

"你别说了。"宁朝阳抬手拦住他，扭头就对梁安城道，"请梁统领先上，让我等开开眼,看两石的弓弦拉开是什么模样!"

"梁统领这么厉害?两石的弦?"

"这还比什么,这肯定是梁统领赢了呀!"四周听了半截的人都开始纷纷感慨。

梁安城僵在马上,脸皮一阵青一阵白。

弓固墙上、以重物挂其弦,弦拉满时所坠之物的重量即是这把弓的弓力,在大盛,一石弓已是重弓,两石的弓站射都困难,更别说骑射了。

他很想说自己最多拉一石弦,但气氛莫名已经被烘到了这里,话到嘴边也说不出来了。

梁安城一咬牙,就让随从换了一把两石的弦。

远处的李景乾沉默地伸手扶上了自己的额角。

比试开始,二十余武将一齐策马来回奔走,要射中十丈外的草垛,半个时辰为限,以身姿和草垛上的箭镞为评。

箭镞还好说,多少一目了然,但身姿这一项各花入各眼,注定本场没有魁锣。

宁朝阳一开场就察觉到了杀气。她不动声色地挽起弓,先射中远处草垛,再一夹马腹,飞快避开旁人的箭。

羽箭纷飞,徐若水十中其七,周世殷也中了六次,但旁边的梁安城冷汗涔涔,六次挽弓只中了两箭。

骑射最耗体力,宁朝阳没有频繁挽弓,只守着自己的节奏,开弓则必中。她每中一箭,旁边的梁安城就着急地跟着她挽一次。这样的后果就是时辰刚过去一半,梁安城就已经累得拉不开弓了。

"愚蠢!"李景乾不悦地抿唇。

梁安城那边的人也发现形势不太对,眼看着己方一步一步落入下风,有人气急败坏地拉开弓弦,不等宁朝阳走开就松了手。

"宁大人小心!"徐若水开弓急射。

宁朝阳闻声倏地往后倒在马背上,侧方一支箭飞来,与后方的箭狠狠一撞,箭镞叮的一声响,接着就被打飞到了旁处落下。

淮乐从席上站了起来,皱了眉刚想发怒,却见评判席上有人极快地纵身,眨眼就到了那暗算之人身侧。他一掌捏住那人的咽喉,将人径直拖拽下马,狠狠按到了草地上。

嘭的一声闷响,梁安城惊呼出声:"侯爷!"

宁朝阳从马背上坐起来,就见一抹黴玉色从眼前落下,露出后头那人满身的戾气。

"比试高低而已，你想杀人？"李景乾怒不可遏。

梁安城愣住，徐若水也有些意外。

虽说这人是其心可诛，但他这反应是不是忒大了些？

眼瞧着地上那人被掐得双腿直蹬，两人还是纷纷下马，上前去劝："侯爷息怒，此处有不少王公眷属在场，不可惊着啊。"

"侯爷，松松手。"

李景乾置若罔闻，眼底戾气一浮就想送人归西。

一只纤手伸过来，轻轻捏住了他的手腕。他手指一僵，侧头回眸。

宁朝阳目光平静地看着他，略带嘲弄地道："侯爷是见不得我赢，想杀了人，顺带取消了这比试？"

李景乾气笑了："我在你眼里就是这样的人？"

那不然呢？

使着百般手段也想赢她的人，只是因为担心她，就这么急吼吼地冲过来？

以前她脑子一热还会信这鬼话，但现在……

宁朝阳掰开他的手，顺势站了起来："时辰要到了，请侯爷回去投筹。"

李景乾气得胸口都疼，他站起身，冷声咆哮："礼官何在，将这人带走，送往青云台查办！"

礼官连忙上来应声，将人连马一起拖出草场。

水漏滴尽，第二场比试鸣金收尾。

计筹官数清了草垛上的箭镞，一一往评判席上呈报："徐若水二十七枚，宁朝阳二十六枚，周世殷二十三枚……梁安城九枚。"

评判席上各位大人一一投筹，兵部尚书终于想通了，老老实实地给了宁朝阳一筹。

旁边的定北侯自从草场上回来就在生气，脸色阴沉得可怕，尚书大人以为他不会投了，想让计筹官收竹筒。结果在最后一刻，一根筹子还是从李景乾手里飞出来，落在了属于宁朝阳的竹筒里。

尚书大人意外地看向他。

李景乾不高兴，很不高兴，眼里郁郁晦晦，整个人像浸在了黑色水墨之中。饶是如此，他还是不想短了她的筹。

做得好的小孩子是值得被夸赞的，江亦川会夸她，李景乾也会。

宁朝阳已经很厉害了，身为文官，她敢与一群武将争高低，而且两场下来，竟都拿了三筹的满筹。这样的人若在他麾下，他也是会当珍宝一样对待的。

可是在那么大的喝彩声和夸赞声里,她竟只是安安静静地牵着马站着,别说骄傲了,脸上连笑意也不甚明显。

李景乾不由得想起了宁肃远,想起了宁府回廊边上她那略带委屈的身影。

他手指握了握,挡住了旁边滔滔不绝的胡山。

"我给她筹子,是因为她达到了我的要求。"他道,"众目睽睽,你想让旁人也说我一句不懂武事?"

"可是再这样下去,她会追上梁安城。"胡山很着急,"安城方才那一场没有拿到筹牌。"

昨天一整天,梁安城才得七筹,加上今日两场也不过九筹,而宁朝阳已经六筹了,后头还有文试呢。

李景乾不悦地起身:"位子给你,你来坐。"

胡山慌忙低头:"属下不敢。"

"男子汉大丈夫,要靠作弊才能赢一个姑娘家,那还要什么禁军统领之位,不如早点回家种田。"李景乾看着他,"你说是不是?"

胡山尴尬地沉默。

所有人都没料到宁朝阳有这么厉害的身手,一如那天去行刺的他自己。在他的印象里,宁朝阳是一直端着手笑眯眯站在圣人身侧的奸臣。

骄阳似火,宁朝阳正捏着绳结,一圈一圈地绑住自己微敞的袖口。

她眉目间没了那股阴险谄媚之气,堂堂正正地站在人群里,锋利得像一杆红缨枪。察觉到他的目光,她侧眼看过去,眼尾似刀,凌然慑人。

胡山后退了半步,略显仓皇地低头。

第三场比的是钩,此种武器是在戟的基础上改良而成,分长钩与短钩,因为较为冷僻,比试便选了一些武士持剑来与各位对战。

徐若水不太擅长这东西,原本还有些心慌,但侧眼一瞥宁朝阳,见她一副镇定自若的模样,他不由得也跟着冷静了下来。

有宁大人在,就算自己输了也没什么,后头还有机会。这样想着,他和周世殷就先上场,从容自若地比完之后,甚至拿到了两筹。

十一筹到手,徐若水反超了梁安城的十筹。

宁朝阳看着他们比完,才收回目光,自己上场。徐若水和周世殷都在旁边看着她,打算学一学钩到底该如何用得好看。结果他们却见宁朝阳用拿剑的姿势,凭着灵活的身形和实用的招数,硬生生将对手打退,必要的时候,她还偷袭了人家一下。

徐若水都迷茫了，所以他们一开始的自信到底是哪里来的？

比试结束，宁朝阳得了一筹。她面不改色地放下长钩，看了一眼自己名字上挂着的筹木，微微点头道："不错。"

这就有七筹了。

周世殷抹了把脸："宁大人，您下回遇见不会的，可以先告知我等一声吗？"

害他们白等半天！

宁朝阳瞥他们一眼，摇头道："不能。"

"为何？"

"无所顾忌，方能一往无前。"她微笑。

徐若水怔住了。

先前他们都对宁朝阳抱有极大的敌意，哪怕收到这人的赠礼也没有丝毫改变，她自己应该也能感觉得到。但眼下，这人站在他们面前，竟能朝他们笑，笑得还挺、挺好看的。

徐若水喉结微动，突然有些无所适从，挠了挠后脑勺，结结巴巴地问她："大、大人要不要喝水？"

宁朝阳一顿，低头看了看自己手里捧着的杯子，又看了看他。

"喝着呢，哈哈哈！"他干笑道，"那、那我们去准备下一场的题目吧。"

下一场比的也是冷门的兵器叉，比试法子改成了所有武将两两对战。徐若水以为宁朝阳也不会，连忙引她到旁边耐心教授。

"手捏这里，然后也是腹上多用些力道，快准狠，这样。"他一一演示。

宁朝阳沉默地看着，任由他在自己周围转来转去。徐若水以为她听不懂，抓耳挠腮地四处打量，想找个人来与自己比画，然后他就看见了朝这边走来的定北侯，一众武官顿时下意识地护住了自己的脖子。

"怎么？"李景乾走过来站定，温和地问，"各位脖子不舒服，比不了了？"

"不是，不是，"周世殷干笑，"就是酸，揉一揉就好了。"

"是啊，我们自己揉一揉，揉一揉。"

宁朝阳戒备地看着他："侯爷有何指教？"

"指教不敢当，"李景乾冷眼瞥着她手里的三叉，"只是对这东西略懂皮毛。"

"哦？"她扬眉。

"方才徐统领说捏这里，男儿家手长，自然合适。"他负手，下巴微抬，"但你不同，你来握它，须往上一寸……徐统领还说，出手似这般。"他学了学，眼里溢出两分轻蔑，"浅显了些，若想制敌，还得这般。"

旁人的三叉被他夺过来，当场挽出一道花，再出手如龙，震得四周地上的草齐齐一伏。

于是宁朝阳又沉默地看了第二个人在自己周围转来转去。

"不会可以不教，却不好误人子弟。"末了，他还对徐若水这样说。

徐若水脸上通红，有些无地自容。

宁朝阳看着他，却是极缓极慢地翻了个白眼："多谢侯爷赐教。"

"不客气。"他心里舒坦了，这才拂袖转身，回去了评判席。

周世殷小声问徐若水："侯爷怎么老往咱们这儿凑啊？"

"这就是你心胸狭窄了。"徐若水道，"他虽偏心梁安城，但毕竟是习武之人，习武之人看见旁人有疑惑，哪有吝啬藏私的道理？"

"原来如此。"周世殷恍然，看向李景乾的方向，眼里多了两分敬佩。

宁朝阳话都懒得说，提着叉就回到了赛场上。

几个人一同上场比试，徐若水有些担心自己真把她教歪了，故而比试间频频往宁朝阳那边看。

结果这一看，就见那人身姿飒爽，出手如电，三招就将对手挑落下台，绝不是个初学者的水准。

徐若水一个走神，当即被对手挑中，落下台去。

李景乾是看着整个比试台的，但看着看着，目光之内就只剩下了宁朝阳。他看着她飒爽旋身，衣摆飞转如花，力道过处，青草齐伏；他也看她收势如水，徐徐缓缓，拢袖归处眉若春山；还看着她跳下比试台，步伐带风地朝徐若水走去。

等等，朝徐若水，走去？

李景乾敛了笑意，微微眯眼。

这才第一轮，徐若水就落台了！落台也罢了，还受了点皮肉轻伤。

宁朝阳俯身下去问他："如何？"

徐若水捂着手臂羞赧地道："一时大意，我原是要……"

"先起来。"

他抿唇，伸手搭上她递来的手，借力而起。

两人站在一处，他眼神游移，刚想找点什么话聊，就听得宁朝阳冷声道："梁安城拿了两筹。"

徐若水失这一城，筹木顿时被反超一根。自己必须拿下全筹，才有可能在明日追上梁安城。

宁朝阳捏紧手里的三叉，观察了一下剩下的人，然后干脆利落地去旁边准备。

徐若水在原地站了一会儿，突然觉得有些无地自容。

他打起精神，跟她前去仔细观摩。

今日参试的武将一共二十八人，互拼五轮之后即可得出魁首，运气好的话还会有一轮轮空。

但宁朝阳分明已经将人挑下了台去，对面的人却还不服，说台面太滑或是她兵器与旁人不同，要求重来。就连徐若水看得都生气，想为她辩驳，但宁朝阳竟好脾气地道："重来便是。"

他皱眉，觉得她太过良善，白白浪费力气，会在后头吃亏，然后就见重来一次之时，宁朝阳直接将人叉起来，凌空扔出三丈之外。

"还滑吗？"宁朝阳关切地问，"要不要再重来一次？"

对方捂着肩上的血窟窿，惊恐摇头，连连后退。

徐若水嘴角抽了抽。

比起担心她，他好像更应该担心自己。

对手有资历深厚的老将，也有年纪轻轻的女统领，徐若水以为宁朝阳至少该磕绊两局。

但是她没有，一路横扫下去，宁朝阳身上连点血都没沾，魁锣响起的时候，她眼里甚至有点不尽兴的遗憾。

四场比试完毕，宁朝阳得了十根筹木，眨眼就来到了第四名的位置。凤翎阁的人在远处大声为她喝彩，连平时那些看她不顺眼的官员们也不得不服气地鼓掌。

两次响魁锣，一次满筹，还有一场不擅长的也混得一筹。

这般厉害的身手，谁还敢说她忝居武职、贪掌城防？

第十八章

是时候登场了

青云台的众臣看得忧心忡忡,纷纷议论起宁朝阳参试的合理性,企图寻得一个由头迫使她退试。然而激烈地讨论一个时辰之后,众人绝望地发现,宁朝阳站在场上之前就已经考虑了个周全,所有他们能想到的借口,她都已经准备好了应对的手段。

双车困将,怎么都是个死局。

饶是再生气,荣王也只能硬着头皮去找李景乾。

"本王这边已经没人是她的对手。"荣王朝他拱手,"恳请小舅相帮。"

李景乾正在整理自己的兵器,闻声低笑道:"王爷说的哪里话,你我一家人,有什么帮不帮的。"

看他态度这么好,荣王一时倒有些惭愧自己的狭隘,他坐下来道:"小舅这边可还有什么高手堪用?"

"没有。"李景乾摇头,"我麾下武艺比她高的人没她懂文试,文试比她精的人,武艺又未必能胜她。"

那岂不是完蛋了?

荣王急了："只要小舅能阻止她夺魁，本王愿做任何事。"

一听这话，李景乾终于抬起了头，略显犹豫地道："会不会太为难殿下了？"

"不会，不会！"荣王道，"只要还有转圜的余地，小舅尽管开口！"

沉思良久，李景乾才勉为其难地点头："那在下就姑且一试。"

徐若水的院子里，众人一扫先前的颓丧，都喧喧闹闹地练着明日的题目。

周世殷端了点心来，恭恭敬敬地捧给宁朝阳："大人尝尝？"

宁朝阳不太感兴趣，摆手谢过他。

徐若水拿了一块来，一边吃，一边好奇地看她："首战告捷，大人怎么看起来不太高兴？"

她抬了抬嘴角："挺高兴的。"

这……敷衍得也太明显了些。

宁朝阳觉得自己没法儿跟他们解释这种惭愧又低落的感受。她自幼习武，十八般武艺不说精通，至少算熟练，可久在文阁，许多兵器都已经生疏了，只能拿来欺负欺负这些大多靠力气搏位的武将。

可是，这话说出来，他们只会觉得她在挤对人。但对她而言，这样的一路横扫的确是没什么值得高兴的。

"徐统领。"她抬头。

徐若水立马在她跟前站得笔直："宁大人？"

"后头的比试，你切不可再松懈，"她道，"我会尽力替你拦下梁安城。"

徐若水有些意外："那大统领之位，大人不想自己争一争？"

分明有那个本事，为何只想着让他呢？

宁朝阳虚伪地笑道："人各有所长，我觉得您几位更适合那位置。"

众人呆愣地点头，好像明白了，又好像没有明白。

若是李景乾在这里，他定然不会露出这种神情。宁朝阳想，那人只一眼就会明白她在想什么，还会顺带嗤笑她花言巧语笼络人心。

她摇摇头，放下茶杯，起身回到自己的厢房。

偌大的院子远看黑漆漆的，近看里头的石灯却都亮着。她迈步进去，发现自己的房里也满是灯火，贴心的掌事甚至将她檐下的灯笼也一并点亮了。

宁朝阳心情好了些许，跨门而入，检查了一遍确认没有危险之后，便锁了门窗，在竹榻上小憩。

一整天的比试怪累的，若不好好睡一觉，明日难免乏力。

想是这么想，但四周的气味都太过陌生，她闭眼假寐，却怎么也进不了梦乡。

隔壁有人在看书，翻页的声响很清脆。

好歹毒的心思，这么大的动静，这是成心想吵得她休息不好。

可是，真听着那时不时翻页的动静，她脑子里一直绷着的弦竟慢慢松了下来。她眼皮泛酸，呼吸放缓，昏昏沉沉、挣挣扎扎，居然就这么睡了过去。

宁朝阳难得在陌生地方入睡，竟然还做了个好梦，醒来时心情甚好。她收拾好今日要用的兵器，迎着灿烂的日头就走去了草场。

牌坊之上挂着的名字，前四里有三个都是他们这边的人。饶是第一还未到手，宁朝阳一入场，四周也全是喝彩恭维之声。

"宁大人威武！"

"一举夺魁，给他们点颜色看看！"

她不由得抬眼看向远处的梁安城。他仍旧是目前的魁首，只是精气神却大不如昨，站在候场区里垂着脑袋，仿佛今日已经输了一般。

徐若水等人见他这模样倒是高兴，可她瞧着却只觉得无趣。

都这样了，自己还来做什么？

"今日是太后寿辰，圣人已经到了，只等各位今日的比试结束，便要过去领赏。"华年小声与她道，"这可是出风头的好机会，你得抓紧。"

宁朝阳勉强提起兴趣，拿起自己准备好的弩站到了场上。

今日第一题比的是精弩的拆组和准头。

有的武将对弩不甚了解，比如梁安城，他一宿没睡，专门将所有动作都练了一遍。一站上台，他就以最快的速度将一把完好的弩拆开，重新就着榫卯装回去。

旁边的水漏只滴了五十下，对他而言，已经很不错了。

他轻轻松了口气，转头看向宁朝阳。

原本这人站着的位置已经只剩一片凉风，桌上的弩完完整整地放着，像没被人动过一样。可转头看旁边的水漏，分明已经滴了十二下。

梁安城如遭雷击，愕然地转身。

宁朝阳已经回到了歇息的席间，百无聊赖地接过宋蕊递来的水，甚至打了个哈欠。

"大人连弩也这般精通？"宋蕊双眼放光地望着她。

"不算精通，"朝阳道，"略懂皮毛。"

这还叫略懂皮毛？梁安城顿觉崩溃。

两人相较，若是有来有回地输了，那他还能够不服气。但她这般一骑绝尘，连背影都不给他留一个，只会让人感到绝望。

以她射箭的准头，弩这一题也定能夺魁彩。

那还有什么好比的！

梁安城双肩垮下，连退试的心思都有了。他身后众人与他一起望着宁朝阳，心里想法也都差不多。

正沮丧呢，观赛席四周突然响起阵阵惊呼。梁安城垂头丧气地扭头，却突然整个人一震。

比试台的最后一个位置站上来了一名新的武将。他着一身麒麟月袍，袖口紧拢，墨发高束。逆着日头站在桌旁，双肩巍峨如天光破处。

旁边的水漏登时被打开了。

就这一瞬，方才还一动不动的双手，眨眼便在弩上翻飞起来，带着峰棱的骨节隆起又平复，青筋鼓动，指尖缭花，顷刻就将一把完整的弩给拆得七零八落。

停顿半息，他开始复原，用与拆法完全不同的顺序，准确又快速地将弩组回了原先的状态。

水漏戛然而止。

"七、七滴。"旁边的礼官报数的声音都在发抖。

宁朝阳霍然抬眼。

四周嘈杂喧闹，惊叹声不绝于耳。她站在角落，越过簌簌作响的青草，穿过欢呼不已的梁安城等人，清晰地看见了他眼里略显呆滞的自己。

"承让。"他朝她颔首。

依旧是那张清俊不可方物的脸，也依旧是那双修长且温柔的手。李景乾站在停滞的水漏旁边，却完全不似先前的急躁。他像一头回到了自己领域的雄狮，优雅地朝她发来了挑衅。

"侯爷！"

"侯爷冠绝无双，天下第一！"

后头的镇远军大声呼喝起来，连带四周的观赛席都一并沸腾。

凤翎阁众人面面相觑，淮乐殿下也皱了皱眉。

"定北侯怎么也上场了？"

"按照先前的说法，他的确也有五品之上的武职。"

"那评判席……"

众人转头看去，就见胡山已经坐在了原先属于李景乾的位置上。

"不妙。"秦长舒沉了脸色。

先前只要宁朝阳出彩，定北侯还愿意投筹，可眼下换成了胡山，那不管宁朝阳有多厉害，少他这一筹都是肯定的。

不公平！她急忙起身往旁边走。

站在场内，宁朝阳倒是没想那么多，她只看着李景乾，眼神从漫不经心逐渐变得专注而锐利。

这就是声名在外的定北侯！从前见他只如管中窥豹，眼下既然有了切磋的机会，她也想认真看看他的本事到底如何。

拆组比试结束，下一轮是二十丈的瞄射。

原本已经没什么悬念的比试，因定北侯的到来而变得格外精彩。其余武将都争着先上场，比完就连忙将位置空出来。于是轮到宁朝阳的时候，整个场子格外空荡，她的对手也只剩下站在一旁的李景乾。

"宫中机弩精良，区区二十丈，未免有些看不起宁大人与我了。"李景乾把玩着手里的东西，轻声道，"再退五丈如何？"

方才脱靶的众武将在旁边听得嘴角直抽。

宁朝阳却兴致盎然地点头："好！"

两人一齐后退，绣花的锦靴与黑色的长靴同时踩在草地上，发出轻微的声响。

周世殷屏息替他们数着："一丈、两丈……五丈！"

最后一个"丈"字刚出口，两道短镞就倏地破空而出。

在别人手里瞧着平平无奇的弩箭，在这两人手里却被使出了两声尖锐的哨响，一眨眼，两道箭镞都没进了远处的靶心。

"再来！"宁朝阳又挑了两把弩出来，自己一把，也扔给对面一把。

李景乾接住，欣然应战。

双弩齐发，靶心接连被箭镞打中。光命中目标不算，宁朝阳兴致一起，后箭瞄准前箭，自己将自己的箭劈开了两瓣花。

李景乾觉得有趣，学着她的动作，后来的箭每一支都命中前头的箭尾。

好熟练的手法！

宁朝阳心里暗叹，这人实战太多，已经不用估算风势，随意出手都能命中。而她还需要感测风力，是落了些下风的。

哐！

魁锣响起，李景乾名字后头被挂了三根筹木。她侧眼去看评判台，自己的竹筒里只有八根筹。

程又雪等人已经气坏了，大声声讨着胡山。

胡山稳坐台上，却是一本正经道："文无第一、武无第二，有更好的人在，为何要给她满筹？"

就算是魁锣，她拆组弩也慢了两滴的工夫。

"你！"沈浮玉气得想上去动手。

华年拉拽住了她。

"你别拦着我，就算圣人在，他也得挨顿揍！"沈浮玉恼恨道，"他自己上去都未必能比宁朝阳快，怎好意思在这里指点？"

华年摇头："你先看看朝阳。"

沈浮玉一愣，顺着她的目光望过去，就见宁朝阳施施然站在场中，脸上没半点愤怒不说，甚至有些愉悦。

不是看见美人的那种愉悦，而是棋逢对手的那种愉悦。

她松了弩，下巴抬起来，睨着李景乾道："让你一回，下场我定会赢回来。"

李景乾被她脸上的笑意晃得一愣，呆愣片刻之后，他无奈地扶额。

先前为了引起她的注意，他可谓是想尽了办法，什么欲拒还迎、欲擒故纵，能用的招数都用了，也没见她露出过这样的神情。现在他是在与她作对争抢，她竟更高看他一眼？

"想赢我可没那么容易。"他轻哼道。

宁朝阳丝毫不惧，转身就去拿下一轮比试要用的锏。她步伐轻快，如燕子一般从场上掠了过去。

这身影落在沈浮玉眼里，她渐渐地平静了下来。

在凤翎阁，这人从未这般高兴过。

大事落成，她也会笑，也会愉悦，但那些情绪就像琉璃杯里的葡萄酒，朦朦胧胧，看不真切。而眼下，宁朝阳好像什么顾忌也没有了，不悦和舒意都痛痛快快的，满心只有想赢，也就没必要再闹出事端来让她收拾。

沈浮玉咬咬牙，拉着华年和程又雪躲去一侧，开始想别的法子。

原本一边倒的局面迎来了转机，旁边下注的人也渐渐多了起来，徐、周、宁、梁四人在这一场之后以十二筹并列，定北侯暂且只三筹。但众人下注，多数还是在宁朝阳和定北侯之间。

第二场比锏，规则是在一定时辰内击倒木桩，量多者为胜。

宁朝阳一扫先前的懒散，整个人好似一只伺机而动的猎鹰，背脊微弓，双目灼灼。哨响之后，她疾驰而出，在一众攀爬的人旁边飞身越过了前头高高的草垛阻碍。

锏是很沉的兵器，杀伤力大，所需的力气自然也更多。她估算了自己能击倒的木桩数目，而后便持铜而出，直取目标。

潮湿还带着青苔的木桩被铜从中间砸断，木屑飞溅间，李景乾转眸就瞥见了她星辰一样的眼眸。

他抿唇，手上跟着动作，将旁边的木桩也一并砸断。

场上木桩有限，一开始，众人各自砸各自的目标，但到后头，就需要几人争抢一个木桩了。

徐若水和梁安城等人齐齐围住一个木桩，开始在争抢中动手，打得热火朝天、不可开交。而另一旁仅剩的木桩前却只站了两个人。

宁朝阳捏着铜，一丝犹豫也没有地先出手了，李景乾当即立铜去拦。

铿的一声，两人的虎口都有些发麻。

对面这人丝毫没有退让之意，反而再度抬手，像是想连他手里的铜一并挥断。

蛮横，且不讲理。他摇头暗笑，刚想挽铜卸了她的力道，却见后头梁安城被徐若水一挡，长铜脱手，舞着风声就朝这边砸了过来。

他瞳孔一紧，身上的反应比脑子更快，旋身揽过她的腰，抬铜就挡住了这一下。

与此同时，宁朝阳手里的铜挥断了木桩。铿锵之声和木桩的断裂声混在一起，震得她耳朵有些疼。

她茫然抬眼，就见李景乾呼吸略重，满眼恼怒地道："为了赢，命都不要了？"

最后一根木桩倒下，魁锣随之响起。

宁朝阳眨了眨眼，捏住他的手腕，一点点将他的手拿开。

"多谢侯爷。"她有礼地颔首。

李景乾胸口起伏，气得喉咙疼："你在赌我会救你？可我万一不救呢？"

"侯爷说笑，"她扬眉，"若真不会，又何必烧我东院？"

李景乾有些狼狈地转头，道："我听不懂你在说什么。"

"十六岁的小郎君总是要比年近二十的人好些。"宁朝阳唏嘘，"不说别的，至少耳聪目明。"

"宁朝阳！"

"我在。"

她转眼看他，眼尾弯了弯："侯爷，赛场如战场，对对手心存慈悲的人下场会如何，不用我来说吧？"

李景乾气得闭了闭眼。

真是厉害！察觉他心意的第一反应不是高兴，也不是拒绝，而是二话不说地加以利用。

他其实早就看明白了，在宁朝阳的眼里，得失永远比情爱重要，所以她才能这般无畏地面对他，不露一丝怯。

可他不甘心，他就是还想试试。

魁锣响毕，宁朝阳的名字后头多了三根筹木。而他得了评判席上所有的筹子，也得了三根筹木。

宁朝阳已经到了牌坊上的魁首之位。

李景乾深吸一口气，握了握拳。

上京之人久在繁华里，不曾看过什么真的打斗比试，就连这两日的场面，也多是以热闹为主的。

然而，到了第三题，场边众人莫名地觉得气氛好像变了。其余的统领依旧在比试，但场上有两个人好像在捉对厮杀。他们使盾互撞，甚至将自己这边的攻击引到对方身上，二人僵持不下，甚至到最后竟拿盾，动起手来。

当真一交手，李景乾就明白了那日胡山为何会狼狈逃窜。

这人招式刁钻，身形还格外灵活。在她面前，生得高大反而是一种劣势。他得打起十二分的精神，才不至于被她得手。

不过，他也有他的优势，一招的力道抵她三招，真要换招的话，她显然会先落下风。

宁朝阳很快也反应了过来，开始借盾挡他的攻击。两人从草场的边缘打到草场正中，最后一击之后，双方的盾都从中间破开，呼啸而过的风扯得红蓝两抹衣摆几欲相逢。

"好！"

观赛席上不知是谁喊了一声，接着众人都鼓起掌来，大呼过瘾。

然而场内那两人连停顿也没有，对视一眼，就纷纷纵身去场边，拿起了下一个题目要比的戈。

利刃相撞，火花四溅，宁朝阳一边接招，一边学他的招式，只五招之后，就将他的攻击原封不动地还了过去。

李景乾有些意外，意外之后倒是来了兴致，使出的招式一个比一个难，对力道的要求也越来越高。

宁朝阳照学不误，甚至融会贯通，还了他一招新的。但这样一来，她体力消耗极大，最后一招双戈对撞之后，不得已旋身落到了看台之下。

评判席上的胡山见状就笑："高下已分。"

众人已经准备投筹了,然而,李景乾却蹲在看台边,漫不经心地朝她伸手:"还来吗?"

"来!"她不服地飞身跃上去。

对战又起,看台上兵响如瓦鸣。

胡山愕然,其他官员也面面相觑:这两人是来比试的,还是来过瘾的?

日近黄昏之时,胜负初分。宁朝阳喘着气捏着长戈,有些懊恼自己对武艺的生疏。不过对面那人也不太轻松,汗水顺着他的鬓发落下去,在他的肩上化成一个深色的点。

"你学这个学了多久?"他问。

宁朝阳想了想:"算不清日头,三岁起就什么都学。"

"当初镇远军征兵,你怎么不去?"

宁朝阳眼眸半垂,抿唇:"宁肃远说武将没出息。"

大盛的朝野虽不至于扬文抑武,却也多是文臣位高权重。

李景乾冷哼一声,又抿唇道:"你这样的人,不管做文臣还是武将,都会有出息。"

宁朝阳握着长戈的手一顿,眼眸微亮,却还是克制地低着头。

"侯爷也很厉害,"她道,"我原以为皇亲贵胄多是蒙了祖荫才做了将军。"

李景乾别开脑袋:"我从军的第一年就差点儿死在北漠人的铁蹄下。"

那时候,他还只是个普通的骑兵,身边没有护卫,也没有随从,跟在别的将军身后冲锋陷阵,被一柄长铜横断铠甲,若不是旁边的人拉了他一把,他当场就会坠马,然后被踏成泥。

"我跟你对战,对你来说不甚公平,"他道,"你压根儿没有见过真的杀戮。"

这话是真心的,比武艺,她未必是他的对手。

然而,宁朝阳听完,不但没有退缩之意,反而意味深长地道:"你不是我,怎知我见过什么、没见过什么?"

武试过后还有文试,她的机会多着呢。没到最后一刻,哪里就能轻易低头?

李景乾看着她,突然觉得很遗憾。若是能在镇远军里遇见她,若她没有投在淮乐麾下,他们应该会一见如故,而后携手并肩。

"宁大人,定北侯爷,圣人已经在赏月堂里宣召了。"有人小心翼翼地凑过来,站在离两人五丈外通禀。

宁朝阳回神,这才想起来瞥了一眼远处的牌坊。

李景乾很厉害,四场满筹,已然有了十二根筹木。但他少赛两日,排名还在后头,而自己有十九根筹木,已经高居魁首,岿然不动。

她心情甚好地拍手,放了兵器,稍稍整理之后,就去面圣领赏。

太后寿辰,圣人照例赏了二人,又额外给了李景乾一把好弓。宁朝阳一如既往地会讨圣人欢心,说了许多悦耳之言,又跟着谢恩,一脸心满意足地离开了赏月堂。但走在回院子的路上,李景乾捏着弓,将她拦了下来。

"想要?"他挑眉。

宁朝阳虚伪地笑道:"我一介文臣,要此物何用?"

对面这人嗤笑一声,轻蔑地将弓举高:"抢到就给你。"

您贵庚啊,还玩这小孩子的把戏?

她不以为意地转身,但眼眸却往弓的方向瞥着,趁这人没防备,跳起来就是一抓。

李景乾手举得老高,弓身与她的指尖堪堪擦过。

是可忍,孰不可忍!

她纵身而起,追着这人一路跑回院子,上房梁,绕厢房,好一通折腾之后,才终于在屋顶上把弓抢了过来。

然而,真抢到了,宁朝阳倒是不稀罕了,往屋脊上一坐就道:"不一样。"

没头没尾的三个字,李景乾却知道她在说什么。

他给她,与圣人给她,就是不一样的。

他不知从哪儿摸了两坛子酒出来,递了一坛给她:"人心不长中间,总是有所偏好,我毕竟算是皇亲。"

安慰她?

宁朝阳仰头喝了口酒,不屑地哼笑:"皇亲又如何,想要大统领之位,不是还得亲自下场与我争抢。"

也亏她好意思说,若不是她将那一池水搅浑,眼下大统领之位已经落到梁安城头上了。

李景乾没好气地在她身边坐下,道:"大人这是有恃无恐。"

先前不躲那飞来的铜钱是,此时与他这么说话也是。

"这不是侯爷您教我的吗?"她微笑,"人的感情不就是用来利用的?"

他捏着酒坛的手紧了紧,沉声道:"我道过歉了。"

"哦,"朝阳摊手,"又有什么用呢?"

"你……"

"我看过梨园里很多的班子,最有名的角儿也没侯爷您会演。"

她酒气上涌，单手撑着下巴道，"直到现在我也没想明白，你这般气势汹汹的武夫是怎么装成那样柔弱的大夫的？"

李景乾轻哂一声，软下眉眼，突然就低低地唤了她一声："大人……"

宁朝阳背脊一僵，她捏着酒坛，转过脸来，盯着他看了一会儿之后，眼里陡然就带了火气："你不死，真是难解我心头之恨！"

说着，她举起酒坛就想砸他，李景乾抬手稳稳地捏住了她的手腕。

酒水晃荡，在坛子里当啷一声响。

"大人这么恨我，是不是心里还有我？"他问。

宁朝阳眼含嘲讽，道："你做梦！"

有猫有狗有蛐蛐，都不会再有这个骗子。

李景乾失望地垂眼，嘴硬道："正好，反正我也已经放下了。若明日再遇见今日那样的险况，我不会再出手，你好自为之。"

"多谢侯爷提醒。"她冷声道，"侯爷也请多小心，我这人手段阴诡，说不定什么时候就连你的命一块儿赢了去。"

"宁大人厉害。"

"侯爷过奖。"

晚风吹拂，两人一同坐在屋脊上沉默。

宁朝阳克制地喝了最后一小口酒，然后就将坛子放在了脚边，转身回房。

李景乾一个人留在原处，慢慢地抿着残存的浓酒。陆安四处找他，终于顺着酒气上了房顶。

"主子，"他小声道，"云副将和胡副将与军师吵起来了。"

胡山和云晋远先前都是跟在萧大将军身边的，他们此次回京最大的目标就是杀了宁朝阳，为萧北望报仇。

他们原以为定北侯也是这么想的，但看过今日的比试之后，两人发现侯爷似乎有别的心思，于是云晋远先闹了起来，嚷嚷着要带人回江州。胡山也跟着起势，觉得侯爷并未将萧将军的死放在心上。

正吵得欢时，李景乾抬步跨进了门。

"侯爷。"

众人气恼未消，却还是低头行礼。

"云叔麾下有多少人？"李景乾淡声问。

云晋远不解地看他一眼："五百二十七人。"

"那回江州走水路更快。"他颔首，转头对陆安道，"去问京运师借一条最大的船，三日内抵岸载人。"

"是。"陆安应下就要往外走。

"侯爷？"云晋远傻眼了，"您这是要赶我走？"

李景乾抬眼："云叔不是自己想走？"

"我……"

"云大人不过是一时情急。"胡山郁闷地道，"仇敌难除，您让他老人家怎么能安心？"

李景乾目光转向他，似笑非笑道："这是你的想法，还是云叔自己的想法？"

胡山噎了一下，而后道："为人部将者重在一'忠'字，萧将军有恩于我，卑职忠于主帅，难道也是罪过？"

"忠于主帅不是罪过，但不分主次地忠于旧主，便让本侯有些心寒了。"李景乾漫不经心地拂袖。

原本被这两人气势压住的司徒朔，此时终于想了起来："胡副将，为了救你，我们将军千里跋涉，折损亲信十余不说，还孤身犯险。你不念此恩，倒妄图以旧主恩情相挟？"

"卑职绝无此意！"胡山也急了，"但萧将军他……"

"萧将军于尔等有恩，与我却只算有过几面之缘。"李景乾打断他，语气渐冷，"当初收容尔等时，我可曾许诺过一定要替他报仇？"

云晋远和胡山皆是一僵，而后摇头："没有。"

不但没有，当时侯爷甚至说了要他们放下执念。

"可是您分明也好奇萧将军的死因，分明也说这上京里……"

"那是本侯自己的念头，"他寒声打断胡山，"何时轮到尔等来胁迫？"

萧北望一事的确让他有兔死狐悲之感，他愿意尊敬这位为大盛收复过失地的英雄，也愿意承袭他的遗志继续东伐，但那不代表他得服从这些人。

主帅就是主帅，部将只是部将。

"要是觉得本侯不符合尔等的期望，让萧将军这一支的将士们失望了，那尔等就回江州，本侯替尔等开路；要是不想走，就去各领二十军棍，再行归队。"

压迫之意如山倾顶，胡山和云晋远一时都噤了声，双眼无措地看向彼此，接着就低垂了头。

李景乾拂袖回了那处简陋的院子。

一天的比试本就让人疲惫，再遇见这些烦心事，他只觉得整个天灵盖都疼。

隔壁还亮着灯，灯火明明，从花窗里透出来在地上落成了斜的长块。李景乾站在外头看了一会儿，莫名地就想起了江亦川。

江亦川不用带兵打仗，也不用攻心御下，他只要有宁朝阳的喜欢，就能被照顾得好好的，连药材都有人帮他种。她不要他打胜仗，也不要他为谁报仇，她只要他心里有她。

他眼帘半垂，安静地站在外头，看着窗上漏下来的人影出神。

外头突然响起了脚步声。

李景乾警觉，闪身就进了自己的房间。

"大人。"宋蕊站到了门前与她说话。

宁朝阳开了半扇门问："府中如何了？"

"一切都好，就是那位小郎君生了病，有些不爱吃药。"

李景乾背抵着门扇，就听她的声音带着低笑传来："药就是不好吃，谁会爱吃呢？"

"让许管家照顾好他，我明日就回去。"

"是。"

人在这夏景园里，心却还在宁府上。李景乾觉得烦躁极了，手指抠在门闩上，将漆木都抠得掉了屑。

最后一日的武试，宁朝阳发现自己的对手好像气性变大了。鞭、棍、锤、抓、槊、套索，每一样兵器，他使起来都带着杀气，吓得与他对战的两个统领当场退试不说，还将周世殷的手骨给打折了。

宁朝阳见势不妙，主动替了徐若水与他对垒，后果就是她伤了他左腕，他伤了她右肩。

"各位大人，点到即止，点到即止啊！"刘公公哎哟连天地上来劝，左看右看，无所适从，"您二位这般，老奴该怎么同陛下交代？！"

血顺着手腕往草地上滴，李景乾脸色却依旧冷淡："有什么不好交代的，就说宁大人武功盖世，在下不是她的对手。"

"哪里哪里，侯爷少比一日，筹木却只比在下少一根，该在下汗颜才是。"宁朝阳皮笑肉不笑。

六道题目，三道他拿了魁锣，三道得了评判满筹，简直是没把其余各位当人看。

梁安城和徐若水一开始还互相看不顺眼呢，到最后一场比过之后，已经能蹲在一起聊天了。

"兄弟你几筹？"

"二十六筹，你呢？"

"我二十五。"

两人互道承让，然后就蹲在一起仰望那边的两位。

宁大人已经摘得了武试魁首，但她看起来不太高兴，敷衍地领了奖赏就走了。定北侯一共就比了十题，题题都是满筹，但他看起来也不高兴，与围上去的王公贵族们敷衍一番，便也拂袖离开。

"不对劲。"徐若水摸了摸下巴。

"你也发现了？"梁安城激动地道，"我早就说了，宁大人和侯爷他——"

"侯爷他好像走错路了，"徐若水接着就道，"回将军府不是走北门更近些？"

…………

重点压根儿不是这个好吗？

宁朝阳肩上带伤，隐隐渗了血，她坐上马车想了一会儿，还是让车夫先去找个医馆，免得回去叫人担心。然而刚在医馆隔间里坐下，她抬眸就见李景乾也跟着落了座。

"侯爷？"她戒备起来。

对面这人没好气地道："上京最有名的医馆便是这悬壶堂，难不成只许你来医伤，不许我来包扎？"

五层楼高的大医馆，人多又杂，她若非说这人是跟她一起来的，就未免有些自负了。

宁朝阳按捺下脾气，拉住路过的药童询问："可还有别的空余隔间？"

药童忙得满头是汗，将伤药往桌上一放便道："没有了，这是最后一间，二位且稍等。"

这是上药的地方，又不是过夜的客栈，宁朝阳觉得自己应该放宽心。可是，对面这人的手一直在淌血，血珠一滴接着一滴地落在桌面上，看着有些瘆人。

她不由得皱眉："侯爷自己就会医术，何必这般耽误着？"

"宁大人难道没听过一句话？"他冷笑，"医者难自医。"

再难自医，止血总会吧？

宁朝阳左手拿起桌上的白布就朝他扔了过去。一卷白布砸在怀里，能清晰地感受到她的粗暴和不耐烦。

但莫名其妙的，李景乾的脸色竟好了两分。他慢吞吞地用右手拿起白布，张嘴咬开上头的结，然后咬住白布的一头，吃力地往左手手腕上裹。

本是很简单的事，但他居然能裹得七零八落，白布绕了两圈，伤口还露在外头。

宁朝阳额角直跳,她伸出左手去,替他拿住了嘴里的白布:"松口!"

他依言松开,瞥她一眼,淡声道:"大人今日那铁抓再近一寸,我这手便要废了。"

"侯爷也不是什么会吃亏的人。"她恼恨地动了动自己的右肩。

"那么多人都在旁边看着,我总不好给大人放水。"

"在下也是一样。"

所以,又有什么好记恨的?

李景乾重重地吐了口气,看着她缠绕白布的动作,闷声问:"你回去也要这般照顾那个小郎君?"

宁朝阳手指一僵,抬眼,莫名其妙地看着他:"侯爷这是在吃味?"

"没有,"他垂眼,"只是我这人一向小气,自己有过的东西,就不想再让别人有。"

占有欲不是爱意,是凡人自私的本性。

宁朝阳哼笑道:"那侯爷注定要失望了,他现在是我的人,我对他做什么都是应当。"

李景乾沉默,眉眼耷拉下来,就着她的手将白布打了个结。

"宁大人。"他突然软了声线。

宁朝阳捏着布结的手一紧,眼神带刀:"在下奉劝侯爷一句,不要再用这个声音来与在下说话。"

"这个声音也是我的声音,为何不能用?"他重新抬眼,清澈的眼眸里一片湿漉,"还是说你觉得我的声音比那小郎君的好听,心猿意马了?"

"侯爷自重。"

他轻笑,眼尾上却满是委屈:"沈晏明也好,齐若白也好,你对他们都没舍得下重手,怎么就偏偏舍得对我下重手呢?"

废话,沈晏明和齐若白可没他这么高的武艺。

她漠然地收回视线:"伤口包好了,侯爷请吧。"

李景乾目光落在了她肩上。

"我可以再等等医童。"她抬手拒绝。

"这里的人都很忙,你也看见了。"他道,"不若我帮你上药包好,你还能早些回去陪你的小郎君。"

"用不着,"她道,"再过半炷香,就该有人来了。"

"哦。"李景乾应了一声。

一炷香过去了。

宁朝阳微怒起身，想去看外头到底是有多忙，结果面前这人一抬手就拦住了她。

"我们行医之人，时常被病患苛责。"他垂着眼开口，嘴角带了一丝苦笑，"有时当真是忙不过来，却还要被催促，催得急了犯了错，指不定还要挨顿打。医者有仁心，希望大人也有仁心。"

宁朝阳听得很愧疚，一时开始反省自己态度是不是不太好。但下一瞬，她肩上的衣裳就被他揭开了。

她的血肉粘连，这动静疼得她嘶了一声："侯爷伤人不够，还要折磨一番才罢休？"

李景乾抿唇："劳大人自己想想，这一下是我要伤你，还是你自寻死路？"

那一场要以铁抓抢绣球，以她的反应是能避开他这一下的。但为了早些抢到绣球，她愣是拼着受伤，也要将绣球塞去徐若水怀里。

"我昨日就说过了，要你好自为之。"他微微眯眼，"但大人冥顽不灵，竟妄图以情意拿捏在下。大人这般冷血无情，难不成本侯还心有妄念？"

宁朝阳不以为然。

不管他有没有妄念，那一下她总归是不会丢命的，既不会丢命，又能让徐若水拿到绣球，她觉得不亏。

再者说——她侧眸看向自己的右肩。

这人嘴里放着狠话，手上的动作倒是放轻了，一如当初替她揭衣疗伤时，细致轻柔，极尽耐心。

宁朝阳眼含嘲讽："其实我挨打习惯了，没那么怕疼，当初叫唤得厉害，不过是想惹江大夫几分在意。眼下时过境迁，侯爷倒是不必还这般怜惜，正常上药即可。"

他手上动作停顿一瞬，又若无其事地继续，依旧把她当纸糊的一般，半晌也没揭下来多少。

宁朝阳不耐："侯爷？"

"听见了。"他道。

"那您这是？"她挑眉。

"年纪大了，耳不聪，目不明，动作是要慢些。"他扯着嘴角道，"比不得十六岁的年轻人，还望大人见谅。"

区区三四岁的差距，也值得他时刻挂嘴上？

第十九章

不要心存慈悲

宁朝阳觉得好笑:"在侯爷眼里,自己与那小郎君的区别当真只是年岁而已?"

李景乾没有答。他给她上好药,仔细包扎之后,便将她的衣襟拢上。

"文试你还要去?"他问。

宁朝阳定定地看着他:"那取决于侯爷你。"

两人现下高居一二名,若他不再继续去文试,她也可以放手,毕竟徐若水对文试更有把握。

"听闻圣人将内阁一众学士都捉去出题了。"李景乾道,"其中有一个人潜心修书撰史,已是两年不曾出世。"

宁朝阳知道他说的是谁——内阁大学士沈裕安。

她抬眼:"侯爷想做什么?"

"宁大人别紧张,"他笑,"先回去好好陪你的小郎君吧。"

真以为提这个人她就会害怕?宁朝阳冷笑,起身拂袖道:"这便回去陪,也祝侯爷早日觅得良缘,莫再拘泥于过去。"

说得像谁觅不到良缘似的。京中想给他说亲之人何止百数,光中宫里的美人画像就堆得山高。有比她好看的，也有比她温柔的。

他只是，没那么喜欢。

皇后屡次说亲失败之后都纳闷儿了，道："你到底心属何人？问了又不说，你只要说出来，有圣人做主，还能有娶不到的姑娘？"

还真有。

那人是料到自己心高气傲，断不会给人做侧室，所以才立个死人为正室，别人都不防，只为防他。

呵！

但是，李景乾觉得，自己怎么也比有些人要好。一旦得不到最喜欢的，他情愿不要也不会将就。哪像有些人，摘不了明珠就换鱼目，成天自欺欺人，也不知装快活给谁看。

阿嚏！

宁朝阳倚在窗边打了个喷嚏，莫名其妙地往外头看了一眼。

"大人肩上还有伤，做什么又吹风？"齐若白捧着花进来，嗔怪地就将她拉到屋子中央。

因着受了伤，她得了两日的休沐，两日之后就是文试，她需得在这空隙里替殿下挑出三个能服众又能偏袒凤翎阁的评判官。

她忙得有些头晕眼花，只是想透口气。不过她一坐下来，对上齐若白那双分外担心她的眼眸，还是觉得很受用。

"知道了。"

他这才放心，将手里的花分枝插进瓶中，满意地点头。

"夏日炎炎，还是花香能宁神。"

许管家把府里的账册拿来了，宁朝阳随手翻看，不由得轻笑道："你都生病了，怎么还出去买了这么多衣裳？"

齐若白有些不好意思："去看病的路上瞧见的，一时没忍住。"

他以前衣裳少，也没见过那么多花式。

宁朝阳反应过来，摆手安抚他："我不是嫌你花钱，你花的这点不算什么，只是怕你病着难受。"

齐若白点头，接着就老实交代："我还买了很多首饰，还有粮食。"

她看见了，原本一年才用得完一本的账册，眼下才一个月竟写了十几页。她带着笑意往前翻，却发现这些密密麻麻的出入在一个节点上突然变得稀疏了起来。

宁朝阳一愣，瞥眼去看后头的标注。

江亦川。

她笑意微敛,随手翻了两页。

那人什么也不缺,自然不会像齐若白这样什么都想买,唯一一笔大的支出还是替柳岸赎身。

她指了指上头的日期,觉得很奇特——抱着其他目的来接近她的人,竟也会在意她去没去找小郎君?

她以为只是自己头一次陷于情事,什么都不太明白,没想到这人也是稀里糊涂、莫名其妙的。

她摇摇头,合上账本,对齐若白道:"想买什么尽管问账房支取银子,不用替我省着。"

"多谢大人!"齐若白眼眸一亮,接着又有些不好意思,"先前定北侯给我银票,我差点儿就想答应他离开大人了。"

他没见过那么多钱,也穷怕了,就想要钱。

这话说出来,许管家在后头直摇头,怕大人听了会不高兴。

但宁朝阳听完,倒是不怎么介意:"下回他再给你银票,你就跟他说不够,起码要再加十张。"

齐若白吓得摇头如拨浪鼓:"不行不行,太多了!"

喜欢钱,却还怕钱太多?

宁朝阳低笑不止,觉得这人实在有趣,贪得光明正大,没见识得也是光明正大。在他面前,她好像压根儿不用端着架子,也不用刻意隐藏什么。

这就是一个极为合适的外室。

齐若白聊得欢了,又咳嗽起来。

宁朝阳一边替他顺气,一边问许管家:"大夫没嘱咐什么?"

许管家轻声道:"说是小风寒,不碍什么事。"

"那就好生养着。"她伸手替人倒了杯茶。

傍晚时候,府上来了些人拜访,宁朝阳与他们闭门议事,一直议到了深夜。开门回屋的时候,她瞥见了掌着灯在等她的小郎君,盈盈烛光,照满他的周身。

有那么一瞬间,宁朝阳想,江亦川也并非不可替代的,齐若白不就很好吗?

只是,江亦川是装弱,齐若白是真弱。一个小风寒,他便咳嗽了许久都不见好,只能自己住在东院将养,连想送什么来给她,都得由管家在中间传递。

于是宁朝阳每日看完文试回来,都能收到一封信。

宁大人：

见字如晤。

今天若白的病好了吗？还没有。

但院子里的花都开了，大人心系之事，一定会有个好的结果。

宁朝阳看得眼尾弯起。

她惦记着要给他回信，但每日忙完回来都很晚，就只能暗想着明日再回。

文试已开，圣人特意将宁朝阳与李景乾召去书房，动之以情，晓之以理，让两人将赛场还给了各位统领。

饶是如此，评判席上也是一片腥风血雨。

"这样的解法还不够好？"宁朝阳气得站了起来，"那不如请侯爷向各位统领赐教？"

李景乾二话不说就给出了自己的答案，有条有理，当真更胜徐若水一筹。

宁朝阳看了一会儿，憋气地坐下，接着就把梁安城的答案也给否了。如此针锋相对之后，徐若水还是胜梁安城一筹。

眼看着文试接近尾声，徐若水的大统领之位十拿九稳，有些人就坐不住了。

"你说什么？"宁朝阳骤然回头。

宋蕊擦着额上的汗道："沈御医已经过去了。"

剧毒的千尾草被掺在了以她名义送去的糕点里。徐若水吃了两块，呕吐一阵之后，人就昏迷了过去。

宁朝阳快步疾行，穿过回廊，跑过草场，刚走到一半就撞到了与她相向而行的李景乾。

"宁大人？"他不悦地捂住肩头，"这是赶着去见哪个小郎君，急成这样？"

她抬头看他一眼，二话不说就抓住他的胳膊，将人带着一并往前走。

"侯爷！"陆安无措地跟在后头喊。

李景乾朝后摆了摆手，低眸看着她那又怒又慌的神情，微微抿唇。

沈晏明已经把能做的都做了，床上的人没有转醒，甚至脉搏越来越弱。他刚想出去告诉外头的人做好准备，就与冲进来的宁朝阳撞了个正着。

许久未见，沈晏明一时有些恍惚，但不等他恍惚完，后头就跟着进来一个人。

"借过。"李景乾低头看着他的头顶道。

近来上京里一直有传言，说定北侯与宁大人分外不和，场上你死我活，场下也是针锋相对。

可眼下，这两人竟是一起来的。不但一起来，这定北侯看他的眼神竟依旧是这般轻蔑抵触、令人不适。

沈晏明道："徐统领眼下命悬一线，不宜有太多人打扰。"

李景乾越过他，径直就往里走："既是不宜有太多人，那沈御医就先出去吧，记得将门带上。"

沈晏明生气地转身跟上李景乾，想说自己好歹是个御医，要走也该他走才是。

然而不待他出声，里头的宁朝阳就低喝了一声："徐统领！"

李景乾快步入内，垂眼就见徐若水又吐了一口秽物，嘴唇发紫，呼吸也短促。宁朝阳扶着他的肩，脸色分外难看。

"千尾草生在江州，解药是近旁食草的鱼。"沈晏明跟在后头道，"但这毒性猛烈，江州离此地路途又遥远，恐怕是来不及了。"

江州？

宁朝阳抬眼看向对面这人，眼神不太友善。

李景乾皱眉："你想也不想就怀疑我？"

不然呢？徐若水眼看就要胜出了，却突然中了毒，偏巧这毒还来自镇远屯兵修整所在的江州。

宁朝阳朝他伸手："解药。"

"我没有。"他气得脸颊都鼓了起来。

"保魂丹呢？"她神色严肃，"你既得过那等好药，就绝不会只有一颗。"

是不止一颗，但是……

"那东西只能延缓半个时辰毒发，又不能将这毒全解了。"

半个时辰，即便是用飞的，也来不及去江州捉鱼。时辰一到，该怎么样还是怎么样。

宁朝阳呼吸微沉，捏紧了徐若水的胳膊。

凤翎阁其他人接二连三地到了，华年带了好几个名医来，程又雪也拿了一堆灵药，宋蕊甚至转眼就已经把送糕点的人给捉拿住押去了大牢，可是徐若水的脸色还是肉眼可见地变成了一片死灰，嘴里吐的东西也慢慢带了血。

"宁大人。"他突然睁开了眼。

宁朝阳站在旁边应了一声。

徐若水眼里放光，撑着床弦坐起来些，笑着与她道："你那三叉到底是跟谁学的，下回能不能教教我？"

宁朝阳喉间微紧，点头："教，等你好了我便教你，往后去禁内上任……"

话说一半，戛然而止，她眼皮颤了颤。

目之所及，徐若水骤然闭了眼，脑袋垂下来，鲜血不断地从嘴角涌出，像一条奔腾不停的小溪。

"徐统领！"周世殷大喊一声，尾音带了颤。

他这一声出来，屋子里的众人都忍不住跟着悲戚，呜咽之声由轻到重，慢慢地响成了一片。

宁朝阳被挤到了外间。她安静地站了一会儿，在震天的哭声里轻轻说道：

"……往后去禁内上任，你也能用得着。"

没人听见这后半句话。

屋子里进来了很多人，又出去了很多人，号哭哀啼，愤怒咒骂。她兀自站了许久，才想起来要去大牢里审人。

"你别难过。"有人对她道。

宁朝阳侧头，看见李景乾微微皱起来的眉心，不由得抿唇："侯爷哪只眼睛看到我难过？"

朝中大臣，莫名横死者每年都有七八，个个都要难过的话，她哪里忙得过来？

"侯爷既然在场，正好，烦劳与下官一起往大牢里去一趟。"朝阳道，"四品的统领就这么死了，无论是你还是我，都得给陛下一个交代。"

她这要求其实有些无理，以定北侯如今的地位，没必要为此亲自跑一趟，遣个人去问话也是可以的。

然而李景乾垂眼看着她，竟是想也不想就点头："好。"

宁朝阳微微一噎，看他一眼："若这毒真是侯爷或者侯爷麾下之人所为，下官不会善罢甘休。"

"好。"

"不乘车，骑马更利索些。"

"好。"

宁朝阳停下了步子。

她莫名其妙又有些愠怒："我早就过了要人哄的年岁了。"

李景乾跟着她停下来，微微扬眉："大人哪只耳朵听见我在哄人？"

宁朝阳翻了个白眼，甩袖就走。

送糕点的侍者、传话的小厮，所有与徐若水接触过的人都已经被宋蕊一一清点，宁朝阳亲自提审，连夜不歇。熬到寅时，那传话的小厮终于招供了。他收了五两银子，将糕点和话一并从文院传去了徐若水那里。至于给钱的人是谁，他没有看清。

李景乾靠在旁边的栏杆上,打着哈欠问他:"是我吗?"

那小厮看他一眼,连连摇头:"没这么高,只比小人高两寸,右手虎口有一道疤。"

一听这个描述,李景乾顿了一下。

宁朝阳抬眼就瞥了过去:"侯爷身边有这样的人?"

"没有。"他扭了扭有些僵硬的脖子,"我只是觉得时候不早,宁大人也该回去歇息了。"

"下官无碍,侯爷若是累了,倒是可以先去外间稍坐。"她目光幽深地看着他,"待天亮之后,下官想清查文院里所有的人,包括侯爷身边的那几位,不知……"

"光这一条口供,就算找到相符之人也是无法直接定罪的。"他忍不住道,"大人又何必意气用事?"

说是冷血无情,审起案来却是不吃不喝不睡,仿佛想在这一夜之间就替徐若水把仇给报了。

李景乾想笑她嘴硬心软,又怕人恼起来要与他争执,只能轻轻摇头。

宁朝阳没将他这话听进去。她整理好口供,又继续审问了两个时辰,天大亮之后,便又起身回了文院。

李景乾没有再跟上去,他站在门口看着四周屋檐上的瑞兽,轻轻叹了口气。

"大人!"宋蕊生气地来回禀,"已经将所有人都盘查了一遍,镇远军副将云晋远的右手虎口上是有伤疤的,但他说自己昨日并不在文院,且有功勋在身,不愿去大牢对峙。"

果然,想起李景乾那一瞬不自然的反应,宁朝阳咬了咬牙。

云晋远是四品的武将,证据确凿之前的确可以拒绝受审。但此案没有别的证据,只有一个人证,他执意不去,她也拿他没什么办法。

"殿下去了何处?"宁朝阳转身道,"带我去见殿下。"

规程上行不通的事,那就让殿下用身份压一压。云晋远总不能连殿下的召令也不接吧。但是,待她将这想法告知淮乐殿下之后,殿下竟摇了摇头。

"眼下还是太后寿辰的庆贺期间,此事不宜闹大。"

宁朝阳心里一沉:"徐统领是被人下毒的。"

"本宫知道,"淮乐颔首,"往后你们所有的饮食都记得先拿银针试过。"

宁朝阳深吸两口气,没有再说,垂眼应下便告退出来。

"大人,徐统领的家人来了,吵嚷着要找凶手偿命。"程又雪目露担忧。

她应了一声，将案卷交给又雪："暂时封起来吧。"

"大人？"程又雪很震惊，"徐统领尸骨未寒，这便不追查凶手了？"

"你我大抵都猜得到凶手是谁。"宁朝阳嘲弄地道，"但又有何用？"

证据不足，人也不愿去牢里对质，这案子就只能是个悬案。

"他们欺人太甚！"程又雪双眼发红，"身为武将，不去试场上见真章，尽用这些下三滥的手段！"

宁朝阳没空愤怒，她先吩咐灰雁将徐若水遇害的消息放出去，再派了两队人马到梁安城所居的院落外巡逻，最后亲自往吏部与礼部走了一趟。

两日之后，上京里就流传出了梁安城比试落败故意杀人的传言。

"好阴诡的手段！"司徒朔连连皱眉，"他们这是看徐若水不成了，就要把梁统领也拉下马？"

"她们又没证据，能拿梁统领如何？"云晋远不以为意。

"云叔，你糊涂。"胡山连连摇头，"禁内统领之职何其重要，不用什么证据，光传言涉案，吏部那边就会警惕，轻易不会下任命折子。"

"真是卑鄙！"云晋远皱眉，"好歹是她凤翎阁的人，她不想着为人报仇，倒只想着利用人命扫清阻碍。"

陆安在旁边听到这里，终于开口问："云叔，你前日出去做什么去了？"

云晋远移开目光："办些私事。"

"不能告诉我等？"

"我一个老人家的私事，为什么要同你们交代？"他急了，"侯爷问我，你也问我，难不成真的以为那徐若水的死与我有关？"

陆安低头看向他右手虎口上的伤疤，沉默无语。他回去将军府的时候问了自家主子一句："可要属下去查？"

李景乾翻着书页摇头："不必。"

他再想与她在一起，两人终究是立场不同。遇见这样的事，对方来查他不拦就已经是高风亮节，没道理主动将自己的人查干净送去大牢给她。

那不显得他体贴，只会显得他蠢。

"派个人跟着云叔，"他道，"让他最近老实点。"

"是。"

宁朝阳站在自己的主院里，恍惚间还能看见徐若水在自己身边捏着三叉跳来跳去。

她知道自己不宜难过太久，所以只打算耗费三日。三日之后，她便会强行将这件事压进自己脑海里的小角落，不再触碰。

人总是要死的，她得慢慢看开。宁朝阳深吸一口气，坐回自己的长案后，翻了翻旁边堆积的书信。

齐若白还是每天一封地在给她写信，她挨个儿展阅，眉头又渐渐皱了起来。

"许叔。"

"老奴在。"

她抖了抖信纸，抬眼："不是说是小风寒吗？怎么越来越严重了？"

许管家叹了口气："这小郎君的身子骨太差了，药也没有好好吃，昨儿夜里还吐了些血沫，今晨就有些起不来床了。"

宁朝阳心里一紧，站起来就往东院走。

院子里开满了各式各样的鲜花，齐若白所在的屋子里却是一股死气沉沉的药味。

她大步走到他床边，将人扶抱起来轻轻拍了拍他的脸："若白？若白！"

齐若白挣扎地抬开眼皮，眼下一片乌黑。

"大人，"他倦怠地道，"我好困。"

桌上的饭菜一口没动，他只答了这话，就睡了过去。

宁朝阳看了看他的唇色，觉得不太对劲，立刻让许管家拿着她的印鉴去御医院请人。不消片刻，就来了四五个御医，沈晏明也在其中。

他只看了床上一眼就脸色骤变："怎么又是……"

"又是什么？"

沈晏明仔细看了看齐若白的舌苔和眼睑，神色严肃道："千尾草，比徐统领的症状要轻许多，想必是将草汁稀释，逐日增服。"

宁朝阳闭了闭眼，问："可还有救？"

沈晏明欲言又止，最后只道："看看现在派人去江州还来不来得及。"

宁朝阳立马出门找人，走得太急，膝盖撞在了门板上，嘭的一声响。

沈晏明站了起来："朝阳！"

"无妨。"她站直腿继续往外走，冷静地安排人手去江州捕鱼带回，又往凤翎阁递了信，挪用几日休沐。

齐若白乖巧又安静地躺在床上，若不是嘴唇微微发紫，便真像只是睡着了。

宁朝阳压低声音问许管家："我先前让您清理内院，您可清了？"

许管家焦急地点头："老奴是照主子的吩咐做的，清理了几个手脚不干净的，又打发走了几个爱打听的。"

"东院里之前用的人呢?都送走了吗?"

"有两个堪用的,还、还留在东院洒扫。"

斩草不除根,春风吹又生。宁朝阳拳头紧了紧。比起愤怒,心里先冒上来的竟然是浓浓的无力。

"多摘些花来吧,"她低声道,"我陪陪他。"

从这里到江州往返最快也要七日,而齐若白已经开始呕血。一天十二个时辰,他几乎只清醒两个时辰,有时在白天,有时在深夜。

一连两次睁眼都看见了宁大人,齐若白缓慢地眨了眨眼:"原来许愿有用啊?"

宁朝阳将药端给他,轻声问:"许了什么愿?"

"想让大人别那么忙,多来我这儿歇会儿。"他笑,干裂的嘴唇一扯,血珠跟着就冒了出来。

宁朝阳低低地应了他一声,捏着手帕就按上他的唇瓣。

"大人真的待我很好,"他眼睛一眨不眨地望着她,"为什么会这么好呢?"

但凡懂些风月,宁朝阳都该回答"因为你是我的人",或者"因为我心悦你"。

可她只是看了他一会儿,然后就老实地答:"因为我小的时候,就想有这么一个人来对我好。"

尚未入凤翎阁之前,宁朝阳是靠着在上京天牢里做小吏维生的,每月俸禄只五钱银子,三钱孝敬牢头,两钱填肚,有时候吃不饱,还必须厚着脸皮去蹭牢饭。她也憧憬过天上掉下来个神仙,给她买好看的衣裳、漂亮的首饰,还想有一个院子,给自己种上许许多多的花。

可是没有,那么多年了,她什么也没等到。

不过后来她就不等了,她想要什么就自己去争取,哪怕使些手段为人不齿,那也总比挨饿受冻好。

说来好笑,当年她穷困潦倒时,宁肃远对她不闻不问,说什么在大盛十岁以上的儿郎就该自己出去谋生了。但在她飞黄腾达之后,宁肃远倒是给她送过两身衣裳。只可惜,那两身衣裳很小,她已经过了穿得下的年纪。

宁朝阳想着,拍了拍他的肩:"你订的那些衣裳还没到,要再等一等。"

提起这茬儿,齐若白眼眸亮了亮:"我订的都是自己最喜欢的花色和样式,成衣铺那掌柜偷笑我没有品位,我听见了,但我就觉得那大红大紫的好看。"

"有多大红大紫?"她挑眉。

齐若白伸出手来比了一下,手指又无力地落回被子上:"就……就这么大红大紫。"

宁朝阳眼睫微颤，将他的手拿起来塞进了被子里。

"我还有很多好东西想给你，"她轻声道，"你要等得住才行。"

枕上的人又睡了过去，恍恍惚惚的，也不知有没有听见。屋子里的烛台爆了一声，光微微暗了两分。

文试结束后的第三天，李景乾终于在永昌门外堵住了沈裕安。他有礼地将人"请"回了将军府，奉上了上等好茶。

沈裕安看了看旁边森立着的胡山和云晋远，牙齿都打战："侯爷，我什么也不知道。"

李景乾似笑非笑："本侯还没有开口，大学士这就招供了一半？"

沈裕安膝盖一软，跪了下去："老夫还有史书没有修完，请侯爷放老夫走吧。"

胡山见状，不由得冷笑："都说文臣死节，我看堂堂大学士也没多少骨气。那宁朝阳是绑了你妻儿还是要杀你老母，你说出来，我替你把事先办了！"

沈裕安一愣："宁大人？"

与她有什么干系？

"别装蒜！"胡山捏着腰间的刀鞘，恶狠狠地道，"当年宁朝阳到底用了什么手段让陛下认可那封罪状的，别人不知情，你却是一直在场。"

甚至最后陛下只留宁朝阳密谈，他都还在旁边记录。

"这可不能说啊！"沈裕安连连摇头，"事关国本！"

李景乾轻笑道："这世上关乎国本之事太多了，本侯眼下只想听一听萧将军的死因，沈大学士若是不想说，那就劳烦胡副将再跑一趟，请令郎来说。"

沈裕安僵住了身子，他认真思虑一番之后，终于还是开口："圣人对萧将军算是仁至义尽了。"

"你说什么？"胡山愤而上前。

云晋远拉住了他："你听人把话说完。"

沈裕安皱眉缩了缩身子："老夫发誓，今日之言若有半句虚妄，便让老夫全家上下不得安宁！同样，也希望诸位听过便罢，出门之后老夫就不会再认，还请侯爷见谅。"

保命要紧，李景乾很是理解。

"请讲。"

沈裕安深吸一口气："话得从两年前萧将军班师回朝说起。"

萧将军班师回朝，带回来一个身怀六甲的女子。因着有功，他想为那女子请封诰命。陛下一开始是同意了的，甚至想直接给那女子封诰二品。结果吏部一查，发现这女子是北漠的人，还不是普通百姓，而是个深受北漠帝王宠爱的郡主。

北漠人杀了那么多大盛将士和百姓，圣人怎能让自己最器重的大将军娶一个北漠郡主？圣人当即就赐了萧北望二十美人，并一杯毒酒。

只要他愿意舍了北漠郡主，圣人甚至答应将淮乐殿下嫁给他。

可萧北望不愿。不但不愿，还连夜带北漠郡主回了江州，拥兵自重，与朝廷对抗。

那时外头的人不明所以，还以为萧北望只是回去省亲，可近臣们都明白，萧北望有了反心。他频繁联络北漠，并且开始往上京遣将屯兵，占据了花明村等数十个周围村落不说，还朝圣人上折，求娶淮乐殿下为妾。

圣人暴怒，淮乐殿下却是二话不说就上马去了江州。但她不是去给人做妾的，这位有勇有谋的公主殿下，只用了十日就把萧北望给单独绑了回来。

"当时的萧将军若是不死，上京四周潜伏的势力就会围攻而来。"想起那时的气氛，沈裕安尤自惶恐，"圣人必须斩他，但不能让人知道，这么厉害的将军，竟通敌叛国，因为那会动摇朝中人心，故而只能寻个别的由头来斩。"

但是，在不知情的朝臣们眼里，萧北望是忠臣、是良将，虽然嚣张跋扈了些，却罪不至死，于是他们纷纷上折规劝，将圣人逼得一夜生了一片华发。

就是此时，宁朝阳出现了，她草拟了罪状，大书特书了萧北望的不合礼法之处，还舌战群臣，将一众老臣怼得哑口无言。

"以萧将军原本的行径，是不可能留有坟冢的。"沈裕安垂眼，"也是宁大人出面，说不能寒了武将之心，圣人才勉强留了他全尸。"

胡山一直在忍耐，听到这里，终于还是站了起来："你胡说！我们将军不可能叛国！"

沈裕安看了他一眼，轻轻摇头道："如果老夫没记错，自圣人赐毒酒之后，胡副将就被萧将军送去了侯爷麾下。胡副将觉得，萧将军他为何要这么做呢？"

胡山一愣。

自己是军中出了名的热血将领，只要是为大盛做事，他都觉得好。萧将军还曾夸过他铁胆忠心，是最不可能背叛大盛的人。

是因为这个，所以才特意将他送走？

胡山心里发慌，转头看向李景乾。

李景乾安静地听完，先问了一句："萧将军与淮乐殿下之事，朝中怎么没有任何风声？"

"萧将军给圣人的折子，当时只有老夫与圣人、公主三人看了。"沈裕安叹息，

"此事关乎公主的颜面,圣人便勒令老夫不能外传。"

那眼下……胡山等人抬头看他,眼里的鄙夷毫不掩饰。

沈裕安气得胡子都立起来了:"难道不是尔等先威胁我的?"

他昌林沈氏九代单传的独苗,当然比这一点皇家秘辛重要啊!

"也就是说……"李景乾道,"宁朝阳也不知此事?"

提起这个人,沈裕安有些感慨:"宁大人是年轻一辈里老夫觉得最聪慧的人了,她什么都不知道,仅凭些蛛丝马迹,竟能拟了萧将军的罪状出来。"

当时的朝臣都在劝圣人宽宥,独宁朝阳逆众而行。若是赌错了,以她当时的地位,就会直接被推出午门斩首。但她赌对了,不仅押中了圣人必斩萧北望的心思,还能力战群臣,为圣人排忧解难。旁人都说她是奸臣宠臣,但沈裕安却觉得,就该她平步青云、年年高升。

"那我也不算冤枉了她!"胡山嘟囔,"她这就是为了自己的荣华富贵,攀踩我们将军。"

"可宁大人也没有冤枉萧将军,"沈裕安摊手,"她拟那罪状老夫是寻不来了,但桩桩件件的确都是萧大将军所为。"

"萧将军可是功臣!"云晋远捏紧拳头,"他替大盛征战多年,怎么也不能说斩就斩!"

沈裕安摇头道:"老夫不知你们军中的规矩如何,但在上京,圣人犯法都与庶民同罪,何况将军乎?"

众人沉默。

窗外又开始落雨,条条雨丝交织天地。李景乾盯着窗沿上积水泛出来的幽光,指尖微微蜷了蜷。

文试结束,魁首终于出炉,不是梁安城,也不是周世殷,而是一个姓钱的人。

好消息是镇远军和青云台都不熟悉这个人,坏消息是凤翎阁也一样。

宁朝阳想不明白,她都已经给周世殷恶补过可能会考的东西了,他怎么还能考不过这个人?

但事已至此,也别无他法,她只能派人去打听钱统领的喜好,顺带让秦长舒准备贺礼。

忙着忙着,门口突然就进来了个人。

"大人。"齐若白端来了茶水。

宁朝阳一惊,连忙放下笔过去扶他:"你怎么下床了?"

"今日天气甚好,想与大人去看看花。"他笑。

天气甚好？

宁朝阳转头，看了看窗外那淅淅沥沥的雨。

"好吗？"他轻声问。

她喉咙发紧，收回目光，一边拿来油纸伞，一边与他低声道歉："是我不好，原是该在屋里陪你，但临时又有事……"

"没关系，"齐若白笑道，"大人已经待我很好了。"

这些天他虽然浑浑噩噩的，但能感觉到大人在竭尽所能地满足他，吃的喝的，用的玩的，好多他从来没见过的东西都悉数堆在了他房里。

大人还会在他半昏半沉的时候给他讲故事。她语气很生硬，讲得也很快，但他竟然很爱听。齐若白其实知道，宁大人对他并非男女之情，她看他的眼神更像是透过他在看当年那个狼狈的自己。

说来好笑，他远没有宁大人厉害，却觉得她有些可怜。

"走吧，"他拉住她的衣袖，"我带大人去看看我那好不容易养活的夏菊。"

"好。"宁朝阳撑开了伞。

天色昏暗，院子里只有一片细碎的雨声。

宁朝阳陪他在花坛边蹲下，听他一一指着花苞说："这个叫小黄，这个叫小紫，这个叫小白。以后我若是不在了，就由它们来陪着大人吧。"

宁朝阳捏着伞柄的手一紧，声音干涩："去江州的人很快就会回来了。"

齐若白笑着露出了两颗虎牙来，道："没关系，我已经不觉得遗憾了。"

"怎么能不遗憾？"她垂眼，"我给你的回信都还没有写完。"

"大人那般擅长笔墨之人，短短的一封信却写了好多天。"他轻轻叹息，"我有些等不到了。"

雨水顺着伞面滑落，跌进地上的小洼里，发出咚的一声响。

宁朝阳骤然抬眼，眼里齐若白的影子慢慢放大。他撑着身子扑过来，将她结结实实地抱在了怀里。

"大人是个好人，"他在她耳边低声道，"一定会有好报的。"

油纸伞落地，雪白的衣袖也滚进了泥水里。有什么温热的东西正从他的嘴里涌出来，湿润了她的肩头。

宁朝阳怔怔地望着雨幕，好半响，才伸手抱住了他。

"没人会觉得我是个好人，"她轻声道，"你未免也太傻了些。"

声音落在雨水里，很快被淹没。屋子里的灯被狂风一卷，整个东院就陷入了黑暗。

宁朝阳就在黑暗里静静地坐着，有一下没一下地拍着齐若白的肩，像是在安抚他，又像是在安抚自己。

李景乾安排好了一切事宜之后，去换了身雪锦长袍。陆安一边套车，一边问他想去哪里，他不甚在意地表示只是随便走走。结果陆安搬完茶具回头，人没了，刚套好的两匹马也少了一匹。

他没好气地叉腰："去宁府就去宁府，与我还有什么好遮掩的？"

李景乾嘴角带笑，不用问路就轻而易举地找到了宁府的所在。

但是远远看去，东侧门上竟挂了白幡。

他脑子里嗡地炸开，盯了那白幡一会儿，接着就狠夹马腹疾驰而至，翻身下去猛敲侧门。

"来了、来了，"许管家连忙过去拉开门扉，不甚高兴地道，"哪有敲得这么……江大夫？"

一看清外头人的脸，他老人家差点儿吓得跌坐下去。

"谁的白幡？"李景乾问。

"你……你……"

"我问你这是谁的白幡！"

许管家被他身上的气势一惊，连忙道："是齐小郎君的，他昨日殁了，大人正伤心呢。"

耳边的嗡鸣声渐渐消散，李景乾缓了口气，掐着眉心冷静半晌之后，才恢复了常态："如此，便让我也进去吊唁一二吧。"

宁朝阳正在主院的书房里写悼词，抬起来的毛笔一顿，她倏地就抄起桌上的镇纸扔向了窗外。

风声舞动，李景乾抬手将那厚厚的镇纸接住，不由得闷哼一声："大人下手真是不留情面。"

"是你。"她站直了身子。

待看清她的面容，李景乾有些不高兴："一个下人也值得你难过成这样？"

原先看她为江亦川的死憔悴狼狈，他心里还有些舒坦。但眼下，一个齐若白竟也能让她病恹恹的？

宁朝阳没有解释，她脸色很难看，看着面前这人越窗而入，手上甚至起了些攻击的架势。

想杀他？

他气极反笑，干脆张开双手朝她走过去，抿着嘴角道："来，动手吧。"

有恃无恐，嚣张至极！

宁朝阳双手捏紧，指甲都嵌进了肉里，但权衡利弊之后，她还是垂下了眼。

"侯爷来此有何贵干？"

"随便走走，"他抿唇，"不知怎的就走到了这儿。"

这是在骂她的府邸守卫薄弱对吧？

宁朝阳深吸一口气，皮笑肉不笑道："下官这府上有丧事，不吉利，侯爷不如先回吧。"

提起这茬儿，李景乾觉得很奇怪："你那小郎君先前还好好的，怎么突然就殁了，难不成也是诈死逃走了？"

"侯爷说笑了。"她抬眼看他，目光深沉，"这世上能使得出那种手段的只侯爷一人而已。"

李景乾微微一噎，别开头道："那件事是我对不起你。"

宁朝阳以为自己听错了，不等她开口问什么，这人就递了一叠东西过来。

"还给你。"他道。

纳闷儿地接过来看了一眼，宁朝阳眼皮一跳，是仁善堂的房契和地契。

"既然落在了侯爷手里，那侯爷自己留着即可，"她道，"拿来给下官，岂不是有行贿受贿之嫌？"

李景乾轻哼："我贿赂你做什么？帮我带兵打仗，还是帮我夺那禁军统领之位？"

那确实都做不到。

宁朝阳看着手里的东西，再戒备地看了看眼前的人，总觉得这像一个全新的圈套，抑或更大的骗局。

果然，李景乾接着就道："我只是想让你别再耿耿于怀。"

这陡然软下来的语气，这忽闪忽闪的眼神，摆明了又是要用美男计。

她默不作声地后退半步，面带微笑地道："下官有什么好耿耿于怀的，一切都已经过去了。"

"是吗？"他跟近半步，"那你原谅我了？"

做梦！

第二十章

最好看的小郎君

"是啊。"她笑着点头。

李景乾深情地看着她,而后就道:"那好,等你的小郎君一下葬,我就搬回你这东院来住。"

宁朝阳勉强维持着笑意提醒他:"侯爷,您是战功赫赫的定北侯,不好再跟以前一样。"

"在这里,没人知道我是定北侯。"

来真的?

宁朝阳摇头:"这世上没有不透风的墙。侯爷此举,对自己百害而无一利。"

"既是对我百害而无一利,那大人又有什么好拒绝的?"

"自然是怕被侯爷牵连。"

他哼笑一声,手撑着她身后的桌沿,低头睨她:"我堂堂一品军侯,为何要用自己来牵连你?"

能做出这样的决定,他就有万全的打算。

宁朝阳不笑了,她冷眼问:"侯爷图什么?"

"图你这院子舒服。"他道,"在这儿,没人会来烦我。"

那确实,他在这儿,镇远军那些人打死也想不到。但她还是觉得很荒唐,好端端的,为什么又要与她起纠葛?

列了十几种设想,又被自己一一否掉,宁朝阳觉得烦了,干脆嘲讽地问他:"侯爷很喜欢下官?"

"是,"他想也不想就答,"就算你以侧室、外室来折辱我,我也心甘情愿。"

她是想呛他一下的,没想到却被他反过来给呛住了。

这人是以什么样的心情说出这样完全不符合他身份的话来的?一品军侯主动送上门来给她糟践?

面前的人眼眸半合,里头压着些痛楚,面色又有一刹那的痛快:"话说到这个分儿上,宁大人若还拒绝,那便是没有放下过去的事。若真没有放下,那心里想必还有我。"

"没有,"她也答得很快,"侯爷多虑了。"

她最会权衡利弊,心里该有谁、不该有谁,一向分得清楚。更何况,面前这人身上还背着齐若白一条人命。从进屋到现在,他都没有将齐若白的死放在心上,仿佛只要不提及,外头翻飞的白幡就可以不存在。

她嘲弄地勾唇,道:"此事关系重大,下官只是想请侯爷三思而后行。"

"你不拒绝,我就当你同意了。"李景乾垂眼道。

天气炎热,尸身放不了两日,他很快就可以搬进来。只要能回到她身边,两人之间的嫌隙就不会再继续扩大,他总能找到机会弥补,也总能找准时机将所有的误会都说开。

至少他是这么想的。

但宁朝阳冷冷地看着他,只觉得这位定北侯爷这次想在她这里谋夺的东西一定更多更大,大到让他连尊严也可以舍弃。

正好,她在他那里也有想要的东西。

"好,"她似笑非笑地点头,"侯爷既然豁出去了,那下官也愿意舍命陪君子。"

他上次将她从比试台上挑落下去的时候,也是这般自信地将她拉上台重新比过,觉得自己武艺超群,不管比多少次都会赢。

可这一次,宁朝阳看着他唇边的笑意,觉得只要不比体力之事,自己实难再落下风。

她这边斗志昂扬,李景乾那边只听得一个"好"字就长舒了一口气。

果然,她心里还是有他的,这么荒唐的事,为了能名正言顺地跟他在一起,她居然也答应了下来，说明她对齐若白压根儿没用多少真心，只是装样子故意气他的，亏他真被气着了两回。

他侧头看着远处的白幡，也觉得齐若白突然死掉很可怜，但因着她的点头应允，他心里还是按捺不住地涌出了喜悦，像源源不断的皂角泡沫似的，翻腾飞扬，无法停歇。

齐若白无亲无故，即使宁朝阳将他厚葬，葬礼也只需一日就结束了。

淮乐从钱统领的庆贺宴上出来，站在仙人顶门口与荣王淡笑："皇弟消息真是灵通，竟知这位统领所有的喜好。"

"托皇姐的福，若不是皇姐的人使着手段诬陷梁安城，本王今日也不至于要跑这一趟。"

"还是托皇弟的福，徐统领若是不死，本也没有梁安城什么事。"

一番姐友弟恭的寒暄之后，宁朝阳跟着淮乐往左走，李景乾跟着荣王往右走，双方的脸色都不怎么好看。但半个时辰之后，宁朝阳推开自己府邸的大门，却看见李景乾已经一身清月地站在了里头。

"大人。"他回眸，深情地看着她。

四周的景象仿佛在这一瞬开始猛地往后退，夏日落下，春朝再临，风一拂过来，还夹杂着柔软繁蓁的桃花瓣。

她恍惚了一瞬，接着就勾唇，像什么也没发生过一般地应："我在。"

"这一路好远，"他轻轻叹息，"有些累人。"

宁朝阳低身拎起他身侧的箱笼，笑着转头与许管家吩咐："这位是江大夫的孪生弟弟，对外就称小江大夫即可。"

饶是早有准备，许管家还是被狠狠地震撼了。

哥哥死了就娶弟弟，这样的剧情他只在话本里见过！但难得看大人又笑了，许管家也不忍心多说什么，连声应下，就吩咐人去收拾东院。

"不用收拾，"小江大夫转头看向宁朝阳，"我的东西可都在？"

她点头："都在。"

他眼里露出些戏谑，低声道："竟没砸了烧了？"

"都是花银子买的，不能浪费。"

"嘴硬。"

李景乾心情甚好地想，分明就是舍不得他，所以留些东西来睹物思人罢了。可是，一跨进东院的门槛，他就觉得有些不对。

"花？"皱眉看着四周的花坛，他嘴角抿平，"我的药材呢？"

宁朝阳笑道:"你走后无人看顾,都没养活。若白更喜欢花,我便让人铲了重种了。"

胸口仿佛被什么东西给拧了一下,他低声道:"我不喜欢花。"

"嗯,等这些花也死了,就再让人铲一遍。"

就这般云淡风轻?

李景乾觉得不舒坦。可路是他自己选的,眼下也没法儿再说什么,只得压着脾气走进了自己的屋子,片刻之后,又怒气冲冲地出来。

"我放在这里的药经呢?"他眉头又皱了起来。

"许是在那边的书桌下头。"

"你拿我抄的药经垫桌脚?"他声音扬了起来。

宁朝阳还没回答,许管家先上来打圆场:"不是大人,是齐郎君。他说这桌子有些晃了,便随手抽了本东西来垫。"

李景乾的胸口起伏了一下。他接着去看桌上,自己一直保存得极好的狼毫笔竟也被用得陈旧了几分。

许管家察觉到他眼里的怒火,连忙又解释:"齐郎君善书画,他来得急,府上一时没去采买新的文房四宝。"

"你也就看着他用?"他转头看向宁朝阳。

宁朝阳正倚在榻边看着窗外的夏菊出神,冷不防听这么句话,她回眸,满眼不解:"一支笔而已,你若喜欢新的,我再让人去买就是。"

他气血上涌,捏着那笔大步走到她跟前:"这对你来说,只是一支笔而已?"

是谁当初兴冲冲地拿笔来赠他?是谁沮丧地在马车里说秦长舒买了有用,怎么她买了就没用?

宁朝阳将目光从狼毫笔上抬起来,落到了他的脸上。

"江大夫啊,"她道,"既然你当初走的时候都没有带上它,说明它的确只是一支笔而已。"

一口气哽在喉咙里,李景乾闭了闭眼。

理亏,他理亏。

算了。

他重重地吐了口气,又在屋子里转了两圈,发现不止文房四宝、药经医书,就连屏风摆放的方位都已经变了。

这种领地被人占据的感觉真是让他从头发丝暴躁到了指头尖。

但是,江亦川是不会发怒的,宁朝阳也会不喜欢他那盛气凌人的样子。

李景乾的拳头捏紧又松开，坐回她对面，克制而隐忍地道："我可以将这里恢复原样吗？"

　　宁朝阳抬眼看他，但目光又似透过他在看别人。

　　"好。"她敷衍地答。

　　他忍无可忍，骤然起身，撑着矮几欺到她跟前，下颌弧线微微上扬："大人又把我当成了谁？"

　　干净的指节在她耳旁虚拢，他眼神温柔，眼底却有些冷戾："我在你眼里就不能只是我自己吗？"

　　宁朝阳眼眸动了动。

　　面前这人脸色苍白，唇瓣却很有血色，自下仰头看她，似卑微承应，又似倨傲逼人。

　　两种完全不同的气质在他身上杂糅，冲撞抵触，排斥交融，最后竟全化成了一句——

　　"我以为你心里还有我。"

　　好逼真的委屈情绪，不送去梨园唱戏都可惜了。

　　宁朝阳轻叹，低头抚了抚他柔顺的墨发："我心里要是没有你，你也不能还在这里。"

　　"当真？"他问。

　　"当真。"她笑着点头。

　　李景乾坐回自己的位置上，周身的气息慢慢平和了下去，他道："许久没回来，是得花些时间整理归置。"

　　院子里的粗使杂役都已经被送走了，这次他没再绕弯子，跟许管家打了招呼，就直接抽调了自己的部分心腹过来，还命他们搬来了十几箱笼他的私物。

　　"你原先不太喜欢这些烦琐的东西。"宁朝阳倚在门口，抿了一口茶。

　　"我现在也不喜欢。"李景乾笑着答，然后将带有自己气息的物什一个个地狠狠塞去东院的每个角落。

　　"仔细些，别累着，"她笑，"明日还有得忙呢。"

　　明日是上京新运河开闸的日子，圣人要亲临岸边开坛祭天。

　　他漫不经心地应了一声，似乎完全没有放在心上。

　　但第二日，宁朝阳到场的时候，李景乾已经站在了圣人身后。他看着下头那蓄势待发的水闸，眉心微皱，不知道在想什么。

　　宁朝阳没有多看，她只轻声恭贺着淮乐殿下。此河开通，殿下当记一首功，东宫之位已是十拿九稳。

然而一声礼花爆响之后，原本该往上升起的闸门竟在瞬息之间被水冲垮，汹涌的水流冲上岸来，卷起围观的百姓就朝河中翻滚而去。

事发突然，谁都没有反应过来——除了圣人身边的定北侯。他在闸门溃开的一瞬间架起了圣人，一跃而起落到了远处的高台上。

圣人惊慌低头，就见祭坛上已经是一片洪流，他身边的赵公公，包括来看热闹的两个小妃嫔都一起被卷走，不见了踪影。远处的群臣和百姓惊叫连连，纷纷狼狈地往高处爬。

"父皇！"荣王抱着高台下头的柱子，连尾音都在抖。

圣人连话都说不出来了，只朝李景乾示意。后者跟着就跃下去，将荣王和荣王妃一并救了起来。

"淮乐呢？"圣人左顾右看。

"在那边。"李景乾指了指。

淮乐殿下离另一处的高台近，已经被宁朝阳带了上去，新晋的禁军统领也堪用，已经在下头命人手挽手筑墙，搭救上来不少官员。饶是如此，还是有上百人被洪流冲走，崭新的运河也因这闸口祸事，被蒙上了一层阴影。

宁朝阳心里沉得厉害。闸口虽不是她监工，却也是凤翎阁的人在负责，在圣人眼皮底下出此大事，已经不是请罪就能平息的了。

淮乐大抵也是想到了后果，放在她胳膊上的手有些颤抖。

"不对劲。"李景乾喃喃道。

圣人又惊又怒，正要发火，却被他说得一愣。

"什么不对劲？"

"水位不对劲，"他看着闸口的方向，"方才微臣听见那闸木有异响，仔细观之，水已经快没出闸顶。"

木门脆弱，一般闸里的蓄水量不会超过门高的一半。圣人扶着栏杆仔细去看，这才发现的确有蹊跷。

"传工部的人到御书房，"他道，"孤要亲审此事！"

"是。"

汹涌的水流渐渐落回了河里，宁朝阳带着众人去善后，直到深夜才赶回自己的府邸。

刚一进门，她就见灯火璀璨，从走廊一路亮到了东院。

发生了这么大的事，他竟还来这里？宁朝阳抿唇，大步走向东院。

李景乾吹熄手里的火芯子，抬眼看向进门的人，抿唇道："劳烦大人过来坐。"

她依言在软榻上坐下，以为他会说一说闸口之事，结果这人却径直抓起她的衣袖，露出一块青紫。

宁朝阳皱眉："隔那么远，你竟也看见了？"

"大人说什么呢？"他慢条斯理地拿出药膏，"在下今日一直都在东院里，能看见什么？"

她眯眼收回了自己的手。

蘸着药膏的指腹抹了个空，李景乾停顿片刻，没好气地道："想知道发生了什么就放回来。"

对面这人，宁朝阳犹豫了一下，才重新将伤处伸向他。

"磕在栏杆上那么重的一下，你竟没喊一声，"他垂眼，"逞哪门子的强？"

宁朝阳觉得好笑："当时那情况，我喊又有什么用？"

"起码自己不用憋着。"

宁朝阳不想聊这个，她抬眼就问："你给陛下说了什么？他竟没有立马问罪凤翎阁，而是将工部的人给提到了御书房？"

李景乾头也不抬："你凤翎阁是负责修运河与闸口的，又不负责蓄水放水。"

只这一句话，宁朝阳就明白了过来。

"工部那几个人……"她眼神不太友善，"竟拿人命来给凤翎阁使绊子？"

"此举对他们而言，利大于弊。"他揉着她手腕上的青紫，"若无人发现，便是你凤翎阁头罪，若不巧被人发现，他们也能说是最近夏日多雨，蓄水失量，绝非故意。"

先前正巧一连下了七日的大雨。

宁朝阳思忖片刻，便站起了身。

"想去找记录水量的册子？"李景乾摇头，"晚了，胡山已经去问过，说是连记录的官员都一并被水冲走了。"

"那……"

"与蓄水相关之人你都不用找了。"他道，"想想那些人站的位置。"

全是在最靠近河岸的地方。

她闭了闭眼，接着有些不悦。

"你怎么知道我在想什么？"

简单，她能想到的事，他自然也都能想到，但话说出口却是："大抵是心灵相通。"

宁朝阳脸色一黑，抬步就想走。

"我人都在你院子里了，东西也都在你院子里了，你难道不想多看会儿？"他抬眼。

脚步停下，她有些失望："你不说这话，我可能还想翻找翻找。"

但话都说出来了，那他带来的东西里自然不会有任何她想看的。

"昨日被大人气昏了头，压根儿没有反应过来，今日被水一冲，我倒是清明了些。"李景乾起身，走到她面前低头看她，"你似乎在记恨我？"

她平静地回视他："我为什么要记恨你？"

"因为齐若白也死于千尾草。"他拿了一张药方出来。

这是沈晏明的笔迹，与先前开给徐若水的药方一模一样，笔墨都是新的。

他有些好笑："徐若水遇害时我还有些犹豫，料着手下多少有几个不懂事的，万一真是他们做的，我与你之间就得多添一分郁结，不如不问。可昨夜翻找到了这个东西，在下倒是突然想明白了。若真是我这边的人动的手，岂会那么明显地用只有江州才有的千尾草？"

宁朝阳摇头道："这个说法不对，凶手用千尾草下毒，其一是看在它药性可依用量而变化；其二是因为它易得不易解，远在上京的人是没法儿等到从江州活捉来的解药的。有这两个条件，就算是江州的人，用了又有什么奇怪？"她抬眼看他，"反正在你们眼里，只不过是除掉两个碍眼的人而已，就算扯出案子来，也查不到上位者的身上。"

他扭头就去抱了他的新药箱来。

"这是穿肠草，这是鸩毒，这是断魂散。"他一连摆出好几个瓶子，没好气道，"大人方才说的那两个条件，它们都可以办到，且它们都不是只江州才有。"

宁朝阳愣怔，她坐下来，仔细看了看那几个药瓶。

"我真想对付徐若水，办法有很多。"他道，"同样，我若不用顾忌你的看法，齐若白连尸体都不会留下。从前我的确骗了大人，但这一回，还请大人信我。"

语气诚恳，眼神真挚。

有那么一瞬间，宁朝阳真想信他了。长得这么好看的美人，怎么会骗人呢？

但想起先前的事，她扯了扯嘴角。

越好看的美人，骗起人来反而越狠。

她轻点桌沿："徐若水的事且先不论，但齐若白，他在上京没有任何仇家。除了你，我想不到还有谁会想要他的命。"

"大人都想到这里了，如何会想不明白？"李景乾轻轻叹息，"我也是有仇家的。"

有人嫁祸？

宁朝阳想了想，倒也不无可能。但也不能因为这个猜想，就排除他的所有嫌疑。

她心里防备，面上倒还带了笑："原来是这样。"

笑得一点也不真诚。他垂眼，拉过她的手腕继续给她揉瘀青。

天色晚了，宁朝阳起身打算回主院，一抬步，听他在后头低声道："这便要走了？"

绣鞋一顿，她觉得好笑："不走，你还想如何？"

他垂眸倚门，修长的指节抓着门边垂坠的帷帐，欲语还休。

"打住！"她皮笑肉不笑，"别家后院邀宠，那都是要手段的。琴棋书画、诗词酒茶，讨主君欢心可不能光靠一张脸。"

这话多少有些揶揄之意，以定北侯的身份，该恼她践踏怠慢了。

但眼前这人听完，却没什么别的反应，只是轻轻叹息。

"好。"他点头。

宁朝阳有些不太适应，转身匆匆离开了东院。

圣人虽然没追究到凤翎阁头上，但运河一事死伤太多，她们总是要担责的。故而宁朝阳回主院也没歇息，连夜斟字酌句地写了请罪书，争取以最诚恳的态度，认最少的罪。

重罚了工部之后，圣人其实对凤翎阁的怒气已很小，毕竟他亲眼看过那闸口的水量，实在怪不到修建之人的头上。但青云台众臣纷纷上书，重述亡者的无辜与痛楚，字字句句都是忧国忧民、大爱大悲，仿佛不将淮乐殿下与凤翎阁一并推出午门，李家都会寒了天下人的心。

犹豫三日之后，圣人罚令淮乐闭门思过一月，凤翎阁涉运河的所有官员连降二品，罚俸三年，掌事的宁朝阳虽无过错，却也因连带之责官降一品，罚俸半年。

李景乾站在朝堂上看着，就见宁朝阳出列领罚，面色从容，没有丝毫怨言。

这就是凤翎阁大掌事的气度吗？他暗暗钦佩地颔首。

晚上回到府里，他就看见宁大人将枕头抵在墙上，一拳一拳地猛砸。

"大人看开些。"他轻声劝慰。

"我有什么看不开的呢？"

咚！

"我一点也不在意啊。"

咚!

他忍俊不禁,上前去将她捏得死死的手拉住,眼里光芒流转。

"你在看我的好戏?"她冷声问。

"不是,"他笑,"我只是觉得眼前的宁大人,别人都没机会看见。"

只有他看见了。

宁朝阳完全不吃这套,抱着胳膊就道:"凤翎阁此番受重创,你高兴也是应当。我对你没有掩饰,你又何必拿假话搪塞?"

"大人此言差矣,"他道,"凤翎阁也是大盛的臂膀,臂膀伤重,我焉有高兴之理?"

越说越虚伪!

什么臂膀,凤翎阁在青云台的眼里,不就是置之死地而后快的对手而已。

宁朝阳拂袖就要走。

"大人。"他拽住了她的衣袍。

"又怎么?"她没好气。

他眼睫微颤,薄唇轻抿,含糊地咕噜了几个字。

"什么琴?"她没听清。

面前这人脖颈都泛起了红来,眼神闪烁躲避,万分为难:"我说……我新学了一段琴。"

宁朝阳当场怔住,她不可置信地回眸,看向这人的双手。

那是握剑持刀征战沙场的手,手背微微凸起经络,骨节嶙峋分明,指腹陈旧的茧上依稀刮着北漠西韩战场上的血风。

用它,学琴?

李景乾以为她不信,立马去抱了一把素琴出来。

他手指按上弦,略显紧张,见宁朝阳竟沉默地在自己对面坐下了,他背脊更是挺直,盯着弦将拨弹顺序又默背一遍,这才动手。

弦响曲起。

一声又一声不太连贯的调子,宁朝阳仔细听了良久,才听出是一曲《凤求凰》。

听惯了娴熟的曲调,这动静其实不太能入耳,偶尔一个走音,甚至让人有些想笑。

但宁朝阳怔怔地看着他的手,一点也笑不出来。她承认自己的确有些想糟践他的心思,毕竟这人与自己有旧怨,又是主动送上门来的。

但是,真看他如此,她又觉得不应该——为大盛打江山的手不应该用在这里。

又一个走音之后，宁朝阳按住了他的胳膊。

李景乾抿唇，不甚自在道："我刚学，再练久些可能会更好。"

"不是这个意思，"她皱眉，眼里半是防备，半是困惑，"我只是不明白，你这是做什么？"

"大人忘记了？"他挑眼，"不是你说讨主君欢心不能只靠一张脸？"

琴棋书画、诗词酒茶，他都可以学。

"荒谬！"她有些受不住地站起身，"你不擅此道，没必要强求。"

他抚着琴弦轻叹了一声："有些东西我若不强求，就要眼睁睁错过了。"

宁朝阳后退了半步。

眼前这个人今早在朝堂上还气势如虹，与台谏官唇枪舌战了半个时辰，强行保下了工部的庞侍郎。

圣人金阶之下，独他一言千钧。

可眼下他坐在这里，清清瘦瘦、干干净净，水一般的眼眸里只映出了她的身影，仿佛只要她再转头走，他的天就塌了。

这种感觉很割裂，又有那么一丝怪异的刺激。

"我还学了一曲《关雎》，"他问，"大人可要听？"

"不要了，"宁朝阳立马摇头，"我眼下正难过，不想听曲子。"

终于肯说是在难过了。

李景乾唇角微勾，收手撑住下巴，眨眼看她："就因为官降了一品？"

"就？"

一听这个字，宁朝阳的火气腾地就起来了："你知道我为晋这一品花了多少心思、费了多少工夫？那是天时地利人和缺一不可的！眼下你们青云台几封折子上去，我就要被一起牵连，凭什么？"

不管照理说还是不照理说，她都没有任何该被牵连的道理，运河不是她在负责，况且那些人也不是因为运河修筑的问题而丧命的。

无妄之灾，池鱼之殃，倒了大霉了！

但她不能有丝毫不满，因为陛下不喜欢当堂求情的做派，越挣扎，后果只会越严重。

想起自己的海棠朝服又变回了桃花朝服，想起自己的俸禄和权势都被削减，再想起青云台那群隔岸观火落井下石的人，她恨得整排牙都痒痒。

李景乾温声纠正她："定北侯不属于青云台。"

"那你们也是一伙的。"

定北侯与中宫荣辱与共，中宫与荣王荣辱与共，打断骨头都连在一起的血脉，是划不清界限的。

念及此，宁朝阳伸手拨了一下他的琴弦，然后问："若再给你一次机会，你替工部侍郎求情之时，也会替我说两句话吗？"

"不会。"他斩钉截铁地道。

感情是感情，公事是公事。站在定北侯的立场上，让陛下看见闸口的水位问题已是公正之举，再替她求情，未免有些过了。

真是清醒万分。宁朝阳咬着牙给他鼓了鼓掌。

人家已这么坦荡分明，她要是还纠结于他的身份，那就显得矫情了。

"继续弹吧。"她把琴往他面前推了推。

李景乾温声问："大人还喜欢听什么曲子？"

宁朝阳微微一笑，一字一句地道："风、尘、吟。"

许管家在门外，本是打算进来添茶水的，一听这三个字，立马老脸一红，扭头就走。

但李景乾竟一脸茫然："这名字，曲谱上怎么没有？"

宁朝阳提了笔来三指捻着，不甚正经地与他写："邸深人静快春宵，心絮纷纷骨尽消。花叶曾将花蕊破，柳垂复把柳枝摇。金枪鏖战三千阵，银烛光临七八娇。不碍两身肌骨阻，更袪一卷去云桥。"

写完，她又道："不会没关系，慢慢学，大人我可以等。"

他怔了怔。

宁朝阳以为他终于要恼了，结果这人低头思忖一阵之后，竟然道："好。"

她手里的笔差点儿没捏稳。

安静而敞亮的房间里蓦地飘浮了几分燥热，盈盈灯火之下，李景乾的眉眼显得格外祥和。

他望着她，似千山万水穿拂而来的归燕，疲惫收翅，只想安然入她之怀。

她断裂的心弦有那么一瞬又动了动。

她忍不住想，这人会不会没有别的目的，只是想与她在一起？

灯火燃尽，第二日的朝堂之上。

工部尚书一职空缺，凤翎阁刚举荐了青州的刺史，青云台就力荐兵部的侍郎。眼看宁朝阳舌战群雄即将胜出，定北侯却站出来说了一句："工部所辖之事繁杂，若让人从外头来重新学，未免误事。"

"臣举原工部侍郎庞佑。"

圣人一听，竟觉得有理："庞佑行事稳重，倒是可行。"

宁朝阳登时皱眉："原运河之事便是工部之责，庞侍郎虽无主责，却也牵扯其中。眼下若是不罚反擢，恐怕会招人非议。"

"就是因为庞侍郎也牵扯其中，所以才该让他戴罪立功。"

"戴罪立功在侍郎之位上如何就不能？"

定北侯转头看向上位："臣察庞佑此人耐心细致、入铁主簿、丙吉问牛，是能臣忠臣。"

宁朝阳也看向上位："朝有纲纪，上行下效，若因侯爷举荐，就妄擢有罪之人，臣以为不妥。不如提青州刺史为尚书，以庞侍郎为佐，如此便是两全其美。"

话说到这里，按照先前的经验，圣人多半会采纳她的谏言。

但是，李景乾突然道："青州刺史卢英屡次撰文犯上，其治或许明，但其心未必忠。"

此话一出，宁朝阳闭了闭眼。

卢英此人颇有才干，就是身上有股子狂妄劲，他初迁青州就写下了二十多篇借古讽今之作，还诘问上天何时能降明珠如雨。

在保举他之前，她就特意派人去收缴卢英的文稿，还打点内外，封人口舌，就是为了将他那点毛病给盖住，毕竟除了口无遮拦之外，他确实是能干事的。

然而，李景乾竟将此事挖了出来。

胜负已定。

朝堂的大门从两边打开，官员们鱼贯而出。

常光走在路上，伸着脖子叫嚣："宁大人也有吃瘪的时候？"

宁朝阳冷眼回眸："自是比不过常大人，无论是降职还是吃瘪，都总是快在下一步。"

"你！"常光恼怒，看了旁边的人一眼，却又马上平静了下来，"我现在不怕你了，你说的话在圣人那儿不管用喽。"

顺着他的目光看过去，宁朝阳看见了李景乾。他被一群人拥着，身如玉山、巍巍仡仡，察觉到她的目光，他面无表情地抬头，眼神漠然，情态冷淡。

很好。

这样的人怎么可能没有别的目的？

她袖口里的手捏紧，收回目光，大步走回了凤翎阁。

夜灯初燃，宁朝阳推开东院的门，不出意外地发现李景乾又在里头。

他刚沐浴完，只着了一件单衣倚在凉榻上看书。胸口微敞，半干的墨发凌乱地披散在身后，白皙的侧脸在暖色的灯烛之下显得格外温柔。

察觉到脚步声，李景乾抬头，目光一触及她就染上了愉悦："大人。"

宁朝阳勾唇，抬步进去走到他身侧，抽了他手里的书卷，便将他下巴捏起来："在等我？"

他梗着脖子不愿点头，但眼眸却明亮起来，星星点点，如同银汉。

她垂眼欣赏了片刻，便低身下去，在他唇畔轻轻一吻。

李景乾霍然睁大了眼。

这般的亲密仿佛已经是上辈子的事了，她心里应该有恼，也有恨，却怎么突然就……

他无暇多想，下意识地伸手，欲勾住她的后颈。

宁朝阳突然咬了他一口，又重又狠，他的嘴角当即就冒出了血来。

嘶！

她松开他，伸着指腹将血色在他唇上抹开，左右看了看，满意地点头："你真是我见过的最好看的小郎君，大人今儿高兴，就歇在你这里吧！"